相思草

毛秀珠 / 著

团结出版社

图书在版编目（ＣＩＰ）数据

相思草 / 毛秀珠著. -- 北京 ：团结出版社,2013.12
ISBN 978-7-5126-2194-7

Ⅰ．①相… Ⅱ．①毛… Ⅲ．①长篇小说－中国－当代 Ⅳ．①I247.5

中国版本图书馆 CIP 数据核字(2013)第 259494 号

出　版：团结出版社
　　　　（北京市东城区东皇城根南街 84 号　邮编：100006）
电　话：(010) 65228880　65244790
网　址：http://www.tjpress.com
E-mail：65244790@163.com
经　销：全国新华书店
印　装：三河腾飞印务有限公司

开　本：153X225 毫米　　　1/16
印　张：27.5
字　数：295 千字
版　次：2014 年 6 月　第 1 版
印　次：2014 年 6 月　第 1 次印刷

书　号：978-7-5126-2194-7/I·853
定　价：48.00 元

自 序

　　长篇小说《相思草》出版面世了。无疑，我为之兴奋而喜悦。因为我热爱这部充满着乡土民情的书，我期望它能给大家带来某种感悟和启示。

　　为什么我要费如此多的笔墨来写这部婚姻爱情悲剧呢？

　　20世纪20年代初，我的祖母和父母就从浙江农村到上海去谋生了，我是1940年出生于上海市的，应该说是从旧上海走过来的人。那十里洋场五光十色、光怪陆离的旧景我曾见过，那外滩公园门口"华人与狗不准入内"的牌子我也曾见过。尤其是曾亲眼目睹过一种贫穷无奈的女子——上海人称其为娘姨的，就是从乡下到上海来做帮佣的女人。这些人长年累月在主人家里做家务，用血汗钱养家糊口。她们家境困难，有的还被丈夫抛弃，甚至婚姻破裂，才身赴异乡等。后来，我常常忆起这些人和事，同情她们的处境，十分尊敬她们的人格，还为她们的不幸遭遇而愤愤不平……大约这就是我写《相思草》的初衷吧。

　　《相思草》应该属于现当代中国的一部妇女爱情婚姻悲剧小说。这部书用鲜明、生动、美丽的形象说明了女人失去婚姻后的痛苦和不幸，长相思不相遇是残酷的，进而说明了这些女人对于爱情的忠贞和无奈，然而她们却能背负起养育子女维持家计的重担。从她们身上散发出崇高人性的光芒。在这些女人美好愿望与残酷现实发生了不可逆转的矛盾冲突之后，她们依然做着生活的主人。这难道不叫人感怀于心吗？所以，《相思草》的悲剧色彩便十分浓重了。

　　小说的主人公夏荷就是旧上海时期女佣中的一个。也就是说我将这类女人典型化为一个美丽、善良、忠于爱情忠贞不渝的好女人形象。夏荷的名字很美，人品内心更美，美若天仙，可惜她是个苦命女子，是悲剧的主角。她不幸爱上了一个相貌堂堂、文质彬彬、会讨女人喜欢的富家子弟祝文彬，一生被他所抛弃，夏荷苦苦相思了70余年，她的灵魂和肉体被无情的摧残。可还是挑起了养育子女的重担，走完了将近百年的人生道路。夏荷的精神是顽强的，夏荷的品格是高尚的，夏荷对爱情的追求是美丽的！

　　实际上，夏荷式的爱情是多情女爱上薄情郎。可悲可叹呀！祝文彬是个薄幸之人，他内向、固执且绝情，他虽然有呵护女人的心和本事，却是个薄情寡义、自私自利之人，爱上这种男人就会闹悲剧的。书中结构宏大，人物众多，历时近百年，地处三江，故事纷呈，起伏跌宕，供读者们细细鉴赏。不管怎样，相思苦涩呀……然而，一个极为普通的下层劳动妇女夏荷爱夫君、爱儿女、爱家庭的美德是值得称赞的。

　　自然，夏荷的悲剧旅程不是孤立的，在她身边始终围绕着一群爱她、助她、护她的男人和女人。他们在近百年的夏荷故事长廊画卷里游走着，各尽其能，各显风采，都是有血有肉有人性的人物。他们同样呈现出许多精彩故事，以助主干故事沿着事物发展的逻辑而向前发展。

　　小说在语言方面，基本上运用了大量的简练单纯，不加渲染的写作语言，运用了白描手法来写人和事的。想试着收获白描的艺术效果。我想，当今在语言风格上是可以不拘一格的，试试看。

全本《相思草》中夏荷的故事会使人产生伤感之情，怜悯之意。相信这种沧桑感会给作品带来艺术美感。我以为，但凡悲剧往往写得比较凄美或壮美，悲剧的使命是通过无可挽回的矛盾冲突和悲情结局，来反映现实生活的本质，从而来写透人生，阐明正义和真理的。《相思草》是不是一个大悲剧，大家看看吧。

最后，我要感谢各位新老朋友关注和支持长篇小说《相思草》的出版，并谢谢你们对《相思草》的殷切期待，敬请读者朋友们评批指正。如果有人还要问我为什么要写《相思草》这部长篇小说，我会告诉大家:夏荷的故事写的是一桩失败的婚姻，我写它是为了爱情。故事中非主流的婚姻状态究竟告诉了我们什么呢?那只有仁者见仁，智者见智了。反正我是用真心来写夏荷这个美丽的相思精灵的。

现在，我要衷心感谢我国几位著名的专家学者对于《相思草》的关怀、支持和指教。他（她）们是资深的著名写作学教授施亚西先生，著名的社会活动家崔盐生先生，文艺评论家陈继本先生，戏剧艺术评论家沈鸿鑫先生，语言学教授毛秀月先生，写作学教授蔡友聪先生，团结出版社编辑王海燕先生及优秀文学青年蔡群慧小姐和成灵芝小姐等。感谢大家的热切关注，倾情相助，悉心指导和助阵了。

最后，还是用诗句来结束这篇序言吧:

红豆生南国，春来发几枝。

愿君多采撷，此物最相思。

毛秀珠

2014.2.28

目 录

第一章　｜　新婚别

——夏荷其人婚变遭害

文彬漫游家破人亡

（一）

百年来，一部动情的史诗般的爱情故事就从这里开始。天上人间，爱情这玩意儿到底有没有？自古至今，爱情究竟在不在？天地洪荒，星转月移，长空万里，烟波浩淼，亘古不变，忠贞不移的爱情着实的有没有？

有人说，有；有人说，没有。还有人说，"爱情"两字之前必须加上附加语和限制词。对于这个人生中婚姻中的重要内容，众说不一，各执其词，可以说是众说纷纭，各说各理。对于这个令人深思的话题，将由一位江南九十龄老妇人夏荷用她自己长长的生命来回答。夏荷，是个美丽的名字，她有美艳、凄凉、悲哀且壮丽的人生故事。她是这部爱情大书的女主角。她是个对于爱情的极度向往者、欢乐享受者和痛苦承受者。她是爱情的追求者和牺牲品；她是爱情的主人和奴隶；她是爱情的将军和小兵。

言归正传，说说夏荷其人。1920年5月28日，夏荷出生于浙江农村的一个风光秀丽的小镇东河村。由于连年的天下动乱，时局不稳，兵荒马乱，加之山乡僻野的贫困落后，社会衰败，军阀混战，民不聊生，贫苦农民度日艰难。夏荷，便是个穷乡僻壤里的穷孩子，一朵美丽的野花。在农村，穷人的孩子靠的是天生天养，女孩儿家更不在话下了，长到十五六岁时找个人家嫁出去就算完事了。真的是，"谁怜越女颜如玉，贫贱江头自浣纱"呀。越女虽则美貌无比，可命运却是凄凉的。或

3

者叫作"嫁出去的女儿泼出去的水"，她们比男孩儿更为可怜和无助。18岁的夏荷已经出落成一个容颜体面，娇美难掩的大姑娘了。她中等个头，纤身细腰，眉目灵秀，高高的鼻梁，微红的嘴唇，外加一条黑而粗的长辫子。夏荷确实是中国的江南美女，形象似天仙一般。她是东河村土生土长的美丽娇娃，常常飘飞在山间田头，很是活泼娇美。

她是母亲周春雨的宝贝，文昌县河东村的骄傲。在这个半殖民地半封建的中国农村里，在军阀割据，时局不稳的年代里，夏荷这样一个农民的孩子，天生就有自己的良善本性和是非观念。自发地就有一种爱人和被爱的急切需求，更何况她是一个美女呢。这孩子平时言语不多，诚实内向，忠厚勤劳。走路快如疾风，做事慢条斯理。可算是个稳稳当当的老实人。

有时，村前村后的大姑娘小媳妇们聚在一起的时候，常常会议论起婚姻嫁娶之类的事。每当夏荷听到这些议论后，便会回家来问问母亲周春雨。

荷姑（夏荷）细声细气地问道："妈呀，为什么姐妹们都说要嫁个好人家呢？妈呀，为什么说嫁个好人家比自己读书求前程还要好呢？"

母亲语重心长地告诉她："好人家比较富裕，一生好过日子，长年不必受苦了。"

母亲又告诉她："还有，夫君人品要好，不然再富也会受气的。受气也是一种受苦呀。"

母亲的话，霎时间就打开了她的心扉了。心下想，女婿人品要好，这是句实话。夏荷又细声细气地问母亲："有钱的好人会不会爱我呢？"母亲又说："会不会爱你，那就难说了。这就要看你有没有福气了，还要看两人之间有没有缘分了。"荷姑喊了一声"嗳唷"，缘分在哪里呢？我会不会碰到呢？母亲又告诉她，"乖女儿你长得如此美貌，愁什么呢？缘分一定会有的！"

母女俩一席对话，给荷姑引来了一股涓涓活水，深深地启迪了她的思想和情感。

"缘分一定会有的！"荷姑把这句话牢牢地记在心里了。毕竟是个18岁的大姑娘了，每每脸上红一阵白一阵地想着这桩事。着实的，这些待嫁的女孩们总想找个好人家。正如唐诗里所云："……劝君惜取少年时……莫待无花空折枝。"荷姑明白，自己是个只读过两年书的农家姑娘，除了做农活干家事，就别无他长了。家中无兄又无弟，只有一个妹妹叫夏莲。家道贫穷无劳力，又无文化。母亲除了干农活之外，农闲时还要到县上去做娘姨，打短工……所以，及早找个好人家嫁出去，才是正事。平日里，荷姑好似木讷寡言，实际上她对人对事都很上心，忠厚善良且聪明省事。

隔壁窗门有个人家姓周。虽为种田农户，家境倒还殷实，可谓粮米不缺，柴草丰裕。又养着四只鹭鸶，既种稻谷，又捕鲜鱼，家庭经济尚可。生养有兄弟两人，哥哥叫周平，弟弟叫周安。这两个男孩自小与荷姑一起长大，并且都很喜欢邻家女孩夏荷姑娘。哥哥周平比荷姑大两岁，弟弟周安比荷姑小两岁。弟兄俩看荷姑的眼神出奇地相似，亮闪闪笑吟吟的，十分动情。

荷姑家父亲长病，母亲又要到县城去做姨娘，妹子又小，所以是个缺劳力的困难户。这周家兄弟常来夏家帮忙干体力活。荷姑很感谢他们的相帮相待。但是，荷姑不想选择这兄弟俩做小女婿。其理由有三：前后窗门相隔太近了，这算什么出嫁呢；兄弟两个都喜欢她，选择了一个必定得罪另一个；他们家虽然柴米不缺，但也算不上殷实人家，何况两个都没有文化呢。这真正叫作姑娘的心，海底的针呀！所以，荷姑只是把兄弟俩当作好朋友，友谊放在首位，十分警惕谈情说爱，避免自惹不欢。

一天，母亲兴冲冲地从县城东家的大福米行回来，急切地告诉荷姑一个好消息。她说，"有人来做媒了。说是和阳县城有家水产行沈老板家要娶媳妇，那是户财主家，在和阳县城开了两家水产行，还有一家米行。公子沈一万，今年26岁，有文化有能力，身材高大，只是一只眼睛因小时候生毛病瞎了，终年戴着黑色太阳镜。别的什么都好，还望女儿多多考虑一下。"母亲在问荷姑这门亲事如何。

母亲再三强调："这，无疑是个好人家"。母亲希望女儿答应这门亲事，周春雨用期盼的目光看着美丽而羞涩的女儿。

夏荷害羞地低下了头，思忖半响，还是没有答应这门亲事。她恳求母亲道："我想嫁个相貌好一点儿的郎君"。母亲顿时明白了，原来女儿嫁郎除了家境、人品之外，对于相貌也是有要求的。

此时此刻，荷姑仙女般的丹凤眼湿润了，母亲的眼睛也湿润了……

　　母亲想，人生中各人会有自己的择偶标准，依了这些标准，人生才能过得安稳。人生的安稳很要紧，有了安稳才能太平无事呀。母亲知道此事得就此搁笔了，大家不再随便提及了。

　　荷姑18岁那年端午过后，村里几个年轻人相约上四明山去采摘野山笋，男孩子还想去打猎，寻些山货野物来改善生活。同去的有周平、周安两兄弟，还有西河村的小表妹夏小琴。这天，四人高高兴兴地来到河东村口，戴着凉帽，穿着粗布衫裤，手提砍刀，脚踏草鞋，周家兄弟还背着旧式民用的长长的猎枪，一起雄赳赳地向山中进发了。四周青山绿水，莺歌燕舞，山岩巨石耸立，山坡上野花绚烂，大山延绵不断，山路曲折崎岖……这时节，阳光分外明媚，山河别样妖艳，好一派南国丘陵地带的美好风光啊！四人手拉着手，肩并着肩，超前落后地攀爬在大山的母腹之中。他们笑声朗朗，目光炯炯，手勤脚快，收获着他们所需之野山笋和野果。荷姑的手总是拉着夏小琴的手，一起奋力攀登和采摘着。周家兄弟自然在前面开道，霎时间兄弟俩便走得无影无踪了。姐妹俩向山上望去，只见朵朵白云底下忽隐忽现地露出两个小小的人影——周平和周安。山景是无比美妙的，有了人的点缀就更为好看了。这正是："人事有代谢，往来成古今，江山留胜迹，我辈复登临。"当四人登上四明山山腰时，草鞋把大山踩在脚下，他们心中别说有多大的喜悦与自豪了。

　　他们本是山乡小村的贫穷子弟，此时却有了登临大山之豪情呀！就连女孩儿夏荷也增加了一点做人的豪气和勇气呀。

突然，周家兄弟的人影不见了，想必去寻找被击中的猎物了吧，什么野兔呀，斑鸠呀，或者是山间作恶多端的小狼呀。不见了周平和周安，姐妹俩爬山行事便小心多了，因为没有了保护神了呀。她俩小心翼翼地转过了两道山湾。突然，看见前面山崖下草丛中斜躺着一个年轻的男人，他缩着身子在草丛里瑟瑟抖动着，小腿裤管上洇洇地流着鲜血……顿时，姐妹俩被惊呆了，也是缩在附近的灌木丛中，细细地窥视着。估计那男子也发现了她们，只是咬紧牙关不作声。

姐妹俩索性壮着胆子走过去，问他是什么人，为何受伤在此间。只听那男子毫无防备地告诉两个村姑，他是一个地下游击队的编外联络员，一个有点倾向革命的学生。一队革命党队员与国名党匪兵冲突较量后，已经离开了此地。因为他跑在了最后，中了一枪，饮弹卧倒在此间，总算留住了性命。他还说，他只是偶尔为之的，想不到就中了枪。两个村姑听后，几乎昏死过去，非常害怕。

说时迟，那时快，那男子立即爬起身来想奔跑去追寻队伍，转头向她俩凄然一笑，说道他要走了。此时此刻，姐妹俩凭本能意识到他是一个好人。心想，他腿上流着血怎么跑呢。于是荷姑飞快地扯下围身布兰（围裙）的一角，俯下身去为壮士把伤口包扎好。还说了声，"快走吧，年轻轻的不要躺在这里等死！快逃吧，大兄弟！"小琴也说了一句，"快，快逃吧！你们打游击是为了老百姓呀！"只见他，爬起身来向她俩鞠了一躬。

此时此刻，姐妹俩才认清楚那男子的面目：那人是个正派的白面书生，文质彬彬。面目俊雅，眉清目秀，戴着眼镜，中等个头。身穿一套浅蓝色半旧学生装，斯文有礼。惊骇之中，他还躬身施礼，并且露出无可奈何的笑容……这相貌，这场景，这气氛着实地令夏荷姑娘吃惊，令她顿时魂不舍守，震撼异常。他想，天底下竟有这般正义、俊美、潇洒的男子呀！今天我们相救于他，值！因为他是一个有模有样的好男人呀！

夏荷思想深处的一根弦被拨动了，夏荷心灵中对于男性的爱的情丝破天荒地被拨动了。这一刹那，荷姑的心被那男子的目光射透了。顿时，天光、山色、绿草、繁花似乎都舞动旋转起来了……使夏荷为之一震，好像也一起舞动起来了……

山间遇战斗，山间遇英才。

山间的惊险相遇，永远根深蒂固地印在了夏荷姑娘的心里了呀！这个革命党的朋友，他能走出险境吗？善良而懂事的夏荷一直在为他担心着，担心着。

这奇遇，发生在人间，发生在天地之间。

这奇遇，打开了夏荷的心门，让这位美丽的村姑第一次产生了对于男子的特殊情感……

日后，美丽的夏荷还会碰到这位文质彬彬的白面书生——勇敢而有礼貌的年轻人吗？

（二）

"雄雉于飞，泄泄其羽。我之怀矣，自诒伊阻。"诗经《雄雉》里说得清楚明白，雄雉在眼前飞行，能看到它的形态，听到它的声音，会叫异性产生殷切的思念之情。

不知道什么缘故，夏荷自山中奇遇之后，就一直思念着那个白面书生。这算是人们常说的"缘分"吗？算不上。却是提不起又放不下。荷姑对于那个从不相识的人的印象好而且深。那男子的面目秀色可餐，放光的眼神，礼貌的举止，特别是明眸皓齿，微笑温顺……叫她永远忘不了。她想，难道这就是她喜欢的类型吗？

不久，母亲周春雨从县城东家处回来，又兴冲冲地告诉女儿一个喜讯。她说："有户人家托媒婆来做媒了。我这回为女儿找了一门好婆家。那是文昌县西城外祝家庄一户富农人家。所生姐弟两人，小后生名叫祝文彬，读书之人，一表人才。在宁波市读了三年高中，现正在宁波高级文书管理学校读书，即将毕业，以后准定是位坐写字间的文职人员。熟人们都说"这个后生人才又好，文才又好，家境富裕，又是个独生儿子。将来必定是个支撑门庭的栋梁之材"。

母亲又说："荷姑呀，这下你可满意了吧！我家女儿能嫁到如此上等人家，真正是前世修来的福气呀。"母亲越说越激动，不禁流下了喜悦的泪水。

可是，女儿却低着头一声不响。此刻，她那美艳娟秀的脸上也簌簌地流下了泪水。

　　母亲问她是否愿意，她竟然说了句让母亲惊诧莫名的回答："妈，多谢你的好意，你为我的婚姻操碎了心，但是我不答应这门亲事。"又说："如果家里硬要逼我去嫁这个财主的儿子，我情愿终生不嫁，服侍爹娘！"因为在夏荷的心中隐约地住着一个白面书生。

　　面对女儿如此强硬的回答，母亲顿时老泪纵横，泣不成声。母亲伤心伤意地说："儿呀，如果你重病在床的老父执意要你嫁给祝文彬，你会同意吗？我相信你是父母的孝敬女儿……"荷姑听后，果然不语，痛哭流涕不止……

　　在那个年代，国家破败不堪，兵荒马乱，正值日本鬼子侵华伊始，国家遭难，人民痛苦不堪。到处是乌云满天，枪林弹雨，天下动乱。天呀天，即使在这样民不聊生，暗无天日的时候，人间诸事还在发生着进行着，如男婚女嫁，包括女人生孩子，无时无刻不在悄悄地发生而且进行着，繁衍着……

　　荷姑的婚嫁就在这社会诸事的困境间隙中夹缝而生呀！在那个年代，儿女婚姻是要听父母之命，媒妁之言的。任凭荷姑心里想着装着的是那个邂逅的白面书生，都是没有用的。她必须强迫自己放弃那个人，忘却他的美好形象，牺牲自己虚幻的追求，背叛那高山奇遇中的一见钟情，含泪饮恨去服从父母之命。

　　小表妹夏小琴常常过来陪她说话。只有她知道荷姑的心事，了解"奇遇"的来龙去脉。她同情荷姑的辛酸与苦闷。然而她也说不出所以然来。她总是问："荷姐，你什么时候成亲呢？到时我会随大红花轿送你出嫁去的。好姐姐，你再不要哭了，忘记那个白面书生吧，你该准备嫁妆了。"

迎亲的黄道吉日到了，大红花轿抬过了40里路。一路上艳阳还是高照，春风还是拂面，吹吹打打，喜气洋洋。只是时局不好，民心欠佳罢了。美丽新娘夏荷终于被抬到了一个陌生的地方——文昌县西城外祝家庄。顿时鞭炮齐鸣，管乐笙箫，凤冠霞帔，拜堂成亲，送入洞房。江南农村办喜事是要讲究排场与热闹的。

闲话不多说了，在那成亲之夜，洞房花烛之时，荷姑将会怎么样呢？面对一个陌生的男人，会不会要了她的命？拂去喜气她会不会流下对白面书生思念的泪？伤心伤意的绝望的撕心裂肺的泪？

在拜堂时，新娘头蒙红巾，蒙盖着千娇百媚的脸蛋。不但她看不见新郎，新郎也看不见她，真正的如两个蒙面之人，谁也不识对方的庐山真面目。只有送亲的小表妹小琴放心不下，生怕洞房时会发生什么事态，因为木讷倔强的夏荷有时很可能会干出傻事来的。

洞房花烛之夜，新郎新娘都穿着新婚礼服端坐于新房之中。那新房设在祝家墙门府第二楼，豪华阔绰：房内大红衣橱四口，顶上陈列着锡瓶饭盂八只，橱前排有大红阔长凳四条，梳妆台，写字桌，八仙桌，圆型宫廷式雕花凳，雕花嵌玉嵌镜大凉床，还有宫廷式茶几花几等，一应俱全。一片大红，满堂生辉，豪华尽显，气势不凡。一队大红龙凤花烛高大气派，喜庆的烛光熊熊升腾。五彩光亮的一对琉璃花瓶之间，端放着一把金光闪闪的旧式长方型的同心锁。

这，就是祝家布置的新房，豪华的富贵的温柔之乡。

新房之中，天上人间已经是很难分辨的了。

这，就是中国20世纪40年代初，江南农村富裕人家所陈设的结婚新房。

这，就是新郎祝文彬和新娘夏荷的新房。

新郎祝文彬心中着急想揭开新娘的戴头蓬，又怕太早了有失斯文；不揭吧，新娘子究竟是何面目，美丽的还是丑陋的，心中火急火燎的。中国农村婚礼就是这样的滑稽而有趣。新婚结合前新人没有见过面，面貌、模样、人品、性格、素养等如何，双方几乎全然不知，完全是碰运气。要等揭开盖头的时候才恍然大悟……然而，不管怎样，只要拜过天地，就算喜结良缘了，谁后悔都没有用。这就是几千年以来中国人的婚姻民俗和做法。

祝文彬是有点个性解放和民主自由思想的人。他确实再也等待不得了，他想，"丑媳妇"总是要见公婆的，便走向新娘大胆地揭开了红盖头。

当"唰"的一声响，红盖头被揭开的时候，两位新人顿时四眼相对，就惊呆了！就傻了！

说时迟，那是快，两人都惊讶万分地喊了一声："啊！原来是你！"

那时他们目光相对相接，放着光亮，露出惊喜，并且被突如其来的喜悦惊呆了，惊傻了。原来两人是认得的，原来两人曾经有过一面之缘！原来那新郎就是山中见过的伤员——白面书生；原来新娘就是为伤员包扎过腿伤的美丽村姑。天啊天，人间竟有如此美满的姻缘，连他们自己做梦都没有想到过。他们想，我们为什么有这么好的命运呢？

于是，两人立即紧紧相拥了。两人身上都冒着青春的热气，透过豪华的婚服，传到了对方的身上和心里。两人长时间地拥抱着，亲吻着……内心里真正地尝到了喜结良缘的滋味呀！

两人手牵手，肩挨肩坐在床沿上亲昵地说着话。一点儿不掩饰，一点儿不矫情。一个为他包扎过腿伤，一个曾经被施救过。不管怎么说似曾相识。虽为山间邂逅，然而在年轻人心中留下了深深的记忆。所以他们相处得很自在。

荷姑摸了一下自己的胸口说："文彬呀，我真的没有想到会是你，连做梦都没有想过。自从那日山间相遇后，我一直思念着你，心都被提了起来。后悔当初放走了你，后悔没有带你回我家疗伤……你那张清秀文气的脸始终在我的脑际晃动着。我好像是一见钟情，我简直着了魔。我最害怕的是今生今世再也不能见到你。"

文彬也摸了一下自己的胸口说："夏荷呀，我也没有想到新娘会是你，连做梦也没有想过。山间奇遇后，我又回到宁波去读书，与我接应的那支队伍已经北上抗日去了。我也经常想起你——我亲爱美貌的好人呀！我想过，那个仙女还能见面吗？但愿有那一日。我渴望着，渴望着……后来毕业回了家，父母要我成亲，我这个独子为续家族香火，传宗接代，光宗耀祖，我就无法推辞了。随他们去安排，只等拜堂成亲了。我虽想追求自由婚姻，但为了孝敬父母，只得做个婚姻的牺牲品了。没想到，今日我的新娘竟会是你。这正是天作之合，天赐良缘呀……"

两人又交颈亲吻，那是新婚一刻甜蜜之吻呀。那是邂逅相遇，一见钟情，铭心相思，永结同好之吻呀！

原来，山间奇遇后，两人的心里都发生着非同一般的震撼，只恨无缘再相见。原来少男少女之间有着如此强大的吸引力，难道这是人的天性吗？现在，正所谓梦中情人出现在现实之中了。两人真正的是喜从天降喜不自禁呀。

喜庆的夜晚，久别的重逢，离奇的经历，浪漫的情调。两个有情的人喜结良缘，可以说这是人间的一桩奇缘。在大红花烛熊熊光焰下，两人喜滋滋地相拥而眠。只见那雕花凉床上雪白的朱罗纱帐幔随风飘荡着，让新婚夫妇发生了切肤之亲。这是个永生难忘的第一夜。

从此，荷姑闻到了丈夫的独特气味，抚摸着丈夫年轻硕壮的身体，感受着丈夫温柔细腻的性情，吮吸着丈夫通身散发出来的勾心情愫。文彬的感觉自然也是一样的，天上人间，新婚之夜，荷姑飘飘欲仙，往日万种相思，今夜一泻无遗。两人初试云雨情，尝到了夫妻生活的甜美滋味。那一夜，夫妻间的热烈程度自不必说了。

荷姑睡在丈夫的怀里，亲昵地说："彬哥，从此我称你为彬哥了。我们美满的结合，如此幸福，能天长地久吗？"

文彬搂着新娘，百般体贴地回答道："荷妹，从此我称你为荷妹了。我俩是天生一对，地生一双。我们定会举案齐眉，永结同心，天长地久，百年好合的。小傻瓜，难道会有什么力量把我俩拆散吗？不会的，我俩永远是新婚，永远在一起！"

如此，新婚夫妇相拥得更紧了，他们消受着上天作伐的传奇的美满姻缘。

祝家大院二楼的新房里红烛通明，彻夜不息……祝太公和祝太婆自然是满脸喜色，笑得合不拢嘴……

那么，一见钟情，巧合婚姻。到底是福还是祸？

（三）

祝文彬、夏荷新婚燕尔一月，小夫妻俩的感情一日日地增进。每日里同进同出，同吃同卧，双宿双飞，情暖心底。祝太公、祝太婆见他俩更是喜不自禁。老两口为家中单顶独子能娶到如此美眷感到由衷的高兴，为家族的后继有人而欣喜不已。

文彬的表现，令荷姑很满意。

每日清晨夫妻俩恋恋不舍地起身下床。文彬抚摸着她的身体，亲吻着她的脸，把她抱起来，替她穿好衣服，扣好纽扣，还要替她戴好手镯和戒指。再把她抱下楼，戴着眼镜的脸一直贴着新娘子的脸，活像抱着一个十世单传的婴儿一般。

如此这般的爱恋，叫人看了也动情。首先是令新娘动情不已，令旁人都会称赞新郎的另有一功。父母看了总是笑眯眯的，他们觉得"家和万事兴"，夫妻和睦比什么都重要。

看来，祝文彬分明是一个情种！在中国20世纪40年代初期，这种人会十分讨姑娘们的喜欢的。

果然，荷姑对丈夫百依百顺，真正地喜爱到心底。她对公婆孝敬有加。新婚祥和，祝家墙门是喜气洋洋呀。

这个月内，祝文彬牵着妻子走遍了四邻八乡，拜访了三亲六眷；看遍了花灯庙会；游遍了大街小巷；吃遍了江南佳肴；买尽了家用百货。一个富裕的农家书生，一个倾向革命崇尚个性解放的浪漫书生，很爱这位美貌贤惠的娇妻。正因为她美艳，就希望亲朋好友们都看到。

真正是祝家门庭尽显风光，一派祥和，庄里庄外，闻名遐迩……

谁不闻知祝公子喜结了良缘，祝家门庭有望了。此事大大地惊动了祝文彬的宁波同窗师兄沈一万。

沈一万立即马不停蹄地专程拜访文昌县西城外祝家庄祝文彬来了。

见学友来访，新夫妻俩不亦乐乎。祝家自然是杀鸡办饭，不在话下。

沈一万身材高大壮实，穿一件黑色皮茄克衫，浅灰色条纹西裤，脚蹬一双锃亮的黑皮鞋。从衣着打扮上比文彬时髦潇洒。鼻梁上还架着一副黑色太阳镜，活脱脱的一个贵家公子摸样。这副穿着是20世纪40年代才兴起的时尚打扮，是阔绰气派的洋学生形象。

沈一万对祝文彬说："师弟呀，你好运道，结婚比我早，听说还找了位好媳妇，是个方圆百里的美女吧。太好了，今日我特地过来拜访阁下，祝贺你们新婚幸福！"

文彬喜滋滋地答道："师兄你过奖了，我妻子美女谈不上，只是个贤淑本分的农家女子罢了。婚姻嘛，听凭父母与媒人去说合，我没有过多的去过问，听天由命成的事。不怕你笑，红盖头一揭，面目还清秀，仅此而已，仅此而已呀。"

沈一万听后，心中一愣，心想：怎么老天爷帮你却不帮我呢？这个女人嘛，我家也曾去做过媒的……当初听母亲说过的。

沈一万深藏不露，却说："师弟不必自谦，贤妻是个宝，你是个有福之人，今后你家会越来越兴旺发达的。"两人说说笑笑，谈锋甚健，自然是来者恭维，主人自谦。两个乡村豪门贵家之子谈得很随意，很开心。

其实，两人各有所思，不想和盘托出。特别是沈一万的心好像被猫子抓了一把似的，他的内心在较劲。

祝文彬深知沈一万为人城府颇深，真诚不足，往往言过其实，说话行事另有一套，不涉及正题，环顾左右而言他。他想，沈一万此来定是有目的的，"嘻嘻哈哈"难以明了他的来意，且待言谈嬉笑中探一探他的口风。另外，他想沈一万虽然只大他一岁，但他内向且狡黠，往往心中有事却不明言；又会突然向人发难，往往使人抵挡不及，防不胜防；同时他对"革命党人"成见颇深，对当前社会的新思潮新行为有不满情绪……所以，文彬告诫自己要防备，话不能多，言多必失呀。

中午，祝家厅堂里摆起家宴，请沈一万师兄喝喜酒。祝太公祝太婆吩咐厨娘做了十八大碗美味佳肴盛情款待沈公子。新娘子夏荷与丈夫文彬并肩而坐，相陪贵客。她微笑着殷勤待客，十分礼貌。她抬眼看了看沈一万，只是从未见过面不认得，可以说是新结识的，所以很自然不拘谨。

沈一万呢，他朝新娘子看了几眼，有点目不转睛，被美貌愣住了，有点不自然。说起话来不如先前流利无所顾忌，这会儿有些不自在了。好在一直戴着墨镜，为他的表情作了掩饰。看起来，墨镜是件好东西，除了能遮挡太阳光之外，还可以当饰品，还可以适时遮掩脸上的表情。上好的东西，真能派上用场！

席间，祝文彬虽有防备，由于他的随意却没有看出什么来；两位老人只顾款待客人，更不会看出什么来；唯有新娘夏荷产生了惊心的一悸，她发现沈一万看她的时候神情有些怪怪的，说话有些颠三倒四不自然。大家都没有多想什么，只道是沈一万是祝文彬的师兄，热情的乡下人就把他当作上宾贵客来敬了，别无他想。

饭后，沈一万提出要参观一下新房，说是想学习观摩一下，今后自己结婚时也可有个仿效的样板。新夫妻俩自然十分欣慰，乐意陪他上楼看看。进房后，沈一万看得心里愣了好久，口里称赞不绝，说新房陈设档次很高，十分大气优雅，喜庆且有民族风格，是乡间一流的婚房。突然，他在大红八仙桌上两只五彩琉璃花瓶之间发现了一把金色的明晃晃的长方形老式铜锁，估计是把同心锁。根据乡间民俗该物应是新娘嫁妆里带过来的。他仔细地看了几眼，用手摸了几下，别有用心地想了许久……

三日后，天上下起了小雨，阴沉沉的，地下一片湿滑泥泞，文彬在八角方井边洗着脸。沈一万师兄又来了，见他露出了慌慌张张，神神秘秘的神情。走进祝家墙门，在井边小桌旁坐下了，拉着文彬轻声地说着话，他不想惊动祝家其他的人。夏荷正在楼上房间里，从窗门望下去，就看到了沈一万和祝文彬坐在露天桌边说话的情景。明明白白的，那人穿着黑茄克，戴着墨眼镜，神秘莫测的，好似偷偷摸摸地在联络。

沈一万轻声告诉文彬："文彬兄弟，今天特地来告诉你一件事，万望细听明察。"于是，他从裤子口袋里摸出一件东西———一把闪亮的发出黄光的长方形旧式小铜锁。他说，这把小铜锁是一个女人一年前送给他的。这个女人他认得，不是别人，就是你的妻子夏荷，确定无疑的！当时，也是有人替他们说媒，他们见了面，曾经有过亲密接触。他还红着脸说，他俩有过非同一般的男女接触。说夏荷送了他这把铜锁，说夏荷表示要与他结下三生之缘。他还说，不信你回房去看一下桌上的那把铜锁，是不是跟我的这把一个样？他还说，夏荷把铜锁给你的时候，是否也说过同样的话呢。他说，文彬贤弟呀！你千万要慎重行事呀！说完此话后，沈一万心很虚恐怕造谣败露，挑拨不成，就想扭头离去。沈一万用手托了托鼻梁上黑色太阳镜，立刻转身，挥袖辞别文彬而去。

祝文彬一抬头，只见沈一万在湿漉漉的阴雨天里拔腿就走。他的黑茄克衫的身影越来越小，渐渐地渐渐地远去，消失在村口的大榕树之下……

如此这般鬼魅言语敲打着祝文彬的心，痛彻着他的五脏六腑。从此这位新郎真的发了呆。

"三生之缘"的说法如五雷轰顶，"非同一般的男女的接触"，让他受辱不堪。他无数次轻声问道："荷姑原来是这样下贱的女人吗？"那把金色小铜锁的形象一直存留在他的脑海里，不断地扩大着，扩大着……牢固地占据着，占据着……

然而，荷姑好奇地问文彬："彬哥，沈一万来过了是吗？他来干啥的？"

文彬随意地回答了一句："没有什么大事，他说了些学校里发生的事。"

荷姑相信丈夫说的是实话，不再细问。

当然，天下事往往是无风不起浪的。这件恶毒告密的事，还是有来因起源的：一年前，沈一万家曾经向夏荷家提过亲做过媒。由于沈一万是个独眼龙，荷姑没有答应这门亲事，求母亲推掉算了，母亲当即就回绝了媒人。之后，自傲自负的沈一万感到身受奇耻大辱，很不开心。因为自己的生理缺陷而被美女拒亲，着实地难以忍受。心想：父母是财百万，可谓和阳县城内鼎鼎有名的大户人家，在乡间是户显赫门第，几乎无人可敌。谁人可以得罪呢？现在，连找个贫穷农户家的女儿还反遭其辱，真正是太气愤了，太可悲了。心想：这口恶气准定会出出来的！君子报仇，十年不晚！

这次访友祝婚自然有不良用心，就是在找出气筒！

他自言自语地说："凡是我沈大少爷得不到的东西，别人休想得到！"又说："祝文彬算什么东西？！我沈大少爷得不到夏荷，你也休想占有！小祝这个贱货凭什么占我之上？总有一天，我要你竹篮打水一场空！把你家搞得鸡飞狗跳墙！夏荷这个小贱人，我不会让你有好日子过的！"

沈一万这个独眼龙蓄谋已久，终于在访友之后出手了，给小祝和夏荷以沉重打击。

当他看到那把长方形旧式铜锁时，便心生一计。旋即到和阳县城东街商铺里买了一把一模一样的小铜锁……

生活之中，有的人在明处，有的人在暗处。有的施手段玩诡计；有的人却缺防心不思得失。还有像荷姑那样天真烂漫，从来想不到别人会使绊子下手段害人的。哪怕终生受苦，都弄不清楚祸起萧墙。沈一万心想，不用多时，我会看到你们夫妻失和，而且是妻离子散，终生不得团聚！况且你祝文彬小小年纪就倾向革命党，老子会给你颜色看的！

祝文彬呢，也有思想。他想，找个妻子有勾引人的前科，不洁不净的，真正是倒霉透顶。难道我要把纯洁的爱情给这个肮脏的女人吗？我要及早反思呀。当祝文彬知道了夏荷见不得人的隐私后，万箭穿心，蒙辱难忍，且深信不疑，他不想去问夏荷情由，也不想将沈的告密告诉夏荷。心想，这事我要瞒你一生，肮脏的女人让你去承受一生一世吧。看来祝大少爷的气心真大，而且轻率而狭隘。当游击队编外联络员时的勇敢劲儿渐渐消失了。

友人来访之后，祝、沈二人各有所思，各怀心态，表面不说，内心里却泛起波澜……只有夏荷这个愚笨的新妇被蒙在鼓里，依然稀里糊涂地着过日子……

那么，祝文彬、夏荷的美满婚姻将向着哪个方向演进下去呢？会不会出现婚姻危机呢？

（四）

家乡依旧是青山绿水，故园仍然是青砖瓦房。祝家墙门高大阔绰，院子里百花簇新，新房里金碧辉煌，农工们欢声笑语。新娘子貌艳多姿，满面喜色不褪。她体贴丈夫，孝敬公婆，上得厅堂，下得厨房。农工们勤劳耕作，丰收在望。祝家自从娶了新媳妇夏荷后，一片兴旺，尽显家运亨通。

唯有大少爷祝文彬沉默寡言，一反新婚时之常态。明显地看到他饭吃少了，书也无心阅览，颜体书法也不练习了，父母跟前请安也留于形式了，少言寡语一脸无奈的样子。跟妻子已经失去了往日的热情，言谈举止好像变了一个人似的。荷姑看到他往往独自流泪叹气。荷姑多次想问他这是为什么，往往话到唇边就吞了回去。两人虽似往日一般同吃同眠，却不见他的热情与欢颜。

他，好像麻木了；他，好像心神不定了；他，好像精神受了刺激，或者说是中了邪。从此，伤心伤意的眼泪在荷姑秀丽的脸上挂了下来。

天有不测风云，人有旦夕祸福。

荷姑感到祸从天降，大事不好了。她时刻担心着文彬会出什么事。她有预感，心中很不平静。她感到已经处于山雨欲来风满楼的时刻了。于是，她决定斗胆试问一下夫君，晚上睡觉前，荷姑忐忑不安地问文彬："彬哥，近日来你为何总是闷闷不乐？是不是我做错了什么，请你告诉我。"

文彬半晌没有出声，睡在凉床上翻来覆去，双手不停地拍着床板，眼睛翻白，痴痴地望着帐顶，又无奈地看看荷姑，他终于说出了一句话："没有什么，真的没有什么。我想近期回宁波去找份工作。"

别的什么话都没有了，就闭上眼睛昏昏睡去。使荷姑猛然吃了一惊。她想，我完了，他已经不想跟我说什么了，现在睡在我身边的冷若冰霜的男人还是我的丈夫吗？我俩的夫妻缘分难道会这样短暂吗？可怕的想法紧紧地围绕着她，她害怕极了。

荷姑想竭力改变现状：她吻吻丈夫的脸，他不响；她摸摸丈夫的身子，他不动；她挪挪丈夫的双腿，他不动弹；她摸摸丈夫的心，那颗心在缓缓地跳动着……她明白了，睡在身边的已经不是她亲爱的丈夫了，他是一个活死人。可怜的乡姑没有办法排遣这莫名的变化和打击，她只有用最原始的办法来试探丈夫的心了。

她哭湿了被头，哭湿了绣花枕头，哭湿自己的脸和内衣……她疲倦了，她眼泪婆娑地紧挨着他的丈夫睡，吻着他的身体，嗅着他身上散发出来的特有的气味……可是他一动也不动，像个木头人。

这一夜真是长夜难眠呀！新郎睡着了，新娘小睡一会儿等待着天明。

院子里报晓雄鸡一声啼，新娘便一骨碌起身。用手一摸，啊呀不好，发现新郎已经不在身边了，不知去向了。天哪，这个晴天霹雳打得荷姑呼天抢地，嚎啕大哭。顷刻瘫软在她的豪华精美的婚床之上了。

"天哪!"荷姑叫天天不应;"地哪!"荷姑叫地地不灵。哭天喊地有什么用呢?这个渴望爱情的女人,却抓不住爱情,让它平白无故地溜掉了,逃走了。

可怜荷姑与厨娘祝阿苗围着村子四处寻找,呜咽着擦着泪水,探察着村里村外的情景……看看文彬是否坐在哪家喝茶闲话,看看文彬是否在哪个墙角落里躲藏。心里揣着一个希望——能看到丈夫文彬少爷健美的身影和听到他斯文儒雅的谈吐声……

一连找了几天几夜,她失望了。真的不见文彬的踪影,杳无音信。夏荷焦急万分,手上捏出一把汗。她想,根据文彬的预示,他可能已经离开家乡到宁波谋职去了,心下准备不日动身追踪而去。

话分两头,各表一枝。

新婚后的文彬,在思想情感上,出现了很大的落差。沈一万来访之前,为新婚而陶醉,满心充溢着欢愉和幸福;沈一万来访之后,闻听夏荷前情,痛彻心肺如同山川河岳崩溃一般。心想,我追求的是圣洁的爱情而不是污秽的婚姻。那把"同心锁"使我蒙受了奇耻大辱,令我心死。我必须逃离家乡,逃得越远越好,哪怕是天涯海角,我也在所不惜……今生今世我绝不向夏荷吐露真情,绝不归来。

好狠心的郎君呀!好狠心的白面书生呀!好狠心的农家富贵子弟呀!虽说他曾经接近过革命党,有追求进步的思想情结。其实,封建残余思想已经侵蚀了他的心和机体。更为可怕的是，他不想去问荷姑，不思这前情的有无，轻信他人之言。那么，年轻的灵魂就当即被击垮，美满的婚姻瞬间被破坏无余。

逃，逃，逃！逃到哪里去呢？文彬决心已定，逃到荷姑想不到的地方去！曾说过去宁波谋职，那只是虚晃一枪而已。

出得家门之后，祝文彬径直由宁波赴上海。

正所谓辽阔天地任其游，走上大丈夫自由谋生之路。边行边想：夏荷你这个无耻女人，瞒着私情，深藏于心，假装笑容，蒙骗于我，真正是个可恶可嫌的妇人！什么"同心锁"，什么"三生之缘"，全都是骗人的鬼话！下三滥的手段！这祝文彬生来有些持家境好、有些自傲，还是个内向生闷气的人，一旦生了谁的气，就会咬紧牙关不说话的。他哪里会知道夏荷婚前有什么隐情呢。只是一个劲儿地独断独往了。

文彬在怨恨声中逃跑，荷姑在骗局中受害。可怜荷姑全然不知情由，连辩解的机会都没有。

上海是座十里洋场，国民党欺压百姓，帝国主义列强涌入，再加上日本帝国主义逞凶入侵，国家民族处于危难之中，老百姓被统治蹂躏，民不聊生，社会变态，劳苦大众处于水深火热之中。在这个光怪陆离变相发展的大商埠中，上海本土人都很难维持生计，一个外来的乡间青年祝文彬想找个落脚地、想求职就难上加难了。俗话说："乡下一条龙，上海一只虫。"一个灰头土脸的乡下中专毕业生，举目无亲，人地生疏，要想求职，必然是四处碰壁了。

逃婚到上海想落脚，完全不可能。做几日苦力，把带在身上的钱用完了，就走投无路，流落街头，只能当瘪三了。祝文彬一个乡间的大少爷，很快就要流浪讨饭度日了。看样子，他是完全无力混迹于上海下层社会了。往日的骄娇二气全部被扫除，只得另谋出路了。文彬有时后悔自己出门时忘记抄录几个在上海的远房亲戚的地址，故陷自己于孤立无援的地步。

一个在逃，一个在寻。这段日子里，夏荷和夏莲一起已经找遍了宁波市。真正是一人躲，万人找，哪里是个方向呢？连个蛛丝马迹都没有。

荷姑泪光闪闪地对小妹说："莲姑妹呀，这冤家为什么要躲我呢？为什么要弃我而去呢？难道是因我容貌不美吗？"

莲姑反驳道："哪里是容貌不美呢？乡邻们都说姐姐美如天仙呢。"

荷姑又问："妹呀，这冤家反脸不认人，难道是因我不会做家事吗？"

莲姑气愤地说道："姐姐你向来手勤脚健，做事能干，又会体贴人，天地良心呀，真正气煞人了！"

荷姑又问："妹呀，是不是我不孝敬长辈，惹他生气了呢？"

莲姑十分有把握地说："姐姐你一贯尊敬长辈，难道会不尊敬祝太公祝太婆吗？简直是笑话！"

荷姑想，这不是那不是，真叫人百思不解，百口莫辩呀！

后来，荷姑终于想出来了，惴惴不安地问："小妹呀，是不是因为我没有文化，与他一个堂堂省城中专毕业生不相配吗？"

　　小妹被可怜的自卑的姐姐问住了，她惊恐莫名地说，可能是这个缘故呀。小妹分析道："提亲时他不了解你的文化程度，结婚后你俩朝夕相处，就被他摸了底，恐怕对你产生了嫌弃之意未有可知。是呀，很可能是这个原因。"

　　姐妹俩痛苦地猜来猜去，心中无比痛苦凄然。

　　后来，聪明灵巧的妹子又说："姐姐呀，你为什么要嫁个知识分子呢？况且是个白面书生？"问得姐姐哑口无言。

　　荷姑低头细想，不管怎样，我是爱他的，此爱坚如磐石，今生难改，哪怕终老一生，我决心把他找回家！

　　当时，娘家前窗门的周平、周安兄弟已经离开了家乡，在宁波开了一家水产商店。他们开头在宁波的一条水产街上摆摊卖鱼，后来因结识贩水产的渔家姑娘阿萍，周平与其结了婚，共同开设了一家水产铺子。后来，荷姑、莲姑找到了他们，并且希望他们协助探听文彬消息。他们一家也尽力在帮助荷姑寻找祝文彬。

　　当时，躲在阴暗角落里的沈一万，已经获悉文彬逃离的消息了，他喜不自禁。心想，文彬这小子你交什么桃花运？你与我玩还嫩了点！只要我略施小技，就能让你家破人亡。不是吗？只要我轻轻拨动那把小铜锁，就要你家天翻地覆！他自言自语道："哼，谁若犯到我沈大少爷的手里，就没有好果子吃！"

　　沈一万想，那夏荷，其实我根本就没有见过，她也不认得我。只是在媒人说合时，拿来一张照片看过，仅此而已罢了。这对小夫妻像一方豆腐，怎么这样经不起打呀。只是轻轻动一指头，就破碎得稀里哗啦了。"哈哈，哈哈！真有意思！"他得意地笑了。

这场冤案真是冤呀！沈一万和夏荷没有见过面是实，祝文彬和夏荷也只有一面之缘呀。这叫做：一面未见生仇隙，一面之缘结奇缘。在那个年代里，中国人的婚姻嫁娶就是这么的滑稽和荒唐！就是这么的轻率和沉重！

……

那祝文彬身在异乡贫困潦倒，走投无路。他穿着破衣烂衫，背着肮脏铺盖，像逃兵一样撤出上海滩，随人群快步跨上了一条长江大轮船，心想先到镇江后再去浙江省山乡找个落脚地。因为人很困乏，挤上船后，胡乱找个走廊席地而睡了……等他醒来，轮船已开过镇江很远了，闻声才知快到九江了。"我的天哪！我怎么没有听到大船播音员报站呀！天哪！我怎么办呢？"祝文彬这个像乞丐一样的人无助地在呼叫，只怪自己睡得太沉太死了。

他想，轮船过站怎么办呢？我回不了浙江，回不了宁波了。我现在是浪迹天涯无归路了。身上没有钱，脚下无有路。天哪，要怪就怪这场婚姻，为了逃脱，奔走千里，亡命天涯。这究竟是谁的罪孽？

天之涯，海之角。茫茫一片长江之水天际来，船头开向何处，祝文彬究竟要逃婚到何方？

长江之水天上来，茫茫天际，一泻千里。逆流而上，江风怒号，水声潺潺，白浪翻滚。大轮船究竟要驶向何方，逃婚人祝文彬心里完全没有数。

（五）

祝文彬闹婚变离家出走，文昌县西城外祝家庄村里村外，无人不知，无人不晓。传言纷纷，人人为祝家公子操心。看上去祝家门庭旧境自然还好：青砖大宅一栋，二层楼房依旧，院子青绿一片，八角方井一口，井边有株大槐树枝叶茂盛，院角四株桂花树，房前屋后栽有两排小冬青……有款有式，有模有样。只是，近日来主人祝太公祝太婆无有笑容，终日忧郁沉绵，少夫人夏荷已经脸无喜色，郁郁寡欢了。底下的厨娘、长工、短工们再也不敢嬉笑言谈了。院中是一片沉寂，一片忧郁，一片凄然……

这么好的一户人家如遇电击雷轰，随时可能走向败落，似乎谁也挡不住。

现在，祝家是兴旺是败落，就要看祝文彬能不能回家了。

女儿祝文雅是个书呆子。已经嫁给了沙田镇的一个小学教师沙玉田。祝文雅从小颇爱读书，在他丈夫的影响之下，也成了一名小学教员。生活平平过，经济上只能自顾自，管不了娘家多少事，如塌天祸殃降临，就更无能为力了。

祝太婆心里爱儿子又恨儿子。她说："文彬是个不争气的东西，好端端地结了婚，便忍心出走了，他对得起谁呀？我悔恨自己教子不严呀！"老母垂泪，老父捶胸顿足，又是气恼又是悔，茶不思饭不想的。终日里牵肠挂肚，老泪纵横。晚上，两位老人在惨淡的月光下，倚门而立，等待着儿子回家。他们尤其不能看见伤心的媳妇在垂泪等待。他们似乎明白，文彬的出走跟媳妇无关，绝对不是媳妇逼走的，是那个小畜生自己作孽，自己任性胡为。

星期天，姐姐姐夫从沙田镇回来了。文雅进门就问："母亲，文彬找到了没有？夏荷可有消息传回家？"

祝太婆哽咽着说："没有，没有消息。这小畜生太没有良心了，竟然会抛弃我二老而去，我心好痛！"

文雅连忙安慰双亲道："父亲，母亲，不要太难过了，文彬迟早会找到的。"

女婿玉田说了许多安慰话，还带来了沙田芋头两篮，新鲜鲤鱼两尾。

他们一起等待着，心急如焚，望眼欲穿。

两天后，夏荷姐妹俩终于回来了。

消息如晴天霹雳，没有找到祝文彬。荷姑泪流满面，扶着楼梯上楼进房去了。夏莲不知道说什么好，低头跟着姐姐上楼。

两位老人简直失魂落魄，大呼"家门不幸，家门不幸呀！"幸亏女儿女婿在家劝慰。后来，祝太婆终于说了一句话："文彬这孩子是中邪了。平时看他文雅淡定，实际上他是个倔强的人。他如果做错了事，是一生一世都不会回头的。"

祝太婆的话如雷贯耳，惊世骇俗，震耳欲聋，惊心动魄呀！因为知子不如母呀！

女儿文雅很聪明，对父母说："文彬不在宁波，可能在外省，先不要慌，继续雇人去寻找吧，掉不了的。"

　　文雅的话暂且放宽了全家人的心。父母暂时平静下来，上床睡了。唯有荷姑一直在想继续寻找的办法。她坐在房中，望了一眼那把金光闪闪的同心锁，方才安下心来。心想，有同心锁在，我急什么呢？同心锁会把我们紧紧锁在一起的，她坚信总有一天文彬会回来的。

　　由于女儿、女婿、夏莲的相继回家，祝家门庭又冷静了下来。当然局面不好，太公、太婆、荷姑三人是形影相随，忐忑不安。

　　一天，太婆心痛病发作，就是俗称的胃气痛。夏荷急忙上镇里去买药，走到街上，突然碰到了一个熟人。此人戴着黑眼镜，穿着皮茄克，一看便知是和阳县城的沈一万。他俩打过招呼后，谈及了文彬出走之事，沈一万故作惊讶。并且劝慰了荷姑几句："文彬嫂，你不用着急。如今天下不会随便不见人的，只要你耐心找，不日你夫妻就会重聚的。你们不是有'三生之缘'的同心锁吗？求求上苍保佑你们吧，放宽心吧！"轻描淡写的几句话，说得夏荷宽心多了。还提醒荷姑，"让太公太婆算个命卜个挂，问一下仙家心里就会安心得多。"这句话夏荷听进去了，并连声称谢，觉得人到难处还是有朋友的好，于是买了药就径直回家，把沈一万的话，转告了公婆。

　　果然，第二天一个算命先生走村串户来到了祝家庄。祝家长工祝阿福连忙叫住先生进院算命。

　　那算命先生装模作样，翻书掐指，终于皱着眉头把结果告诉了太公太婆，并嘱咐两老不必惊慌，顺其自然。那巉语是："天高地远，遥赴无疆，若要重逢，三年五载。"

这么一来，太公太婆浑身瘫软，就双双病倒在床了。不吃不喝，终日猜东猜西，如入虚无幻境，精神状态就日差一日了。

这么一来，夏荷倒是吃了颗定心丸。她不慌不忙，心想三年五载算什么，我等他！这说明文彬没有死，她望着那把同心锁傻笑起来了。

这样的日子，对于父母而言，悲痛欲绝，一个单顶之子失踪了，看不到希望，祝家前程一片灰暗；这样的日子，对于夏荷而言，虽然苦涩，却充满着希望，因为他没有听到祝文彬的死讯，祝家的前程似乎还存有希冀。

天有不测风云，人有旦夕祸福。三日后的一个夜晚，天地一片黑魆魆的，伸手不见五指。大风大雨侵蚀着祝家庄，流涧河的水涨得很高，伴着汹涌的波涛。这里平日里是朗朗乾坤，今晚上却是穷山恶水。突然，两个农工在院内高声叫道："夏荷，夏荷在家吗？少奶奶快快下楼呀！"

夏荷闻声急速下楼，问他们什么事。两人异口同声地说："不好了，太公太婆不见了。听说是被流涧河的急流冲走了。"夏荷忙问："这是真的吗？"他俩说："村里有人看见了，现在河边还围着不少人呢。"

夏荷把家里四下一望，果然不见二老，房里被子未叠，什物凌乱，茶杯蜡烛台都散落一地，房门是虚掩着的……荷姑心下明白了：二老跳下流涧河搀扶着涉水走向水流湍急的河中心去了……当下，荷姑像一个疯女人一样披头散发呼叫着奔向河边……

这时，狂风怒吼，暴雨倾泻，河边是人声鼎沸，鬼哭狼嚎。乡亲们向夏荷围拢来，拥着她的人，拍着她的身，姑娘嫂子围着她，替她遮风挡雨，叔伯兄弟围着她，商量驾起小船和竹筏，为她去寻找被急流冲走的二老……

悲惨呀，祝家庄上的人间惨剧上演了。

丈夫失踪，公婆投河，新娘子哭天喊地，150年来富裕的祝家马上显出一派败落景象。新娘夏荷再有本事也是独木难支呀。四邻八舍的乡亲们将这个哭得昏死的妇人抬回了家，家中所见的是一片恐慌和萧条……只见大门倾斜，房舍无色，鸡鸭死伤，百花凋零……

新娘醒来后，决心化悲痛为力量，挑起重担，请来亲朋族众，找到二老遗体，隆重安葬，入土为安。一时找不到祝文彬，也不怪他不来吊孝送葬，权且由自己代替吧。有什么办法呢？她和姐姐姐夫，还有夏莲以及长工祝阿福和厨娘祝阿苗、家中诸农工三十余人，在族长祝万年和乡亲八人的安排之下处理了祝家太公太婆的一应后事。

祝家的变化真正是很惨烈，令人触目惊心。

上个月是，披红挂彩迎新娘。

下个月是，披麻戴孝送旧人。

家破人亡使夏荷受害深重，依普通人看来，她将痛不欲生，寻死觅活。然而，她却不然。她虽然深受命运打击，痛苦大，压力重，声名狼藉。她相信，总有一天祝文彬会回来的，祝家仍然会兴旺发达起来的。

她含泪走进新房，仔细地打扫起来。地板擦得雪亮，门窗抹得簇新，橱柜抹得红光闪闪，顶上的锡瓶饭盂擦得银光闪闪，雕花婚床上绣花被子和枕头叠得整齐挺刮。尤其是大红八仙桌上五彩琉璃花瓶之间的那把同心锁被抹得金光闪闪，尽显祝家以前的喜气和富豪。

　　新房中的堂皇劲儿和喜庆劲儿绝对不亚于当初的成婚之夜。心想，一定要保持新房的吉祥和豪华。她还打开衣橱门，取出成婚时的绣花袄裤，又穿戴一身，美不胜收，毫不逊色。她想，我要永远等着我的新郎祝文彬归来。

　　那个害人的白面书生，不知逃到哪里去了，他那斯文俊雅的形象永远停留在新娘夏荷的脑海里。不知道那个害人的东西会不会回家，他现在到底在哪里呢？

（六）

白面书生到哪里去了呢？他在天之涯海之角吗？祝文彬一觉睡过了镇江，一脚踩到了九江地界。天哪，惊魂未定，半夜三更随着拥挤嘈杂的旅客队伍，挤下了大轮船。漆黑的夜晚，江风刮得紧，他抖动着的身躯站在了江边码头外的大街上。

在这个陌生的地方，他到哪里去呢？他搔头挠耳全然不知。但他心里还是明白的——他为了逃脱婚姻而出走，他是不能回家去的。他似乎有追求民主自由，个性解放的思想，他半懂不懂地在跟随着时代的脚步盲目行动。

轮船坐过了码头，幸好查票的没有查出来，否则他还没有补票的钱呢。现在到哪儿去呢？一来人生地不熟，二来手头拮据，自惭形秽呀。决定先到轮船码头候船室去过上一夜吧。他见到那里人多热气大，胡乱地挤上一夜再说吧。文彬误入浔阳江头，只听到枫叶吹拂之声和荻花在秋风中瑟瑟抖动的声音；又好像听到杜鹃啼血哀鸣和猿猴的惨叫声……当时的处境使他想起了古时琵琶女的处境，何等的伤感和心酸呀。

怎么会落到客地孤寂，无处存身的境地呢？难道是自己做错了什么？难道弃老别妇就要遭到老天爷的惩罚了吗？祝文彬苦苦思索着。

文彬走在九江的大街小巷上，像在上海的时候一样，东瞧瞧西看看，看能否找到出卖苦力的落脚之地。九江街头尽是些卖小吃的，摆地摊的，卖瓷器碗盏的，卖字画喊算命的，卖鲜鱼蔬菜的……林林总总，灰头土脸的，还有些小偷扒手在从中作梗。一个外乡的书生，对于这些营生，根本就拢不了边。

思来想去，走投无路，只有带着空空的行囊，转回到码头上去做苦力，或者买一条扁担一套绳索到轮船出站口去当挑夫，先混口饭吃再作计较。富家子弟身无分文，也有落难的时候。真叫一个惨呀。

为了逃避婚姻所累，祝文彬也作出了应有的牺牲。此时此刻的白面书生根本就没有想到年迈的双亲为他而故去，妻子因他而落难，家庭因他而败落。这些，他全然没有顾及，全然不放在心上。往日与荷姑的恩爱已经抛至九霄云外了，爱情在他的心中已经荡然无存了。看来他是一个薄幸的人。

祝文彬好容易在九江码头上做了个挑夫。上船下船，重压在肩，汗流浃背，气喘吁吁。赚的钱不能填饱肚子，还要招人白眼，受足闲气。后来，跟船上事务员混熟了，才允许他晚上睡在大船的走廊上或饭厅边甲板上。

白天辛苦劳累，晚上倒是可以临江眺望。当然是在大轮船停泊之时，若轮船起锚，就要被赶下船去的。

这也算是福气，好大的一片江面，由书生自由眺望。在明月清风滔滔江水里寻找一些惬意与安慰。他看到了大船小船昂首行驶在大江之上，都激越地发出高亢的长鸣声，各显神通，尽收眼底。最感兴趣的是那叶叶扁舟，即木制的小帆船。他看得既渺渺茫茫，又真真切切。"好呀！我的心顿时被点亮了。"他高声地毫无顾忌地喊叫着。

当挑夫既辛苦，还要受人白眼，有时感到莫名的耻辱，极难忍受。祝大少爷决心离开大轮船，另谋生路。他想在长江边上找到一条小舟，上船去做名小工，争口饭吃，该多么好多么逍遥自在呀。真正是漂泊的人，悸动的心！飘航在外追求自由的人呀！他的心中已经没有故乡和亲人，只有自己了。真正是："一年明月今宵多，人生由命非由他"了。

说来也奇怪，祝文彬日日在江边荡悠、拾荒、观景、觅船、找零工种种，对江边的人文地理、肩挑叫卖、泥泞小路、芦苇杂草等渐渐熟悉起来了，而且十分亲切。

有一天，一条木板渔舟停泊在曲折的江边，他十分好奇。用心望去，大约是条有篷的木板打渔小舟。船上有一个老汉和一个年轻的渔姑。那渔姑大约18岁左右，在船上做饭炒菜织渔网。这是一幅好风景，江水、渔舟、老者和少女，还有船上的炉灶、饭菜和青花粗瓷碗……

大江之上，诗一般的渔舟，鲜活的人物，神话般的生活，古朴的家什，多么美丽的奇景呀！竟在祝文彬的心灵上点亮了一盏明灯。

他尊敬有加地招呼长者，与他攀谈起来，态度十分谦恭。老渔民看他老实，对他也颇为热情，并不嫌弃他的贫穷与狼狈。连那姑娘还探头船舱，看了他几眼。后来，他大胆地问船家："大爷，我是一个帮工的，能不能到您船上打些零工？什么体力活我都能做。"

那船家名叫江尚，世代驾一叶小舟在长江上捕鱼为生。女儿名叫江曲花与老父相依为命，今年19岁，是年迈人的得力助手。因为老母亡故早，随从老父长年在风浪里搏击，是个懂事的苦孩子。能不能让这年轻人上船帮工，老父要看看女儿的主意。老汉当即示意女儿，那女孩点了点头。

江尚大爷说："小伙子，你识得水性吗？肯出苦力吗"

文彬似得了救命稻草一般，急忙回答："大爷，我从小识得水性，干活不惜力，什么重活都能干，万望您做做好事收留我吧。"

"上船下船搬东西可以吗？急风暴雨中能驾船干活吗？你说说看！"小姑娘终于开口了，语音还挺洪亮，言语利落，态度果敢。

文彬认真且老实地回答："除了撒网打鱼不会以外，其他粗活都能做，不要多少工钱，施舍一口饭吃就行了。万望主人收留我，我将没齿不忘，慢慢地报答你们。"

一老一少看他长得斯文，言语举止老实，身体较为健康，礼貌稳重，诚心诚意的样子，看来不像坏人。只是衣衫褴褛，面目污秽不洁罢了。舟上又缺人手，父女俩决定试用一段时间再说。

江尚大爷说："我们愿意照顾你这个流浪汉，上船试试看再说吧。有句话先跟你说清楚，船上一切东西不准乱拿乱用，讲规矩不偷盗。叫你做什么就做什么，行不行？"

祝文斌弯下身子，鞠了一躬说："谢谢恩人，谢谢东家！我一定循规蹈矩，绝不偷盗。如有不良行为发生，可以立即报官，拿我是问。"

天哪，一个富家子弟在外低头为奴，摒弃了身份意识，躬身唯求活命，为的是什么？是追求民主自由，个性解放吗？还是想竭力摆脱受辱的婚配？祝文彬试着换一种生活方式，试着不惜牺牲夏荷的幸福和人生来求得所谓的自尊、人格和解脱。

匪夷所思，匪夷所思！

难道说，上了小舟，清风明月，拍击水浪，撒网捕鱼，举桨摇橹，水声潺潺，渔歌飘飘，日出而作，日落而息……此种生活就能够洗涤妻子所给予的耻辱吗？20世纪40年代初某种知识分子的盲目追求叫人哭笑不得。

即使上了小舟，做成了渔家的苦力，文彬的生活会怎样呢？他是不是真正找到了落脚地呢？年纪轻轻弃家别妇，对老父老母和妻子没有担当，已经是不可原谅了，再则还要上小舟玩浪漫，叫人更加不可思议了。

一个流浪远，一个寂寞等。远在家乡独守空房的夏荷做梦也没有想到文彬已经一脚跨上了小舟去当渔工。荷姑是"孤灯不明思欲绝，卷帷望月空长叹"，文彬是"上有青冥之长天，下有渌水之波澜"。今后，在他脑际里故乡的月亮、荷姑的倩影会越来越淡漠。

文彬上船后，船主大爷就吩咐他做第一件事——清洗船里船外。他弯腰曲背用江水细细揩擦船身的陈年污垢，同时修补破损之处。他舀一瓢江水，洗一块船板，手里紧握着破扫帚和油腻发臭的抹布，在秋天的凉风里干得汗流浃背。

他做帮工还要随江尚大爷父女俩去江上捕鱼，帮着撒网布局，拉网收鱼，挑担上岸，卖鱼籴粮，买菜沽酒，劈柴烧火……一应重活杂务皆做，从不叫苦喊累。主人江尚和女儿江曲花待他不错，觉得用他做事还称心。晚间，他与大爷睡在后舱，江曲花睡在前舱，两不相干。粗菜茶饭能吃饱，间或还能吃上小鱼小虾，祝文彬真正地感到心满意足了。

特别是乘风破浪小舟驶向浩渺长江的时候，水流泛起白色的浪花，江风吹拂着孤舟，木船随浪起伏于激流之中，三个渔民奋力划桨，与天水鏖战于长江母腹之中，其劳作与情趣真正是无比的兴奋与畅快。文彬为之顿感有惊有险，有苦有乐，激荡人心，惬意而神奇！这样的神仙般的别样的劳动生活，使他忘却了昔日的烦恼与旧情，他现在是什么都不想了。

正值此时，他的远在家乡的新妇又找到宁波去了，还特地去找了娘家邻舍周平周安兄弟，再度打听文彬的行踪。荷姑是那样的焦急与不安，她望天望地，都是灰暗一片，天呀，永远亮不起来。她哪里知道文彬这个白面书生在遥远的他乡已经"大海洋洋，忘记爹娘"了。周平周安非常同情荷姑的处境，一直在帮她打听那位不该巧遇的白面书生。不知道他兄弟俩怎样判断祝文彬的去向。不知道他兄弟俩会提出怎样一个寻找祝文彬的方案？

（七）

夏荷奔波于宁波与文昌县之间。夏荷夏莲又去了宁波周平周安的家，为了去找那个绝情绝踪的人。

周平老老实实的种田人，到宁波与胞弟一起开了家水产店，勤劳艰苦做生意，还算过得去。当姐妹俩问起白面书生的消息时，他俩皱起了眉头面有难色。周平说，一个多月来，四处寻找，八方打听，宁波地方没有他的踪影，估计他不在宁波在别处。

周安急忙提供信息，他说："宁波是没有找到他的人。但是，他的老同学说过他在宁波。"

看来，周安见到过沈一万。可见沈一万还在关心着祝文彬，而且还在有意无意地提供了他的去向。

一时间，大家都弄不清楚文彬在哪里了。

唯有夏荷显得特别紧张。她想，如果沈一万提供的去向是对的话，那么宁波为什么找不到他的人呢？她推测，文彬真的逃到了宁波，这里却见不到他的人，难道文彬已经出事了吗？她的眼泪不由自主地往下淌……

还是夏莲聪明，她急忙说："姐，你不要太着急。宁波这么大个地方，我们还没有寻遍呢，怎么就下结论了呢？平日里我们藏东西，往往是一人藏万人找呢。"

周平急着分析道："还是莲姑说得对。我们大家一起想办法，继续找吧。如有机会碰到沈一万，再问问看吧。"

大家对沈一万很重视，又很信任。周平认为，我们四人都是从文昌县临溪村出来的，而沈一万早就在宁波上学，觉得他不但为人热情肯帮忙，而且人情、地域、交友、寻访等都很熟悉，资格也老。

"我赞成哥哥的分析。越是有事，越应冷静面对，从容办事是上策。"莲姑转过脸对姐姐说。

四个年轻人商量来商量去，准备继续找。殊不知躲在后面作祟的沈一万是个布局的师爷。他只需轻描淡写地说一句，就能形成错觉，误导方向。

自祝太公祝太婆去世后，祝家大院发生了明显的变化。往日人多业大的祝家，只留下了寥寥数人。以前主人和农工们共计三十余人，现在只有主人夏荷，厨娘祝阿苗，长工祝阿福和两名短工，一共五人。母亲周春雨，小妹夏莲和表妹夏小琴常来与荷姑作伴。往日祝家有良田百亩，现已缩减大半，只剩下四十亩水田和一些旱地。多半都被族人们吞并或霸占或低价买走。祝家的景况日见衰败，一落千丈。族人们为霸占土地矛盾很多，纷争不断，夏荷无力解决。夏荷不懂田地经营运作之道，便请来了姐姐祝文雅，谁知她从小是个书呆子不理家事，无从插手，只得顺其自然。可怜祝太公半生英明，辛劳苦做积攒的田产从此日渐付诸东流。

夏荷无力主事，孤立无援，所以祝家是家境日败。现在，只有祝阿苗和祝阿福是她的得力助手，出点儿主意办点儿事。

秋凉了，秋风漫卷着落叶，旧楼清辉颜色日衰。荷姑蜷缩在新房里。她忧伤地顾盼着祝家院内的情景：房舍依然宽大，却不再豪华阔绰；秋风萧杀，落叶满地；八角方井被黄叶和杂草包围掩盖着；花草树木蒙尘发暗，那株高大的枝繁叶茂的老槐树低眉垂眼，一串串叶片在瑟瑟秋风中抖动凋零着……夏荷在窗前往下望，是满目的灰暗，满目的凄凉……八月中秋节过去了，祝文彬还没有回来。别人家热热闹闹过节，祝家是院落冷清，门可罗雀。

八月十六那天，祝家门前又出事了，祸端又起。

清晨长工阿福准备叫几个短工去田畈出工。只听到祝家大门被"咚"、"咚"一阵大敲，是族长太公祝万年带了儿媳妇刁秋丽大声吼叫着闯进来了。族长太公怒斥道："文彬媳妇夏荷在做什么？！村东头的20亩水田本来是我家在种的，旁边的20亩水田紧紧连着的，我正想一起种掉算了。为什么现在祝六哥在种呢？这是什么道理？有没有王法呢？欺我年纪大不中用了吗？！真正急煞人了，真正是无理取闹！"

他的媳妇跟着闹，扯起喉咙喊道："夏荷你出来！什么新娘子？败坏门风的扫帚星！你敢说那20亩水田与我家无关吗？快点把祝六哥赶出田畈，还给我们家种！"

他们吵吵嚷嚷，来势汹汹，不由分辨，以势压人。分明是要强行霸占种植那20亩水田。

祝家长工阿福说："太公，婶娘，不是我多嘴，这20亩水田，是由我家太公一直包给祝六哥种的，每年给租子的"。

族长太公大吼道："现在祝太公下世了，文彬又不在家，无人可以做主，我说话算数，那20亩水田归我家种。什么人都不要多嘴！夏荷是个丧门星，祝家庄不治她算是便宜了她，她不能管这桩事"。

族长太公边走边骂,儿媳妇这泼辣货刁秋丽跟着一起吼骂。后来,她还丢下一句重话:"这件事就这样定下了,断命媳妇夏荷若想翻掉,就没有她的好下场!"

闹得阿福无力还击,不能说什么话,夏荷压根儿摸不着头脑,也不敢说一句话。

夏荷、祝阿福、祝阿苗以及几个短工都站在门口,竟然都没有说上一句话,眼睁睁地看着他们气势汹汹地扬长而去,新妇夏荷是泪流满面了,只有祝阿苗扶着她。

族长太公怎敢得罪呢?夏荷知道如果得罪了祝家庄的族长太公,还有她的日子过吗?租种就租种,霸占就霸占,无依无靠无男人做主的夏荷,只有忍气吞声,向乡村恶势力低头了。

恰巧,族长太公前脚走出,沈一万后脚走进。他笑眯眯进入祝家院子,叫阿福唤出新妇夏荷。两人见了面,夏荷见他非常讲理,手里提蛋捉鸡,还带了一大包茶叶和一盒糕点。与他同来的还有方向同学。荷姑把他们让进厅堂,敬茶款待。

夏老娘和小妹莲姑忙前忙后。

当荷姑问到祝文彬的去向时,沈一万忙说,他就是来报信的。他平静地说,他得知文彬离家的消息后,十分担心着急,四处寻找无果,后来碰见了他宁波的老同学方向才知道,文彬到宁波来了。现在正在缩小范围,连同方向一起正在寻找老同学祝文彬。方向是个热心快肠的人,她说大家努力寻找就会找到的。

荷姑听了万分感激,连连致谢。说罢沈一万便和方向一起上了楼，再看看荷姑的新房，说他和方向想参观一下新房的布局和装饰。当沈一万见到那把金闪闪的长方形铜锁还安然端放在大红八仙桌上方时，他心里很高兴。他对荷姑说，他也有一把同样的锁，现在带来了，要送给她。说是这样两把铜锁放在并排，文彬同学就一定会被锁住的。

夏荷感激的眼泪簌簌流下。她感念沈一万同学的心实在太好了。她想，今后一定要报答他的恩情呀。

方向同学与沈一万露出亲近的样子，一直是手挽着手，半步不离，频频发出会心的微笑。站在一旁的莲姑轻轻地对荷姑说，难不成方向同学就是沈一万的女朋友了。荷姑扯了扯莲姑的衣服说，不要瞎说。

从此，夏荷的新房里就多了一把同心锁，被她像供神像佛像似的供了起来。

沈一万还没有走，又来了第三队人——姐姐祝文雅、姐夫沙玉田以及其弟沙玉宝。他们是祝家近亲，自然是来关心探望的。新客进了门，老客自然要退场，于是沈一万和方向便向夏荷招招手离开了祝家大院。沈一万走得很轻松自如，方向却不知道沈一万究竟在想些什么。

姐姐询问夏荷近况如何，文彬有没有消息。荷姑一一作答，把沈一万所说的告诉了他们。大家说了些安慰之话，还问有什么事情需要帮忙。荷姑说，目前文彬不在家，家中变故很大，上门闹事的不少，族人中有的已露出了凶相，如族长太公与其媳妇言行凶狠，还想霸占土地等……日子实在不好过。文雅说，能忍就忍着吧，等弟弟回来就好办了。荷姑又说，估计文彬是嫌他没读过书文化低，夫妻间缺乏共同语言。她说，最近想请个先生教她识字读书，争取提高一点文化水平，以后文彬就不会嫌弃她了。

看来，荷姑的头脑有点理不清了，家中百事缠身，家破人亡之际，怎么想到要学文化了呢？

未等荷姑说完，姐夫沙玉田就抢着说话了。他说，文雅现在是教书且做家务，没有空来教荷姑识字读书的，又说自己离开学校去教育局工作了，也没有空来教荷姑的。唯有胞弟沙玉宝刚从宁波中师毕业，马上到校来任教，星期天可以到祝家庄来教荷姑。书本方面我们会买来的。他问："书本方面是不是买小学1—6年级的课本？"

荷姑听了，喜出望外。

荷姑直说："太好了，今天总算找到教书先生了。我读了两年书，给我买3—6年级的语文算术课本就行了。"

那位小先生沙玉宝微微一笑，表示愿意承担这项教务。

家里被闹得天翻地覆，鸡犬不宁。荷姑却心平似镜，决心静下心来读书。她这样做的目的是做足准备，迎接她的丈夫白面书生的归来。

这位小先生沙玉宝不知何许人也？一个教书，一个读书，一个俊男，一个美女，在一起不知又会惹出什么花边新闻来？

（八）

　　小舟随着大船呜呜的呜叫声，随着江浪的起伏推进在长江中缓缓地行驶着。时而小舟乘风破浪勇猛地向前冲刺，时而似一片叶儿随风浪飘荡，一起一伏律动向前，这小舟儿无比的勇敢与沉着。其实，在万里长江之上，最勇敢的莫过于飞舟上的渔民，他们是舟儿的灵魂！舟儿的核心所在。

　　祝文彬抛家别舍，在外面过得快活自在，很逍遥。他在江尚大爷带领下，已经能驾舟在江面上干活，他使桨摇橹十分卖力，撒网捕鱼也学得上手，苦活累活抢着做，深得主人的肯定，在船上肯苦做，上岸去码头办事从不叫苦叫累。如上岸去贩鱼、收账、担菜、籴米、买柴、运煤等诸多事项，都能尽力去做。既是贩卖水产的得力助手，又是干杂活杂务的主力。江大爷和江曲花对他甚为满意。他自己自然也十分情愿。

　　江尚大爷一边摇着橹一边对渔民模样的祝文彬说："你这么喜欢过船上生活，不觉得很苦吗？看上去你像个读书人，怎么会到我们这儿来的呢？"

　　正好江面上风大，一个大浪掀来，溅得文彬满脸是水，他抹着脸笑着说："凡是我喜欢的事，就不觉得累和苦。再说了，读书人做点体力活会更开心。"

　　大爷又说："我们成天风里来浪里去，这样的日子什么时候是个头呢？你做得长吗？"

　　"做得长，我会帮你和小主人曲花做下去的。你们待我这个流浪汉这么好很难得。我是个走投无路的人，你们是我的救命恩人哪！"

中午时分，他们打了半舱鱼，鲜龙活跳的，顿觉船儿沉甸甸的。他们三人都笑逐颜开了。

文彬帮曲花收拾好渔网，洗净晒好。曲花把鱼分成大、中、小几堆，分别放在篾箩筐里，等待上岸到渔市出卖。文彬挑着鱼担子，把扁担压得两头弯，边走边发出"咯吱"、"咯吱"的声音。江曲花跟在后头一路小跑，与小工文彬一起到渔市上去做买卖。

有时，晚上小舟停泊在大江里，阿彬和曲花在舟上做杂事观月色，在波光粼粼一片月光之下，远处江面有几点信号灯的光亮和大小船只忽现忽现的光亮，以及大片的深黑色江面，只有天上悬挂着的月儿永远是清辉明亮的，正所谓是："唯见江心秋月白。"此时此刻，阿彬和曲花都没有多少话可说，也真叫作"此时无声胜有声"了。大爷东摸摸西摸摸地做些杂事，有时还就着油煎的小鱼小虾喝几盅小酒呢。

大爷问阿彬喝不喝酒，阿彬说："我不喝酒，我喝杯粗茶水就可以了。"

于是，聪明能干且细心的曲花姑娘就给阿彬递过来一杯茶叶水。

江上的生活原本是美好而清静的，千百年来，长江上的渔民世世代代过着艰苦而自主的生活，虽遭地方上暴政和刁民的迫害，然而他们还是会斗天斗地生活过去的。但是，自日本帝国主义侵华以来，加上国内残存的军阀混战，随时会听到远方传来枪炮的轰鸣声，连江上都能遥望到远处的袭击电光和听到恐惧的枪林弹雨声。这种战争与时局带来的恐怖，极大地毁坏了江面的宁静气氛……连江尚大爷在江面上都十分警惕。江大爷侧耳听到那远处的枪炮声逐渐消失了，才放心地跟阿彬拉起话来："阿彬，你一个浙江人到江西来谋生做工，家中父母可知道？成婚了没有？"

阿彬面有难色地说："大爷呀，我父母双亲健在，可我本人是一言难尽呀，以后再说吧。"

江尚大爷见他面有难色，就不再多问了。只见江曲花很注意在听，似乎是全神贯注的。

同在一条船上捕鱼捉虾，挑担卖货，共理柴米油盐酱醋茶，同吃同住同劳动。时间长了，互相间难免产生感情。后来祝文彬和江曲花就有一些感觉了。再则，大爷与文彬意见相投，很谈得来，女儿看他就越来越顺眼了。不是文彬要向姑娘挑逗，也不是姑娘特意去接近文彬，不知怎的，两人的心渐渐地越来越靠近了。一个小老板和一个小伙计便很自然地接近到一块儿了。文彬看看曲花，风里走浪里行的姑娘，飒爽英姿，不畏风浪，渔歌声声，笑声朗朗，有一种渔家女儿的气质；曲花看看文彬，肩宽背厚，独立船头，桨橹声里，伟岸英俊，别有一种英武少年的神韵。日子一长，两者间发生了奇妙的吸引力、两人随影相伴，随意干活，形影不离，喜欢在一起做事。连江尚大爷也有些看出来了。江大爷想，阿彬这人虽然穷，是个走投无路的苦人，对人却似有情有义，手脚也勤快，跟人相处颇投合。心下认为他倒是个可托付的人呀。

　　风清月朗，万里无云，江面平静之时，三个人在船上吃着
粗茶淡饭，有滋有味的，舒心安逸；风浪滚滚，乌云遮天，怒
涛翻卷之时，阿彬奋力扯蓬，息桨稳船，三人战天斗地，避风
冲浪之时，撞过激流险滩；驶入平静水域的时候，三人胜似一
个团队，有一家人的感觉。如此斗天斗地斗茫茫江水的合力，
使他们的身心紧紧地连在一起了。神奇的伟大的变化莫测的
大自然呀，叫他们感怀不浅，似乎是一股力量将他们凝聚在一
起了。

　　风波浪里，三个不同身份的黑点，飞越在万里长江之上。
人们见到的不过是一叶扁舟。殊不知那三个黑点有驾驭雷霆万
钧之力量，有踏平千里浪涛之本领。殊不知那三个黑点之间存
在着某种关系，而且这关系正在发生着微妙莫测的变化。

　　在那个黑暗动荡民不聊生的年代里，人生中该发生的和不
该发生的事，都在发生着，变化着，演进着……

　　这只平凡而奇特的小舟上的三个黑点——江尚、江曲花和
祝文彬三个人再明白不过这小舟上所发生的事及其变化。

　　那么，只有这小舟上的一个黑点——祝文彬，他的心里最
为清楚，他为什么要到江西来，要上这条救命的小舟。连另两
个黑点——江尚和江曲花都不明白他一个文质彬彬的书生，为
什么要拼死跳上这条小舟做雇工。

　　都怪那把断命的长方形的小铜锁！

　　是它像魔头一样把富家子弟祝文彬驱逐出祝家庄，是它强
行拆散一对新婚燕尔的小夫妻，是它让祝文彬远走天涯，是它
让贤妻美眷夏荷独守空房。此时此刻，荷姑连做梦都没有想到

她的白面书生会漂流于长江的母腹之中，渐渐地变成渔家女儿
江曲花的心上人。真可谓，天下事无奇不有，无巧不成书呀。

一天，祝文彬挑着鱼担子行走在九江的一个水产市场上。
突然，他被一个浙江口音的年轻男子喊住："文彬！祝文彬！
你走慢一点！我有话跟你说——你是文彬兄吗？——你是文彬
兄吗？"

这个人是谁呢，一直在祝文彬的身后叫喊着。文彬警惕有
加地快步向前，没有回头看他，脚步反而走得更快了。文彬知
道，自他出走以来，必定会有人在寻找他，但是想不到竟会有
人找到如此遥远的江西……

不一会儿，那人竟迈开大步，追上了文彬，上下打量了一
会儿，便大声开口问道："文彬兄！文彬兄！我是周安呀，你
怎么不认识我了呢？"

文彬这才抬起头来看他。仔细辨认后，才发觉这个年轻人
是夏荷娘家的邻居周安。相不相认呢？文彬难逃周安的视线，
才勉强答话了："喔，你是周安兄弟呀，你怎么会到这里来的
呢？刚才恕我没有看见你，没有看见你。"

两人相认了，寒暄了几句以后，周安问他为什么会到江
西，到这里多久了，住在哪里等。祝文彬说不清楚，含糊其
辞，明显是应付和躲闪，还有逃避之意。当时街市上十分热闹
拥挤，文彬不停步，还是大步流星地前行，稍不注意就被人群
挤散了。刹那之间就没了人影了。文彬迅速转入一条小巷子直
往前走，幸好周安随即转入小巷子，看到了文彬急匆匆前行的
背影。周安赶了上去，在文彬背后大声地喊了一句话："文

彬——你妻子夏荷已经怀了你的孩子，明年5月生——"

只见文彬突然停了一下，一会儿又向前狂奔，后来终于不见人影了。不知道他听到了周安的那句喊话了没有。

原来，周安和兄长周平在宁波开了家水产行，跑过许多码头观察行情和联系货源。此次是逆江而上，看看鲜货与干货的行情，所以才跑来九江码头的。想不到会碰到久寻不遇的祝文彬。千言万语还未曾出口，紧急中只喊了一句夏荷要生孩子的话，又不见祝文彬的踪影了。周安想，不知道他听到了我的喊话没有，真是急死人了。周安一直在埋怨自己怎么会让祝文彬溜掉的。

疑问多多，疑点多多。人世间的事情真是变化莫测呀，瞬息万变呀。周安想，但愿文彬兄能听到我的那句喊话，希望他能回心转意呀！

那文彬在闹市窄巷里甩脱了周安后，满面通红，满头大汗，心情极为不安，慌慌张张地疾行，绕了许多弯子，见四下无人，才一脚跨进靠在岸边的江家小舟船舱。闭着眼睛瘫倒在自己的铺位上，一声不响。

从此，祝文彬好像变了一个人似的。

只做事，不吭声，有时还唉声叹气，愁眉不展，好像中了什么邪似的。江大爷觉得他有些不对劲，与他讲话也谈不了几句。后来，江大爷的身体大不如前，时常咳嗽不止，时常想与阿彬多商量些事，只觉得此番阿彬言辞极少。唯有江曲花最敏感，她多次想问一问他有什么心事，总是话到嘴边又咽了下去。她想找个合适的机会再来动问阿彬的心事。

阿彬呢，时而高兴，时而忧愁。

文彬认为江曲花为人正直，富有同情心，热爱泛舟捕鱼的艰苦生活，且温顺、热情、乐观、善良，是他心目中的好人儿。

文彬还认为家乡的夏荷为人也是同样的好，也温顺、热情、乐观、善良，可惜对他不贞，有不良前情，却怀上了他的孩子，这件事叫他怎么办，是放弃还是再续前缘呢？夏荷已经成了文彬心中的一个结。这两个女人的形象在他的头脑里打着架……他日夜不安，无所适从。

告诉江曲花一切实情吧，怕这个好人太受伤；不告诉她前情家事吧，又怕对这个女子不忠诚；永远留在江上做江大爷的女婿吧，怕丢弃了家乡亲生的孩子；想拔腿回转浙江老家与夏荷破镜重圆吧，不是他这样叛逆之人所能做得出来的事……唉，祝文彬的心承受着痛苦的煎熬。

本来，江上的清风、明月、鱼鸥、浪花已经把他给迷惑了。现在由于周安的出现，将他平静的心情打乱了，令他左思右想，进退两难。

但是，他已经下定决心，绝不把自己的心事透露给江曲花。正像他离家出走时不把自己的心事透露给夏荷一样。他的性格与行为，他的为人处世的经验与方式已经定型了。他的做法会给对方带来怎样的猜测与苦恼呢？他不顾。

……

吃晚饭时，江曲花终于喊出了声："阿彬，你在船边想些什么呢？快来吃饭呀，我爸爸邀你来喝杯酒暖暖身呢。"

　　"等一下就来，我等一下来陪大爷喝酒。"

　　话声未落，只听得"扑通"一声，阿彬跳下江去扠鱼了。这些时，他经常站在舟边，两眼直愣愣地望着江水在观鱼，在神驰，在问上苍他该怎么办……

　　他遐想：他是和江曲花在这辽阔江天上比翼双飞呢，还是背起行囊回老家与夏荷重归于好呢？

（九）

祝家庄流涧河弯弯曲曲缓缓流淌着，路边的野草野花黄绿一片，异常清新悦目。夏荷夏莲一前一后走在曲径上，走不快，说不完，步履沉重，姐儿俩好像有无尽的心事。

夏莲提着东西，走在前面，夏荷空双散手，走在后面。夏莲不时往后瞧姐姐，嘱咐她走路要当心，别踩空了脚步。

自祝文彬离家一个月以后，荷姑便发现自己已经怀孕了。就告诉了母亲，妹妹和阿苗姐。她经常恶心呕吐，不想吃饭，只想睡觉。她又惊又喜，惊的是丈夫不在家，如何生孩子；喜的是怀的是文彬的孩子，是他祝家的后代。

她告诉莲姑："妹呀，几个月来，我的泪水快流干了，而肚子却微微地隆了起来。这该死的文彬，人走了偏偏还要折磨我。"甜蜜和苦涩纠缠在一起，妹子听后也辛酸不已。

莲姑劝慰她说："能留下孩子，这是件好事，说明姐夫对你是好的。你们曾经有过爱，现在是暂时的分离，以后一家人还是会团圆的。姐，我在宁波碰到过周安，他说姐夫一定会找到的。"

"什么？周安兄弟知道你姐夫的下落吗？莲姑你快告诉姐，你听周安说过了什么？"

莲姑欲言又止，她知道这话是不能随便说的。万一说出来，夏荷是会发疯的。为了一个孕妇的平静与安全，莲姑强忍着把想说的话暂时吞了下去。

莲姑说道："周安没说什么呀，他也不知道姐夫在哪里。他只说要大家继续找下去，总有一天会找到的，这是人家的一片好意罢了。"

痴心的女人有时是容易骗过去的，荷姑也是这样的。不知不觉姐妹俩回到了祝家大门口。一进门，荷姑急忙到八角方井前取水来喝，咕噜咕噜地喝了一大竹管桶水。因为喝得猛，又想吐，扶着大槐树又咳又吐起来，一下子吐了一摊子黄水，蹲在地上掉眼泪……母亲从屋里出来，端茶给她漱口，拿毛巾给她擦脸。母亲心疼地说："可怜的女儿呀，你什么时候是个头呀？谁来心疼你呀？那个没有良心的东西，真正气死人！"

莲姑手扶着姐姐，也忿忿地说："害人精一样的东西，不知死到哪里去了？！只有姐姐能忍住这口恶气，若是碰到我，非闹他个天翻地覆不可！"夏莲连珠炮似地骂了起来。

夏荷也知道她怀孕受的苦不轻，又加上男人不在身边，无人疼惜她。然而心里还是甜滋滋的，因为腹中怀的是文彬的孩子。这正是"昔日横波目，今日流泪泉"，"长相思，摧心肝"。可怜的女人，以往眼神流动如水闪波，现在悲伤流泪的眼睛成了一口流不断的泉眼呀！长流泪长相思呀，真正是个伤心伤意的人哪！

……

自周安遇见祝文彬之后，回宁波后就告诉了兄长周平，后来遇到夏莲后，又告知了莲姑。他们已经知道了文彬的大致去向——江西九江，但不知他的具体地址，也不知他究竟在干什么，看上去像个穷苦的挑夫，其他一概不得而知。只是知道了他还没有死，这就算是个好消息了。

……

文彬仍然工作于江家渔船。一天，他挑担水产去九江郊外樊渔镇某水产街卖货，得了货款便挑担回岸边。行走间，突然见到街上有几处发生了异样的变化——出现了街垒。旁边还拉起了铁丝网，还有长枪和土炮。只见行人都匆匆忙忙的，形势颇为紧张。文彬问周围的人这是为什么，便有人神秘地告诉他：日本人快要打进来了。这里是些城防土堡垒。

我的天呀，文彬早知道日寇已入侵东三省，现在已经打到内地来了。他明白，战火已经烧进来了，江西也是危在旦夕了。他想，我奔走他乡，漫游四方，现在要倒霉了。如果眼前枪声一响，他还能够回到故乡吗？年迈的双亲还能见面吗？初生的幼儿能不能看到呢？心里在想，双脚在走。猛然间，前面真的响起了阵阵枪响，很多小摊都被打翻在地，很多行人在亡命地逃窜，枪林弹雨的暴风雨好像要来临了。呀唷！街道上满天乌云，硝烟弥漫，人们在跑呀，逃呀。社会一片动乱不堪，好像发生了武装冲突。躲，只有躲才能安全通过，于是文彬急中生智，躲在了一家中药店的柜台底下，闭着眼摒住气，蹲下身，才算躲过了一劫。

文彬见到了那惊心动魄的场面了。他全身被吓软了，吓瘫了。天哪，这座美丽的江城将要变成一道鬼门关了呀！他无比的恐惧、难过和愤恨。他想，樊渔镇街头会如此恐怖，我的家乡浙江文昌县会怎样呢？

武装动乱像一把刺刀，直刺祝文彬的神经，他的心被刺痛了，他的灵魂被刺醒了，他的人性顿时被唤醒了。他是个中国人，在这兵荒马乱的时期，他一个堂堂七尺男子，到外地干什么来了？他深深地被动乱的枪声打醒了。他的头脑受到了巨大的刺激。

回到比较平静的江边渔舟上，江大爷父女俩看到文彬满脸的惊慌，神色大为异常，很是吃惊。曲花让他躺在铺位上，只顾炒菜做晚饭。夜深人静的时候，当江大爷问到他的时候，他痛苦难忍地说了："大爷，大事不好了，日本人恐怕要打到樊渔镇来了。"今天，他在镇上看到了惨绝人寰的景象。如何如何的说了一番，满脸露出了愤怒和惊慌的神色。江家父女听了也很是吃惊。曲花忙说道："战事可能要临头了，我曾经听到些消息。这几天，不要上街上市去了，很危险的。"

"危险，恐怕险象环生呀，不知什么时候，日本人的枪炮会打到大江上来了。恐怕插翅难飞，灾祸难挡呀。"阿彬气愤地答着话。

…………

荷姑是个笨女人，不管怀孕反应有多大，人有多难过，只是想不能让时光白白地过去。现在怀着孕，不能做很多家务事，不能多出力，怎么办呢，总想在文彬回家之前做些准备工作，让他以后满意些。那就是趁怀孕之际多学点文化，多读点书。她想请姐姐祝文雅帮帮忙，请姐夫的弟弟沙玉宝到家里来教她读书。

那个书呆子文雅，果然把沙玉宝请来了，每个星期天教她读书，指点学问。沙玉宝正如祝文彬一样长得文质彬彬，一表人才，言行端正，风度翩翩。沙玉宝每次由嫂子文雅陪来，背着皮书包，手握着书本和期刊读物等，并且帮嫂子拿着一篮子蔬菜。沙玉宝说话很温顺、谨慎、平和，叫夏荷看着书，一字一句地教着，像个私塾老先生。

夏荷自然学得起劲，很认真，并且勤学好问，就像一个知识初开的小学生，一点儿不怕丑，一点儿不装腔，一点儿不随便。沙玉宝很乐意教她，文雅姐看在眼里，喜在心里。文雅也想，趁文彬回家之前，我要把夏荷的文化补上去，算是对文彬有个交代。

星期天，很热闹。除了祝文雅带沙玉宝来教学以外，有时沈一万和方向也来玩。沈一万一方面要了解一下祝文彬的消息，另一方面想知道现在夏荷在与什么人接触。方向呢，她和沈一万完全不是同类的人，她很同情夏荷的处境，不知道祝文彬到哪里去了，又不知道如何去帮助夏荷嫂。有一种感觉，她是越来越清楚了，她似乎感觉到沈一万与祝文彬的出走有某种联系，似乎感到沈一万为人不厚道，有阴谋。她与沈一万正在渐渐地疏远……

一个星期天的上午，沙玉宝在给夏荷上文学课，所教的是唐朝诗人孟郊的诗《烈女操》：

> 梧桐相待老，鸳鸯会双死。
>
> 贞妇贵殉夫，舍生亦如此。
>
> 波澜誓不起，妾心古井水。

沙玉宝说："乐府属《琴曲》歌辞。操，《琴曲》的一种体裁。列女,封建社会贞洁的女子。相待老,是相伴而老的意思。据说雄树和雌树是两相偕老。会双死,指双双同死。贞妇,指坚守贞节操守的妇女。贵殉夫,贵在以死殉夫。亦如此,指人也同梧桐、鸳鸯一样。最后两句说的是,我的心如同古井之水一样,永远不会再泛起波澜。"沙老师讲解完了之后,问夏荷懂了没有。

夏荷说懂了,只是提出两个字来问:"鸳鸯会双死"句中的"会"当什么讲?"贞妇贵殉夫"中的"殉"字当什么讲?沙老师当即回答道:"会"字当"必然"讲,"殉"字当"陪葬"讲。夏荷听后连忙点点头,面上露出了浅浅的笑颜。沙老师便称赞夏荷读书认真求甚解。

正当沙老师在上课,夏荷在仔细听讲的时候,沈一万和方向两位来了。沈一万还夸奖了夏荷几句,方向感到沙老师执教得法,夏荷学得一丝不苟。方向笑吟吟地看了沙玉宝一眼,感到非常吃惊,沙玉宝长得一表人才,当即给了方向极大地震撼力,她竟然在沈一万面前多看了沙老师几眼,同时被他严肃认真的教态所感动。

……

沈一万的心里很不舒服,顿然失色,讲话还结结巴巴起来,一时间不知所云。

还是姐姐祝文雅好,带来了许多好肉好菜,与厨娘阿苗做了十大碗时令好菜,请先生、同学一起聚餐。大家说说笑笑,热热闹闹,吃吃喝喝很是快乐自在。夏荷感谢姐姐对大家的款待,使祝家依然热闹,好像没有出事一样。

　　时间过得很快，不知不觉过了大半年，三月夏荷就要临产了。自然是母亲、莲姑和阿苗姐守在身旁。外面兵荒马乱的，医院去不了，请了个接生婆就在家里生。生产的痛苦，气氛的紧张，家中无男人的不安，自不必说了。在一个晚春寒冷风雨交加的夜晚里，夏荷咬破嘴唇忍住了剧痛生下了两个婴儿，听到了两声啼哭。接生婆报喜说夫人生了一对龙凤胎。此时此刻，夏荷喜极而泣，母亲大喜不已，妹子脸上笑开了花，阿苗姐更是笑得合不拢嘴，高兴不已。

　　两个孩子刚生下来，没有名字。外婆一高兴，就先取了两个好名字，女儿叫小喜、儿子叫大喜。夏荷点点头，说这两个名字好，吉利，好听！除了祝文彬之外，一家人沉浸在喜得贵子贵女的喜悦之中。

　　……

　　战争的残酷，岁月的煎熬，思乡的情切，思儿的心焦，使祝文彬在外乡感到不安了。他想，离家出走一年了，夏荷可能已经生下了他的孩子。况且，孩子是无罪的，又是祝家的后人，年迈的父母大约是老有所慰了。为了孩子，是不是该回浙江老家去看看呢。他日日夜夜地在想，其心之切，意之坚，情之绵，是任何时候都没有过的。大约是新生命的降临，对他有很大的触动吧。

　　他终于向江家父女开口了："大爷，曲花，我想最近回老家去看看，不知家人怎么样了。战争年代我很想念父母双亲。"只说这几句话，其他的话闭口不谈。大爷问他什么时候能回来，他说一个月左右吧，他说他绝不失言。大爷看他去心已决，就说那就一言为定吧。

千里，万里，祝文彬终于回来了。

夏荷打开装有黑漆铜环高耸的大门，穿着新装戴着首饰，围着大红纱巾，飘飘动的优美俏丽，迎来了日思夜想的夫君祝文彬。文彬新剃了个三七开的西装头，身着一件灰色半旧长衫，脚蹬一双黑色新布鞋，还是戴着一副眼镜出现在自家门口。

夏荷热情洋溢地牵着文彬的手进屋。全家群情激荡，每个人喜逐颜开，兴高采烈地迎接祝家主人的归来。其实，此时夏荷的心里是百味杂陈，只是有气装无气，生怕再把日思夜想的丈夫吓走，同时心中确乎升起了一团火，那高兴劲儿就不用提了。

可是，文彬不讲一句话，只是点点头，笑笑。笔直冲到楼上房间，去看他的新生孩子了。进门一看，房里安静清爽，放着两只摇篮，只有小妹夏莲在照看着孩子，两边摇摇，还唱着乡间儿歌。

奇妙的画面，令文彬吃惊不小。怎么是两只摇篮呢？难道有两个婴儿吗？文彬喜气冲天，高兴得不知道进了谁家的门。这是个太大的惊喜呀。他想，真正是三日不见，就要令人对夏荷刮目相看了。原来她还有这么大的本事，这么大的能耐，一胎竟然生了两个婴儿……

这时，夏莲才抬眼，猛然间见到了姐夫。夏莲按下心中的惊喜，不慌不忙地告诉了文彬，姐姐生的是对龙凤双胞胎，并且慎重其事地告诉他，你有了两个孩子了。正说话间，夏荷兴冲冲地进了房，她可以说是欣喜若狂，夫妻俩对视许久，相拥在一起，总算相聚了。

从此，文彬总算把心放到两个孩子的身上了。亲亲这个，吻吻那个，摇着摇篮，哼着儿歌。夏荷见这父子三人有如此深情，如此快乐，心中才感到无比的宽慰。以前怨恨文彬出走的情绪倾刻间就荡然无存了。

女人啊，女人！你为什么如此宽容，为什么如此心胸坦荡，不计前嫌呢？夏荷啊，夏荷！你为什么把百日之苦千日相思之情一笔勾销了呢？难道这就是你这个苦难美女的本性吗？

荷姑心平气和，对于文彬出走一年的事，她什么都不问。没问他这一年多身在何处呀，没问他心里有没有这个家呀，没问他在外面做什么事呀，没问他在外成了家没有呀，没问他到底想不想念我呀，没问他记不记得爹娘双亲呀……总之，她平时所思所想，所怨所恨的事，一件都没有问……还是像一个新媳妇一样在做他的好妻子。

荷姑与文彬又亲近在一起了。

晚间，夫妻俩照常亲热地同卧于大红雕花凉床之上。不知是因为久别似新婚，还是两个小宝贝的降生，使文彬的情绪也兴奋了起来。文彬处于某种需要，把荷姑紧紧地抱在怀里，亲吻她，用轻柔发烫的双手抚摸了她的身体，还用像蚂蟥一样的嘴唇吸住了她带有乳汁的双乳，急不可待地与她做了爱……文彬似乎压根儿不知道，与他同床的女人是夏荷还是江曲花，文彬也不知道此夜安睡之所是祝家大院还是九江渔舟之上。一时间，他兴奋了，他陶醉了，他竟然不知自己是何人了，为找到旧爱而兴奋不已。

夜间，那夏荷呢，完全陶醉于爱情的甜蜜之中了。她似乎懂得文彬的每一个动作，与他厮混在一起，夫妻情深令她不能自已。她像小玩具那样任凭文彬摆布，细细地吮吸着爱情的甘露……她再一次闻到文彬身上特殊的香味，听到他乱窜乱进的心跳声，感受到他对自己千般情万般爱，而且是那么的细腻和挑逗，感受到他一个大男人雄性动物的诱惑。她幸福死了，她愿与他长相守，不分离！

天亮后，文彬起身，穿着白色的短衣短裤，下厨房去为她煮了一碗红糖米酒鸡蛋，笑吟吟地端到床前喂她吃。

天亮后，文彬俯身，从摇篮里抱起两个小娃娃，用宽大的嘴巴亲吻着两个初生的婴儿。

天亮后，文彬又抱起荷姑，替她穿好衣服，扣好纽扣，戴上戒指，插上头花。

日久一日，两人好像又回到了从前。

日久一日，文彬似镇定自若地在家守着妻子和儿女；夏荷似忘却了从前分离的烦恼与苦痛，又开始过着迷魂醉心的爱情生活。

二十多天过去了，文彬的脸色渐渐在变了，热情有所下降，不如初回时的兴高采烈。夏荷一味顺从，从来不向他问起前尘往事。倒是文彬问了她："我父母是怎样死的？你要从实告诉我！到底是家里逼死了他们还是我逼死了他们？"言语中愤慨万分，气势汹汹。

荷姑诚实而痛心地告诉了他："是因为你的出走。"

文彬又沉痛低声地问："怎么死的？"

荷姑流着泪痛苦地说："投流涧河而亡。"

……

事后，沈一万和方向同学过来看了祝文彬一次。刚巧教书先生沙玉宝也过来一次，看看弟子夏荷和两个可爱的孩子。大家相见甚欢，沙先生立刻请文彬兄给两个孩子取名字。为尽父亲之责，他给儿子取名为祝子丰，给女儿取名为祝子和。大家盛赞他的名字取得好，又"丰"，又"和"，对于祝家来说是最为重要的事了。

其间，方向同学私下与沙玉宝老师见了面，并且轻声地说了几句话；其间，沈一万同学私下与文彬说了两句话：一是沙玉宝办私塾教夏荷，他两人接触密切，二是自己把以前夏荷所赠的长方形"同心锁"还给了她，她视之为珍宝，现已成双成对地放在房中八仙桌上。

只有夏荷呆头呆脑的，私下里没有做任何小动作。只知道笑吟吟乐呵呵地陪伴着丈夫，学做一个贤德大方的好媳妇。

……

深夜，文彬在久违的新房中，又看了看家中的布置摆饰，见到了那"同心锁"光灿灿的，两把并排地放在桌上，沈一万的话果然应验了。他想，这贱人原来把不干净的小锁视为珍宝，还肆无忌惮地放在红桌的中央，真不讲羞耻，使他再一次地震怒不已。

深夜，夫妻俩还是同房同床安睡着，两个襁褓中的小婴儿在隔壁房中由母亲带着。文彬直挺挺地躺在床上，闭着眼想着江曲花。荷姑平静温顺地紧挨着丈夫睡。如新婚时洞房花烛一个样，闻着丈夫的独特气味，抚摸着丈夫年轻硕壮的身体，感受着丈夫温柔、细腻、体贴的热情，吮吸着丈夫通身散发出来的勾心情愫……在这夜色深沉四下寂静的农村院落里，荷姑没能见到丈夫的神色和表情，没有听到丈夫说一句话，没有摸到丈夫做一个动作，唯独只听到丈夫的呼吸声和均衡的心跳声。她只是蜷缩在丈夫的怀里尽情地享受着甜蜜的爱情——永生永世难忘的爱情。

事情与一年前一样，院子里报晓雄鸡一声啼鸣，荷姑一骨碌起身，用手一摸，啊呀不好，发现文彬已经不在身边了，不知去向了。天哪，又是一个晴天霹雳打得荷姑呼天抢地，躲闪不及，嚎啕大哭。这次，她明白了：祝文彬又弃家出走了，估计永远不会回来了！"

天哪！人间的男女婚姻难道会有今生缘尽的一刻吗？！

缘尽了，将如何再续？

可怜的再次被弃的夏荷该如何维持这短命的婚姻呢？可怜的被弃的两个婴儿今生今世还能享受到爸爸的爱吗？这真正是天晓得呀！

（十）

"芳心向春尽，所得是沾衣。"花飞春尽，春尽人悲，泪湿春衫，这诗意何等寂寞。夏荷这次真的明白了，"缘分已尽"了。祝文彬这一走令她寂寞与悲哀，难道夫妻间的情分说完就完，不能延长一点点吗？不过，她坚信他的情意可断，自己对他的情意一丝丝的，永远断不了。

两个摇篮中的婴儿开始学笑学发音，雪亮的小眼珠转来转去的，很是活波可爱。他们不知道什么是"爸爸"，更不知道"爸爸"到哪里去了。他们在母亲、阿姨和外婆的怀里一日日地长大着。

有了这一对儿女——祝子丰和祝子和，夏荷的生活充实多了。自文斌走后，养育儿女的责任感变强烈了。孩子们吃什么，用什么，穿什么，戴什么一切都在她的心里装着，为他们忙得累得腰酸背痛也是情愿的。

这时期，天下不太平，日本人已经打进了浙江一带的部分城镇和农村，文昌县自然也难免遭灾。夏荷她们经常进进出出，有时会碰到作恶多端的日本强盗。那些可恶的日本兵像饿狼一般到处抢粮、抢柴、抢菜、抢家禽什物，还抢妇女强奸蹂躏……十分恐怖，可怕极了。曾经有一天，她们差点遭遇灾难了。只见前面来了一小队戴着黄帽子的日本兵，夏荷、夏莲与阿苗紧急逃跑躲避在乱石乱草丛中，还窥视着他们的恶行。

只见有十多个妇女在田野里干活。当她们一听到风声，就惊飞满地连哭带喊地逃了起来，一群跑得快的女人们逃脱了，不幸有两个姑娘被日本兵抓住了。鬼子们又打又骂迫害她们，在光天化日之下被无耻禽兽奸淫蹂躏了。她们拼命地大喊大叫没有用，鬼子们用刺刀对着她们的脸，用枪把打她们的身体，把她们按倒在满坡满畈的草籽田里，做那见不得人的勾当……这些饿狼趴在无辜女孩的身上犯罪。是可忍孰不可忍！可怜中国姑娘的心在流血，满畈的粉红色的草籽花在狂风暴雨中哭泣！

夏荷她们在哭泣，她们的心已经被鬼子的恶行撕得粉碎，在汩汩地流着血……这惊恐万状，无比残酷的一幕，使她们精神崩溃，仇恨满腔，义愤填膺。回家后，她们决定立即离家逃亡。

在祝家的厅堂里，坐着祝母周春雨、夏荷、夏莲、祝阿福和祝阿苗五个大人，趁两个婴儿在睡觉，商量起举家逃亡之事。

荷姑说："文彬不在家，家里没有男主人，我就当家做主了。今日所见的'草籽田畈事件'，叫人太惊心了，太痛恨了。我感到住在家里太不安全了。一则日本鬼子已侵入了文昌县城，祝家是大户人家，免不了要受骚扰；二则男人不在家，受欺侮的可能性很大。为了保全全家，保全子丰和子和两个婴儿，我们全家要马上设法逃走。你们看有什么话要说？"

母亲流着泪说："大难当头，我们要快快逃走，躲到鬼子找不到的地方去。家里短工们都先回家自己谋生，阿福、阿苗和我们一起走，工钱双倍。"

阿苗连忙说："战乱中还讲什么工钱？我们早已是一家人了，保全性命要紧，我们抱着小宝宝一起逃命吧。"

"逃，赶快逃！就逃到我的老家葛竹岙去吧，那里山高林密，人烟稀少，日本军队暂时开不进去的。大家说可好？我家还有些亲戚住在那里，有个照应，只是生活条件很差，有些为难大家"。

长工阿福诚心诚意地说着，要求全家人到他的老家去逃难，真是个救主心切的大好人。

夏莲感激涕零地说："好吧，就依阿福哥的。你是我们的救命恩人！现在最好的出路就是迁居葛竹岙了。况且，我们五个大人中，只有你一个大男人，我们跟着你逃！"

于是，夏荷立刻吩咐大家清理钱财家什，生活必需品等。整理妥当后，打起包裹，关好门窗，抱起孩子，准备出逃。夏荷把里里外外紧锁两三道，特别是把小铜锁放在箱子底，视为珍宝。如此，大小一行七人，抛家别舍挤入了难民逃避日寇的流浪队伍中……阿福推了辆独轮车，装满了一车杂物，阿苗和夏莲各抱一个小婴儿，母亲搀扶着产后身体虚弱的夏荷，在逃难的队伍中艰难跋涉，一家老弱妇幼渐渐地走向深山老林。唯有夏荷的心中最苦，因为逃难中没有文彬的陪伴与照应，反而还在时时记着他是否也在受难，是否也在逃亡……

奇怪的是，夏荷的精神倒还振作，不觉得疲劳与辛苦。因为她想的是要保护好文彬的一双儿女。同时要保全好自己的贞洁，绝不让万恶的鬼子兵沾污了他，辱没了她与文彬纯洁的爱情。再有是要保护好全家老小的安全。

逃难中可依靠的主要力量是阿福哥和阿苗姐，他们俩人扶老携幼，苦攀苦爬，不畏艰险，不怕冻馁，怀抱幼小，保护主人，在无比痛苦的行程中挣扎着，护卫着……

啊，阿福的老家终于到了，深山里空气清爽，人迹稀少。老家的亲友邻舍们不多，朴素的乡亲们围绕着夏荷这一家逃亡的难民。

三间茅舍，四壁漏风，粮无一粒，水无一瓢。因为他家已无有亲人在此居住过活了。他们就在阿福破旧的老家住下了。大家在阿福的指挥之下，点起柴火，挑来清水，倒出干粮，取暖煮粥。一缕缕炊烟在这里升起了，一推推篝火在这里熊熊点燃了，有了人这里便有了生气。

阿福抹着头上的汗水说："不用怕，夏荷！你不必担心，我们会慢慢过好的。"

夏荷感激地说："谢谢你，阿福哥！你是我们的救命恩人。生活苦点不要紧，我们还带着些钱和粮食呢。这里听不到日本鬼子的枪炮声，看不到他们的奸淫掳掠。这是最好的地方了，我们总算逃过一劫了。破旧的家，我们同心合力把它修建好。现在，只要能放下孩子的两张小床，我就安心了。"

说话间，她没有流下半滴眼泪，母亲、莲姑和阿苗也没有流下半点眼泪。

日子一天天的过下来了，全家人用勤劳的双手建立起了一个安定和睦可以暂避风雨的家。

夏荷日日夜夜坐在孩子的摇篮旁，笑嘻嘻的，除了与阿苗一起照顾两小儿吃喝拉撒外，还自编儿歌动情地唱了起来：

小小阿囡乖又乖，

粥汤菜汤乐开怀，

阿伯出门没回来，

阿囡心里急煞哉。

小小阿囡乖又乖，

外婆来了乐开怀，

阿伯明年要回来，

阿囡心里喜煞哉。

两个阿囡乖又乖，

阿妈唱歌你们玩，

阿苗回来乐煞哉，

阿福回来笑煞哉。

两个阿囡乖又乖，

阿妈唱歌你们玩，

等着阿伯回家来，

把两个阿囡抱在怀。

……

哈哈，哈哈，夏荷边唱边笑，逗得两个小阿囡躺在摇窝里咯咯咯地笑。全家人也都愉快地笑了起来，都说荷姑是沙老师的好学生，儿歌编得挺好的。如此，夏荷日日摇，天天唱，两个小儿郎在不断地长大着……

阿苗和阿福，总是进进出出为家里诸事忙碌并不断采购着食物和用品。他们外面走得多，听到的消息就很多。一天，阿苗惊魂不定地将情况告诉了夏荷、夏莲和母亲。

阿苗说，现在日本鬼子在各地到处做坏事，凌辱我国的同胞姐妹，有"安慰妇"这样一件事。她说别人告诉她很可怕的，就是在日本军营里设有娼妓院，里面的女人有中国的，越南的，还有菲律宾的等。这些可怜的女人还遭他们淫乱，发泄兽性，有的还被剖肚子弄死，有的还被淋汽油烧死或用毒药毒死，有的还被带走做军营里的妓女……很可怕，很可怕的。还听说日本鬼子对"安慰妇"轮奸后，用棍棒打死，尸首开肠破肚倒挂树头。实在太恶毒太可怕了。还听说要把妇女集体运往军营……阿苗把听到的情况说了很多。阿福突然吼住她了，说不要再说下去了，说日本强盗太凶毒太下流太可耻了，说他们是野兽，是兽性大发的东西。说现在重要的是我们不能落在他们的手里，女人不能变成"慰安妇"。

夏荷听了，吓得两眼直瞪，泪流不止。夏莲听了，马上找砍刀，想把十恶不赦的鬼子兵砍死。可怜的老母亲说："听说在东三省，鬼子兵这群狗日的东西，还奸杀老年妇女，罪恶滔天呀！"

夏荷说："对，日本鬼子是野兽，我们不能落在他们手里，我们绝不能被抓去当'慰安妇'。如若我不幸被抓去，我就一头撞死。就是说为了我的丈夫文彬我也不能被抓去，如若被他们抓去蹂躏强奸轮奸，我还做什么文彬的妻子呢？我的心和肉体就永远的崩溃了。"

惨烈的不人道的事件，沉痛的讨论，血泪的控诉，为人性、为人格尊严、为正义抗击的血誓在破旧的农家小院里响起，中国人的怒吼已经遍布大江大川偏僻山野乃至全中国了！

阿福和阿苗商量着如何安排今后的生活。

阿福劝阿苗，受了惊吓要慢慢平静下来，不然的话对身心健康都不利。阿苗点点头，谢谢阿福哥对她的关心。阿福说，夏荷总是偷偷地在想念文彬这个没有良心的东西，阿福还说，夏荷不值呀，那个人有什么可以留恋的呢，国难当头之时，连老婆孩子都可以抛弃，还有什么话可以说的呢？他又说，夏荷还想出山去找丈夫，生怕他会不安全。我认为不能让夏荷出去，也不能让夏荷回祝家庄，那样太危险了。我主张在这葛竹岙起码要住上三年，等日本鬼子走了，我们再出去。

阿苗眼泪汪汪的，说阿福哥你是个好人，我同意你的说法。阿苗接着说："阿福哥，我们劝夏荷断了出山的念头，我们向她表白，两个孩子由我们来带吧，叫她三年不回家，三年内就躲藏在你的土屋里，做三年野人又怎么样？"

"好的，我和你是一个主意。劝夏荷不要为那个没有良心的东西去冒险，去卖命。为了祝家，为了子丰和子和，我们要苦做苦熬，躲过三年再说。相信日本鬼子总有灭亡的一天！"

善良的劝告说服了夏荷的心，决定在山间苦熬三年。

日出而作，日落而息，粗菜茶饭，破衣烂衫。夏荷在深山老林里度过了整整三年。三年中养着两个葱花似的小儿郎，看着他们长起来，渐渐地有了摸样，儿子子丰像娘，女儿子和像爸。后来渐渐地学会了走路和说话。

子丰边玩边笑嘻嘻地问娘："妈妈，我们的爸爸呢？爸爸是个什么样子？我没有见过。阿福是不是爸爸？"

夏荷笑着说："子丰你已经三岁多了。你爸爸一直不在家，阿福是你的大伯，你要听话啊。"

子丰妹妹拍着手叫道："我们要爸爸！我们要爸爸！别人家小孩都有爸爸的"。

夏荷把两个小孩搂在怀里，亲亲这个，亲亲那个。心里有点寒颤不对劲。毕竟三年过去了，一家人在深山里苦不堪言，风里来雨里往不说，粗菜杂粮的，总为生活在奔波，饥一餐饱一餐的，天灾人祸中没有饿死就算好的了。可惜，没有听到文彬的任何消息。她经常站在山峰之上，望着底下盘旋曲折的山道，望着那满山的丛林、松柏、枫叶和野草，望着那满山蒸腾的白云和雾气……心想什么时候祝文彬可以出现在眼前呢？

夏荷很会想象：什么望夫坡、望夫石、望夫岭、望夫风、望夫云呀，满眼都是，大千世界是如此的美妙和神奇！她相信，总有一天，在她望眼欲穿的地方，会出现那个白面书生的，她的孩子会见到他们的爸爸的。

在山中住长了，经济越来越困难，生活一日比一日难捱，阿福和阿苗累得死去活来，到处挖地种菜种杂粮，满山采山货打猎物，才算能够度温饱过日子，夏莲日日带着两个小儿郎苦熬光阴。后来，家里什么钱都没有了，连油、盐、酱、醋、茶、米、面、柴都无钱买进了。母亲周春雨很着急，想了一个法子跟夏荷商量，就是她要出山到宁波老东家处去做娘姨，赚钱来补贴家用。

望着满头银丝的老母执意要出山的样子，夏荷不觉满脸是

泪。娘俩抱头痛哭，夏莲和两个孩子也哭泣不休。于是决定由
祝阿福带路送外婆冒险出山。阿福哥俨然领命答应，当日便收
拾好东西准备下山。

夏荷手牵幼子，望着年迈人为谋生存而冒险下山，心如刀
绞，泪如泉涌。那天晚间，年迈勇敢的母亲与长工阿福哥一起
攀树扯藤下山去了……

第二章 | 再婚难

——帮佣上海滩十里洋场拒婚配
流落九江口弃妇别子娶曲花

（十一）

人生在世，有许多事情是不可理解的。有情的人，日思夜想；无情的人，一走了之。正如杜甫诗中所云："人生不相见，动如参与商。今夕复何夕，共此灯烛光。"意思是世间上的挚友真难得相见，好比此起彼伏的参星与商辰。今晚是什么日子如此幸运，竟然能与你挑灯共叙衷情。是呀，祝文彬离开了产妇夏荷，抛弃了一对初生的儿女，无情的离别使他昏头转向，一脚踏进九江地界，又与他的心上人——渔家女儿江曲花聚首在一叶扁舟的油灯之下。

不知道为了什么，他要离开祝家大院，他要奔赴那遥远的长江之舟。是恨驱使他走的，是爱驱使他来的，他恨夏荷的"不洁"，他爱江曲花的纯洁无暇，天晓得，这是一个怎样的判断？然而，祝文彬和江曲花在一起感到特别幸福美满，错就错在他无情地抛弃了一对亲生的双生子——祝子丰和祝子和。

这回祝文彬下定决心要与江曲花结婚了。因江尚大爷肺气肿毛病发作，终日咳嗽不止，吐痰吐血，危在旦夕。曲花和文彬小别重逢后感情增进了许多。合家商量已定，准备早日成亲。

小舟上两间船舱被打扫得清洁明亮，披红挂彩，大红彩绸飘舞，花团锦簇的被褥床铺，顶篷上挂起明亮的汽油灯，新碗新筷新锦盘摆放在簇新锃亮的四方小矮桌上，盛喜酒的锡壶放在餐桌中央，最惹人注目的是舱内，新房里贴上了两幅双鱼喜

字图，很有喜气。……简单而隆重的新船舫被拖出水面，喜气
洋洋的水上人家映红了大江的流水。一对新人在老人的祝愿之
下结了亲。

　　对于江曲花来说，是第一次作新人，是那么的新鲜和幸
福；对于祝文彬来说，已经是第二次作新郎了，除了欣喜之
外，内心里有些不自在，不知是隐隐作喜还是隐隐作痛。

　　……

　　殊不知，在遥远的浙江山乡葛竹岙，夏荷与儿子祝子丰、
女儿祝子和此时此刻在做些什么？两个小儿郎睡在破屋里呜呜
地哭，年轻的母亲知道他们是饿得慌，没有粥吃饿得嚎啕大
哭，一阵阵地声嘶力竭地喊叫和嚎哭。可怜的母亲夏荷自然是
泪流满面，唏嘘不止。她想，文彬为难我不要紧，为难一对小
儿郎实在是天理不允的。这正是：

> 东船热闹西舫衰，
> 船尾成亲船头栽，
> 你拜堂来儿挨饿，
> 洞天福地乡愁来。

> 有情千里结亲爱，
> 无情半夜两分开，
> 二郎无辜放悲声
> 谁予怜恤谁挂怀？

　　夏荷心神俱裂，大放悲声：

文彬啊文彬，你为何离我而去？

不知我犯了什么错？

不知我成了什么人？

不知我走了什么调？

不知我入了什么魔？

夏荷伤心伤意，大放悲声：

文彬啊文彬，你为何要弃两小儿而去？

上天入地我问不到原因，

千言无语我得不到你的体谅。

难道我得罪了你的祖宗？

难道我辱没了你的相貌？

难道我贬低了你的文化？

难道我有损于你的斯文？

…………

山那边是呼天抢地，鬼哭狼嚎，河这边是喜气洋洋，再结良缘。

山那边是一对儿郎在哭泣，水这边是新郎新娘拜天地。祝文彬心中隐隐地听到了夏荷的悲号声，两个小儿的啼叫声，但是心一硬便什么都不管了，反而觉得今日成婚真是痛快。他想，我是在为贞洁而战，在为尊严而战，在为自由而战呀！殊不知他的女人，在日本帝国主义的铁蹄下在为贞洁、尊严和自由而战啊！

祝文彬结婚之夜，与江曲花饮过交杯酒后，站立在船头，望着长空皓月，倒也坦然无事。过去的事就让它过去吧，烦恼的事就不去想它了。他认为，人间世事得过且过，不要纠结于心，折磨自己。他的良心在哪里，好像被天狗吃了。然而，内心毕竟有淡淡的不安，此时此刻，他遥望一泻千里的长江，心中的感触不外于："东船西舫悄无言，唯见江心秋月白……同是天涯沦落人，相逢何必曾相识……"他的心情惨然、矛盾、复杂、欣喜且惊愕，他心里百味杂陈，他心中有狂热欢喜也有淡淡的寂寞与悲哀。但是他心硬，只要与新娘江曲花一头钻进大红团花布被，便什么忧愁和苦恼都没有了。

当新娘江曲花问他："阿彬，我俩成婚了，你高兴吗？幸福吗？"

文彬细声软气地说："阿花，这还用问吗，睡在你的身边，我是这世界上最幸福的人了。我们永远在一起。"

于是，夫妻俩相拥而睡，甜蜜无比，根本就忘记了这世间还有荷姑和一对双生子的存在。

后来，老爷子江尚毛病越来越重，临终前，问了祝文彬两句话："阿彬，你现在是我的女婿了，我问你在与曲花结婚之前，你究竟有没有妻子？"

"没有。"文彬不假思索地回答。

"阿彬，假如你有前妻的话，不要丧良心！"

老爷子边咳嗽边问他。

"没有。我不会丧良心的。"祝文彬咬紧牙关，不说半句前情。

江曲花看到这时的文彬脸色苍白，手在微微抖动着，脚在发软，全身无力地坐倒在船舱上。老爷子自觉已无力问清楚这一切了，由于病入膏肓，渐渐地撒手西去了。一个正义正直的长江渔翁，结束了他正直高尚的人生，他把曲花交给文彬总有些不放心，谁叫他是自己看中的，有什么办法呢？

如此，祝文彬真正地落脚异乡了。每日里与曲花一起在渔舟上日出而作，日落而息，撒网扑鱼，挑担上岸。为了生活，为了养家糊口，不敢有所懈怠。

……

四年后，抗战胜利了，日本强盗滚出了中国。祝文彬苦难的渔民生活总算熬出了头，祝文彬和渔家女江曲花已经生养了两个女儿，分别叫江云天和江云飞，一个四岁，一个两岁，两个小江妹，故而随母亲姓江，祝文彬自视为上门女婿应该如此。两个女儿非常乖巧，胖乎乎，笑嘻嘻的，犹似两个欢喜娃娃。两个小孩睡在前舱，即父母结婚的舱房，夫妻俩睡在后舱，即过去外公和爸爸住过的舱房。一家四口亲亲热热的，生活得融融乐乐。

晚间，船摇到江边停泊，秋风吹拂着江边的无尽的芦苇，江鸥鼓起翅膀飞翔着拍打着水面，船儿随着浅浅的水浪时时敲打着水岸，发出潺潺声响。夜了，妈妈曲花轻轻地拍打着两个宝宝，唱起了催眠歌谣：

摇呀摇，摇呀摇，
船儿江上摇，宝宝咪咪笑。

摇呀摇，摇呀摇，

爸爸抱着囡囡摇，我的宝宝要睡觉。

摇呀摇，摇呀摇，

爸爸看着囡囡摇，宝宝哈哈笑。

摇呀摇，摇呀摇，

爸爸亲着囡囡摇，我的宝宝要睡觉。

"曲花！曲花！你的催眠儿歌唱得真好听！我爱听，我们的宝宝就是乖，就是美！你看，她姐儿俩多么的像我呀！"

文彬喜悦而兴奋地叫着，因为这两个孩子太像他了。所以，他情不自禁地欢呼着，雀跃着，把船儿颠得晃悠悠的。

江曲花喜气洋洋地说："好了，阿彬，你真臭美！说什么孩子像你就美就好看。你说话真正是笑煞人了。我告诉你，一般来说，女儿像父亲，这是规律，没有什么稀奇的。哈哈！"

夫妻俩生活得乐悠悠，喜滋滋的。这真是前生有缘，今世有分呀！夏荷呀夏荷，你在遥远的家有没有心灵感应呀？你是怎样的苦！你何曾这样快乐过？

江曲花与祝文彬两人相处和谐，总是有说有笑，有商有量。曲花这个女人，虽然相貌比不上夏荷，却能够把男人紧紧地吸引住，非常懂事，善解人意。她会观颜察色，洞察男人的心理变化，以及适时提出男人乐意考虑且自愿去做到的事，是个好的导引老师。最近，江曲花感到文彬爱她爱两个宝宝，很爱这个家。同时还觉察到他的内心似乎藏着什么秘密，总有那么点儿不安和心悸。

夜晚，夫妻俩同头睡下，曲花温情脉脉地问了丈夫："阿彬，你要告诉我，你有没有私事隐瞒着我？你以前到底结过婚没有？不要紧的，一切的一切，我都不会怪你！你讲出来不要紧的。我们已经生了孩子了，难道我还会对你不好吗？"

曲花的话语柔软，不带半点情绪，而且是那么的真诚可亲，阿彬感到很自然。毕竟是夫妻之间，问问也是应该的。然而阿彬心重，他不会随便说出真实情况的，他很果断地回答："没有，我以前没有结过婚。你以后不要问了。上次回乡，有一件伤心事要告诉你，那就是我的父母双亲已经归西了，这是我最为痛心的事。以后如有机会，会带你回浙江老家去看看的。"

这就是白面书生的嘴脸。他的心很深，不想说的话，绝不会随意说出口。江尚大爷临终时不也问过他吗？当时他一口否认了，如今在妻子江曲花的面前，还是一口否认了。他的心里到底在想些什么呢？是前妻夏荷的"不贞"不便启齿呢，还是自己的无情无义会遭到暴露和谴责呢，还是想残酷地尘封这段往事呢！白面书生的心太黑了，黑得叫人打颤。既然这样，为什么能让这两个善良的女子如此地爱他呢？

他像大蛇吞象一样把昔日往事，一口吞下，聪明善良懂人意的江曲花再也不问这桩事了。从以后的几十年生活中可以得知，江曲花再也不问关于他的往事和婚姻的秘史了。她就把阿彬当作原配，互敬互爱，举案齐眉，贫贱夫妻相守一生。

文彬呀！夫妻总有夫妻情，为什么对夏荷就如此绝情？夏荷是个傻乎乎的女人，她只懂得一厢情愿，从不考虑对方对她有无夫妻之情。如此日子长了，人人都会受不了的。不知道夏荷用什么来克制自己的失意。长相思，不相守，不是什么人都做得到的，长相思，却又是单相思。这种相思是谁也做不到的。为躲日本强盗在山里躲了四年，受尽了人间难忍的苦痛，终于带着孩子出山了。急风暴雨，腥风血雨般的处境算是结束了，但是文彬没有回来的痛楚还让她处在恶梦之中，她的眼前还是一片漆黑。天地间依然是灰蒙蒙的，永远的阴沉，永远的见不了天日。在回祝家庄的路上，全家人有得解放见天日的感觉，连子丰和子和两个孩子都手拉着手欢歌快跑，见到了外面的世界，阿福和阿苗推着独轮车背着山货，心里兴奋得如进城赶集一般。夏莲姑娘也有种人从山间出，大难不死必有后福的感觉……唯有可怜的活寡妇低着头一步一步走进更为孤独和悲哀的囹圄……

（十二）

今天是个大团聚的日子。自夏荷出山以来，祝家大院满目凄凉自不必说，打扫庭院，重建家园已经有些日子了。无奈全家六口人过着清贫如洗的生活。夏荷当家，阿福、阿苗为主要劳动力，荷、莲姐妹俩精心抚养着一对幼儿。好在孩子聪明、健康、懂事且听话，不找大人的麻烦，乖乖的。所以一家人过得平静无事。今天不同，夏荷叫阿福请了一些亲人和朋友，想感谢大家一下。互相都想见面。祝家来了不少亲人，团聚在一起，自然十分热闹，好像过节一般。

一大清早，燕子正在屋檐下衔草啄泥喜喳喳地欢叫的时候，一位白发老太太提着包裹和大包小包礼物到了。她就是外婆周春雨，从宁波帮佣做工回来了。带了钱和各样吃的用的来看外孙来了。夏荷、夏莲一见，自然十分亲热。夏荷说了一句话："娘呀，真难为你了！白发婆婆还奔波异乡，养活我们一家人！"她的泪水簌簌流下。

过了一会儿，又听见大门铜环声响，子丰和子和飞快奔向门口开门，见到的是姑妈祝文雅，姑父沙玉田和小姑父沙玉宝以及他的新婚妻子方向。四个人喜气洋洋地走进祝家大院，自然是捉鸡提蛋，带着水果、糕饼、衣物等，他们俨然是走亲戚来的，特意来看看两个山间养大的小宝贝。进门后，寒暄了一会儿，放停东西，便围着两个小宝贝高兴大笑起来。沙玉宝和方向各抱一个小宝贝，无比亲热，叫大家喜不自禁，热泪滚滚涌出……

再过了一会儿，又听见有人叫开门，原来，又来了一对新婚夫妇，那就是周安和夏小琴。新郎周安招呼了夏荷、夏莲姐妹俩，也向外婆问了安行了礼，说他们俩是前年结的婚，现在住在宁波，一起开店做水产生意……

再过了一会儿，将近吃中午饭的时侯，又来了两位不速之客。男的戴着墨眼镜，穿一套银灰色西装，女的烫着长卷发，穿着大花夹旗袍。这可是一对漂亮的贵人呀！对了，他们就是祝文彬的老同学沈一万和新婚妻子余菊。当夏荷见到了这两位人物，不觉倒退了几步。心想，这沈一万同学是什么时候办的喜事呢？新娘子还如此的美貌娇艳？真是不一般呢！原来山中四载外面十年呢，真有躲藏几载，不知"魏晋"，不知今夕是何年的感觉。

沈一万大大方方地与夏荷打了招呼，大言不惭地说："文彬嫂，久违了！你真不知道世间发生了什么事吧？告诉你，你的老师看中了我的同学方向女士。方向也喜欢他的为人和风度，他们是前年结的婚，我和余菊是去年结的婚。你说这样美满吗？你说我一万为人有气度吗？对朋友讲义气吗？"

夏荷连忙说："太好了，沈一万兄真正是位大丈夫！我佩服你的为人！我向你们两对伉俪表示祝贺！值得一提的是，我尤其要向我的老师沙玉宝和师娘方向女士表示祝贺！以尽一个学生之礼。"

这真是满堂喜，满堂红，满堂彩呀！闹得祝家厅堂熠熠生辉！喜气洋洋！人生中哪有这么多的喜事和巧事凑在一起呢？

夏荷为这些喜事由衷地高兴。

沈一万暗中害苦了夏荷，表面上还要充好人。他现在的情绪已经迁怒到了沙玉宝的身上了，嫉妒之火气很旺。其实他是很喜欢方向小姐的，是方向不想与他好下去而散的。方向已经感觉到他为人不正，心有点毒，所以与他速速分开了；也因为沙玉宝实在太优秀了，且相貌又那么堂堂，可以说他的相貌、人品、才学远在祝文彬之上，哪个女人会不爱他呢？至于沈一万，他的问题就出在往往喜欢与才貌出众的男子比，简直忘记了自己是个独眼龙，这就是沈一万的悲剧所在了。然而，在他的小悲剧的影响之下，他会制造出衍生出更大的悲剧。

那么，沈一万会对沙玉宝和方向使出什么手段，那是后话；沈一万还会对夏荷和祝文彬使出什么更为毒辣的伎俩，那也是后话，这里暂且不表。

显然，在这一天中最高兴的算两个小宝贝——祝子丰和祝子和了。他俩是山里出来的，像两只快乐的小猕猴，又有东西吃，又有人抱着玩，又可以拿礼品收红包。比过大年还开心呢。他们俩拍着手唱着山歌，还会打虎跳，（侧手翻）表演得非常起劲，引得在场的大人们阵阵发笑和心酸……夏荷、夏莲、阿苗三个女人只顾拿着手绢抹眼泪……

好日子没过多久，家里又发生了经济危机了。外婆的钱用得很快，亲友们送来的吃食将要吃尽了，阿福和阿苗开挖的菜地庄稼还没有收上来，夏荷的钱在山乡基本用尽了，现在真的是快要山穷水尽了。祝家庄的族人们对夏荷母子没有帮助，说风凉话的倒不少呢。族长太公家说话就不好听，他家大儿媳刁秋丽还在院子外风言风语地叫骂不休呢。她说："什么进山逃难？夏荷家四年不见人影，不知道去做什么营生了。女人家的，不要脸皮，竟然把两个小孩养得白白胖胖的，究竟在外干了什么勾当，瞎子吃汤圆，只有自己心里明白了！哈哈！哈哈！"如此风言风语造谣污蔑比骂人还厉害，刁秋丽的嘴巴像一把剪刀，不知道下一步她还要放出什么手段来呢？

夏荷、夏莲听得真是要气破肚皮了。

阿福说："呸！狗娘养得刁秋丽！她是泼妇精！狗嘴里长不出象牙来，让她骂吧，没教养的东西！再骂就给她吃生活，吃棍子！"

阿苗也说："呸！狗娘养得刁秋丽！什么货色？！人家孩子长得好与她有什么相干？她是嫉妒才谩骂的，只要她再骂，我就骂她断子绝孙的泼妇，男人要你有什么用？"

他们都想骂死她，为夏荷壮胆出口气。

然而，夏荷却说："算了。阿福、阿苗，你们不要生气，我们为人不做亏心事，半夜敲门心不惊。她再谩骂都是没有用的。不过，我们要当心了，要做提防，严防他们放暗箭，下毒手呀。"阿福、阿苗听了直点头，表示都会小心的，请主母放心。

夏荷见阿福和阿苗多少年来，把祝家当成自己的家，把祝家老少当作自己的亲人，正可谓，不分主仆，不分彼此。又见阿福和阿苗都无有亲人，双方都未曾婚配，所以夏荷做媒，两人配成一对。试问他俩的意思，两人一听，面红耳赤，表示愿意配成夫妻，两人连连拜谢主母作合之恩。母亲、夏荷、夏莲便择个吉日，披红挂彩，让两人拜了堂，成了亲，于是就长期住在祝家了。同时，好事成双，那就是祝子丰和祝子和兄妹俩，拜了阿福和阿苗为义父义母。其实，这是意料中的事情，山间四年中，阿福和阿苗早就是两个孩子的父母了，只是没正式言明罢了。

现在，子丰和子和和两个孩子叫阿福为义父，叫阿苗为义母，称夏荷为妈妈。还有外婆和小姨，一家人亲亲热热的，算得上其乐融融。

从此，阿福是有妻有室，有儿有女，住在祝家，与夏荷相依为命。夏荷是亲人团聚，怀抱儿女，主仆相依，一切随命运去安排。只是祝文彬到底能不能回来，成了她人生中一个最大的悬念。

亲人虽亲，但经济上无以为靠，一家人衣食无着，怎么办？母亲和夏荷商量再三，准备带夏荷到宁波老主人家去做姨娘（女佣）。夏荷认为这是一条最好的路，一来由母亲引领前去；二来子丰和子和两个孩子由他们的义父母抚养；三来现在自己还年轻做得动；四来在宁波还可以继续寻找丈夫祝文彬。这真是一箭四雕呀。如此良策，她含着泪欣然同意了母亲的提议。

出门帮工少得也要一年半载，母亲叫她把家中东西清理一下。夏荷自然把房里东西清理摆好，以备日后来用。清理大箱子的时候，她见到了文彬结婚时穿的一套黑色礼服——长衫马褂和一顶大礼帽。夏荷轻手轻脚把它取出，摸得平平整整，挂在红色大橱里。看了又看，摸了又摸，吻了又吻，她站立良久，心绪复杂难平。最后在箱子底里取出两把金光闪闪的小铜锁，用花手巾把它抹得亮闪闪的，放在大红八仙桌上，顿时，脑际便浮想起当年与文彬结婚时的幸福情景……直到母亲在楼下催她走的时候，她才把衣服和铜锁放在樟木箱的正中，她才放心无忧地走出了房门。

临行前，她还把沙玉宝和方向夫妇俩请过来，把要紧的话向两位亲人嘱咐："沙老师，方向妹子，我要外出帮工去了，可能要到上海。家中诸事托付你们俩多多关照，你们要把阿福阿苗当亲人看，帮助他俩克服困难养育好两个小宝贝，把残破的祝家维护好。"

沙玉宝说："夏荷嫂，我们一定把宝贝养好，和阿福、阿苗姐一起等着你回家。"

方向连忙说："夏荷嫂，你还有什么不放心的？请不要保留，赶快照说不妨。我们是会尽全力的。"

夏荷见玉宝夫妇俩果然是真心诚意的，于是就把重要的托付说了出来："沙老师，方向妹子，你们以前是我的老师。希望今后要当祝子丰和祝子和的老师。除了协助照顾他们的生活之外，还请两位教他们一些文化知识，教读点'幼儿的语文和算术知识'。拜托了，我就是这个意思。"

一言说罢，让沙玉宝、方向夫妇俩很是吃惊，他俩觉得嫂子这个农家妇女有见识，有主见！他们俩一口答应不说，还要求阿福、阿苗夫妇俩一起陪读，共同照顾好这对被祝文彬抛弃的可怜的双胞胎。

第二天清晨，天蒙蒙亮，报晓公鸡刚叫过了几遍。夏荷起身，整装待发前，亲了亲两个可爱的熟睡着的宝贝，与母亲和夏莲一起头也不回地出发了。

夏荷暂时抛家别舍地走了，心中总难免有丝丝的挂念和惆怅。正如唐人《长相思》中所云："……上有青冥之长天，下有渌水之波澜，天长地远魂飞苦，梦魂不到关山难。"夏荷走了，为了生活，为了养活两个幼儿，她不惜走出家门，去做女佣，用自己的血汗来养家糊口。有什么办法呢？眼前只有这华山一条路。

（十三）

海浪滔滔，汽笛声声。夏荷与母亲颠簸在由宁波去上海的黑色海面上。上大轮船不久，海风凛冽，天气阴沉，层层大浪冲击着轮船，坐在底舱里的夏荷和母亲与众多贫穷旅客一样横七竖八，东倒西歪，空气混浊，不时呕吐。夏荷知道了，原来坐海船会如此狼狈。不多时，自己也呕吐起来了……

夏荷年轻些，尚能忍受这呕吐之苦。问题出在母亲，她在众多旅客的地铺缝中，弯弯曲曲地挤进挤出，到洗脸间去吐掉，她弯腰曲背，脸红脖子粗，满口黄水，吐不完一样的吐。荷姑提水给她洗脸，漱口，并且安置她睡下地铺。在这一夜的来来往往中，荷姑猛然想起了母亲的伟大。以前母亲每每从上海回来，总是把一叠叠的大小钞票递到荷姑手上，从来不多说一句话，只是欣慰地笑笑。现在女儿才知道这钱里真的带有母亲的血汗呀，荷姑顿时明白了老母亲的不容易。

母女俩如逃荒的灾民一样，一脚踏进了20世纪40年代的上海滩——一个五光十色、光怪陆离的十里洋场。大马路，小弄堂；新洋楼，贫民窟；漂亮的汽车，破烂的人力车；各式洋装、长衫的人士，破衣烂衫的贫民与乞丐；波光粼粼的洋气喷水池，木板房成排的臭水沟……斑驳陆离，混浊世界。这个中国历史上第一个海港商埠，它屹立于世纪之初，就尽显其光怪陆离的半殖民地色彩的大商埠特征。

夏荷从农村到了这样一个世界将会怎么样呢？

经介绍人的说合，母亲便带了夏荷一脚踏进了上海派尔克金笔厂冯少棠老板的家中。冯老板47岁，厂房在上海市大木桥路，家住在建国西路路边的一座石库门房子里，一楼二楼三楼包括四层阁都是自家的，楼下客堂间与天井连着，栽了几盆万年青，显得有点儿书香味。20世纪40年代，像这样的新兴民族资产阶级正处上升时期，在战后的上海发展得比较快。

那日夏荷和母亲进了冯家，全家都表示客气接纳。冯老板和大师母吴桂芳、二师母林玉萍正好都在客堂间坐着。

冯老板大方而知趣地说："谢谢周阿姨带夏荷来做事。我们家的事，全部由大师母桂芳做主，既然她同意录用，我和玉萍就没有什么意见了。夏荷做家事由大师母安排就可以了。"

两位太太都微笑着点点头，一家人看上去和谐融洽。当即夏母谢过了三位主人，便摆摆手离开了，自己要到老东家熊百松家去报到了。

母亲笑笑离开了，夏荷笑笑留了下来。

不算卖身为奴，也算是出卖劳力，由一个农村富户女主人变成了资本家的奴仆了。夏荷从此开始了大半生的娘姨生活了。想想家中两个可爱的小儿郎，为了养活他们，实在是别无他计呀。

使她感到奇怪的是这老板家为什么会有两位太太呢？家里一共四口人：冯老板，大师母吴桂芳，二师母林玉萍，十岁的少爷冯继明。据说冯继明是二师母的养子。四人一家，非常和睦，相亲相爱，有商有量。

夏荷年轻能干，脚勤手健，脾气温和，做事不慌不忙，稳稳当当。几天来，把府里三层楼房，两个亭子间，一个四层阁楼，上下楼梯，大小门窗抹干干净净，清清爽爽，使人的眼睛为之一亮。大太太不知道有多高兴，因为夏荷所做的一切，都是按她的吩咐行事的。二太太也高兴，见夏荷做完清洁后，还张罗一日三餐，处处照顾少爷，照料他的衣食起居，还能督促他读书写字，还能回答他阅读中不懂的问题。夏荷自己也喜滋滋的，她竟然能够回答少爷的一些小难题。例如课文中某些字的解释：

"恙"，本义是忧愁，引申义指病；

"倦"，本义是疲劳，引申义为厌倦；

"逾"，本义是超过，越过，如渡河有越过意。

……

因为夏荷在沙玉宝老师处拜过师，认识一些字，读过一些书，现在用上了，自觉有点儿沾沾自喜。

两位师母见新来的夏荷做事如此得心应手，很是喜欢和满意。冯老板也是看在眼里，喜在心里。特别是能够帮助少爷看书学习，更是喜欢有加。另外，冯老板见夏荷容颜美丽，长得端庄，身材苗条，气度不俗，更增添了三分喜欢。

两个月后，主仆间更加熟悉了，两位师母与她比较亲热，少爷总是离不开夏荷阿姨，连冯先生对她也客气起来，好像有许多内心话要找她说似的。当他看荷姑的时候，眼里总是放射出温情的光芒。二太太在大太太房里与冯先生说了起来："少棠呀，你是不是有点喜欢夏荷？直说吧，不要紧的。"两位太太温和而关切地问先生。

"说呀，少棠！我们不是二堂会审，谈谈你对她的看法吧，我也想听听。如果有心的话，我们三个人之间好商量。"二太太比大太太更大胆而关切地问先生。

冯老板在两位太太面前显得有些不好意思了。转念一想，她们都是关心我，关心这个家庭，把内心的话说出来也无妨。所以就缓慢而冷静地说了出来："谢谢二位夫人的关怀，少棠确实有点喜欢夏荷。如若她能娶进家门做第三房太太，我想对我们都是有好处的，如若能够生个儿子传种接代的话，那少棠就要感谢二位太太的成全和恩情了。如果真能够这样，就是我冯府的喜事了，就是我们三人的福分了。"

大太太拍了一下手，二太太也击了一下掌。三人是笑逐颜开，一拍即合。

事情发展的逻辑为什么会如此奇妙呢？

这里要说几句题外话了：原来，冯府里，冯少棠与大太太结婚后，十年没有生育，大太太是福建富家小姐，为人厚道，德才兼备，同意冯先生再娶；二太太是善良落魄的交际花出身，为人懂事，尊大太太为亲姐姐，与大太太相依为命过日子，使冯先生发财致富。与冯先生结婚十年，也无生养，结果到育婴堂里抱养一子取名继明。她也催促先生再娶个能生养的好女人。所以冯府三位主人是一条心的，她们是真心实意地想为冯先生娶个三房，生个儿子的。

冯老板能不能说通新来的女仆，一个不明不白的"新寡"呢？那就要看冯老板的本事了。

外面是花花世界，可是夏荷的心还是平静如水。她虽已

"卖身为奴"，可心里的感觉还是一个"主子"。她的所作所为是为了养活两个孩子，为了祝家，为了祝文彬！谁叫她与祝文彬有了洞房花烛，有了百年之约呢？

在冯家，她只知道埋头做事，没有其他什么念头；在做事中，她只是想把事情做好，没有任何非分之想；在主人们面前，她是个诚服的仆人，没有什么取悦之意。她心中，想的是付出劳力，获取份内工钱，养家糊口而已。

冯少棠先生外面生意很忙，应酬也很多。只要有点儿空闲，就会主动接近荷姑，与她攀谈几句。两位夫人是看在眼里，懂在心里。

一天早晨，在大太太房里，荷姑正在收拾房间，大太太刚下楼，冯先生就进来了。冯先生对荷姑微笑着说："夏荷，你不要太辛苦了，家里事慢慢做，不要紧的。你来我家后，有什么不方便吗？跟我说，跟大太太二太太说都可以的，她们都蛮喜欢你的。"

夏荷毫无防备地回答："冯先生，你家里一切都很好，没什么不方便，没有什么。"

夏荷连头也不抬，只忙着手上的事，叠好床上用品，洗刷杯盘花瓶，抹桌椅，擦地板，忙得满头大汗。只把扎着红头绳的大辫子甩向一边，手忙脚乱的……

冯老板过去拍了拍她的肩，轻声说道："夏荷，你停一下，先生有话对你说。你想不想在我家长做，在上海长住？"

"想呀，我想在上海长做长住，我想用这份工钱来养活我的两个孩子。上海地方很好，我愿意长期做下去，只要每半年回一趟就可以了。

"那就好，我们可以答应你的条件。"

"太好了，冯先生你是我家的大恩人呀。"

"为什么要谢我呢？你家里很困难吗？你有没有丈夫呢？"

"我，我，我是有丈夫的，可惜他长期不在家。"

"长期不在家，什么原因呢？是远走他乡了呢，还是身遭不测，你能够告诉我吗？"

经过这段对话之后，夏荷觉得自己失言了。本来不该说这么多的，言多必失呀。这时，她把脸转向一旁，眼泪簌簌流下……

冯先生知道了，不该问这么多的。冯先生很体谅这个新来的女仆，并且有爱慕之心。冯先生说："夏荷呀，你不必难过了，不想说就不说了吧。先生只是问问你，以后你愿不愿意与先生我接近呢？"

"接近"，夏荷听不明白，当时就没有做声回答。冯先生拿起手绢，弯下腰轻轻地擦干了夏荷美丽脸颊上的汗滴，像长辈一样拍拍她的肩说："你听不懂我的话，现在就不用回答了。以后，你找大太太二太太去聊一聊就会明白的。"

先生离开了房间，下楼去了。夏荷照样尽心竭力地做着家务诸事。

只是冯先生下楼后，坐在客厅里，闭着眼睛品茶时，就会想起刚才的一幕，就会想起夏荷那张带汗的美丽动人的脸……那是张诚实善良楚楚动人的农村少妇的脸……

从此，夏荷做家务时，心中时时觉得忐忑不安。一日中午当她在抹客堂间的花瓶时，突然"咣"的一声，古董花瓶落地了，摔破了瓶口沿边。夏荷吓出了一身冷汗。马上被两位太太发现了。夏荷带着哭声说："太太，是我不小心打破了古董花瓶，我赔钱，我赔钱，这个月我的工钱不要了。"

大太太马上笑着说："不赔！不赔！打破花瓶不赔，要赔你也赔不起的。我说了算，只要你好好的在我家做，我和二太太都会疼你的。"

夏荷拉着大太太的手说："谢谢大太太，谢谢二太太，以后我会小心做事的，这回真正对不起了，是我心慌意乱造成的。"

当二位太太问她为什么心慌意乱时，她说出了关于冯老板要她"接近"的话，还说冯老板好像对她有意思似的，她很害怕，她的心里很恐惧，所以才无意之中推到瓶子摔落地下的。说得二位太太直点头，说她是个诚实的女人。然而，二位太太顺势启发夏荷应该答应男主人的要求，并且明言希望夏荷成为冯府的三太太，为冯家续后，把冯家看成是她夏荷最好的归宿。还说，乡下的两个孩子也会一起养大，冯家也会视其亲生一般。

二位太太的和气央求，让夏荷吓出了一身冷汗，她断然没有想到，到上海来赚钱会赚出如此灾祸来。她一口拒绝了二位太太的要求，说明自己是不愿意嫁给冯先生的，更不想当什么三太太的。

后来，当冯少棠先生亲自问她的时候，她望着先生热情、善良、祈求的眼睛说："冯先生，真正是对不起您呀，也对不起二位好心的太太！因为我是个有夫之妇呀，我丈夫名唤祝文彬，原来是江南一财主之子，与我一见钟情，拜过堂，成过亲，还生了一对龙凤胎。我与丈夫有很深的情义。可惜，他出远门走了，有五年多了吧，我依然想念他，盼望他有朝一日重返家园，合家团圆。我此情不悔不改，不管等他多少年……"

冯先生听了她的表白后，十分感动。并没有责怪她一句，反而说"夏荷是个好女人"！冯先生说："夏荷，请你原谅我的唐突。"

冯先生还表示，"如今是我单相情愿地求你，你不肯不要紧，你丈夫抛弃你五年多了，实际上是个事实离异，你是可以改嫁的；你要无年无月地等他，那是你的自由。你今后可不要后悔噢。日后，你若改变了主意，还可以再来找我的。"

宽洪大量的冯少棠先生，提出了他最后的愿望和要求。

夏荷低下眉，温情而歉意地说："谢谢先生！谢谢师母！夏荷心领了先生和师母的大恩大德。我想这个月做完后就不做了。"

三个月的娘姨生活，夏荷赚到了30块银元。报酬不能说不高，下个月她将另觅生路了。不知她要走哪条路，她若想再做娘姨的话，那么，她的新东家在哪里呢？

（十四）

好人家，歹人家，在20世纪40年代末期的上海滩上是无奇不有的，数不胜数的。夏荷一意孤行地离开了好人家冯府，如若还想帮佣谋生，那么会走到什么人家去呢？

母亲在老东家熊百松家做得好好的，工钱虽低每月只有6元银元，却很稳定，熟悉，自在。她在熊师母那里做惯了事，包掉所有家务活，还服侍着四个小孩。她细摸细做的，多年来，很得师母和孩子们的喜欢，孩子们爱吃她烧的小菜，爱穿她做的棉鞋，还喜欢她带他们逛马路看橱窗，逛公园喝沙滤水等。所以，母亲就跟夏荷说，只要做熟了，东家喜欢是最重要的，多吃点苦，在一块儿，没有错。夏荷不想把在冯家发生的事向母亲说。只说想换一家人家做做。于是母亲在熊师母的介绍下，帮她找了张小姐的家。说张家人口少，没有男人，只有外婆、张小姐和儿子三人，关系简单，活儿不重不多，问她愿不愿去做。

走投无路的夏荷认为这倒是个好人家，况且工钱还蛮高的，也是10块银元1个月。还是在母亲的引领下，夏荷走进了勒飞得路128弄672号张小姐的家里。张小姐大名唤作张静亚，小名叫做亚亚小姐，长得白皙漂亮，高鼻梁大眼睛，烫了一头长卷发，身材苗条，总是身穿细腰长旗袍，脚蹬一双细细的高跟鞋。张小姐分明是当时上海滩上的摩登女郎，神情妩媚，姿态妖艳，谈吐不俗，情调风流。我的天呀，夏荷感到又来到一家非同一般的人家了。

为了赚钱，做做看再说吧。张家外婆为人很是和气，招呼夏荷也是挺客气的，总是"大妹"、"大妹"的，给好的吃、给好的喝，还替夏荷准备了两套淡天蓝色的新衣服，小小巧巧的还镶着时髦的白色花边。张小姐呢，更是和蔼可亲，待夏荷也挺客气的。只是做事上要求很严，房间要收拾得十分干净整齐，衣服要洗干净烫挺刮，每日家里花瓶要清洗干净，鲜花要插新鲜的，留声机要抹得油光锃亮的。

奇怪的是张小姐每每白天睡觉，一直睡到下午四五点钟才伸伸懒腰起床，然后吃晚饭，洗梳打扮，涂脂抹粉，更换漂亮新装，玻璃丝袜，高跟皮鞋等，一应打扮妥当后，再叫部三轮车出门。晚上要到12点钟以后，甚至两三点钟后才坐着三轮车回家。在张小姐打扮过程中，夏荷要伺候在旁边，进门出门都要照应在侧。所以，晚上为了开门，夏荷也必须睡得很晚，或者醒着躺在床上，等候主人回来。

对于夏荷来说，这点事情倒是难不倒她，她可以得心应手地替这位美女做事，还包括照顾她的五岁儿子的饮食起居，以及服侍老外婆。她们家人少，劳力付出不多，只不过要按点行事，既不能马虎，又不能错过钟点。做着做着，夏荷便慢慢地习惯了，只是好奇心甚，不知道张小姐在外面是做什么事情的，总是要上晚班，而且很晚才能回家。她不好问外婆，然而总想弄明白。

"侬好，阿荷！今天有空出来走走吗？"

隔壁安小姐的娘姨阿宝姐热情地向她打着招呼。

"噢,侬好,阿宝姐,家里要我去买点小菜,刚刚出来的。"夏荷轻松愉快地回答着。

阿宝比阿荷大一岁,去年来上海帮佣做娘姨的。她的主人叫安琪小姐,家里也有三个人,安小姐、表姐、表姐的儿子三个人。安家的情况与张家差不多,就是工钱比张家的低些,阿宝每月工钱8块银元。夏荷问陪她一起去小菜场的阿宝:"你的工钱怎么会比我少两块银元呢? 张小姐和安小姐她们到底是做什么事情的? 你知道吗?"

这样,阿宝姐才将她知道的事一五一十地告诉了夏荷这个傻瓜。

阿宝姐说:"你看,我们住的这排房子,都是一样的。你看见了吗?"

夏荷抬眼一看,果然处在马路边上的这排房子,建筑形式都是一样的;两层楼的小楼房,每家独自一个小院子,狭长天井栽几株小树,二楼有一排矮小凉台,可以晾晒衣物和眺望客人。上下两层中,每层约有三四间房间,其中一间大的称主卧室。

说来奇怪,这排房子果然有特点:小巧玲珑,自成一家,独门独户,起居方便,凉台可以望远,大门口黑漆双扇门,看似有小小的气派。但也算不上富豪,尽显小康优雅水平。

阿宝姐接着说,像这样的房子,沿着大马路,进出交通方便。又说像这样的房子成排成条的,在别处也有的,如上海各处大马路边靠静街的一头,就有不少条。

夏荷迫不及待地问:"这些房子里住的是些什么人家呢?

做什么事的？"

阿宝姐不慌不忙地回答道："小傻瓜，你还不明白吗？那是些不一般的人家。但是，我们不能瞎说的，这些人家既不是妓院，又不是暗娼院。里面住的几乎都是交际花，又称高级舞女。她们在上海滩上很吃香，赚钱比较多。她们每晚出入各大舞厅伴男客跳舞，喝茶，饮酒等，在交际场上非常活跃，有的还有大老板陪同，有的被各式人等所包养。长得特别美貌的，俗称'跳舞皇后'，比如你家主人张小姐就是目前上海滩上一流的交际花，她在社会上有地位，而且主子都很有钱。再如我们家的主人安小姐，长相、舞艺、交际功夫都属于三流等级，所以她赚的钱就要少一些，当然比那些在工厂做工的女人要多得多，足够养活家庭，还可以有积攒……"

夏荷听得入了迷，非常新鲜，十分费解。她觉得上海这地方太复杂了，太神秘了。一点儿也琢磨不透！冯老板家一心想生儿子传种接代，过于封建传统了，老八股！张小姐家一心想赚钱过好日子，搞得非娼非妓，非人非鬼，太时髦洋气了，洋八股！自己怎么办呢？跟着张小姐一起"洋"下去吗？还是换个门庭不"洋"下去呢？真是思虑重重啊！

而且，阿宝姐还向她泄了密。说张小姐的儿子不知是哪个老板生的，只有张小姐自己晓得，对外是绝对保密的。所以，这孩子姓"张"，叫张君西。夏荷这才知道张君西公子的事，不好随便问他为什么姓"张"的了。

边走边说话，不知不觉两人来到了小菜场一条街。街上小菜摊摆满，什么新鲜蔬菜呀，什么活鱼跳虾呀，什么豆腐泡薄千丈呀，什么竹笋咸菜毛豆子呀，应有尽有。这时她们看到一个五六岁的小女孩在为卖主刮带鱼鳞，还要砍头去尾的。因为她年纪太小，做的又是大人的活儿，天气冷，手又冻，拿起刀刮鱼鳞，一不小心，割破了手指，直滴血。夏荷想过去帮她，手里没有红药水和药棉办不成。只见她将手放在衣服上擦，又在裤腿上按了很久，直到不流血了，才捡起用具走出菜场回去了……

这一场太惊心动魄了。看到那个受伤的小女孩，夏荷掉泪了，她的心在剧烈地颤抖着。这孩子和自己的一对双胞胎差不多大，是生活迫使她到小菜场来刮鱼鳞赚钱的。看到她滴血的手，她的母亲一定会痛哭的。这时，夏荷想，她的一对儿女现在在做什么呢，刮鱼鳞肯定是不会的。但是会不会在池塘边玩耍，是不是已经掉到池塘里去了？……

看见阿荷情不自禁地样子，聪明的阿宝姐就问她："阿荷，你家乡有孩子吧，你记挂他们了吧。你如不在上海'好'人家里做，怎么能养活他们呢？你看那个刮鱼鳞的女孩，就是家中没吃没喝，才出来做苦活的，不是她母亲心狠，是社会逼的，是生活逼的。你如果想赚更多的钱去养活孩子，我倒有个主意，不知道你肯不肯做。"

"什么事，你直说了吧，阿宝姐你比我早出来一年，你已经有些见识了。"夏荷恳求阿宝姐说出计策。

阿宝姐犹豫不决，还是轻轻地说出了口："阿荷，你是个有孩子的人，更需要去赚钱，要赚更多的钱，你懂吗？你容貌美丽，身材苗条，又懂得待人接物，我是说你也可以试着去当舞女，以后成为一名交际花。你可以求张小姐把你带出道的。"

夏荷听了很反感。她不知道阿宝姐为什么会说出这种话。她想了想，没有发火骂人，她知道阿宝是同情她的处境，而不是想把她推入火坑。她只是冷淡地说了一句："阿宝姐，你知道人各有志吗？我夏荷再穷也不会去做这样的事，孩子再养不活也不会去赚这样的钱。"

阿宝说话也不让人，她明知自己说错了话，但她以为她对阿荷的感情是真诚的，她不服气地问阿荷："阿荷，我不会逼你去做交际花的，只是我人穷志短罢了。那些做交际花的，不都是为了养家糊口，她们不能算作坏人。不过，我问你，你在张小姐家做事算什么呢？这种钱拿得干净吗？"

老天爷！天哪！荷姑觉得阿宝姐的话刺中了她的神经，真正是个要她命的问题呀。如果在张小姐家长期待下去，那么自己算什么人呢？能不能叫作"一个被交际花养活的人"呢？

夏荷的心被刺痛了，夏荷明白目前上海滩属于国统区，她住在法租界。抗战虽然胜利了，但是国民党政府依然反动腐败，人民大众还在死亡线上苦苦挣扎，老百姓还是没有好日子过，更何况像她这样外来的帮工娘姨呢？那些舞女，交际花是什么人呢？猛然间她想起了沙玉宝老师曾经教过的唐朝杜牧的七言诗《泊秦淮》：

烟笼寒水月笼沙，
夜泊秦淮近酒家，
商女不知亡国恨，
隔江犹唱后庭花。

　　她知道，这首诗杜牧通过写夜泊秦淮所见所闻，寄寓自己的深沉感概。当今达官贵人们不管天下安危，如此醉生梦死，心里太难过了，自己还能在交际花家做下去吗？夏荷由此想到，社会如此动荡不安，民生如此痛苦不济，世界如此浮躁荒淫，上海滩这个冒险家的乐园，太复杂了，太危险了。自己是个乡下女子，因为思念出走的丈夫，替他养活两个孩子，保全祝家门庭，才来上海出卖劳力，做娘姨赚钱的。千万不能做事与愿违的营生呀。交际花是千万当不得的，这一步如果滑了出去，今后该怎么收场呢？可怕呀，可怕极了！

　　想清楚了，脑筋清醒了。回到张家再一看，果然事事都被蒙上了交际色彩，蒙上了一层厚厚的灰尘。

　　张小姐家中是天天炖鸡炖鸭，人参燕窝，牛奶咖啡的吃喝，是为了保持身体健康和身材苗条；张小姐是天天换新装，各式细腰超长旗袍，那美貌与天仙一般；张小姐是日日睡觉，夜夜外出歌舞，黄包车、三轮车、小包车进进出出，日夜不息；大老板社会名流是经常来府中光顾，小餐厅中西大菜、茶点随时备设；留声机是靡靡之声不断流出，朋友们在大房间内相拥而舞；还有其他不堪入目的……夏荷越看越受不了了，她的头脑快要炸开了，做事也不如从前做得妥贴自在了，她有点手忙脚乱，东碰西撞了。张小姐和外婆觉得很奇怪，再也不像以前那样喜欢她了。

　　终于有一天，趁外婆和外孙张君西出去游公园的时候，她走了。同时在她的小房间桌子上留下了一张字条：

张小姐、外婆：

　　我走了。我把你们发给我的两个月工钱20块银元带走了，谢谢你们对我的照顾！因为我乡下的孩子病了，请原谅我的不辞而别。

　　顺祝全家安好！对不起！

夏荷

7月3号

　　就这样，夏荷鼓起勇气，跳出了上海滩第二个自找的牢笼。干净的钱不好赚呀，只有找母亲再想个办法，找条出路吧。

（十五）

日子过得很快，转眼间那个没有良心的人离开夏荷已经有六年时间了，他一点儿也不思念结发妻子和一对儿女。在夏荷看来是"妾有容华君不省，花无恩爱犹相并，花却有情人薄幸"。夏荷有如此美好的容颜，伊人几乎没有正眼看过，却与水上的莲花依偎在一起，好比有情的花儿令人羡慕，伊人的薄幸无情叫人怨恨。人们对他的怨恨有什么用呢，只要那夏荷不怨恨他的薄幸，反而作为心中的美好而永存，使人不解。

祝文彬与江曲花结合以来，先生了两个女儿江云天和江云燕，四年后又生了一个女儿唤作江云飞，足足生了三千金。文彬一家曲花为人比文彬正直，有江上女儿的豪迈性情，人忠厚且聪慧，是个智妻严母。抗战时期，日本鬼子经常扫射江面，残害良民，可惜大女儿江云天不满三岁就死于日寇的枪林弹雨之下了。文彬夫妇哭得死去活来，江曲花几乎想投江而死，后来想到她若死了，小女儿江云燕怎么活呢，便强忍悲痛活了下来，又生了三女儿江云飞。由于大女儿云天的鲜血染红了破旧的渔舟，葬身于长江。江曲花对江上生活逐渐失去兴趣，真可谓心灰意冷。她对文斌说："阿彬，我们的云天被日本鬼子血腥屠杀，她的身子已葬于鱼腹之中了，我的下半生再不想驾舟捕鱼了，我要逃离这滔滔江水，我要到岸上去度过此生。"

文彬闻听此言，颇感心酸。他想，到岸上去过日子，到哪里去呢？九江举目无亲，很难落脚谋生；浙江老家呢，已无颜面返回，抛妻别子罪孽不轻，还能厚颜无耻地回去吗？……文彬在回忆，自从女儿云天死去后，江曲花疑惑鱼儿吃过云天的血肉。她再也不吃江鱼了，内心十分凄苦。他想，曲花要求弃舟上岸。这是她内心的要求了，他深信不疑。

他就安慰着曲花的心，表示尽快想办法变卖渔舟和一应家当，永远离开这伤心之地，今生不再当渔民，全家着陆上岸去谋生。至于到哪里去，再做商量。思想已定，他就对曲花说："阿花，你不要难过了，我赞成你的主意，卖掉阿伯他老人家留下的渔舟，找个地方上岸去度过后半生，好吗？"

他用手轻轻地拍拍躺在前舱房间里哭泣着的江曲花。同时，久久地抚摸着两个幼小的如花女儿。

他思来想去，只有两个地方便于找出路：一处是上海——他曾经短期奋斗过的地方，虽然是个花花世界，毕竟还可以找个事做做的；另一处是宁波——他曾经读书求学的地方，虽然没有亲戚可找，毕竟还可以找个同窗师兄弟帮忙举荐工作的，譬如沈一万同学就是个益友。他作为一个男人，尚有一定的文化，又有多年参加劳动的经历。顺着这一思路走，以后找个地方落个脚，与曲花共同奋斗，艰辛创业，不怕没有好日子过的。

他把这些想法絮絮叨叨地说给了曲花听，她的愁云便渐渐消退，夫妻俩才安然地熟睡于小舟之上了。

整整花了一个月的时间，才做完了一应搬家准备事务。终于在一个风清月朗的夜晚，曲花一家四人才离开了渔舟，拂别了轻轻的晚风，跨上了长江雄伟的大轮，顺流东下，直至满天霓虹闪烁着五彩光亮的冒险家乐园——上海十里洋场。

上海可是跟别的地方不同。上海不像农村可以种五谷杂粮，也不像在长江水面可以捕鱼捉虾。俗语说上海是"石板地上种田"，不动脑筋，不卖劳动，不靠智慧和体力去赚钱是难以生存的。哪怕卖船卖家业，不去赚进来的话，迟早是会坐吃山空的。更何况这地方开门七件事，样样都要钱，一开口就要用钱去对付的。

于是，文彬找到了大木桥边上的穷人区破旧木板房子住下了。下决心买了一辆半新旧的三轮车，准备做骑车载客的营生。曲花呢，暂时在家带孩子，买菜烧饭，还找了个税务局单位，帮他们单身职工洗衣服，每日去收衣服，在家洗净晾干，第二天送去。一家算是有两份出卖劳力的工作了。虽然赚钱度日还过得去，然而骑三轮车载客的营生，是存在着风险的。

阿花天天帮人家洗衣服。一堆又一堆的，有时衣服如小山一般，洗得多，钞票就能多，人虽辛苦些，心里还是蛮开心的。她有时竟会一边唱着渔歌，一边洗着衣服。腰酸背痛了，叫两个孩子用小胖手捶捶，别有一番情趣。到了夜晚，与老公一起睡下，还说笑着要阿彬为她按背摸腰，心里乐滋滋的。

一天晚饭后，阿彬骑着车回来了，一进家马上把门关上。对阿花说："今日出事了，你看我头上脸上手腕上都是血。"没等他说完，曲花上下打量，果然丈夫受伤了，还流血了。阿彬说是被人打伤的，眼泪汪汪的，心里很气愤又难过。阿彬还说："花呀，踏三轮车这事难做呀。我想火车站，轮船码头旅客多，我就快骑过去拉客抢生意，哪知两个旅客刚上车，从旁窜出四个彪形大汉，拿着铁棍木棍没头没脑地向我打来，客人被吓跑了，顷刻间我就被打伤流血了。"

阿花马上说："你是遇到地痞流氓了。据说上海滩到处都有帮派，到处都有地头蛇管辖着领地。这种人，在车站、码头是不会少的。"

聪明的老婆是从外面听来的，可惜文彬没有听懂她的话，所以过了几天在电影院门口马路上又出了一回事。祝文彬又被三个流氓阿飞打得头破血流，脸面肿了起来，青一块紫一块的。回家时，又在老婆面前诉苦并低声哭泣着。

阿花又劝解他说道："阿彬呀，你准是又在电影院门口抢生意了。你要知道电影院、戏馆、剧场、舞厅、游乐场门口是流氓阿飞云集的地方，又是老车主拉客人的场所，有些老车主背后都有流氓头子撑着腰。你这样一个新来乍到的车夫，长得还像个书生模样，所以很可能会遇到飞来横祸的。"

文彬说："你一个渔家女子，长期在江上漂泊，怎么会懂得这么多的事呢？活像个老上海似的。"

阿花闪着泪光婉转地说："文彬呀，我不是老上海，我不了解上海滩。这些话都是那些洗衣服的雇主们说的。说我衣服洗得干净，并且提醒我要注意你在外踏三轮车的安全。"

原来如此！文彬觉得阿花的分析很在理。这次他真正的听懂了，他准备好好分析一下踏车行情和社会动态，再继续他的痛苦营生。一切都是他自找的，他只有忍痛扛下去。

祝文彬是有家难归，流落申城踏三轮；夏荷是有夫难寻，当家娘子成奴婢；江曲花是弃舟随夫，城市贫民洗衣妇。祝文彬折腾来折腾去，何时是个尽头？他随意玩弄婚姻，必然遭受婚姻对他的玩弄！

阿彬在家养伤数日，到小诊所去打了几天针，头上消了肿，心里的伤痕平复了一点以后，又想踏三轮车去赚钱。心想，到哪里去接生意呢？以前去过的地方，人家认得他，恐怕再会吃生活，受伤的危险还是存在，心想不去为好。听人说勒飞得路、常熟路、衡山路一带属于法租界，属高尚地区。那里马路宽敞，富人居住地域，富商、老板、社会名流、电影明星以及交际花、外国人居住颇多，这些人要么家有私人小包车，要么出门就呼叫三轮车……到那里去兜生意，一定是没错的，估计地痞流氓也会少些的。他把这个想法告诉了阿花，马上得到了阿花的赞同。

祝文彬迎着朝阳，顶着烈日，还望着夕阳余辉，满头大汗地踏着三轮车，在法租界一带做生意。果然比较轻松自在，比在相对贫穷地区要顺利些，只要自己不张扬闹事，找上来的事就会少得多。时间一长，对勒飞得路一带就熟悉起来，发现那里的客人，多数是貌美如花的大小姐，梳妆打扮华丽妖艳，给钱比较爽气，多数是到舞厅或娱乐场所去的，如百乐门舞厅呀，大世界呀，黄金大戏院呀，福州路同福大饭店呀等，有的还嘱咐几点以后车等在门口，原程转回。太好了，阿彬渐渐地找到了做生意的路子。

踏着，踏着。阿彬渐渐发现有一位小姐经常坐他的车子。此人20多岁，涂脂抹粉，烫着长波浪头发，长长的大红手指甲，浅色细腰长旗袍，细高跟露头皮鞋，手提白色珍珠皮包，满身香气袭人……抬头望去，雪白的苹果脸上还嵌有一对深深的酒窝。阿彬觉得这是个妖艳华贵的大小姐，对她有股热情。大约她也感觉到了，这个车夫长得文质彬彬的，有点像书生，不是干粗活的。所以每次微笑着爽快地递给车钱。

以后，阿彬干脆就成了这位小姐的包车夫了。每月包车进出，总共付给工钱20元大洋。阿彬没有认错人，这位舞女小姐大名叫做陈露，是南京路某大公司老板徐杰仁的包养小姐。

如此，阿彬就披星戴月地心甘情愿为陈露小姐踏三轮车了。踏呀踏，接接送送中，阿彬对于这个路段的交通便很熟悉了，对于马路边上的各种房屋建筑也很熟悉了。真的，陈露小姐住的房子边有一排类似的房舍，都是大铁门关进，两层楼四上四下房间加门前一个长方小院子，房子比较矮一点，二层楼上有一排低小的凉台。后来，他也渐渐明白了这种房子是供交际花小姐们住的。他心里明白，渐渐地不多问了，只求跟主人之间配合默契。陈家有母亲和两个小孩，一个五岁，一个两岁，都是漂亮女小囡。陈家也有一个女佣小妹，叫小央姐。阿彬进进出出都与小央姐联络，方便自在。

阿彬工作安定了，阿花也就安定了。两个孩子天天等着爸爸回来，总是见不到爸爸的人。到了第二天起床一看，方桌上摆放着一堆好吃的东西：如牛奶饼干啦，糖炒栗子啦，有时还有大饼、油条、馒头、方糕啦……真正是太好吃了！这些上海点心江西小舟上是没有的，上海真好。

当阿彬在上海踏三轮车出入于陈家的时候，他怕人认出，特意戴了一顶旧帽子，穿上一件又长又大的雨布外套，踏着车，他的身影被那条马路上行走的一个女人看到了。因为他踏车子与其他车夫不同，在马路中央驱车向前的时候很吃力，容易被人看出他是个生手，还有些像读书人，有些不靠谱，所以会被人注视。曾经，安家的阿宝拉着这个女人说："你看看，这人骑车怪怪的，每天在这里拖来拖去的，你看奇怪不奇怪？"

那个女人看了一下，吃惊不小，随口说道："真是怪怪的，连车子都踏不利落，还到上海来做生意。"说过就算了，也没有多注意什么。这是当初夏荷住在勒飞得路帮佣时见过的情景。

这个女人是谁？就是夏荷。

后来，夏荷闲来无事，就在马路边走走，也曾见过那个踏三轮车的男子。夏荷粗略一看，那人踏车子的体力和技术真不怎么样，身体歪来歪去的，只听得把车子踏得"咯吱"、"咯吱"地响。等他踏过去了，看他那个背影，还真有点儿要笑；那人不胖不瘦中等个头，头上戴着一顶半旧米黄色的小礼帽，身穿一套蓝布学生装，脚蹬一双旧跑鞋。踏车子力道不大，还有一点儿装斯文。荷姑当即判断，那人骑三轮车赚不了多少钱，只是出来混日子罢了——她压根儿没有想到，那人就是她日思夜想的白面书生祝文彬，她的薄情寡义的丈夫。

后来，夏荷在马路上又瞧见了那车夫几次。每次见到他，总想看个明白，看看是个怎样的人，为什么总是出现在勒飞得路这一带。但是那个车夫总是把帽沿拉得低低的，让人见不到他的庐山真面目。夏荷看不清楚，也就算了。总不能盯着马路上的男人死看，怕别人说自己是个神经病。

后来，夏荷感到那车夫的身影，好像很熟悉，好像在什么地方看见过似的，她百思不解。后来她怀疑，那人会不会是祝文彬呢？她似乎感到那男人的身形体貌，举止动作有点像文彬。又到马路上去等，去看了几次。她笑自己是太痴心了，那人根本不是祝文彬，那人确实是个职业车夫，看他身体颇为壮实，对待车上的美丽小姐殷勤有加，阿谀奉承，无所不为，无所不能，圆滑老道，一副下九流的样子。这样的人，哪里会是丈夫祝文彬呢？

夏荷笑自己痴，笑自己傻，笑自己过于平庸无聊。自此以后，两人近在咫尺，远隔天涯。两人似两股道上的跑车，各自向着自己的目标开动向前。可怜的"新寡"夏荷永远想念着自己那个无情无义的丈夫。

日子长了，车夫阿彬越来越露出他的斯文相和为人之热忱了。陈府里当然是富有、豪华、阔绰的。陈小姐经常吩咐婢女小央拿些吃食和衣物给阿彬，以增酬劳。来来往往中，小央与阿彬接触多了起来，两人之间有点脉脉含情，以后到底如何，还看陈露小姐如何介入，阿花的觉察和限制以及事态的发展变化了。

（十六）

春暖花开的时节，湖水泛起涟漪，山间的泉水涓涓向下流淌，四乡八村都在准备春忙播种。夏荷回了趟浙江文昌县祝家庄。两个孩子闻讯在大门口等候着。见到年把未见的亲娘，那喜悦之情就别提了。

子丰和子和俩高高兴兴地将母亲牵进家，提着母亲的行礼包和网线袋往客堂里放，还问母亲里面有什么好吃的东西，有什么好玩的玩具。他们心里急切得不得了。还问道："母亲，父亲为什么没有跟你一起回来？"

夏荷双手拉着他们，笑眯眯的没有答话。

阿福和阿苗让夏荷坐下，似乎有很多话要说。

阿苗抢先说道："辛苦你了，夏荷。你寄来的钱都收到了。加上农田、竹园、茶林的收入，我们四人的生活过得蛮好的，一年来还积余了20多元大洋。子丰、子和俩吃得下，睡得着，很爱玩，生性聪明，身体健康，就是常常想念母亲和外婆。"

阿福说："子丰和子和俩，白天在院子里玩，晚上跟我们睡，非常乖，从来不到外面去闯祸的。"

夏荷把两个小儿紧紧地抱在怀里，喜悦激动的泪水簌簌而下。两小儿也紧紧地抱着母亲，用小手擦着娘的眼泪。

夏荷对两个孩儿说："你们在家要听阿福爸爸和阿苗妈妈的话，不要调皮捣蛋，他们就是你们的亲爹亲娘呀！"

只见两个小儿郎一直在点头，马上放开母亲，与阿福夫妇亲亲热热地抱在一起了。

五个人抱来抱去，亲如一家。不仅夏荷在唏嘘流泪，其余四人也不住地用手擦着眼泪。亲人哪，一双无爹离娘的孩子，就在这一对义仆手里长大，这是人间何等宝贵的情义呀！

夏荷用自己省下来的血汗钱，为阿福夫妇买了许多上海产的日用百货和点心，双手捧给这对夫妇，并且把赚来的钱如数交给了阿福哥。夏荷临行前，只给他们交代了几句要紧的话："福哥苗姐，孩子交给你们养，我最放心了。我回上海去以后，你们去找沙玉宝先生，托他来教两个孩子读书识字，以后不能当睁眼瞎！到年龄就去上小学。"

几天后，一切安排定当，夏荷又提着旅行包和网线袋挥泪离家出发了。阿福哥将其送至车站，上车后她回头望着家乡的一片热土，百般留恋一对幼儿和好心的阿福夫妇，再次到上海闯天下赚工钱去了。

母亲知道荷姑为人老实，在上海做不了什么大事，加上性格倔强受不了污辱，所以答应她再不去舞女居住地带去做娘姨了。想给她找个富有殷实的人家嫁出去，于是托熊师母找了一位上海通往滨源的海轮船长李东海先生。那日李先生应约来到熊百松先生府上。熊先生是夏荷母亲几十年的老东家了，非常照顾母亲和夏荷。

在熊府，李东海船长见了夏荷，非常喜欢，相约夏荷和其母到他的海船上去参观游览一番。李船长是位年约50岁左右的成功男士，中等身材，一身西装，打扮得十分庄重、轩昂、沉稳、有派头。李船长微笑着对夏荷说："夏荷小姐，李某不才，只想与夏小姐结识，交个朋友，认个知己，请你多多包涵。想请你和周老太太一同到船上一游，不知道小姐肯赏脸否？"

一番彬彬有礼的邀请，使夏荷不能推辞，只得点头默许。当时，熊师母趁势拍板定夺，便说，"好事呀，周嫂子你就和荷姑去玩一次吧！"母亲周春雨也点点头，一边感谢熊先生、师母的安排，一边给荷姑使了个眼色，说了声："好，谢谢先生师母，谢谢李船长！我陪荷姑去。"

大轮船，真的好大呀！浅灰色的船体，银白色的桅杆，船顶上彩旗飞扬。海风拂面，碧波浪里，"哒哒哒"的起锚声响，大船昂首挺胸驰骋在无边无际的海面上。李船长穿着一身白色制服，戴着大沿钢盔，他好像变年轻了，他真的是换了一个模样了。哪有50多岁，完全是一位青壮年人士了。他笑微微地与夏、周二位站在船沿甲板之上，指指点点的，喜笑颜开，放声言谈，将手搭在夏荷的肩上，无比欢乐的样子。夏荷不好意思地挪挪身，极目四望，凝神倾听，这大船，这大海，这巨浪，这人情世故呀！简直叫她弄不清方向，摸不透深浅了。平日里，因为谋生匆匆奔往上海航船，漂洋过海，哪顾得上去看船观海呢？况且总是坐在舱底的五等席位上，黑洞洞的，臭气熏天的，哪里见得到船头甲板上所见的海洋景色呢？今天真是特别，原来坐海船也会是人生的一种享受。

夏荷情不自禁地嬉笑起来，而且"咯咯"出声，像个顽皮的孩子。李船长看着夏荷的笑脸，顿觉美丽异常，加上她一身浅蓝色的细腰长旗袍，白色的丝绸长围巾，被海风吹得飘飘荡荡的，好像在随风飞舞一样……李船长着迷了，他想，如此佳人实在难得，何况只有30出头，还可以生几个孩子呢，看来我李某真的要交桃花运了。他想，这次她上船不容易，我一定要诚心诚意地追求她。

李船长给夏荷和母亲包了间头等舱房间。这对母女好像得道成仙一般，地位霎时提高，享受着从未有过的贵宾待遇。

在船舱房间里，西式的豪华家具和摆饰，四周白白的丝绸窗帘拖地，圆桌上放着鲜花和美酒。这么高尚优雅的房间好像在大公馆里一样，一点儿没感到是在大海中的轮船上。

李船长笑着恭恭敬敬地问夏荷："夏荷姑娘，我们可以做个知心朋友吗？"

"朋友？我和你身份地位相差那么远，如何做朋友呢？"

"身份地位，没有关系。只要我们真心相爱，就不计较这些东西了。"

"我还有两个孩子，双胞胎都已经五岁多了，带过来不就成了拖油瓶了吗？"

"什么拖油瓶？都是旧思想旧习俗的说法。就是因为你能生孩子，这是我最盼望的事。告诉你我会喜欢你的孩子的，会把他们培养成人的。真的，荷，我除了有船长职务之外，在湖州市还开了三家丝绵厂，生意很不错，可以说是财源茂盛。"

他顺手摸了一把床垫。他说："为了迎接你的到来，我在床上垫了三床丝绵被头，都是簇新的，你看柔软吗？暖热吗？荷，我会真心爱你的。听说你的前夫不爱你，远走他乡了，是个薄情寡义的人。再不要去想他了，跟着我荣华富贵，你的好日子还在后头呢。"

不提文彬倒也罢了，一提文彬夏荷的神经立刻被触动了。她想，文彬，他是谁呢？他是我的结发之夫，我生命中的白面书生。不管他对我有情无情，今生今世，他是我的丈夫，他是子丰子和的亲生父亲。我忘不了他，我也不能忘记他！更不能背叛他！我决心与他不离不弃，直到永远！夏荷的这个心结实在是难解呀。

夏荷脑筋里的这一根弦一经拨动，她的神色立马就变了。这位温和善良，风度翩翩，中庸大方的船长一会儿变成了狡猾老练的小人。她想，他的目的无非劝我做他的妻子，为他生儿育女，抛弃结发夫君祝文彬，这怎么能成呢？我与文彬是有"三生之缘"的，不是随便说散就散的。于是她就婉言谢绝了李东海船长："李船长，谢谢你的美意。小女子今生无福做你的太太。我会想念你的，我生命中的好人！"

回绝了李东海船长之后，那东海船长果然品格高尚，没有再纠缠于她，让她一个人在头等舱里美美地睡上一夜。第二天清晨下船陪她母女在湖州市观光游玩了一天，晚间又让她母女在头等舱里安睡一晚，第三天清晨亲自送她母女下船回熊府。在码头上叫了两辆三轮车，一辆母女俩乘坐，另一辆载上赠送给她们的礼物，有丝棉被子四条，湖州蜜桔两筐，湖州生鲜、碱鱼二百斤，以作酬谢。

夏荷真的是放走了一条大鱼，一个可以婚嫁的如意郎君呀。不过，李船长最后给了荷姑一句话，那就是什么时候夏荷姑娘想通了，还可以找他，他等着。

……

祝文彬在陈露小姐家踏包车，吃喝不愁。时间一长，陈小姐和奴仆小央对他都有好感，特别是18岁的苏北姑娘小央，很喜欢祝师傅。小央一双水淋淋的大眼睛一转一转的，皮肤白得像凝脂，为人富有同情心。她看到阿彬总是穿得很单薄，做事很卖劲，常常是汗流浃背的样子。知道他家里穷，还有两个孩子，是从外乡来的。所以，经常把府上吃不完的东西拿给阿彬，他总是有礼貌地接受了。

阿彬也觉察到小央喜欢他。但他不去惹小央。他知道小央虽年轻、好看，到底是个苏北来沪做丫头的穷女子，交好了能怎么样呢。他以前的妻子夏荷是个农村穷孩子，现在的妻子江曲花是个渔民的穷孩子，"穷孩子"有多大用处呢？今后若要交结女子，必定是要个有钱的人。文彬到了光怪陆离、唯利是图的上海，他的人、他的思想、他的追求在渐渐地发生变化。

秋风起，黄叶散落在漆黑的柏油马路上，骑着三轮车的阿彬觉得身上冷飕飕的，牙齿还有点打颤。这时，他想到坐在车上的陈小姐穿着单薄如云的乔其纱单旗袍，肯定要受寒冷了。于是他找个地方停了车，把车篷撑起来，还拿了条雪白的大毛巾递给他，嘱她盖起来。当陈小姐发抖的手接过阿彬的毛巾时，她说："陈师傅。你人真好！"

处长了，阿彬有些胡思乱想起来了。陈露小姐真是百里挑一的美人。人又美，心又好，钱又多，真正是个绝代佳人呀！我祝文彬今生今世如若能得到她的爱，那么做人一世也就值了。须不知，天下绝顶的美女不可多得呀，据说500年才出一个呀！文质彬彬的风流书生沦为一个苦力后，见到陈露这样的美人后，不免心悸，有时会产生非分之想。

祝文彬想入非非了。晚上睡觉时，满脑子都是陈露小姐的欢颜。那位江曲花本来就不美，再加上近年来生活上的折腾，三个孩子的日夜拖累，堆积如山的脏衣服洗得她弯腰曲背，双手粗糙不耐看。天哪！在这个男人的心里，外貌美已经成了第一要素，至于内心美、人格美等，好像已经变得淡漠了。他想，如果能得到陈露小姐的抬爱，如果与陈露有点儿"艳遇"，我文彬没有白到上海滩来一趟，也不枉我由一个富家公子变成一个苦踏三轮车的臭苦力的经历了。

他转辗反侧，夜不能寐，江曲花睡在旁边不是没有感觉的。她隐约知道她的外貌不俗，人才出众的丈夫可能有什么烦心的事儿了。

祝文彬想，陈露小姐赏识我之后，将会对我如何"发落"呢？他期待着……

祝文彬奇思妙想，几度又想放弃同甘共苦，风雨同舟的美眷江曲花，今生今世他究竟想得到什么呢？

（十七）

　　江曲花离开九江老家离开长江母腹已经两年多了。在不熟悉的异乡上海与祝文彬建了一个贫寒的家，养育着两个女儿江云飞、江云燕和一个儿子祝子舟。三个小儿郎很乖，但很可怜。母亲成天洗衣送衣。父亲终日不见人影，他们只是在家自己吃自己玩，没有多大乐趣。这些时，曲花情绪有些低落，终日愁云压顶。她好像有一种情感："……乡泪客中尽，孤帆天际看。迷津欲有问，平海夕漫漫。"也就是说，自己常常感觉到人生途中有失，思乡之泪，客中流尽，片影孤帆，漂泊天间，迷失渡口，世路崎岖，难寻归途。有"长夜漫漫何时旦"之感慨。

　　她是一个渔家女，她是鼓足了勇气，卖掉了渔舟和全部家当，才破釜沉舟，与丈夫文彬带着儿女举家东迁上岸度日的。她的决心比谁都大，自然她的希冀也比谁都大。只可惜，进了上海滩，只是穷家一户，流浪奔波，艰难度日。更何况现在丈夫有点魂不舍守，神神秘秘的，叫她心中大为不快。这个本来就很动荡的家，该如何维持下去呢？至于祝文彬的前情，她不甚了解，记得结婚前曾经问过他，他一言不发，再加上父亲江尚对他的信任，所以，一切都没有深谈，让他守口如瓶，从不追究一二。现在看来，他似乎有什么事隐瞒于她。曲花对于文彬，开始产生怀疑了，开始有所防备了。

　　聪明泼辣的阿花对文彬说："阿彬呀，你最近踏车子累了吧，陈小姐给工钱还爽气吗？除了她的生意外，外面还兜不兜些生意呢？"

　　阿彬不太自在地回答道："不辛苦。还好，陈小姐比较讲信用，她不会拖欠包车月银的，上个月20元大洋不是给你了吗？"

　　"她们家拿来的吃、用、穿等的东西倒是不少，她待你很客气。我们家怎么谢谢她呢？"

　　"谢谢什么？给钱踏三轮，只要把车踏好了，按时把她送出接回，就是对她负责任。还要谢什么呢？啰嗦！"

　　"什么啰嗦？人家待我们客气，我们也要讲客气的。送点小菜过去怎么样？"

　　"不用，不用的啦！哪有车夫给主人家送小菜的呢？她家的小菜大菜吃都吃不完。"

　　"她家富有，东西多、条件好，那是她家的事。我们可不能白白接受别人的施舍，特别是女人手里的东西。"

　　"好了，阿花，不要紧的啦。拿什么东西进来，你都不要在意。难道我跟她还有什么私情吗？你的想法是多余的，真是妇人之见呀！"

　　一阵对话之后，文彬板着脸不响了，阿花也沉默了下来。阿花想，今天之言姑且给你一个警告，看你日后如何行事。

　　江曲花可不是夏荷，江曲花敏感，夏荷迟钝；江曲花机警，夏荷木讷。祝文彬欺侮夏荷足足有余，要想欺侮江曲花可不是容易的事了。

　　……

话分两头，各表一枝。

夏荷再度跨进中国第一商埠——上海后，还是到母亲的东家熊百松先生家去。母亲认为夏荷为人太挑剔了，好好的李东海先生不嫁，推三阻四的，让熊先生和师母面子上不好看。母亲实在不明白，夏荷在想些什么，母亲想：现在要找个有钱的稳当的主，多么的难呀。李东海船长还是个大老板，有什么配不上你的呢？

在兵荒马乱，时局变幻，民生不稳的20世纪40年代末期，一场改天换地的革命快要到来之时，在一切反动派行将灭亡的前夜，很多人不知道何去何从。民族资产阶级营垒里的大小老板们以及他们的仆人侍从都感到社会的动荡不安，心里产生了种种恐慌。其中包括熊老板，熊师母和夏荷的母亲周春雨。

然而，夏荷是个莫名其妙的人。天下即将大乱，革命的暴风雨快要来了，她搞不清楚，家庭的变迁，某些人思想的混乱，男女婚姻恋爱出现了前所未有的变化等，她全然弄不明白。她心中想的只有祝文彬一个人——她的结发丈夫。管他"山雨欲来风满楼"，还是"牵衣顿足拦道哭"，还是"城中相识尽繁华"，还是"贫贱江头自浣纱"。……总而言之，她顾不了那么多。她只长了一颗心：今生今世一定要找到她的白面书生祝文彬。

夏荷的确是有些疯了，为爱情而疯，为虚无的婚姻而疯。所以她坚定不移地不想改嫁他人。

可是，说媒提亲的人总是络绎不绝的。

还是在熊百松府上，来的一位远房侄儿名叫熊志杰，今年

42岁，老婆因病亡故，膝下有两个小姐，都已初中毕业，待闺在家。志杰在国民党军队当个团副军衔，下级和亲戚朋友称他为熊团。因为解放战争形势紧急，国民党百万大军节节败退，军中有一部分人要先行安排去台湾，准备大规模逃窜。熊团的部队属于先行撤出之列。正值紧急时刻，熊志杰秘密来找堂房五叔熊百松。一则说明近期可能去台湾，二则表示如果有合适的女人准备草率成个亲。熊团担心单身去台湾不妥，今后在异乡异地找不到女人，孤家寡人日子会更难过。况且两位小姐无人照顾，他就更加为难了。反正，在山雨欲来兵荒马乱之际，他想采取一个安定自己与家庭的紧急举措。

熊团把来意告知了五叔之后，想得到本家亲属的帮衬。十万火急之际，熊百松先生与夫人再三商量，还是想到了周妈的女儿夏荷。

他们知道那个死脑筋夏荷是不会答应的，但是一时间找不到其他人选。他们想，根据他们和周妈的多年感情，还是想试上一试。

熊师母走进老周妈的房间，与夏荷姑娘谈开了。熊师母手上拿着一只首饰盒子，里面有一条黄金项链和两只黄金戒指。熊师母笑容可掬地说："夏荷呀，你的好运道又来了，贺喜呀！"

"我哪有什么好运道？喜从何来？熊师母你在跟我说笑吧！"

"你母亲在我家几十年，我们之间应该说是有交情的，你家的事就是我家的事。夏荷呀，你年纪轻轻的，找个合适的人正当时。师母我为你着急呀。那个薄幸的人还有什么等头？"

"师母，其实我也恨那薄情郎，不知好歹的东西！只因他是两个孩子的父亲，不等他我等谁呢？"

"等、等、等！你都快等老了。改个主意吧，好姑娘听师母的话，见一面再说吧。人家很有诚意的，今日上门就把崭新的首饰带来了。你看看吧。"

说完就把首饰盒放在桌子上了，还说了句贴心贴意的话："夏荷，你先把这东西收下，下楼见了面再说，人家可是一位帅气十足家财百万的国民党军爷呀！好了，孩子你给师母一个面子，下楼见上一面再说吧！"

师母殷勤相劝，母亲全力催促，无可奈何之下，夏荷还是下得楼来，与那位神气的军爷相见了。

熊老板和熊志杰在客厅里等着夏荷下楼。

果然，熊师母与夏荷一起下楼进入客厅，与前来求亲的贵客熊志杰相见。这时，奇怪的一幕发生了，当志杰满面笑容观看夏荷那一刹那，夏荷竟然惊呆了。那人的面容身形很熟悉，看上去不是一个生人，而是一个熟人。那人长得与祝文彬一模一样，帅呆了！又是一个白面书生，是位儒将！夏荷竟然怔怔地不出声，长时间地看着，后来才清醒过来，称呼了一声"熊先生"。

这是怎么回事呢？天下事，真是无巧不成书，那熊团的确和祝文彬长得一模一样，使夏荷顿时发呆发傻了。这个祝文彬的影子是从哪里跑出来的呢？

夏荷本来已经有点痴傻，这下子她的精神被提了起来。她想，与阿彬摸样酷似的人，他到底是谁呢？会不会是祝文彬的亲堂兄弟？

正在她发愣之间，熊先生告诉她这位熊团是位军爷，他的大侄儿，是位国民党现役军官，正要赴台湾上任，人挺好的，希望他们相识有缘，也就是喜事一件，了却了他做叔父的一片心意。

夏荷这才醒悟过来，笑笑点点头，熊团也笑笑点点头。天井外好像飘过祥云一片，好心的熊先生和熊师母喜上眉梢，当即吩咐周妈设宴摆饭。母亲周妈见荷姑面有喜色，一点儿也没有推辞之意。以为这下子找了个乘龙快婿，自然高兴万分，做事格外的来劲。母亲大有喜获吉昭的感觉，庆幸女儿终于觉悟了，终于要把那个害人的东西忘却了。吃饭时夏荷与熊团亲亲热热地肩并肩坐着，互相微笑着吃喝。熊先生对于她的大方和热情甚是满意。出乎意料的是夏荷竟然同意第二天与熊志杰在复兴公园见面。

第二天风和日丽，秋高气爽。夏荷穿件苹果绿色中长旗袍，白袜子，黑皮鞋，对她而言属于盛装打扮。她和颜悦色地与熊先生坐在公园湖边的僻静处，与熊先生有种天生的亲热感。熊团告诉她，由于形势紧急，他马上要离开大陆赴台湾，两个女儿都带去。如果夏荷同意的话，必须马上履行结婚手续，带上家产，举家迁居，并问她乡下两个幼儿是否带上。熊团谈得很急切，夏荷心里在打鼓。她喜欢熊先生，但是一时做不了决定。如果真要跟着他做军官太太的话，老母和两个孩子一定要带去。熊团同意她的要求，因为他觉得夏荷是个最合适结婚的对象。一来美貌；二来年轻；三来穷人家出身，今后在台湾吃得了苦；四来生过孩子，将来还能为熊家生个孩子。他认为找夏荷是个万全之策。他内心里非常感谢叔父熊百松和贤惠的叔母江莉。

两人相依而坐，谈谈笑笑，越谈越具体，越来越投合。因为熊先生文质彬彬的谈吐，真心实意的情感，潇洒文雅的举止，真有一副武将文才的派头，非常的儒雅，深得夏荷的喜欢……

谈着谈着，夏荷突然发现浅绿色的湖塘对面，也坐着一对情侣。那对情侣与普通的青年情人很不一样，他们不是那样的年轻，不是紧紧依偎在一起的，而是礼貌相待，服饰穿着很有风度和派头……这些，很快引起了夏荷的注意。

对面的一对很闪耀，很养眼。那女的分明是一位有身份的漂亮大小姐，打扮入时，风韵绝顶，白色天鹅绒细腰长旗袍，浅黄色丝质长围巾，手提黑色玻璃皮夹，大红唇色，大红指甲油，长波浪烫发，好像一位电影明星。那男的呢，一身浅灰色学生装，黑跑鞋，三七开的乌黑西装头，外戴一条白色粗线围巾。文质彬彬的，好像一个过去抗日救国的学生运动领袖……夏荷凝视着他们，看着他们在亲热而又礼貌地叙谈，越坐越近，后来也渐渐地偎依在一起了。渐渐地，夏荷连熊团的说话声也听不见了，渐渐地她似乎大吃了一惊，渐渐地她竟然认出了那个男人是谁……她不断地揉眼睛，擦眼泪，她想看清楚对面那个男人究竟是谁。

天哪！在这个可怜的女人快要认清楚对面的那个男人是谁

的时候，当她快要起身惊呼的时候，那对男女突然手拉着手起身疾走了。她用手指着那个男人喊了一声："祝文彬——你这个没有良心的东西！你快回来——"

霎时，那对男女不见了，由于那对男女的出现，同时也打破了军爷熊志杰的好梦。事后熊团再三上熊府要求见见夏荷，她再也没有露面了。

（十八）

那个没良心的人，像燕子一样又飞走了，夏荷的心中不知道怎样的难过啊，简直是难以形容。十年来，无数次的盼望见面，只有在梦中；无数次的盼望重逢，只有在幻觉中；无数次的向往破镜重圆，只有在自己柔肠寸断的哭泣中……生活再苦再难，夏荷不觉苦，唯文彬不在身边，不能同枕共眠，不能双宿双栖，是她最大的痛苦，年年月月痛彻心扉。

明明看到了，又不见了。这叫她如何承受？她想，难道他又有新爱了吗？她不可理解。难道他不思念我吗？难道他不想念他的一对亲生儿女吗？

夏荷一直从人性良善的方面来考虑问题，来分析这个徒有其表的白面书生。她的固执和偏见，让她久久地难以自拔，更难以自救。

不能长期待在熊先生家里闹情绪呀，更何况一而再，再而三地辜负了母亲和老东家的好意。她在母亲的亭子间里睡着，蓬头垢面的，痴痴呆呆的，让这家里所有人的心里都难过，自己也明白得找个工作去做了，不能老在这府上待下去了。

那祝文彬确实也看到夏荷了。当时，他大大地吃了一惊，怎么那个被他遗忘了十来年的妻子，会突然出现在眼前？他仔细地望了几眼，不错，那个学生打扮的女人确实是夏荷。又见到她身边依偎着一位中年军人，还挺神气的……他想，他们一定是恋爱中的对象了，否则怎么会在公园湖边这浪漫的地方相会呢？噢，一时间他完全明白了：夏荷与他分开十年了，她有她的生活了，她早就不是她的妻子了。再一想，这女人，在结婚前就会勾搭人，现在还谈什么呢？于是，他对陈露小姐说道："露露，我们快走吧！天气已暗下来了，快要下雨了。"

于是，他十分殷勤、礼貌、亲昵地挽起了陈露小姐的臂膀，大步流星地撤离了温馨的湖畔。露露小姐自然是个被人一拎就跑，没有半点儿疑心的主。

在人生的道路上，他与结发之妻夏荷又一次的擦肩而过了。正是"有缘千里来相会，无缘对面不相识"呀。

原来，这些时来，阿彬和陈露小姐的关系增进得很快。阿彬心想，像露露小姐那样的美人儿，真正是500年才出一个呀！如若能与她好上一场，真是此生乐事呀，就是出些差错，就是死了，"做鬼也风流"呀。看来，这个没有良心的东西，表面老实，内在骨子里还有淫荡之心呀。这男人，真可怕；而夏荷，只认他一个。

陈露小姐呢，她本来就靠大老板大亨吃饭的，表面上对有钱有势有权的男人百依百顺，甘做小妾或外室或相好，实际上对年轻、俊秀、出众的男人也颇感兴奋的。她曾经问过阿彬："阿彬，你好像是个文人雅士，怎么会踏起三轮车来的？老实告诉我，你出生在什么家庭？"

阿彬脸上阵阵发红，阵阵发烫。他受宠若惊了，他似乎得到君王的册封。他想把十年来从未对人说过的家事说出来。他低着头，红着脸，他说道："我本是个浙江农村的富家子弟，一个读书人，一个大少爷。因婚姻变故才离家出走，流落江湖，多年不顺，才选择了踏车为生。惭愧呀，露露小姐。有朝一日，我若能东山再起，必定报答你的知遇之恩！"

陈露果然"嗯"了一声，不多言语了。

祝文彬还文绉绉地说："露露小姐，我俩的情感是纯洁而高尚的，特别是小姐你很难得，这样一位如花如玉的交际界名流，能够把感情给我这个贫穷的一介车夫，多么的不容易呀。我们真正是"同是天涯沦落人，相逢何必曾相识呀"。又说："如果你以后嫌弃我了，我也不后悔，只会想'他生莫作有情痴，人天无地着相思'了。说真的，我阿彬对你的一片相思深情，人间天上都无从寄托了。"

对于祝文彬的一番热情而文雅的表述，陈露心里是热乎乎的。在那虚伪、腐朽、庸俗的交际场中，她似乎就没有碰到过如此纯洁而多情的年轻男人。她看了他那热切的目光，握着他那发烫的大手，她被软化了。她说："阿彬呀，今夜你不要回家了，就在我房里。"

那一夜，祝文彬没有回家。直到次日早晨六点钟才打开大铁门，驱车而去的。这情景被同样喜欢他的机警而聪明的女仆小央看见了……

夏荷的工作总算找到了。那是熊府九岁的小少爷拉着熊师母到了他的学校——上海市桥光小学找个教务处长熊大年老师才定夺下来的。熊师母江莉共养育有四个女儿一个儿子。这儿子就是熊伍。熊伍年龄虽小却很爱人、有主意，天生一个熊府的优秀儿郎。因为是周妈一手把他养大的，他与周妈很亲，见到夏荷大姐姐没事做，甚为关心。他拉着妈妈江莉去学校找叔爷熊大年，要把夏荷推荐进去当保育员。结果，事情也就办成了。

夏荷每天起早摸黑在桥光小学上班。除了照顾包伙的小学生吃中午饭外，还要帮厨，照顾孩子们午睡等，一天到晚很忙没有空闲，学校付给她比较低的校工薪水，够她生活所需，还可以攒下一点钱。

每天清晨她牵着熊伍少爷一起到学校。熊伍很乖很活波，天天跟她讲些愉快的事，她也给熊伍讲些有趣的儿童故事。她爱与小朋友们在一起，爱与熊伍在一起，渐渐地忘记了心中的苦闷。

天气渐渐地寒冷起来了，校园里也是北风凌冽，寒气逼人。小朋友们大多数都穿得暖和又漂亮，什么新棉袄呀，呢子大衣呀，还有呢子西装裤呀，还有五颜六色的羊毛围巾呀……自然有少数小朋友衣衫单薄且破旧，冬装尚未上身，只见他们的脸和手冻得通红，还流着长长的清鼻涕。穷孩子与富孩子完全两个样，连接送他们的家长的服饰也完全两个样。

熊伍被家人叫作阿伍头。拉着夏荷的大手，走在大木桥路的马路边上，对夏荷说："大姐姐，为什么我们学校也有穷孩子读书呢？"

"学生中本来就有穷孩子和富孩子，因为他们的父母有穷富之别呀。再说了，此地大木桥一带，本来就是穷人居住区，所以穷孩子来上学就不是奇怪的事了。"

"穷孩子多了，我们富孩子怎么帮帮他们呢？他们挺可怜的。譬如我们班上的两姐妹——江云燕和江云飞。她们家住在大木桥到底的贫民窟内，妈妈是个洗衣妇，爸爸是个三轮车夫。"

"那样的事不奇怪，阿五头。你是个好心的孩子，你是不是看到了她们没有棉衣穿，小小的身体在发抖，小手冻红冻僵不能写字了是吗？你有同情心是好的，但是你帮不了她们家的贫穷的。"

阿伍头听得很投入，也明白了一些道理。他很严肃认真地说："阿荷大姐姐，你听着，等我长大了，赚钱了，我要做的第一件事，就是要帮助穷人，帮助穷孩子，让他们和我一样的快乐和幸福。"

夏荷对他伸出了大拇指说："真好！真了不起！我们的阿伍头是个小小的大好人！"

天天谈，慢慢议，阿伍头的赈济穷人，帮助贫困儿童，大家共同快乐的思想在渐渐地形成之中，他用儿童特有的视角，已经看到了现实社会中孩子们的生活待遇之差异，他似乎有一点思想了。他曾经把家里好吃的零食和暖和的衣服带来送给江家姐妹俩，可惜都被她们的妈妈退了回来。

星期六下午放晚学时，许多家长都到学校门外来接宝贝们了。那小汽车、三轮车、摩托车、脚踏车排起了队，穿着五颜六色衣装的小学生们像燕子一样地奔出校门，他们欢乐地上车回家了。

阿伍头因为有夏荷陪同回家，所以没有派人来接。他静静地坐在教室里等着夏荷大姐姐一起回家。同时，他还看到江云燕和江云飞两个同学还坐在坐位上写着字，大约也是在等人来接。

　　大约过了一刻钟，江家姐妹俩起身走了，还微笑着跟阿五头打招呼，说了声"熊伍再会"。再过五分钟后，夏荷匆匆忙忙地赶来，阿伍头还是老老实实地坐在教室里，他一直是个很乖的孩子。当她们走了十分钟之后，就看见前面马路上车子很多，特别是十字路口——即大公共汽车转弯的地方。只见大车子转弯，小车子从旁挤过来，行人匆忙地行走着，简直是车水马龙，一派乱象。说时迟，那时快，有两个小女孩已经冲到了马路中心，大汽车开压了过来。这时，勇敢的阿伍同学拉着夏荷拼命冲过去，猛推两个小女孩，把她俩推到了路边，他和夏荷来不及抽身向前，就摔倒在马路边了。幸亏大汽车紧急刹车，才保全了他俩的性命，只摔伤了手臂和小腿。其中阿伍头的伤势重些，夏荷的伤也不轻。阿伍头从小就有帮人救人之心，而保护阿伍头的夏荷也心存帮人救人之心呀！

　　两个小姑娘哭哭啼啼的回家，把发生的车祸事故告诉了母亲。母亲闻讯大哭着说："都怪我，都怪我没有去接你们。因为雇主们的衣服和被子催得紧，我只得在家里加紧洗了。想不到竟然出事了。"然后，用手再三的摸摸两个女儿的头和身体，发现毫发无损，内心里才产生了一点安慰。

　　两个女儿说："是我们班的同学熊伍和学校里的夏老师救了我姐妹俩。他们受伤了，现在已经送到光慈医院外科去了。他们奋不顾身地将我们推到马路边，他们是好人。妈妈，我们好怕呀！"姐妹俩"呜呜""哇哇"地大哭不止。

　　母亲想，他们受伤了，送医院了。没有生命危险就是最好的事了。母亲也想到，这回可是要用一大笔钱了。怎么办呢？母亲含着泪无比痛苦地告诉两个孩子："你们俩得救了，我们家是幸运的，妈妈是高兴的。只是他们俩在医院治疗，可能还要住医院。要用很多钱的，我拿什么钱给救命恩人治疗呢？你们的爸爸这些时不大顾家，拿回来的钱比较少，我根本没有积蓄；何况你们俩读的是大木桥路的贵族小学，学费就付了一大笔。我到哪里去筹钱呢？更何况，我们家是从江西搬来的，上海无亲戚朋友，借都没处去借呀！"

贫苦的洗衣妇，两个小学生的母亲，要想安慰伤者，通情达理地办好这件事，非常的难。更何况这一夜祝文彬又一夜未归，她连个商量的人都没有。

她只得买了些蛋糕、面包和水果，牵着两个受惊的女儿，到了光慈医院外科急诊室，去看望了一大一小两位救命恩人。

两位恩人都在医院急诊室，正在接受检查和紧急治疗。见到两个小女生，熊伍同学忍着疼痛笑了。他高兴的是竟然用自己小小的身体换来了同学的安全，他庆幸自己这条小生命在起作用了。又听医生说，他只是伤到了小腿，有两处骨折，经过治疗后，会复原的。他还微笑着安慰江家小姐妹。

夏荷呢，伤势比较重，脚趾骨受伤断裂，左手腕小骨头粉碎性骨折。医生说，只要配合医生，认真治疗，也会治好的。只是时间要长一些，因为成年人的骨头比少儿的要长得慢些，医生说千万要有耐心，否则会留下后遗症。夏荷见阿伍头如此顽强，如此乐观，所以对她们报以微笑，她望着这母子三人微微地笑……

正是天下事山不转路转，这个世界这么小。夏荷和江曲花终于狭路相逢了，但是她们根本不知道对方是谁。好在这两个孩子都姓"江"，似乎一切都很有预见。

夏荷躺在病床上，看了江曲花几眼。只见那女人很穷苦，相貌一般，衣着破旧，举止较粗，讲话声音有点大，态度很诚恳无奈，颇为懂事的样子。再看那两个女孩，虽衣服短小破旧，脸面眉目清秀，那文雅相好像一个人，但是一时想不起来了，反正挺熟悉的。由于自己伤痛较重，也没有心思想下去了。反正，心想天下同貌的人多得很，我去想它做什么呢？

阿伍头的父母、姐姐、亲戚朋友们都围在五少爷的床边。父母俩很担心，哭丧着脸。突然，阿伍头向父母亲发话了："父亲，母亲：阿伍在这里说句话，希望双亲答应儿子的要求。我的同学江云燕和江云飞家里比较穷，她们家没有多少钱，所以我和大姐姐的所有医疗用钱就不要她们家出了，由我们家付，请父母亲答应阿伍的这个要求！"

阿伍头真是个好心的孩子。江曲花妈妈哭了，睡在病床上的夏荷大姐姐也哭了……

（十九）

"去者日以疏，来者日以亲。……思还故里间，欲归道无因。"逝去的岁月越来越远，将来的日子越来越近。这是游子感慨年华的老去，希望尽早返回故乡。夏荷自养伤数月以来，心里越发想归去乡里，与自己的一对幼儿生活在一起。阿伍头这个好少年提醒了她，孩子要从小得到好的教育，也就是说，孩子若有好的本性，再加上好导师好朋友的指教，将会变得更优秀更善良。

想想往事，看看现在。看看阿伍，想想子丰和子和。阿伍少爷如此优秀，我的两个孩子会怎样呢？我对阿伍少爷如此负责任，对自己的孩子光寄钱养活他们够吗？他们将来会成为像他们爹那样薄幸的人还是像阿伍那样爱人的人呢？夏荷无时无刻不在考虑着这个问题。

于是，夏荷又与白发母亲坐上海轮回到文昌县祝家庄。

阿福阿苗已经频添白发，自然是杀鸡办饭，迎接主母归来。子丰子和两少儿均已九岁，倚门眺望，喜出望外。他们四人高兴得情绪激荡，满屋满场院的笑声朗朗。

阿苗把几年来乡下发生的事，统统报告了一遍：周平、夏莲去年在宁波结了婚，还是开他们的水产店；沈一万与余菊结了婚，生有一子叫甫仁，已经四岁了，沙玉宝与方向结了婚，生有一女叫沙欢，已经五岁了，周安与夏小琴结婚数年，没有生养……

夏荷急切地问阿苗："你和阿福哥怎么没有孩子呢？"

阿苗红着脸，要紧不慢地说："荷姑，我们怎么能要孩子呢？子丰子和就是我们的孩子呀！我们如果生了小的，谁来照顾我这苦命的小少爷，小小姐呢？"

阿苗转过身去，垂泪哭泣。两个孩子连忙抱住义母，也抹起眼泪来了。见此情景，夏荷也觉心酸。母亲连忙拉拉夏荷的衣袖说："荷姑，阿福阿苗是两孩子的义父义母，你不用多问了。今后大家在一起过活，事情都会变得更好的。阿福阿苗是你祝家的大恩人，这大恩大德容我们日后慢慢地报答吧！"

乡间的老屋已经旧了一些，祝家大墙门不如从前辉煌：八角方井周围杂草丛生，院内的几株大树枯萎了许多，四株桂花树已折枝丧生，四周的花草已暗淡无光，大墙门也不如从前高耸雄壮了。房内家具已尽破旧，夏荷的新房已成为蒙尘旧室，只是家具及摆饰不缺一件罢了。

昔日堂皇的祝家几近衰败。

夏荷不能单靠阿福夫妻种田和老母外出帮佣来养活全家，她得在乡间做工多赚点钱才行。

她去过姐姐祝文雅家，到沙玉宝老师家去商量，希望他们能推荐她到沙田镇小学去当校工。其时，姐姐还在沙田镇小学当教员，沙玉宝老师已经当了该校校长，方向去了宁波第一师范学校当教员。

沙校长、方向、文雅热情接待了夏荷，并将他安排在小学食堂里当工友，两个孩子在学校里读三年级。这么妥帖的安排，还是靠沙玉宝校长努力向上级要求才得来的。

夏荷对沙玉宝先生非常尊敬。夏荷常常说"一日为师，终生为父"，为父当然谈不上，他本来就是姐夫沙玉田的弟弟，然而他真的当过夏荷的启蒙老师，在她丈夫出走陷于最凄苦的时期，沙先生不顾世俗的闲言，教她认字读书，教她诗词歌赋，使其懂得了不少人生道理。而且沙先生可谓真正的君子，作风正派，为人庄重。这次又全力帮助夏荷谋职，说服了有关的上司和同事。

沙玉宝对夏荷说："夏荷嫂，你虽然做过我的弟子，毕竟是我的嫂子，来学校做厨工是比较苦的，以后有什么为难的事，尽管来找我。"

方向也亲热地说："你的孩子就是我们的孩子。他们现在已经是沙小三年级学生了，他俩的学杂费要不要我们来付？你现在的收入不如在上海时了，如有困难，只管开口好了。"

夏荷知道这对夫妇的心是何等的善良，他们肯定是自己日后的靠山。但是，她明白自家的生活还得自家过，两个孩子的生活和学杂费用，应由做母亲的来承担。她对方向表明："子丰子和虽然有生身之父，但没有养身之父。我们之间虽有亲戚关系，然而他们有养身之母。我夏荷既为人母，就有养育他们的责任。我不会以此为苦，而会以此为乐。因为在这个世界上，我有了自己亲生的骨血。方向呀，你以为嫂嫂我说得对不对？"

方向和玉宝两人异口同声地说："对！对！你是我们的好嫂嫂，深明道理！"

"错就错在他们的父亲！"玉宝义正词严地说。

"错就错在你当初嫁给了他们的父亲!"方向女士略带气愤地补正了一句。

"好了,两位好人请不要多说了,我不恨他,我相信他们的爸爸一定会回心转意的。"

痴人说梦话,人生的梦幻中有痴人呀。

夏荷白天在学校食堂工作,一日三餐忙个不停,付点钱让两个孩子随便吃点,晚上与他们住在学校的一间小房间内,母子三人挤一张大床。由于长期以来子丰子和是跟着阿福夫妇生活的,这下子夏荷感到比较为难了。

晚上要看书做作业,她没有钱为孩子买火油点灯;衣服穿脏了,她没有钱为孩子买洗衣皂;鞋袜穿破了,她没有钱为孩子买新鞋袜;衣服短小破旧了,她没有钱为孩子增添;笔墨纸张文具短缺了,她没有钱为孩子买文具;孩子发烧生病了,她没有钱为孩子医治……在学校里做着苦工,只图个温饱,这一切将如何支撑?……

夜间,与两个孩子头挨着头睡在一起。两孩子说了些话后,渐渐睡着了。可是,夏荷却怎么也睡不着。透过玻璃窗,望着天上挂着的一轮昏黄的月亮,乌云时而蒙住月色,嗖嗖秋风吹进窗棂的缝隙,薄薄的旧被难盖翻动着的小儿……夏荷想,我一个人苦养两个孩子,什么时候是个尽头呢?但是,用手摸一摸这两个热乎乎的孩子,顿时热血就沸腾了,她自言自语地说:"呀,宝贝!妈妈错了,你们是妈妈的心肝呀,是妈妈的命根子呀!有了你们,妈妈就不孤单了。就有了信心和力量呀。孩子呀,爸爸不回来,我们娘仨个也能活下去的!

　　两个不懂事的孩睡在母亲的身旁打着鼾，他俩渐渐地进入美妙的梦乡，他们根本不知道亲爱的娘亲在望月兴叹，夏荷这个"有夫之妇"真是长夜难眠了，既痛苦又寄托着希望。

　　夏荷用自己粗糙的手，摸摸两个孩子微黄的柔软的头发，摸摸他们的小手和瘦弱的身子，在淡淡的月光之下，在轻风拍窗的静谧之中，她享受到了一个母亲的幸福和快乐。她蓬着头，穿着半旧的碎花衣裤。她东摸摸，西看看，一直到不能支撑的时候，她才拉一下被角斜躺在两个小儿的身边睡下。

　　老实木讷地夏荷白天只知道出力做事，晚间独自唏嘘。独自支撑着，让日子一天天地过去。

　　1949年，在临近解放的年代里，社会上出现了许多的不安定。沙田镇与奉化县相距不远，经常看得见国党匪军兵败如山倒的溃退情形。老蒋祖居地区反共宣传谣言四起，撤退前的疯狂逃窜，给当地老百姓带来许多灾难。夏荷的小学里也遭到了反动军痞子的骚乱。不明真相的老百姓听到了不少反动宣传：什么共产党来了要"共产共妻"呀，他们会"杀人放火"呀，他们会"抢占民房"，"抢劫儿童"呀。这是国民党反动派的最后垂死挣扎，大肆叫嚣，威胁百姓。所以在沙田县解放的前夜，就在平常百姓中发生了这样一件事。

　　夜色渐渐地浓了，好多百姓家就关门闭户了，大小门上都挂起了坚强的大锁。外婆周春雨随着慌乱的人群疾步走进夏荷学校的后门。进宿舍后，她见到两个娃娃还在吃晚饭，狼吞虎咽的。见到外婆便小声地哭了起来，边哭边吃，眼泪鼻涕往口里咽。外婆心疼地说："子丰、子和两个小乖乖，不要怕，有外婆和妈妈呢。今天晚上我们到一个地方去玩玩，还要带点东西去吃，不要紧的，宝宝不要哭呀！"

看到外婆的到来，他俩平静多了，他们似乎知道今天夜晚会发生什么大事似的，只是点点头，不想问什么事。

夏荷摸摸两个孩子的头，眼泪"哗哗"地往下流。她穿着黑色的衣服，紧裹着她纤细的腰身，好像一个天外飞来的侠客。她的手在发抖，全身的衣裤都在抖擞中飘动着，她在紧张地为孩子们寻找黑色的衣服和裤子。然后，不管大小把子丰和子和从上到下穿好扎紧，还找了两条黑色破围腰，把他俩的头也包好扎牢，只露出两只眼睛。然后母女俩一人牵着一个孩子急急匆匆地走向后山上的熊虎山岗。

那熊虎山岗不大不小，不高不低。方圆大约有20多里地，山高约800米以上，山坡陡峭，树木茂密。在晚间，那山上一片黑洞洞的，是个躲藏人迹的好去处。快爬上山顶的时候，母亲忙说："好了，荷姑呀，我们就在这里息下吧。这里树多林密，别人找不到我们；这里地势高，岩石多，我们可以及时窥视到山下的情形。"

"好的，母亲，我们一家四口就躲在这里吧。只是子丰子和千万不要出声，一定要躲紧，我们是在逃难藏匿呀，千万不要走失了！"

聪明的儿子子丰问道："外婆、妈妈，我们像贼一样，是在躲谁呀？难道这山上山下要打仗吗？"

外婆回答道："是的，要打仗。听说今晚上解放军要进县城进村庄，他们是来打仗的，听别人说看见小孩就要抓，你们要躲好了，危险得很呀！"

于是，外婆抱着子丰，夏荷抱着子和，躲在树荫之下，两个小孩弓着身子，扑在大人的怀里，小小的身体瑟瑟地发抖，害怕极了，只是把小脸紧紧地贴在大人的脸上。大半夜过去了，两个小孩轻轻地咬啃着带来的小黄糕，连水都没有喝的，眼睁睁地等待着解放军的出现。大人们还把下山的路认清楚了，随时准备滑下山路逃走。大人们知道，这山上躲藏着很多妇女与孩子，黑压压的一片，只是大家都在黑暗处，没有见面说话而已。

真是"长夜难明赤县天"哪，好不容易等到四更时分，突然一队穿着草绿色军服的解放军进了县城，他们静悄悄来到了县城广场的中央。"哗"的一声天地灵光，他们出现在山上隐蔽者的视线之中。啊！他们似天兵天将一般神通广大，队伍整齐，纪律严明，谈笑随和。他们之间都摆摆手，做出"嘘"声姿势，意思是行动要轻些，不要惊醒正在屋里熟睡的老百姓。在山上的那些黑衣黑裤黑头巾的黑人们眼前，他们是支神兵神将，安安静静地进城解放了沙田县城。

老百姓们抹干了激动的眼泪，从心里赞扬这支讲究"三大纪律，八项注意"的人民军队。只见他们有百把来人，单队围成一个大圈，就地坐下，安安静静地在休息。直到天亮以后，他们打起了竹板，唱起了军歌。那山上躲藏的老百姓听到他们高声唱起的第一首歌就是《东方红》！就是那首激动人心的新中国开天辟的歌《东方红》！

老百姓欢呼了，雀跃了，解放了。他们从山上山下四面八方过来欢迎人民自己的队伍。

天哪！躲在山上的夏荷一家四口也扯去了黑头巾欢天喜地地下了山岗，举家欢迎中国人民解放军！在欢声笑语中国民党反动派的谣言不攻自破了。中国共产党的军队是人民自己的军队，他们所到之处，秋毫无犯，他们是保护人民的，绝对不是烧杀抢掠的土匪。解放前夕的最为黑暗的一夜过去了。

下山以后，县城里到处是敲锣打鼓，鞭炮齐鸣，红旗招展，歌声阵阵。夏荷一家回到学校里也沐浴在中国人民欢庆解放的海洋之中。

子丰拉着子和去上学，看见校门口红旗飘飘，有解放军叔叔和阿姨们在站岗。

子丰小姑娘笑眯眯地说："解放军阿姨好！"然后鞠了个躬。

那解放军阿姨连忙对小朋友点头问好，还发给她两个白面大馒头和一杯豆浆。

子丰拿到了食品，子和也拿到了食品。两人又向阿姨鞠了个躬。

解放军阿姨说："小朋友，以后不要向我们鞠躬行礼了。我们是你们的亲人。你们明天早上再来，还要发馒头的。"

子丰和子和把这事告诉了母亲和外婆。

然后，子和姑娘就问母亲："妈妈，解放军真好。我们听信了谣言，还在山上躲了一夜，真傻呀！妈妈，解放军同志是从什么地方来的？怎么有这么好的军人叔叔和阿姨呢？我们的爸爸怎么没有一起来呢？听你曾经说过爸爸祝文彬年轻时也接近过革命军人的呀。”

　　妹妹提了问题，哥哥也有同感。两个孩子问得妈妈不知怎么回答才好。后来，夏荷还是说了两句话："两个聪明的小宝贝，解放军是好人，你们的爸爸也是好人，他以后会回来的。很可能就像解放军同志一样不声不响从天而降，来到我们的身边。"

　　外婆会意地大笑了一阵，两个孩子也大笑起来。

（二十）

"解放区的天是明朗的天，解放区的人民好喜欢，人民政府爱人民哪，共产党的恩情说不完呀……"子丰子和俩唱着新歌放学了。夏荷忙把食堂里买来的饭菜给孩子吃。小和说，妈做的食堂菜就是味道好，真香！小丰说，当然啰，妈烧的是上海菜嘛。两小儿边吃边夸赞妈妈。

楼下沙玉宝校长在喊："夏荷嫂，夏荷！今天是星期天，中午我家有客人来，你们娘三个到我家来吃饭！"

"听见了，沙校长，我们来，我们会来的。"夏荷大声回答着，心里充满着感激之情。

夏荷让一儿一女穿上解放后新做的衣服，自己也对着镜子梳了个头，拍了拍身上的灰，就拉着儿女到了沙玉宝先生的家。

沙校长笑脸相迎，方向也在，五岁的爱女沙欢也在。子丰和子和马上抱起妹妹哈哈大笑，三人便手牵手在屋前小院子里玩耍起来了。

沙玉宝和颜悦色地对夏荷说："夏荷，今天来的两位客人，你说会是谁呢？到时你不要奇怪，不要多问什么，一切听我爱人方老师的，好吗？"

"好的，沙先生，我听你的。"夏荷一直是这样称呼校长的。她知道沙先生与爱人方向女士感情非常好，他俩待她很好，所以沙先生说一夏荷是不会说二的。

　　大约过了半个小时，沙先生相约的客人到了，一男一女像是两个显眼的人物。那男人体态高大，穿一身入时的银灰色列宁装，双排扣的，头上三七开西装头，还戴有一副墨眼镜，那女的个头也不小，一米六五的样子，剪一头时髦短发，像个女解放军，穿一身银灰色的列宁装。两人笑吟吟地进了门。沙先生热情地与他们握手，方向女士连忙请他们坐在客堂间上方靠背椅上。

　　夏荷笑呵呵地端茶待客。当她抬眼一看，那男客好像是认得的，那女客是个生人，她没有看见过得。只说了声："两位先生好，请用茶。"

　　沙玉宝与那男客哈哈地笑出了声。沙先生说："不认得了吧，夏荷嫂，他就是祝文彬的老同学沈一万呀，这位是他的夫人余菊女士。"

　　"喔，是沈一万先生呀。我真是老眼昏花，连大师兄都认不出来了。实在对不起呀，沈先生，余先生。"

　　夏荷想，十来年没见过的沈一万，怎么会出现在沙先生家中，还带着个像样的老婆。难道他们与沙先生也是朋友吗？

　　方向连忙解释道："沈一万先生是大家的老朋友，今天带着夫人特地来看望我们的。后来当她知道你夏荷嫂也在此地时，特别想见见老朋友的。"

　　喝茶，吃点心，饮酒，吃饭，谈天说地，回忆过去，大谈当今，张家李家，不亦乐乎。

　　沈一万还是很机灵，很热情，询问夏荷有没有见到过祝文彬？十年来祝文彬有没有回过家？等等。老熟人见面，他显得无比关切。

夏荷自然把他当作大好人。夏荷含泪告诉这位不忘旧情的老朋友。说祝文彬自两个孩子出生以后，就一直没有回来过，离家已经有九年了。她曾托人四处寻找，终究杳无音讯。夏荷又叹息道，祝文彬这个没有良心的人，不知道还在不在人世间。

"夏荷嫂，你不要太担心，祝文彬一定还活在这世上，只是我们没有找到他而已。"沈一万一边用话宽慰夏荷，一边用手将墨眼镜托了托，窥视着她的表情。此时，他的眼光里露出了几丝凶险。她的老婆余菊有点幸灾乐祸，她笑笑说："不要紧的，会回来的。男人嘛，本来就是生得贱，你若越想他，他就越不回；你若不想他，他就回来了。你们说对不对？哈哈，哈哈。"

此时，夏荷将头低下了，不再言语了。她知道，多谈无益，谁叫我的命不好呢？看着他们都是成双成对的，言笑自如的，新装加身的，夫妻恩爱的……自己却是一个倒霉的活寡妇，不吉利东西。时时处处自惭形秽呀，还是不说了吧。沙先生见夏荷触景生情，内心痛苦难忍，就调换了话题，谈了些别的事情。

后来，沈一万给夏荷点子，终于说祝文彬可能还是在宁波，分析他不会到别的地方去的。方向顶了他一句，"你怎么知道他在宁波呢？你不要毫无根据就放烟幕弹。迷惑夏荷是不应该的！"

余菊接上来就说："好了，好了，方向同志，沈一万只讲了一句话，你就批评他。你呀你，嘴巴真叫一个厉害，我和一万都怕了你了。"

"大家稍安勿躁！少说两句好吧。我们要相信夏荷的觉悟在提高，个性在趋向成熟。祝文彬失踪不是一天两天的事了，已经整整九年了。我们急什么，夏荷急什么，今后有人民政府的支持，解放军同志的帮助，经过调查寻访，是会找到线索的，再大的事也会水落石出的。大家说，对吗？"

沙校长真是为人诚恳，言谈有水平。说得大家都无话可说了。夏荷一颗急躁的心一时间变得平静多了。

沈一万和余菊的会友拜访，就这样他们是乘兴而来，败兴而归了。沙校长、方向、夏荷三人辛苦了一天的接待，就这样不欢而散了。

后来，夏荷问方向，沈一万和余菊的婚姻是怎么一回事。

方向女士便把一段尘封已久的往事告诉了夏荷："十年前沈一万、祝文彬还有余菊和我都是宁波市中级商业管理学校的学生。沈、祝比余、方高一年级，四人实为校友。我与沈一万谈过一段朋友，当时我见他为人较为豪爽，身有残疾，常常自卑痛苦。为了不让他失去上进心和找伴侣结婚的信心，我主动地找了他。后来才知道他其实对人不诚实，有些许害人之心，还自鸣得意，甚至幸灾乐祸……终于被我察觉到了。于是我由爱变恨，我想同情不能代替爱情，我便勇敢地表示要与他分手，他无可奈何地负气接受了我的决定……后来，我认识了宁波第一师范学校高才生沙玉宝，两情相悦，志趣相投，终于结为夫妇。

　　沈一万在感情失落，心态不稳，既自卑又自尊的情况下，找了我的同学余菊——一个个性很强，说话尖酸刻薄的富家女为妻。余菊是个相貌中等，为人处世颇有心计，嘴巴不饶人，有一定办事能力的泼辣货。沈一万看中她父亲是地主，家中有钱，中专文化，可成为一名职业女性，为人强悍可做当家主妇等。一句话，找这样的女性结婚，可以'治国平天下'，以免家庭被别人欺侮，自己就可以活得轻松自在些。但是，婚后，还是不幸福，沈还一直在惦记着我，几次三番想暗中联系我再续前情。沈还造谣污蔑沙玉宝，说他有两大罪状；其一，抢了他的女朋友，为人不正；其二，沙玉宝过去与夏……我不想说下去了，反正他说沙玉宝道德败坏。"

　　听了半天，夏荷才知道自己也在这个故事里边，而且是不好听的名声。她气愤起来了，她问方向："方向你怎么没有把话说清楚呢，你说夏，夏什么？这个"夏"字指谁？"

　　方向温和地说："文彬嫂，说出来，你不要生气，我只为把事情跟你说清楚。玉宝他是个正人君子，他早已跟我说清楚了，我百分之百地相信他。这个"夏"就是指你夏荷，一个清白无辜的人！你那时只是为了向沙先生学文化，你们都是非常单纯、善良、清白的好人。好了，我的好嫂子！大贤人！我们不要多讲了，我所说的只不过是对一段家庭历史的补正。"

　　好人对望好人，两眼泪光闪闪。时间虽然过去了十年，黑白是非都在人们的心里。夏荷不如方向，方向能打破沙锅问到底，可夏荷呢，对于那个"不白之冤"可以蒙受一辈子。方向当然也只能点到即止，对于夏荷的"不白之冤"她又从何能了解到呢？这次请沈一万来，只不过是与熟人聊聊罢了。

子丰子和兄妹俩晚上在家学习时，有一些不懂的问题无人指教。夏荷拿起语文课本或是算数课本，看来看去，也看不懂，做习题时更是没有办法，凡孩子们不会做的题目，妈妈都做不出来。

母子三人急得要死，怎么办呢？

突然，子丰说，他班上的周小军同学算术很好，找他去问问吧。夏荷就让他俩从学校后门出去，到周家去问题目了。

不好，黑洞洞的，周家屋边的小巷围了好多人，走进一看好像哪家死了人，听到有几个人在啼哭。

祝子丰说："啊呀不好，周小军邻居家好像死了人，有一群人围在那里大哭大叫呢！子和，我们今天不问题目了。"

妹妹子和却说："哥哥，不要紧，是邻居家死人，又不是周小军家死人。我们已经出来了，还是把两道算术题去问清楚吧。"可见，妹妹子和更看重学习。

"不行，妹妹，现在巷子里都站满了人，人家在发丧呢，哪个还在做数学题呢？你看，家家屋里都没点煤油灯，一片漆黑的。害怕呀，快跑吧！鬼来了呀——"

于是兄妹俩拼命的往回跑，亡命地逃。他们手上的书本和笔都跑掉了，上前落后的死跑——像在逃命，惧怕后面的"鬼"追上来。

狂奔，狂逃；飞奔飞逃；拼命的奔跑，简直不顾一切了。突然，"扑通"一声，天哪妹妹子和的脚一滑，立即掉进了学校后门边厕所的大粪坑里了。

"呀，呀，呀！哥哥，我掉进粪坑里了！哥哥，你拉我呀！你救我呀！我要死了，救命呀！——"子和在粪坑里声嘶力竭地大喊大叫。

"妹呀，子和呀！你快往旁边爬，哥来救你！"子丰一边大声喊叫，一边把手臂伸得长长的去拉妹妹，哪里知道又是"扑通"一声，子丰也掉了进去。天哪！在黑暗中，在嘈杂人声中，在一片死了人的哭声中，在两个孩子的悲声呼救中，涌来了一群人，里面有农民，有学生，还有解放军……

在抢救掉落粪坑的孩子的万急时刻，有一位驻校的解放军叔叔，挑起一盏照亮黑夜的汽油灯，往粪坑一照，只见两个拼死爬动的孩子快要奄奄一息了，已经喊不出声了，只是还抓住些木棍杂草浮动在粪池面上……在这千钧一刻时，只见两个农人递过去两根粗长的竹蒿子，孩子拼命抓住竹蒿，渐渐地被拉了上来。此时此刻，学校后门边围观的人们才松了一口气……

有人说："解放军同志好呀，否则今晚将会多死两个人呀。"

有个白发婆婆说："这两个小孩可怜呀！天黑了走出来看什么热闹呢？他们的娘怎么不管呢？"

有两个解放军阿姨说："这两个孩子住在哪里呢？是不是小学里住读的学生？他们受惊吓了，我们要把他们送回家。"

天照样是黑黢黢的，只有那盏汽油灯举得高高的，明亮如白昼。人声鼎沸而嘈杂，七嘴八舌的说话声和哭喊声闹成一片。两个孩子身上的衣服已经不成形十分脏臭，他们已被吓得半死，连哭叫声都快听不到了。只见两个女解放军紧紧地抓住他们的双手向小学里边走去。

回到家里，女解放军说明了情由，夏荷立刻跪拜在地，谢恩人们施救。自然是大哭大悲，大洗大换，大伤心，大悲痛。

当两个孩子获救后，睡在破旧而平静的木板床上时，他们一直不想说话，两双眼睛一直合不拢，呆呆地透过玻璃窗望着小学后门口那条小巷子。只见那死了人的人家的门口，搁了一张铺板，把死者摊在上面，盖着白色的被单，脚后设有一把椅子，上面端放着一盏煤油灯。那煤油灯的玻璃罩子放出白色的明亮的灯光。

据说，那盏灯的光亮在送着死者上路，乡下人叫那盏灯为长明灯。

两个孩子睁着大大的眼睛，一直注视着那盏明亮的煤油灯……

好险呀！好在夏荷的两个小宝贝命大，否则，在漆黑的小学校园里，今晚又得增添两盏白色的明亮的长明灯了……

第三章 | 残婚惜

——霓虹灯下娘姨车夫交际花
重操旧业颠沛流离找文彬

（二十一）

沙玉宝校长非常同情夏荷的处境。他和方向带着苹果、橘子和鸡蛋、面条等礼物，来看望掉落粪坑的祝子丰、祝子和兄妹俩。两孩子受惊后精神很紧张，加上粪水的污染和侵蚀，他们几天吃不下睡不着，还发起了高烧。

"妈妈，我热死了，口渴……"子丰在低声叫喊。

"妈妈，我肚子好痛，又想拉稀了……"子和在高声喊叫着。

沙校长走到他们床前，摸了摸两个孩子滚烫的额头。他说道："夏荷，要到区人民医院去看看，不能耽误病情。"

"不要紧，沙先生，他们是受了惊才这样的，睡几天会好起来的。"夏荷无可奈何地解释着。

方向连忙从浅灰色列宁装的口袋里摸出十元钱塞给夏荷说："荷嫂，带他们去看病吧，钱用完了我再给你。我跟班主任老师说了，病好后我会给他们补课的。"

夫妻两人，轻言细语，不是亲人，胜似亲人。弄得荷姑和两个孩子都眼泪汪汪的。

沙先生和方向把夏荷叫到外面走廊上说话。夏荷低着头细心地听着沙先生的话："夏荷嫂呀，孩子是你的命，你要把他们养好了。以后晚上不要放他们到校外去，学习上有不懂的，我和方向会来教的，不必去四处询问。还有，沈一万这个人心思比较坏，他的话不要听到心里去。其实，我们对他也是有意见的。想当初他和方向好，有很多欺骗性，后来方向识破了与他绝了交。我和方向结婚后，他多次作乱要加害我们，都没有得逞。他在你和祝文彬之间，有没有起过坏作用，有没有捣过蛋，你知道吗？"

夏荷马上不假思索地回答："不会的，不会的，沈一万是祝文彬的师兄，他是个好人。当初他和祝文彬是好朋友，我们结婚时他还来祝贺过的。"由于夏荷的老实和愚钝，她始终没有怀疑过沈一万。

方向情绪激动地说："既然夏荷嫂认为他是个好人，不会捣蛋的，那么玉宝就不用多问此事了。凡事不要作主观猜想，自然当事人是最清楚的了。"

就这样，话到嘴边的事，被方向这么一拦，又拦过了几十年。沈一万破坏祝夏婚姻之事，又石沉大海了。那个神秘的坏事情节，那把怪异的黄色小铜锁竟然永远成为一个谜。

方向这个女人很现代，做事一本正经的，说话大大咧咧的。人若要想害她不容易，因为她有事就要说出来。

方向当着亲爱的丈夫沙玉宝的面说道："想当年，我推辞了沈一万，可他却不甘心不想认输。特别是他毕业后谋取了宁波市商业局商业科的职员工作之后，就妄图对我动手。他曾在一个暑假里约我到宁波海滨公园玩，到了夜深时，他对我动手动脚，东摸西摸的，引起了我极大的反感，我拼命地推开他，还打了他一记耳光。他不但不生气，还厚颜无耻地在我耳边说：'亲爱的向向，跟我生个小宝宝吧！小宝宝！'我又打了他两记耳光。打得他满脸通红，这才罢了手。"

　　沙玉宝校长忙说："好了，方向同志，再不要说了，那些是丑陋的事，不是光彩的事！你老是把它挂在嘴边做什么？"

　　"不要紧！玉宝，夏荷嫂又不是外人，说出来我心里舒服些。更有甚者，也是更为气愤的是，我与玉宝结婚后，他还无耻透顶地动我的脑筋。当时他在宁波市商业局工作，我和余菊同在宁波市第一师范学校工作，我当会计学教师，她当商业管理学教师。余菊是个地主的女儿，为人刁蛮不讲理，经常与别人积怨，好吵架。她有点嫌弃沈一万的外貌。他俩结婚后感情不融洽，经常斗嘴。他暗中约我与他会面，他厚颜无耻地对我说：'向向，我心中只有你，那个臭婆娘哪里及得上你呢？每当在床上与她睡觉时，我就想起了你，你的娇美面容永远浮现在我眼前。向向，我俩做个情人好不好？我俩每个星期见一次面，就在这个竹园里，好吗？'我又甩了他两记巴掌，叫他滚以后别再找我。"

　　沙玉宝校长又说："好了，方向同志，不要再说这些陈芝麻烂谷子的事了。只要我不在乎他的破坏，只要我实心实意地爱着你，他的阴谋能得逞吗？他是一条癞皮狗！他是黑暗中的丑类！只要我们能做出正确的分辨，他的恶毒用心是起不到任何作用的。"

　　这夫妻两人光明磊落，也曾被卑鄙小人沈一万虎视眈眈过，被他捉弄过。不过他遇到了不怕鬼不信邪的强将——方向和沙玉宝，才无计可施，落荒而逃。

　　夏荷听完夫妻俩的讲叙后，才长长地"哦"了一声。可怜这个村姑，只知其一，不知其二；只知情节，不知情由。这等于对牛弹琴，牛不解其意，听过算数，转眼就忘得干干净净了。她想，沈一万向方向使坏，我有什么办法呢？不过他从来没有害过我呀。

子丰子和的病在一天天好转，夏荷原本紧张而担忧的心才渐渐地宽松起来。只见家中吃食还是不够，最好的营养品只能是鸡蛋和稀粥。他俩白天上学，晚上还要到沙校长家补习功课，总是搞得头昏脑胀脚发软，脸色发黄，后来医生说是黄胆性肝炎。急得可怜的母亲夏荷泪珠滚滚落下。怎么办呢？不能老去找沙先生呀。夏荷每月十二块五的工资，不到十天时间，还剩两块五，这长长的日子怎么过呢？两个小儿的命还保得住吗？夏荷在最困难的时候，就会想起一个人，这个人不是别人，是她的老娘周春雨。夏荷鼓起勇气，洗了把脸，换了身干净的衣服，走了将近20华里路，傍晚才回到文昌县东城外河东村。当时母亲已经睡下了。

"娘，我回来了，你怎么睡得这么早呀？"

"荷姑，你急急匆匆走来做什么？两个孩子好些了吗？那你晚上还得赶夜路回去吗？"

"是的，娘。我晚上赶夜路回去，还得去照顾这两个小东西呢。"

"荷姑，你一定是没吃过晚饭，我起来给你弄饭吃。"母亲马上起身，穿好衣服，洗把手，就热饭炒菜。做惯娘姨的母亲，做起家务事来总是那么熟练。

一会儿，母亲端来一碗白米饭，一碗葱花油炒萝卜。夏荷饿慌了，正准备吃饭，猛抬头一看，天哪！母亲炒的那碗油炒萝卜是有点儿油光，怎么萝卜上有一大卷黑白相缠的脏头发呢？霎时间，天更黑了，小小的油灯点了起来，夏荷边流泪边作呕慢慢地在吃着饭菜。

母亲亲热地问："荷姑呀，油炒萝卜好吃吗？今天我放了生油，还放了点葱花。"

"好吃，好吃，真好吃。我就是爱吃母亲的油炒萝卜。"

"好吃就好。儿呀，两个孩子生毛病，你钱不够用吧。老娘我因为眼睛不好，从上海回来已经三年多了，钱也用得差不多了。现在我这里还有五块二。你拿三元钱去吧，贴补些。我还可以在屋前园子里种些菜吃的。莲姑和周安也会过来看我的。阁楼上还有二十斤米，你可以拿十斤米去，还有两斤黄豆也带去。"

母亲的眼睛快瞎了，黑暗中摸着做饭，把丢在灶头上的一卷头发随抹布带进了锅里炒了，可怜荷姑不敢吭声，直说油炒萝卜好吃。这情景，实实地叫人悲从中来，心痛非同一般。母亲已丧失了劳动力，生活过得如此悲苦，但为了女儿，为了两个可爱的外孙，倾其所有，其心其情催人泪下。夏荷为了儿女只有拿着母亲那三元带着体温的钱，用两只小蓝装了十斤米、两斤黄豆和五只大萝卜，疾步摸黑二十里路连夜赶回沙田镇小学。

天呀天，夏荷拿了瞎眼母亲的钱和粮食蔬菜，这不是她的不孝，这是屋漏偏遭连夜雨，长期"新寡"缺人帮的结果呀！天呀天，这长长的穷日子叫她怎么过下去呢！母亲过去一直帮夏荷的忙，现在她年纪老了，将近"日落西山，气息奄奄"

了，如何是好呢？

夏荷是满脸土灰，披头散发心惊肉跳地回到学校宿舍里。放下担子，猛一抬头，只见家里煤油灯点得亮堂堂的，家里好像有好些人在谈笑着，两个孩子呢扑在桌上吃喝着白面条。仔细一看还是两碗蜡黄的鸡汤面呢。她吃了一大惊，从屋里走出两个人，那就是祝阿福、祝阿苗夫妻俩和五岁的小儿祝小勇。

见到了他们，夏荷真的见到了亲人，救星阿福哥捉鸡提蛋，五斤干面条，一筐雪里红，胸揣20元人民币，阿苗牵着小儿郎祝小勇，急急匆匆地赶路来到沙田镇小学看望夏荷母子三人。这对守家的夫妻心急如焚，生怕祝子丰和祝子和会发生什么事。他们如及时雨一般来救援亲人了。当阿福阿苗含泪望着主母夏荷的时候，真有"世事一场大梦，人生几度秋凉"的感觉。在他们眼里心里感到人生变幻无常，世事就像一场大梦。当年何等风光的祝家少奶奶，如今成了小学里的一个厨工呀。毕竟，春去秋来十年了，祝文彬离开这母子仨已经有十余年了。

原来，这么多年来，祝家原有的土地早已被霸完分光，加上卖掉，只留下几亩薄田度日，现在还剩下7亩多水田旱地，由阿福阿苗自己耕种着。微薄的耕种收入，除了供阿福三口人度日外，还要经常维修老宅，应付村中一应杂事，还要卖粮卖菜，积攒一点钱供子丰子和读书求学。所以，大约每年可以攒出20元人民币交付夏荷支配。

阿福把20元钱交给夏荷时，眼泪汪汪的。他觉得太对不起她了，这点钱实在是养活不了两个正在读书的小儿郎的。然而，夏荷感激涕零地说："谢谢福哥，苗姐了！你们对我的好，我一生一世忘不了。今天是雪中送炭，我的两个苦命儿有救了。"

阿福哥日见衰老，阿苗姐头上也露出了白发。唯有五岁的祝小勇长得虎头虎脑的，圆圆的笑脸，浅浅的酒窝，很省事的样子。他与子丰哥子和姐亲切地紧挨着坐在一起，在轻声讲叙着老家的一些趣事。只听他说："哥哥，姐姐，你们什么时候回家呢？我想着你们回去呢。现在，阿爸阿妈忙着上田畈种田，我在家看门好冷清，我们家的小狗阿黄已经死了，埋在后山脚上，我去哭了几次；我养了五只鸡，生了三十多只蛋，今天已经捉了两只鸡来了，它们的名字叫白毛与黄毛。三十只大蛋我择来了，明年还要养六只小鸡，到时候再送来……现在，我常常坐在八角方井边想，什么时候哥哥姐姐回家了，我们提吊桶取水，再打水仗多快活呀！我现在还没有进学校读书，一个人在家里太没趣了。我也想到这小学里来读书，真的。"

祝小勇嘴巴很行，絮絮叨叨的讲个没完。直到阿妈拍打着他的圆圆的头，叫他不要瞎说，才不说话了。

阿苗说："小孩子，不要乱讲话！你还小，读什么书？等子丰和子和把书读出来了，你再读。现在瞎讲什么呢？瞎闹什么呢？赶快到校园里去拾柴禾，等会儿给哥哥，姐姐好煮蛋。"

小勇连忙"噢"了一声，就拿起篮头下去拾柴了。此时阿福这个人父也就跟着下楼去了。

这幅贫苦的无有色彩的生活图景令人感怀：夏荷，阿福，阿苗三个大人亲如兄弟姐妹。

这个不平常的家庭过着苦乐相掺，情重义深的生活，似快乐，似惊心，似伤悲……

（二十二）

1949年中华人民共和国成立后，上海市自然也发生了翻天覆地的变化。人民政府领导人民建设社会主义新上海，各行各业蓬勃发展，革命浪潮荡涤着旧社会遗留下来的一切污泥浊水，全新的社会思想和行为让这座国际商埠焕然一新。同时，新社会的法律、制度、纪律、规定严格约束着一切资产阶级的腐朽思想和行为方式。

全上海取缔了妓院、赌场、黄色娱乐场所，彻底铲除娼妓行业和打击暗娼行为。政府对此类行当打击力度很大，有迅雷不及掩耳之势，有雷霆万钧之力，可谓是一次浩大的摧枯拉朽之战。

祝文彬的老板兼情人陈露小姐之类，在上海滩简直没有立足之地了。想当年豪光闪闪的漂亮的交际花们黯然失色了。可以说像过街的老鼠，人人喊打了。确实，革命的暴风雨已经来临了。

旧社会上海滩上有道黄色风景线，那就是千娇百媚的舞女交际花队伍。在那些宽阔豪华的大马路上，常常会看到一辆辆异样的三轮车和黄包车，那些当然均为人力车，然而坐客很有特色，那就是形形色色的舞女和交际场上的明星——交际花。那些车上的"美女"一个赛过一个，常常令马路上的人们驻足观赏。小姐们个个烫着长卷发，胭脂口红，各式旗袍，外国玻璃皮包，透明玻璃丝袜，以及细高跟皮鞋……她们雪白粉嫩，盛装华丽，身价不低，好像还有一股无形的气势。陈露小姐就是其中的一个，就是这队伍中带有贵气的一个，因为她属于交际界名流。

解放后，这支无形的队伍已经销声匿迹了。这些依靠大小资本家、买办、军阀、贪官污吏、不法商人、流氓阿飞等生存的小姐们到哪里去了呢？那些当时颇为时尚豪富的成排的小姐们的"别墅"到哪里去了呢？那些为她们服务的女佣、车夫、小工、老妈子们又到哪里去了呢？……这些，确确实实是一个谜，但它却是解放前上海历史中的一个阴影，一道极不光彩的十里洋场中的一个历史旧迹。

这些"漂亮"的女人，哪儿去了呢？

改行了，从良了，逃走了，穿上布衣做里弄工去了，还有的跟着资本家拼夫出国去了，还有不少富有的"小姐"逃到香港、澳门去了，有的可能去从良，有的可能继续去当婊子，赚她们的钱去了。

反正，上海是没有她们的立足之地了，她们的"寓所"也被政府改造成普通民居。这段历史的不光彩陈迹渐渐地淡化了，消逝了。

祝文彬这个白面书生三轮车夫，急匆匆地驱车赶到旧老板旧情人陈露小姐家中。见陈府上下已拆得乱七八糟的。女佣小央还在帮忙做事，收拾家中的各种比较值钱的东西。只见往日美若天仙的陈露小姐哭得两眼红肿，穿一件最近新买的浅蓝色布旗袍，脚蹬一双普通的黑皮鞋。这，就是解放初期高级交际花最为朴素的普通的打扮，其实骨子里还藏着三分妖气。

陈露叫阿彬在客厅里坐下，两人对视了许久。此时此刻，阿彬想起，无论炎夏酷暑还是严冬腊月，他总是满头大汗无怨无悔地为她踏着三轮赶路，那美人不把他当臭苦力看待，对他十分亲近，让他的人格顿时升格了；陈露也想起，阿彬给予她的百般呵护，好像一个兄弟，他的深情打动了她，他不嫌弃自己是个交际花，他是真正爱过她的男人。

陈露终于开始说话了："阿彬，现在时世变化了，我的那位大先生已经去香港经商了，他全家都迁走了，两位太太，九个孩子，住在香港九龙湾。他几番来信求我赴港，做他的外室三太太，给我安排了一幢小洋房。你说我去不去呢？"

阿彬与她肩并着肩亲热地坐在长沙发上。此时此刻，他俨然成了露露小姐的大丈夫，因为大老板徐杰人走了，再也不会对他造成任何威胁了，他再也不用像以前那样小心翼翼地偷情了。他关切地问露露："你说去不去呢？这件事是否得从利弊得失来考虑。你去了他身边，经济上肯定会好些，依然是金玉满堂，车进车出，体面风光，有财有势；你若留在上海，必须得改行重新做人，没日没夜地参加体力劳动，成为一个普通的贫妇，今后个人前景很难预料的。"

"那你说我该何去何从呢？阿彬，我问你，你我情义深不必说了，你会爱我一生吗？你会同我结婚吗？"

"亲爱的露，你不走，我心疼你；你走了，我的心更疼。须知我们是对拆不开打不散的恩爱'夫妻'呀。"但是我想，你留下来，我无法使你继续荣华富贵，你会受苦的，政府还要压制你，你的日子不好过。不瞒你说，我如今还有个穷家，有三个孩子拖累，我怎么能娶你呢？我想，你这样美如天仙的女人不会找个上海瘪三做老公吧。但是，我永远爱你，你这一走等于摘去了我的心肝，我痛呀！"

阿彬的一番表白入情入理，情爱很深，使陈露极为感动。人们都说，这些杨花水性的婊子是无情无义的，其实她们也有真情真义的一面，陈露对这个漂亮俊雅含蓄的男人是动了真情的。她对阿彬说："阿彬呀，我听你的话，还是去香港。心里永远记着你！爱着你！阿彬呀，你是我今生今世中真正的男人，永远的情人！"

天黑了，他们胡乱地吃了晚饭，喝了两杯牛奶，吃了两只巧克力奶糖。这一夜，白面书生阿彬又没有回家，与他的艳遇露露小姐——昔日红透上海半边天的交际花度过了整整一夜。露露爱他到心里，一对野鸳鸯真正的是难分难舍，不离不弃呀。

第二天清早，两人是眼睛红肿，神情倦怠。你望着我，我望着你，好像是生离死别，久久不能言语。然后，陈露顺手从橱柜里拿出人民币200元，男式英纳格手表一只，交于情郎祝文彬，嘱咐他暂时藏起来，等适当的时候再用吧。阿彬千恩万谢地接过钱和手表，塞入内衣的口袋里。

感激涕零的祝文彬说："露露，你先行一步去吧，这辈子我若有出息的话，会到香港去找你的。请你记住，在遥远的大陆还有一个真心爱你的男人。"

交际名花，三轮车夫，在这人世间，从调情到产生爱情。生离死别，情意深长，这是什么滋味？人们会对他们作出何种评述呢？其实，陈露爱他是真心，而祝文彬给她的也是真心。但是，当白面书生把真心给这个交际花的时候，却忘记了同样把真心给过他的两个女人，那就是夏荷和江曲花。他怎么会把前情都给忘记了呢？难道男人就是这样用真心一个个地爱过去吗？为什么会是这样的呢？什么时候是个完？

陈露小姐走了，祝文彬还是照样踏三轮车打零工。

他日日夜夜思念着陈小姐，彻骨的相思，连江曲花都看出了几分。江曲花问他："阿彬，解放以来，人人都是欢欣鼓舞，欢天喜地庆祝劳动人民翻身当家做主人，连小孩子们都高兴得像花黄狗似的……唯独你时不时唉声叹气，双眉紧锁，心事重重的，到底有什么事使你如此难过呢？有时连孩子们叫你都听不见，到底是为了什么呢？"

阿彬紧锁双眉，捶捶胸口，半响不说话。

小儿子祝子舟拉着他的手要他抱着出去玩，他的大手把子舟推开了，摔了一跤，孩子大声地哭了起来。

这令江曲花很不理解。文彬白天在外面踏着三轮车，基本上不回家，到晚上才与家人一起吃饭，总是喊累，很少带孩子们玩。特别是这个才五岁的小儿子，是曲花的命根子，打了儿子，这个昔日的江上渔姑就发脾气了。她痛心地说："阿彬，为什么你要推我的儿子？让他摔倒在地上？你心里想的是什么人？你要坦白说出来！是哪个狐狸精伤了你的心，让你成天愁眉苦脸的？今天你一定要说清楚！如果在家里说不清楚的话，我们可以到街道居民委员会去说！现在解放了，我们妇女与儿童由政府来保护的！"

江曲花不是夏荷，说话厉害，锋芒毕露。因为她从小风里来浪里去的，她是渔姑，是长江的女儿。什么风浪没见过，什么恶人没遇过？任凭你是什么白面书生，对她来说根本就不会害怕。这时，祝文彬人性有所触动，父爱有所抬头，一把拉住妻子曲花的手，便掉下了眼泪，然后他迅速抱起横在地上痛哭的小儿子祝子舟。

阿彬用手轻轻地抚摸着子舟的头发和小脸，对孩子轻声地说："对不起，小子舟！爸爸错了，是爸爸错了。"

江曲花原谅了他，小子舟也破涕为笑了。

过了半个小时，两个女儿放学回家了，还带来一位同班的小朋友——熊伍同学。因为以前熊伍曾经为救云燕和云飞受过伤，后来还不用祝家的钱住医院付费，所以祝家一直感恩于这位小男生。江曲花妈妈跟他也很熟悉，很友好。

熊伍已经长大不少了，他今年7岁了。江妈妈仔细一看熊伍同学圆圆的胖脸，白衬衫，蓝裤子，梳着一个精神的学生头。最惹眼的是他也戴上了一条鲜红的红领巾。

江妈妈笑微微地请他坐下喝茶，吃饼干。

江妈妈亲切地问他："熊伍呀，你家里好吗？爸爸妈妈都好吗？"

"谢谢江妈妈，家里好，爸爸妈妈都好。"

"你爸爸是个开明资本家吗？他没有事吧？"

"我爸爸是进步资本家，他是个民主人士，他是政府的团结对象，他没有事。"

"你小学毕业后还读中学吗？将来做什么事？"

"我小学毕业后，还要读中学、上大学，毕业后要做个国家工作人员，也就是国家干部。"

"太好了，熊伍从小对人就有爱心，你是个好孩子，将来一定会当国家干部的。"

"谢谢江妈妈的鼓励，我希望江云燕、江云飞同学也能升到大学，以后当国家干部。"

熊伍说话慢条斯理，很有爱心，很有主见，很有亲和力。无论跟大人还是跟小孩说话都一样。熊伍团结同学，很讲互助互爱，经常为集体做好事，是他们班上的优秀学生。

江曲花见到熊伍很高兴，把刚才与阿彬争论的气完全消掉了，还转头向坐在一旁的文彬笑了笑。文彬觉得这个孩子特别懂事特别可爱。就问江曲花，"你们是怎么认得的，怎么这样熟悉？"于是，曲花就把去年发生车祸的事说了一遍，还说那时与熊伍一起救两个女儿而受伤的还有一个女人等，话到嘴边，那个女人是谁，江曲花忽略过去了，再也没有说清楚。

算了，江妈妈谢谢熊伍小少爷来看望全家。旋即江云燕和江云飞将熊伍送出了门，江妈妈还送给了他一包小饼干和一支以前文彬带回家的派克牌金笔，借以报答去年的救命之恩。

人海茫茫，川流不息。小人物有小人物的事，大人物有大人物的事。好多事都在两条平行线上发生延伸着，按照各自的逻辑向前发展着。然而，平行线总是难以相交，好多人和事也就永远不知情，甚至五年十年几十年，人生的快乐惊愕苦难就是这样的。这正是"当时轻别意中人，山长水远知何处"。祝文彬虽然不再思念结发之妻夏荷，可是要寻觅她的芳踪也是件难事。就这样吧，人生中山路漫漫，水路迢迢，有情无情，有事无事，擦肩而过。就这样错过着下去吧。

（二十三）

在乡里不比在城里，在乡里更不比在大上海。经过几年乡村生活的磨难，夏荷与当地贫穷妇女一样，旧衣褴衫，胡乱地剪个短发，面黄肌瘦，双手粗糙，举止笨拙，可以说全身上下不经一点儿修饰。30多岁的少妇已经走入了中年阶段，美丽的相貌变得平平，青春的光辉已经不在，与在上海做女佣时大不相同了。那时节虽穷虽苦，总还学着上海小姐做一点打扮，那时节的七分穷酸三分秀美的形态已荡然无存了……

两个孩子养在身边，既要管吃住又要管读书。别人家的孩子怎么求学，她的孩子也是怎么求学。别人家是有父有母有长辈，她家是无父无祖，只有自己这个可怜的母亲，可以说是"一双手"养家。怎么叫她不红颜退去，苍老将至呢？

由于养家教子的担子实在太重，作为一个小学校的厨工师傅，她只能提出加班加点的要求，以求增加些收入，好心的沙校长便答应了她的请求。

儿子子丰在煤油灯下做作业，眼睛已经近视了。写作业时，头低得很下，离书不到半尺远，很吃力的样子。

夏荷说："丰儿呀，你写字看不清楚，就再点盏灯吧。"

"不行，妈呀，我们家没有那么多钱去买灯油呀。"

"不要紧的，从下周起，妈妈晚上加班做事，每月可以多得5元钱。"

"不要加班吧，妈呀，我的被子里已经有虱子了，晚上睡觉时很痒，抓又抓不到，真正恨死人呀。"

"那我明天去买块肥皂，把你的被子洗一下，好吗？"

"妈呀，我们家哪有钱买肥皂呀？你不是说全家一年只能用两块肥皂吗？"

"可以的，现在加一块，一年用三块，我要去夜间加班呀，会有钱的。"

一家三口就这样精打细算地过着苦日子。

白天上早班，下午上中班，晚上加夜班，夏荷24小时内有12小时在厨房工作，择菜、洗菜、挑水、淘米、炒菜、煮饭一应杂事都做。最吃重的事是挑水、夜间煮粥。挑水要到半里路外的池塘去，70多斤的木桶水担子，压得她双肩红肿，细腰难支，腿骨伤筋；晚间煮粥是为了给夜班的工作人员做夜宵的，本来已经疲劳不堪的她再加煮、运送、清洗等事，她弱不能支，总是头痛胸闷眼发胀，拼着命与两个小工在那里勉勉强强地忙碌着……

一个平常的夜晚。天色昏暗渐而漆黑，夏荷等三人在厨房里煮粥备夜宵。夏日炎炎，厨房油腻湿滑，蚊虫打堆，煤油灯昏暗，一股令人难忍的油气酸臭味，熏得厨工们头晕难忍。他们煮好了粥，盛入大铅桶，由夏荷挑担送到二楼办公室供用。

夏荷忍着腰痛与头胀，使劲挑着铅桶担走向楼梯，一步一歪地往上蹬。突然脚下使劲一滑，连桶带人地摔了下来，那担滚烫的稀粥泼了她一身。只听"啊"一声叫，夏荷便摔倒在楼梯上了。

一阵剧烈的疼痛，使她顿时眼花乌暗，神志不清了。等其他两个工友赶来时，她已经手软脚软，不省人事了。似这般滚烫稠黏的稀粥烫在光手光脚上，不易下来，两工人连忙提了一桶水，泼将下去，才冲掉了一些。

老天爷，顷刻间酿成了这般泼天灾祸，夏荷成了一个烫伤的重诊病人了。苍天呀大地呀，你如何这等不长眼睛，要把灾祸降临到这个苦命的女人头上呢？为什么要逼得她无路可走，无钱可赚？为什么要让这个活寡妇遭此厄运？

好在沙玉宝校长及时赶到，学校里的老师们工友们七手八脚地把她抬起，用板车送往镇中心医院，进行检查和治疗。

真正是老天保佑，经检查她的伤势还不算太重，烫伤的只是手臂和腿部，头部、脸部均未伤及，眼睛无一丝伤残，五官仍然完好无损。不过，四肢皮肤伤势不轻，好在骨骼尚未损伤，只需要住院治疗就可以了。还是新社会人民政府好，单位负责她的全部医疗费用，还送了不少营养品给她补养，还补助了她家30元生活费。其中沙校长对她的关心帮助自然不小。

夏荷醒来后，对着儿女的泪眼发呆了，对着学校的领导和师生们发呆了，对着前来慰问的解放军亲人发呆了。她想如果在旧社会，她还能有今天吗？她还能有性命吗？还能和子女在一起吗？还能有孤儿寡母的日子过吗？

……

夏荷一家三口，本来无比孤苦。得救之后，又觉心中欣喜。吃一堑，长一智，始觉人生道路上，每走一步，都要迈出坚实的步子。随随便便的，急功好利的，糊里糊涂的，侥幸取胜的步子都是迈不得的。另外，心中有苦，不要多想苦，会越想越苦的，倒不如少想为好。渐渐地，母亲和两个孩子就越发变得坚强些了。

子丰和子和非常聪明，见母亲心里太苦，就想劝劝母亲放下忧愁，愉快地面对生活。依子和的话说："母亲若不能放下忧愁，今生今世会愁死的。"子丰赞同妹妹的说法，他也说："了不起就是为了那个没良心的父亲，如果为了那个人，我们一辈子都在愁云密布之中，即使愁死了，又有什么意义呢？天下事，既来之，则安之。这样就好了，就不会害死自己了。"好呀，两个少年读书郎，终究在书中读出一点意思了。之后，兄妹俩经常以这样的读书心得来启发母亲的心，让她从长期的失魂落魄中渐渐清醒过来。

解放以来，"东方红，太阳升，中国出了个毛泽东"的歌声响彻全县城，正是"忽如一夜春风来，千树万树梨花开"。革命群众文艺活动如雨后春笋般开展起来。什么大唱革命歌曲啦，什么扭秧歌啦，什么舞龙灯、马灯、兔子灯啦，什么打腰鼓啦，还有演革命新戏啦，也有演传统骨子老戏啦……革命娱乐新文艺活动异常活跃。两个学生子丰和子和便向母亲提议去看戏，去参加活动，开心开心。

夏荷烫伤治愈后，好了伤疤还没有忘记痛，情绪中还存有忧郁和苦涩。经孩子们一劝，也罢，就决定和他们一起去看戏，去打腰鼓。

看戏，看新戏还是看老戏呢？

夏荷要求看老戏，说现在老戏新唱了，内容大多是惩恶扬善的，主张正义反抗暴力的。好吧，两个孝顺的孩子便顺了母亲的心去看区里演的老戏《秦香莲》了。

在区政府礼堂的戏台上，锣鼓锵锵闹过头场，正戏《秦香莲》就要开场了。礼堂楼上楼下观众如云，人潮如流。夏荷和两个宝贝子丰和子和抢到了好座位，那就是二楼厢房长廊上的第一排位子。娘三个手扑在长廊栏杆上，睁大着眼睛看大戏。

演员们衣着古装，涂脂抹粉，长枪短刀，主角龙套，你上我下，甚是热闹，引得乡下人阵阵鼓掌，兴奋异常。

《秦香莲》这部戏，演的是陈世美得中状元后，抛弃原配秦香莲，被招为驸马。香莲领着一儿一女京城寻夫。陈世美不但不认前妻，为保富贵，竟想杀害香莲及亲生子女。后来，香莲投开封向包龙图告状，包不顾威胁，刀铡陈世美。这部戏，让夏荷心痛如绞，让子丰和子和伤心万分，泪流满面。

当演秦香莲的演员唱到："我跋涉千里上京来，沿途求乞实可哀，谁知你却不认糟糠妻，连亲生儿女也不睬，更可恨，你胸怀恶毒胜虎狼，杀妻灭子良心昧！"，夏荷母子三人再也坐不住了，听不下去了。气愤得咬牙切齿，愤然离开了闹哄哄的剧场，踩着月光迎着朔风回家了。

只听母亲愤愤地说："陈世美这个贼子真是坏东西，恶毒如虎狼！这千刀万剐的坏东西"

子丰说："坏东西就该杀！赶尽杀绝！"

子和说："这人世间，还有没有陈世美呢？我恨！我恨！"

夏荷说："戏是演给人看的，这人世间肯定是有陈世美这样的恶人！我的心好痛呀！"

这时，夏荷好像感觉到祝文彬有点像陈世美，又感觉到两个孩子也视他们的父亲为陈世美。又想起，以前母亲周老太太常常在背后骂祝文彬为陈世美。她的心突然一悸，觉得白面书生无缘无故地离她而去，抛家别舍已有十余年了，从来不关心他们母子的死活，可以说真的是无情无义，没有良心，他不是陈世美是谁呢？她的心突然一惊，不！他不是陈世美，也不能让孩子叫他陈世美！一来他不是上京做官去了，他目前生死不明；二来不能随便冤枉他，可能他现在很穷，还在想念着他的一双儿女呢。思来想去，她不想当着儿女的面骂他为陈世美，相反还劝儿女不要瞎联想，不要随便骂他。

子丰和子和看到母亲面色苍白，手在颤抖着，黄汗往下淋，身子像站不住的样子。也就不多说了。

女儿子和却说："谁是陈世美，我们不知道。待我长大以后，知道了谁是陈世美，我一定不会给他好看的！"

儿子子丰也说："我们的爸爸离开我们十多年了，他从来没有回过家，没有看过我们，他算个什么人呢？"

久别妻儿，浪迹天涯，无亲无爱，孤儿受苦，然而贤良的妻子夏荷还是苦苦地思念着他。她想说也说不清楚？她想恨也恨不起来。这到底是什么原因呢？

两个孩子只要一提起父亲，就痛彻心扉，一看到母亲那柔弱的肩膀独自一人担着生活的担子，就心痛难忍。

天哪，谁是陈世美呢，陈世美是谁呀？！

　　回家以后，子丰和子和看到了躺在床上满身伤疤的母亲在哭泣在流泪。

　　母亲看到两个儿女端起两碗冷饭和着泪水在吞咽。房中很寂静，只听到一对儿女簌簌的唏嘘声……

（二十四）

日子过得既慢且快，子丰、子和已经长大读初中了。在沙玉宝夫妇俩的关心照顾之下，子丰、子和才有饭吃，有书读。现在两小儿仿佛是书香门第出来的小秀才。

子丰很有礼貌地向母亲提要求："妈，我和妹妹能进中学读书，好像在梦境一般。如果没有沙校长倾囊相助的话，没有他提供的100元学费的话，我们只能流落长街，哪能读书求学呢？现在进了沙田镇区中心中学，要谢谢他家才好呀！"

子和也附和着说："妈，哥哥言之有理，我们应该有恩报恩，以礼相待呀！"

两个小书生说得有理，令夏荷为难了。

她"噢"了一声。如何谢呢？本来家中三餐不能饱肚，不上夜班没有补助，老母亲卧床几年了，更不能去开口要钱，何况孩子上中学总得做件粗布衣衫吧。真正是一筹莫展。想来想去，只能求阿福哥帮个忙。

星期天早晨，天气晴朗，风和日丽。校园里青草碧绿，树木葱茏，草坪如毯，花香鸟语。好一派春和景明的盛世佳景。

夏荷清早起来，拿出干净衣服给两个小儿换上。在食堂里买了十个馒头，在家里煮了一锅赤豆粥，切咸笋，淋麻油……准备阿福家亲人的到来。

一会儿，只见阿福挑一担芋头和鸡蛋，祝小勇提着两只鲜活的大母鸡欢天喜地到了校门口。子和、子丰一人接过一只母鸡，牵着小勇弟弟走向宿舍。

　　夏荷见此情景，用手抹着眼泪，站立在风中发呆了。

　　阿福向主母夏荷说道："夏荷啊，家里收成不多，只带了这区区东西，你看可以吗？芋头是自家种的，品种还好粉粉的，镇上人可能爱吃，母鸡还是小勇养的，五十个鸡蛋是他攒起来的。你看是否要留下一些给子丰、子和补补身体呢？"

　　朴素的农民，掏心窝的话，令夏荷满心感激且自责不已。夏荷知道，这些都是他们一家三口从口中省下来。穷人帮穷人就是这样的实心实意呀。

　　子丰、子和感谢小勇弟："谢谢小勇好弟弟！你小小年纪养鸡生蛋，自己不吃，为的是我们呀。你养鸡生蛋供哥姐上学真是不简单呀！谢谢你！"

　　祝小勇长得憨厚老实，特别腼腆可爱。他短短的小平头，圆圆的脸，脖颈上挂着雪白闪光的银项圈。他微笑着说："不要紧的，我们是一家人。现在我也读小学了，白天上学，下午放学后割草养鸡，日子过得很开心。"

　　夏荷、祝阿福、子丰、子和以及小勇一家人欢欢喜喜地提着两大篮芋头、两只大母鸡和五十个鸡蛋来到了沙玉宝校长家谢恩。

　　沙校长一家三口亲切地接待了他们。

　　沙先生说："夏荷嫂，你们为什么要这样客气？阿福哥在家务农不容易，送来这么多东西真是不敢领受呀。祝小勇已经长大了，真可爱！你们祝家又多了一个好后生呀！"

　　方向嫂在家休息，脸色黄黄的，看上去身体欠佳。然而她热情地说："请坐，快请坐。都是自家人，不用讲客气的。我们帮子丰、子和上学，是应尽的义务。两个孩子很争气，成绩考得好，给祝家门庭增添了光彩。你们要好好学习文化，培养造就自己呀，将来好好做人，才不辜负妈妈的一番苦心呀！祝小勇读完小学后，也到镇上来上重点中学，好吗？以后你们'祝家三雄'一定能无敌于天下呀！"

"祝家三雄"，振奋人心的提法！特别是三个孩子，对他们来说会记一生的。

于是，大家"哈哈"大笑起来了。夏荷、祝阿福笑得合不拢口了。祝小勇笑得直拍小手，祝子和笑得举起双手还跳着，祝子丰笑得两手立马抱起了祝小勇。

聪明的子和说："请大家不要忘记，还有一员大将，他的名字叫沙欢——"

于是，大家又"哈哈"大笑起来了，一起望着沙欢姑娘。

自从不讲良心的白面书生祝文彬离家出走十年以来，夏荷没有如此开怀大笑过。可见生命的力量有多大，四员儿童的震撼力量有多大！

之后，沙先生单独对夏荷说了些重要的话，并叫她注意保密，不得外传。

沙玉宝校长到底说了些什么话呢？

以下一段对话是沙先生的托咐："夏荷嫂，这么多年了，我们既是亲戚又是同事。今天我告诉你的秘密，千万不能对任何人说。"

"什么事？沙先生，说得我心里好紧张。"

"那就是关于我妻子方向的事。自今年以来，她一直喊胃痛，说胃里很难受，不想做人了。后来经医院检查，说是胃癌。"

"那怎么办呢？沙先生不要吓唬我呀！"

"不是吓唬你，那是真的。这种话能乱说吗？"

"我的天，那怎么办呢？老天爷呀！为什么好人总要遭磨难呀？"

"我想请你帮个忙？如果这乡下治不好，能不能设法到上海去治呢？夏荷嫂你说呢？"

三言两语的谈话，把夏荷吓得半死半活。她简直不能相信这个残酷的结论。她看到沙先生的额头上渗出很多汗珠，从手到脚都在不停地颤抖着。夏荷马上回答沙先生；她会尽最大努力把方向送到上海去治疗的。

她是个好人，她怎么会得这样的病呢？夏荷百思不解。她久久地望着沙玉宝，她的泪珠滚滚落下。

沙校长说，方向的病是事出有因的："方向为什么会得这恶病呢？这叫做好人遭恶运。方向是我的妻子，结婚前她曾是沈一万的女朋友。当初方向同情沈一万，觉得他一表人才只有一只眼睛瞎了，人还比较新潮。这个好心的姑娘便与他好上了。沈一万非常喜欢她的天真与时新。后来方向感到他为人处世太有心计，不够厚道友善不值得爱，推故分手了。对此沈大少爷大为光火，总想伺机报复。半年后，经人介绍我与方向结婚了，夫妻感情很好。沈一万、余菊一直视我们为眼中钉，肉中刺。"

"余菊是地主之女，与沈一万天生一对，地生一双。她为人恶毒，吵架骂人有些本事。恰恰方、余同在宁波市第一师范学校工作，于是仇人相见，分外眼红，经常发生矛盾。"

夏荷听了很吃惊，很害怕，她说那如何是好呢？

沙先生又说："余菊经常有事无事找方向吵架，气得她浑身发抖，常常胃痛到痉挛。"

有一天，学校开完期中考试工作总结会之后，余菊见到方向夹着教案本走过来，便开骂道："哪里来的婊子精，居然到学校里当起老师来了。呸！真扫兴！"

"骂哪个呢？！开口骂人，诬人清白的人，能当教师吗？"

"谁诬人清白了？不要脸的东西！找对象，换男人本事倒蛮大的，臭狐狸精！"

"谁是臭狐狸精？地主的女儿会造谣。"

这下余菊发疯了，大声哭喊起来，脚跳得老高的，更加胡言乱语起来了。引来了三五名教师、员工看热闹。

"地主的女儿怎么了？地主的女儿比臭婊子野鸡强！地主的女儿现在是靠劳动吃饭，臭婊子靠什么吃饭呢？！大家说！大家说！臭婊子靠卖身吃饭呀！吃了大少爷家又去吃二少爷家。臭婊子像毒蛇，这边咬一口，那边咬一口。会有啥结果呢？大家说！哈哈！"

吵得太不像话了。众人觉得人民教师不可以骂架，就把她们扯开了。

方向自然吵不过她。只有扶住楼梯栏杆，把气得发痛的胃牢牢地压住，脸色发白，两眼发昏。在众人的搀扶下才进了办公室坐下。

如此见面就骂，只差劈头就打了。校长书记为了此事很头痛。因为沈一万是市工商局某部长的一个处长，大家有点不敢指责余菊。

一个星期六下午放学时，方向骑了自行车准备回家，被余菊看到了，又破口大骂："婊子精不要脸！还敢送上门私通男人！臭婊子骑车不得好死！不得好死呀——"

余菊像疯了一样，越骂越不像话了。原因是沈一万对方向还没有死心，最近又趁机调戏过方向，被方向严词拒绝了。沈一万在家里酒醉后吐了真言："我的好方向，只要你答应我，我会赶走余菊，永远爱你的！"

方向听了骂声，自觉腹背受敌，痛不可挡。只听这个正义的女人呼喊着："我们是人民教师，不要骂人了。我们可以到区政府法院去解决！"

那余菊蛮不讲理，应声破口大骂："谁跟你去区政府？我呀当众骂死这个丢丑的东西！你是野猫，你会偷腥！你偷一回，我就骂一回！"

骂骂咧咧的余菊，气气闷闷的方向，下流无耻的沈一万，正义受辱的沙玉宝。学校领导为此扯劝做工作，终不解其气，不见明显效果。如此时间一长，矛盾不得解决，方向就被活活地气出了大病。

沙玉宝先生想请求夏荷嫂助一臂之力，把方向送到上海去治病，救她性命。

　　夏荷想尽办法，联系上了上海母亲老东家熊百松老板家，得到熊师母江莉的支持，就陪同方向去上海市了。"天有不测风云，人有旦夕祸福"，怎么办呢？好在熊百松解放后是个开明人士，守法资本家，自家的工厂、商店公私合营后，熊先生仍然是厂长之一，还在依法经商，家境没有多大变化。

　　现在的熊家，依然师母江莉当家，两位小姐已出嫁，两位在读中学，阿伍头也上初中了。

　　在熊师母的多方周旋联络之下，方向住进了上海市肿瘤医院。夏荷在病房里专门照顾她。阿伍头是个最热情的人，放学后经常在病房里转，千方百计地照料方妈妈。

　　13岁的阿伍头会到医生办公室，询问方妈妈的病情，了解治疗方案与方法，会推着轮椅陪方妈妈去做各种检查，会在病房里为方妈妈守点滴，还会递水递饭递尿盆，夏荷很舍不得他，还经常抱抱他，有时晚上竟睡在夏荷怀里打呼噜。他还说梦话："大姐姐，大姐姐呀，我们一定要救方妈妈！方妈妈是个好人哪！"

　　善良的熊伍少爷这是第二次与夏荷大姐姐搭班子救人了。他俩的配合是多么的轻车熟路呀！仔细一看，当年尚属年轻漂亮的大姐姐，现在已是花白头发，这令熊伍少爷着实的不敢相信；当年幼稚可爱的小八腊子阿伍头，现在已经当上了戴红领巾的少先队大队长，戴着三条杠的臂章。如此快速的变化真正的叫人难以置信呀！

　　一天晚上，时间已过了十点半，医院大门关闭已禁止探望了。熊伍提着一小锅枣子粥要送进去，无奈他只得走后门，后门也关闭了。他只得走医护人员专用的小侧门。进去后，他沿着楼梯一层一层地上，走到了三楼侧角，突然发现"太平间"三个字。他先是一惊，后是害怕，再是壮着胆走了过去……他小小的年纪，一双腿软呀软的，一双眼闭呀闭的，一颗心抖呀抖的，最后打了三个转，眼花乌暗，呜咽而哭，终于找到了方向的病房。

熊伍端着温热的红枣粥，递到了夏荷大姐姐的手里，腿软了，坐倒在病床前的木地板上了。

一个月，二个月，三个月过去了，方向老师的病在一天天地好起来，脸色也微微泛红，夏荷大姐姐和熊伍小弟弟却一天天瘦下去，脸色由红润渐渐转为灰黄了……沙校长来看望了，叫夏荷、熊伍二人暂回家去休息几日，他们答应了。

熊师母对夏荷说："荷姑呀，你不要太辛苦了。你出来照顾方老师，家中两个孩子谁照管呢？"

"师母，你放心。两个孩子由阿苗姐照顾，不要紧的。我担心阿伍头会太辛苦。这样忙，会不会影响他的学习？"

"由阿苗照顾子丰、子和我就放心了。阿伍头他不要紧的。这个孩子天生就是个小忙人，我想让他锻炼锻炼也好。否则怎么会修成正果呢？"

"哦，我懂了。原来师母的教育方法好，才能培养出这么优秀的小少爷来。"

"现在不叫小少爷了，就叫阿伍头吧。小孩越贱越好养，一定不要娇养孩子呀！荷姑，你家大先生文彬有消息吗？"

"没有，师母。等方老师病好回去之后，我还想在上海找找他，你说好吗？"

"好，荷姑，师母帮你一起找。找到了，我非骂他几句不可呀，这个人太不负责太不讲理了！"

为救方向，夏荷又来到了上海；为找文彬，师母大义凛然。其实，救了方向，找文彬就是救荷姑。夏荷感谢重情重义的熊师母，感谢同样重情重义的熊伍小少爷。在人生的道路上，这些真心的老小以后会不会走在一起呢？

（二十五）

方向老师一天天好起来了。经过上海肿瘤医院专科名医主刀，非洲黑人医师为助理医生，胃部开刀手术神奇地成功了。

非洲黑人医师名叫诺曼尔，24岁，上海中山医学院留学生，是位很优秀的实习生，未婚男青年。方向开刀成功后，他把夏荷、阿伍请到办公室，谈了方向的病情及治疗。

诺曼尔医生说："方向的胃癌比较严重，属于中晚期，开刀割去五分之三，还没有扩散，坚持治疗的话，会见好转的。暂时两年中不能工作，须长期休养，最重要的是不能郁闷生气，饮食要当心。"

夏荷忙说："谢谢医生救命之恩！我们知道了。"

熊伍像一个大人似地说："诺曼尔医生，请问开刀能不能根治？如果病情反复怎么办？还有生命危险吗？"

诺医生耸了耸肩，托了托戴在炭黑色脸上的白色眼镜，摸了摸下巴说："能不能根治嘛，这个不好说，要看后期治疗的情况如何了，反复的可能性存在，至于死亡吗？暂时不会，以后就难说了。"

诺医生说得很客观，希望家属为她继续治疗。

熊伍心中忐忑不安，夏荷心里依然惶恐。

熊伍连忙从书包里摸出一只信封包，要送给黑人医生。他还说，请诺叔叔收下，红包里只有五块钱，是我平时省下来的零用钱，不是送礼，请诺叔叔谅解。

诺曼尔坚决不收，还说熊伍是个好孩子。

夏荷摸了摸口袋，一文不名，无法表示谢意，只向诺医生鞠了三个躬。

在以后的两个月里，方向的病情日趋好转和稳定。方向老师与熊伍做了好朋友，诺曼尔医师与熊伍也成了一对好朋友。

熊伍最担心的事，就是一旦方向病好要回乡下沙田镇去，夏荷大姐姐——他的知心朋友也要回沙田小学去了。他想，大姐姐的丈夫长期离家，她要养活全家太不易了，还听说她在乡下出过不幸的事。怎么办呢？他熊伍想帮助大姐姐度过最艰难的日子。

熊伍跟母亲商量，等方向老师出院回家时，他要把夏荷留下在家帮忙做事，要求给她一月五元的高工资，以供子丰、子和之用。好心的母亲答应了他的要求。

方向老师心情愉快地出院了，有沙校长亲自到上海接回。夏荷大姐姐留下了，由快乐少年熊伍接回了家。

夏荷是熊家新一代的现代女佣。过去母亲周春雨在熊家做了几十年，帮助熊师母养大了五个孩子，料理了一应家务。熊家把夏母当作家人看待，不但帮助养活了夏荷、夏莲，还长年给养老钱，像亲戚一般。

所以，夏荷自然把熊家当成自己的家，特别离不开聪明懂事的阿伍头。当夏荷起早摸黑烧火弄饭做清洁之后，在她的二楼亭子间里休息的时候，阿伍放学回来了，与大姐姐攀谈起来了："大姐姐，你才30多岁，怎么头发花白了，有什么心事吗？阿伍能帮你排除忧愁吗？"

"好啊，阿伍头，大姐姐心里的苦闷是排除不了的，姐姐是个苦命人呢。"

"大姐姐，那年你在上海时，还挺年轻漂亮的，大约是你的苦闷把你催老了。现在是新社会，哪有什么"苦命人"呢，我们要想办法解放自己，你看过电影《白毛女》吗？人家白毛女还能摆脱灾难得解放呢。"

"好啊，阿伍头，姐姐的老公名叫祝文彬，已经离家出走十来年了，留下两个孩子他不管，他不讲良心像陈世美一样。我到哪里去找他呢。阿伍你能不能帮姐姐想想办法呀？"

"好，大姐姐，我帮你想想办法，去找到那个陈世美。大姐姐，天下无难事，只怕有心人呀！你说对不对？"

"对，对，阿伍，你妈妈也说要帮我找祝文彬，以后我们一起找吧。说不定有阿伍头的帮助，奇迹就会出现的。"

姐弟俩一席对话，情真意切，真心可鉴，极大地安慰了夏荷对文彬的十年相思，再一次激发了她要找回丈夫的决心。阿伍的一席话，对夏荷来说无疑是一剂强心针。夏荷对于祝文彬出走一事，放下时四两，提起来千斤。这正是"人世几回伤往事，山形依旧枕寒流。从今四海为家日，故垒萧萧芦荻秋"。诗句中所说的是：现在正是国家统一之时，三国时吴国留下的营垒，在秋风中更显得荒凉。夏荷在心里想，现在正是全国解放祖国统一的时期，旧社会遗留下来的婚姻变故丈夫失踪，更觉得心中难过。解放了，难道还是找不到吗？一家人难道还是不能团圆吗？

好心的稚嫩的昔日小少爷，今日新主人，他会给我带来好消息吗？夏荷是多么期待这位小小少年会给她带来惊喜呀。

一个礼拜天，料理完家务事的夏荷与熊伍一起来到了徐家汇市郊。阿伍告诉夏荷徐家汇一带较偏僻，有几条小马路住的棚户较多，解放前外乡来的难民较多，踏三轮车，拉黄包车的车夫较多，小商小贩以及做娘姨的穷人较多……文彬姐夫会不会落难在那个区域？那里主要马路有曹家浜路，大木桥路，小木桥路，斜土路等。阿伍主张和大姐姐到那里去兜兜，顺便可以问问人家，可有看到过那样一个男人——浙江口音的白面书生？

夏荷认为阿伍的提议很准确，猜测中祝文彬从家乡出来之后，就住在那一带。

阿伍在前面行，夏荷在后面跟。阿伍快走夏荷就快走，阿伍慢行夏荷就慢行。大马路，小弄堂，棚棚户，小店铺所到之处四下看看瞧瞧，逢人便问，一个接着一个地打听过去……毕竟十年有余的事，别人难以提出一个准确的指认。行人们都说："时间太长了，实在说不准。"有些居民还说："我们这里外乡来的人很多，尤其江北人多，江南人也不少。要去问老年人，我们年轻人不了解。"其中有一个大嫂说："你们有没有白面书生的照片呢？下回带张照片来看看再说。"

星期日或学校放假的日子，夏荷要阿伍头同去调查研究，私行察访。倒是很有意思的事。两个人寻找白面书生的思路在慢慢地打开，线索在渐渐地清晰起来。不过，还是像在大海里捞针。一天过去了，走了五条大马路十几条小弄堂，三个小菜场，二十几家小商店和小摊头。东问问，西瞧瞧，没有找到一个有价值的线索。吃了两餐生煎馒头和油豆腐线粉汤，还喝了两瓶汽水，都是阿伍头请的客。

阿伍头虽然很累，但并不灰心。他说："大姐姐，不要紧的。千里之行，始于足下。只要我们坚持找下去，会有希望的。"

夏荷说："对不起，阿伍少爷，你辛苦了，还花了钱。"

阿伍微笑着说："自己人，没有什么对不起的。现在解放了，还叫什么少爷，喊我阿伍就可以了。阿伍还是大姐姐带大的呢。我们下次来，找一找街道上的居民委员会，怎么样？"

"好，阿伍有脑筋，有办法，下个星期我们就去找沿途的居民委员会。这真是个好办法！"

几乎每一个晚上，夏荷都与熊师母江莉、阿伍坐在客堂间谈谈话做做活。夏荷总在纳着大大小小的布鞋底，缝着鞋绑子。她要为熊家老老少少做布底鞋。因为那种布鞋穿来舒适跟脚，他们都穿习惯了。师母和阿伍便陪夏荷坐在一起，边做事边说话。熊师母与他们聊起了找白面书生的事："夏荷呀，你夫君白面书生不可能在人间蒸发了吧，怎么十几年了都找不到呢？"

"师母呀，大概是没有缘分吧。我也曾听说过'有缘千里来相会，无缘对面不相识'呀。"

阿伍紧挨母亲坐着，急切地说："什么缘不缘的，只要我们下劲地找，就会找到的。妈妈，你是老上海，新旧社会的事都经过了，还有什么别的办法吗？"

江莉师母一边结着绒线，一边想着。突然，她喊了一声

"呀",就说她想起来了。她说,那年夏荷与阿伍不是救过江云燕和江云飞同学吗?她们得救了,夏荷和阿伍受伤住医院了,不是没有收她们的住院费吗?师母强调说,她们家是住在大木桥路的。说可以找她们去打听呀。

阿伍拍着手跳了起来说:"对呀!江云燕江云飞,是我的同学,她们住在大木桥路,我怎么就忘记了呢?还是妈妈的记性好。这真正是个好主意呀!"

星期天,又是一个好天,晴空万里,霞光灿烂。一清早,阿伍和夏荷就走在去大木桥路的小马路上了。一路上,早点摊密密麻麻的,花样品种层出不穷,令夏荷着实地馋了一回,也令阿伍感到新鲜。原来,起早点儿便能买到这么多上海本地点心。什么生煎包子啦,油豆腐细粉汤啦,大饼条啦,鲜肉水饺啦,八宝饭啦,赤头糖粥啦,大虾油登子啦……花样百出,令人垂涎。

夏荷说:"阿伍,你喜欢吃什么?今天我请客。"

阿伍很想吃碗鲜肉水饺加上一根油条。转念一想,不成,坐下来吃太浪费时间,今天不是有急事在身吗?如果能逮着白面书生这条大鱼,今生今世岂不是成就了一件大事嘛。如果在摊边坐着贪吃,大鱼溜走了怎么办?所以,阿伍说:"夏荷大姐姐,一人吃副大饼油条,边走边吃好吗?"

夏荷明白这孩子的心思,就照他说的办了。

摊边的美味引诱不了生来就喜欢做好事的阿伍。夏荷呢,好像信心更足了。找了十多年,本来已有些厌倦,没有信心的夏荷,忽然精神振奋起来了,连想找回她失去的爱情的心都有了。

小小的阿伍少爷呀，你真是一把火，真能点燃快要熄灭的一支爱情之烛呀！人间的真情何在？在一个少年的心里，在一个妇人的心里，这叫什么真情呢？什么心思呢？

两人啃着大饼油条，直奔大木桥路而来。

他们在大木桥路，边走边寻低矮木板房。凑过去见人就问，来回地打听关于那个十年前失踪的白面书生。人们不知实情地与他们说了些不相干的话。大约走了五六条横马路，七问八问，一无所获。突然，他们看到了马路边上有一伙人在下象棋。阿伍灵活，慢慢地凑上去问道："几位爷叔好！打扰你们一下。十来年之中，你们有没有见过一个浙江男人，长得像个白面书生，一个读书人，流落到上海的，可能还会做点体力活的。你们看到过没有？"

一个中年男人回答道："白面书生？小阿弟，你不要大白天讲夜话，哪有这样的人呢？况且，失踪了十来年，还寻什么呢？"

另一个老年男子说："照片有吧？没有照片怎么找呢？那人是做什么事的，譬如是拉板车的？踏三轮车的？还是开铁匠铺的？还是拉煤送货的？你们都不知道，哪里去寻呢？"

阿伍很感谢他们，他说："谢谢爷叔、伯伯了。我们问清楚情况后，再来寻，谢谢侬，谢谢侬！"

转头阿伍就对夏荷说，找人，一要照片，二要问清楚姐夫在上海曾经做过什么事。夏荷说，不瞒你阿伍，一、照片没有；二、他在上海时做过什么事，我根本就不晓得。阿伍说，那我们就慢慢找吧，你记得他的相貌吗？夏荷说，"相貌记得，相貌怎么会忘记呢？"

就这样一大一小，一女一男，走在马路上，不断窥视路边行人和各种小商小贩、三教九流、一应杂人，以期认出当年的白面书生祝文彬。真正是蠢人两个，痴人一双，在茫茫人海中，细心地寻觅着一个失散已久的人。后来，竟然看到一个中年男人，夏荷的眼睛亮了，拉拉阿伍的手说："阿伍，我看前面坐在马路边补鞋的人，很像祝文彬。我们快过去问问吧。"

阿伍说："好，我们就去问，你先开口。"

夏荷心情很激动，小快步走到那鞋匠面前，上气不接下气地问道："老师傅，侬好！侬是不是姓祝？名字叫文彬？我看侬老半天了，侬的一举一动跟文彬一模一样的，侬的老家是不是在浙江文昌县？"

只见那人微微一笑，轻声说道："阿姐，侬认错人了。我不姓祝，我的老家在苏北，不在宁波。阿姐呀，小弟弟呀，你们认错人了。"

还是阿伍头脑灵活，会应付场面。阿伍连忙说："对不起，爷叔。是我大阿姐找人心切，眼睛发花，认错人了。实在对不起，不要在意呀，爷叔！"

钉鞋人看这个小阿弟连声道歉，就摇摇手不说什么了。不然的话，口边上的一声神经病！一定是会骂出声的。夏荷只得怏怏地倒退了几步，不敢多说什么话了。

后来，阿伍头想起过去他的小学同学江云燕和江云飞是住在大木桥一带的，她们可能熟悉那边的情况，能否找她们帮忙打听一下白面书生祝文彬的下落。于是他们找到了一处街道居委会，问江云燕和江云飞的地址，企图向她姐妹俩打听祝文彬的下落，或者请她妈妈江曲花帮帮忙找一下这一带过去可曾有祝文彬此人来过。

无巧不成书，该居委会就真的知道江云燕江云飞的住处，他们说有印象。有位老阿姨说，他们家就住在附近，妈妈是个洗衣妇，爸爸是个三轮车夫，两个女儿读小学。但经查证以后，他们家半年前已经搬走了，不知道哪里去了。居委会负责人说，现在我们与他们没有关系了。

熊伍"噢"了一声，很丧气。江云燕江云飞不知去向了，怎么还能要他们帮忙去找大姐夫白面书生呢？于是，妈妈提供的一条最有价值的线索也像风筝断了线。熊伍少爷着实地感到无比的可惜。

这是命运吗？夏荷又一次错过了机会。已经找到家门口的事又不了了之了。云燕云飞一家究竟搬到哪里去了呢？

夏荷还能找到他吗？阿伍还能找到他吗？

人世间擦肩而过的事，着实的会经常发生的，令人感到失望和遗憾。难道这是命运在捉弄人吗？痴心妇夏荷和热心的少年阿伍头还会继续找下去吗？

（二十六）

"海上生明月，天涯共此时。"子丰子和初中毕业的那年春节里，兄妹俩因为太想念母亲了，就到上海与夏荷在熊家过年。此时，兄妹俩要看看这个可怜的母亲是如何在熊家帮佣的，几年来令他们增添了许多思念之情。

同时，他们还要告诉母亲一个痛心的消息——方向妈妈已经去世了。在上海治疗之后，她的病一度有所好转，可惜一年之后病情急转直下，这个正直善良的方妈妈已经被癌魔逼死了。子丰子和说，她曾经给了兄妹俩许多关心和爱护，一直照顾他们读完初中。他俩深情地说：没有方妈妈，就没有我们的今天。

夏荷听了，大哭不已；阿伍听了，痛哭倒地；熊先生熊师母听了，泪如泉涌。他们都招呼过方先生，都说一个大好人死了，太可惜了。

夏荷突然大叫一声："天哪，老天爷太不公平了，为什么不让我死却让方向去死？！"

两个孩子连忙扶住母亲，叫她不要过度悲伤。

平时不多说话的熊先生说："生死乃天命所定，夏荷不必太悲恸。我们活着的人，要把日子过好，把事情做好。"

熊伍难过得说不出话来。想到方老师和蔼的笑容他就哭。他还说："我对不起方老师呀，她病中我没有到乡下去看过她呀！"

夏荷说："阿伍呀，你就不要自责了。为了她，你在医院里，什么苦都吃过了。你救人性命，以后会有好福气的！"

大家为方老师的去世而悲痛。阿伍还说了一句话："爸爸、妈妈、大姐姐，我长大了一定要做个人民的好医生。"

话声落地，使在场的人都感动万分，为之动容。

后来，他们又讨论了夏荷的去留问题。

夏荷心里有回乡的意思，子丰子和也有劝母亲回乡的意思。唯有熊师母执意不肯，她说，夏荷理该回去照顾子女读高中，但是我想，你如果回去了，凭你小学厨工的那点工资就难保两孩子读书。在我这里再留三年，一来帮助我料理家庭，二来可以保全两孩子的高中学业。我家给你30元一月，两个女儿给10元钱补贴，一月40元钱，你看如何？

大家像亲人一样想留下夏荷。夏荷不响，子丰子和不响，心里却是愿意的。最后阿伍头拍板定案："好，我认为好呀。我们家会尽全力帮助子丰子和读完高中的，生活中若有困难大姐姐可以随时回去照顾料理。我们这里工钱照发。"

"好呀，好呀，就依阿伍的意思办。"熊师母高兴地同意了阿伍的决定。

随后，两家人如一家人一样吃年夜饭。

熊师母叫夏荷做了许多山珍海味，丰盛佳肴满桌，口味自然绝佳。特别是几个上海本地特色菜，令子丰子和大开眼界，拍手称好。这不仅是母亲的手艺，更是熊家人热忱的心意。

长期在山乡小学食堂里吃饭的子丰子和，不仅是馋，而且是满心的感激。

　　只见大圆桌上摆放着八盘凉菜，八盘炒菜和十大碗大菜。这些大菜是熊师母、夏荷、阿伍头最近七天来张罗购买的佳品，准备为子丰子和的到来而准备的。烧、煮、煨、烤的大菜是：白斩全鸡一只，红烧鸭块，清蒸鲈鱼，红烧狮子头，毛蟹炒年糕，红烧蹄髈，清蒸鲳鱼，笋干烧肉，大黄鱼豆腐汤以及各种凉菜、桂花酒酿圆子等。摆了满满一桌，外加黄酒、白酒和龙井茶。

　　子丰子和在熊师母和母亲夏荷的接待下，尝到了人间美味，对他们来说这确确实实是第一次，而且热情有加的小叔叔熊伍的把盏陪同。其乐融融自不必说了，他俩高声地喊："小爷叔好！小爷叔是我们的大恩人！"

　　欢声笑语，溢满厅堂，人间亲情，胜过一切。这是他俩最为快乐幸福的一次过年。

　　年夜饭后，他们不约而同地谈论起一个共同关心的问题来了：什么时候可以找到子丰子和的父亲祝文彬。下面是大家议论的一段对话。

　　夏荷率先说了起来："今年子丰子和来过年，我们很开心，只可惜那个没良心的总不能回来过年。每逢佳节倍思亲嘛，人同此心，情同此理吧。十多年了，我总是盼望着他能回来。"

　　熊师母说："当然盼望他能回来，两孩子都要读高中了，总是亲友帮助养着，怎么说的过去呢？唉！"

　　阿伍头满怀感触地说："找大姐夫几年了，还是没找到，我没有用呀，对不起大家呀。我们千辛万苦地找他，他会知道吗？他会感动吗？还有，找他何用呢？"

找他何用？这句话无疑成了大家议论的焦点，它是阿伍头内心的最强音，也是全家人心中的一个结。

熊先生一本正经地说："我想文彬先生是知道他的老家在哪里的，不就是浙江省文昌县祝家庄吗？他也知道这老地方依然是夏荷和两孩子的家。为什么他不能回去访旧呢？为什么他十多年都不想念自己的亲人呢？像这样没良心的人，找他何用呢？真的，我的好儿子阿伍说得太对了。"

阿伍再次强调说："大姐夫他又不是小孩子，走失了会认不到家。他是认得回家的路的呀。我们把他找回了，他却不想住在家里，又走了怎么办呀？所以我说，把他找回来有什么用呢？过上几天，可能又会走的。"

小孩子的想法很天真，不过说的是实话。人都长有一双脚，管不住心也就管不住脚，这是孩子们的逻辑，难道这样想有错吗？

夏荷急切地说："只要能把文彬找回来，我会管住他的。我们结婚的时候他说过，他要与我相亲相爱白首偕老的。我相信他不会骗我的。他不回来，一定另有原因。"

熊师母反驳夏荷道："夏荷呀，你还是不明白。把他找回来有什么用呢？十余年了，他心里有你吗？他心里有子丰子和吗？要记得，两个孩子是你一手养大的，苦是你吃过来的，他有没有管过你们呢？要说帮过你的只有你母亲周阿姨，你小妹夏莲，你义兄义姐祝阿福祝阿苗和已经故去的方向老师。夏荷呀，你的心怎么就这么糊涂呢？"

子丰慢条斯理地说了："找他何用呢？我祝子丰从来没有见过他。在我幼年的生活里，就不知道我曾有过父亲。母亲和外婆养大了我，方向阿姨教我读书，阿苗义妈喂我吃饭，熊外婆给我钱用，小爷叔给我买笔墨纸砚，沙校长启发我发奋进步，阿福义父给我粮食和衣袜，夏莲小姨经常给我寄钱……养我教我的是'百家姓'，不是他祝文彬！把他找回来，有什么用呢？妈妈你要想清楚呀！他虽然不是陈世美，但离陈世美不远了。"

子丰越说越气愤，激起了子和的情绪，她说："我和兄长子丰的看法大致一样。我们的父亲祝文彬是有名无实的。画个饼还能充饥吗？没有父亲更能激起我们兄妹的学习积极性，穷人的孩子知道不努力就没有出路。这三年母亲在上海，我们一样把高中读出来。找他回来用处肯定不大，我不抱多大希望。"

子丰子和明白事理，态度明朗，是非分明，无自卑之心，有奋进之意。叫大家十分高兴。特别是小爷叔熊伍，他真像一个大人，他竟然在年纪比他大的子丰和子和面前许了一个愿："好样的！祝子丰和祝子和，你们要好好读书，如有困难，小爷叔还会帮忙的。"

熊先生和熊师母很高兴，看到了熊伍的正义、善良、气魄与胸襟，仿佛看到了他将来的成才与成功，仿佛看到了熊家的希望。

大家随心所欲，高谈阔论了一通。夏荷心里是怎么想的呢？

她想，熊伍为什么会有找他何用的想法呢？其实，几年来熊伍小小年纪为寻文彬出了不少力，吃了不少苦。他是真心诚意的呀。如今文彬杳无音讯，他是不是失望了呢，灰心了呢？她还想，"文彬这个人即使找到了，也是没有用的，"这种说法她不同意。找到了他说明我的爱情回来了，我们一家四口就可以团圆了。找到了，有什么不好呢？只要文彬出现在我的眼前，我就是最幸福的人了。因为文彬的人，文彬的情，文彬的谈吐举止，文彬的风度气质，文彬的儒雅本性，文彬的深沉情爱以及文彬的芳香气味等，他们怎么会知道呢？只有我，只有我这个结发共枕的妻子才全然知道呀。我此生就是爱他，想他，希冀着他的归来。如果有朝一日，他能够出现在我的面前，再与我同床共枕，重温昔日旧梦，我就是死了也甘心呀！他们瞎说什么呢？他们全然不懂文彬的心，也全然不懂我的心。不要紧，让他们去说吧。我还是要一如既往地找文彬——我亲爱的夫君。现在子丰子和回乡读高中，有沙先生和阿苗一家照顾。我留在熊家做事，赚钱供子丰子和求学。我会在这里努力地做，还要照顾好熊先生熊师母和阿伍少爷。夏荷经常不自觉地自言自语地说："我相信，阿伍头是个有良心的孩子，他很同情我，痛惜我。他会继续帮我找文彬的，他肯定会帮我找下去的。"

……

祝文彬究竟到哪里去了呢？

事情有那么的巧，祝文彬于半年前离开了上海大木桥路贫民区，举家迁至上海四川北路地段贫民区。那是陈露小姐赴港前给他找的一份工作，在四川北路四川右街税务局当一名文职人员。妻子江曲花洗了多年衣服，到那里还是给税务局的工作人员当洗衣工，云燕云飞两个女儿和子舟小儿子也就迁往那边读书去了。有时候"世事茫茫难自料"，失散多年的人怎么能找得到呢？

解放前夕，陈露小姐退出了上海交际界，在与她的大老板同赴香港的前夜，与祝文彬碰了一面。她当时除了千娇百媚难自弃之外，最为刻骨铭心不忍分手的人是祝文彬。她觉得祝文彬这样的青年才俊做三轮车夫，实在是太委屈他了，她不甘心。所以，他托他的大老板徐杰仁先生给他谋个职位，做个顺水人情。这对于徐大老板来说只不过是举手之劳罢了。

当晚陈露小姐约祝文彬到了霞飞路一家外国人开的咖啡馆。在黯淡的灯光下，在节奏缓慢音色朦胧的乐曲声中，露露和文彬头挨着头，身体两相偎依，大手握着纤柔的珠光宝气的小手，坐在幽暗的豪华精致的桌边，喝着咖啡，吃着西点。陈小姐把一张写好了的地址、联系人姓名和电话号码的纸条塞进祝文彬的口袋里，并且嘱咐他要亲自去联系，不要错过了机会。那个夜晚，霞飞路上五颜六色的霓虹灯闪耀着亮光，而且比平时显得暖融融的，似乎特别多情，有诗意。他俩紧紧地靠着坐了很久，难分难舍。并约定，今生今世如果有机会，还是要相会的。

后来，夜深了，马路中心一片白茫茫，行人也稀少了，祝文彬的三轮车嘎吱嘎吱地行进在马路上，他最后一次把这个昔日的交际花明星送回了府上。

　　江曲花呢，一个长江大河里的渔家姑娘，在诺大的上海，依然像个乡下女人。她只得嫁鸡随鸡，嫁狗随狗，一年到头埋头洗衣服，也就是永远做个上海人说的洗衣裳的阿姐。

（二十七）

几家欢乐几家愁，人世间很多事难以预料。沙玉宝校长家现在是冷冷清清的，一片悲哀。深秋时节，寒风骤起，窗棂吹响，透骨心凉。晚间，屋内只有沙校长和女儿沙欢两人，点着两盏煤油灯在看书。沙欢在做作业，沙校长在翻阅《文艺报》等杂志。客厅的上方挂着方向老师的遗照，黑白的、齐耳短发的、微笑着的一张大照片。

一切都来得太快，太突然，太残酷了。沙家本是一个幸福的家庭。沙先生人才出众，德才兼备；方老师年轻貌美，善良正直，又有一份很好的工作；小女儿聪明活泼，是他俩的掌上明珠。好端端的一个家庭从此陷于悲惨，真是凄凄切切冷冷清清，可以说是"人生有情泪沾臆，江草江花岂终极"？就是说人生有情感呀泪水沾湿了胸怀，如江中的花草哪有穷尽的时候呀！生死相隔"此恨绵绵无绝期"呀！沙玉宝校长是个有情有义的郎君，他怎么会舍得年轻的妻子永远离他而去呀！尤其是到了夜深人静的时候，他简直是悲痛欲绝呀。中国的男子大多数都是如此地爱妻的，只有绝少数人是例外。

沙玉宝属于有志于办学的好校长，属于与妻子柔情蜜意恩恩爱爱的好丈夫。妻子短命而去，他只有承受痛苦，与女儿一起沉湎于无尽的悲哀之中。

本来，方向老师经上海市肿瘤医院开刀治疗后，病情基本好转，回来以后一年多的休养中，渐渐好转，与丈夫和女儿开开心心的。两年后，病情变恶，以至最后无法挽救至死。其中冤家对头余菊做了很恶毒的事。

听说余菊在学校里又骂开了。什么方向没病装病，一点儿胃气痛就到上海住院，强行报销医药费，大肆挥霍国家财产。这种人不反他反谁呀？说现在国家号召反贪污反浪费，就要反这种蛀虫呀。

消息传来，方向气得半死，气得吐了几次血。

后来，余菊的丈夫沈一万写了一封信来，其中的内容是：

方向老同学：

你好！我是谁？你是知道的。我是你的前任男友，我现在是余菊的丈夫，是宁波市教育局的干部即教育处副处长。

想当初，你看不上我。与我分手后找了个师范中专毕业的小白脸沙玉宝。此人无才无德无文化，只能当个孩子王——小学教师。我难道还不如沙吗？他是一个没有学问的乡村穷秀才。可我呢，我饱读诗书，才华横溢；我出自豪门，家境富裕；我善于谋略，晋升官职；我人才出众，风华正茂。方向呀，这一生你瞎了眼，选错了人，你可谓是千择万选，到头来选个无底灯盏呀！

你完了，你晚了，你病了，你糟了，你灾了，你无救了！胃癌令你去死！你死了我不会难过的，因为你早已伤透了我的心呀。

我没有肚量原谅你，此信是让你明白你为什么会死？

告诉你：那就是你今生今世离开了我。

祝你早登仙界

你的朋友沈一万

1955年7月20日

后来才知道，余菊是一个催命的鬼，沈一万的信是一支催命的箭。

解放以后，朗朗乾坤，湛湛青天，竟有这等恶毒的人，不讲道德，恶语相加，催人以殉命。

现在，沙玉宝校长的心，除了投在女儿沙欢的身上以外，还时时记挂着在文昌县里读高中的子丰子和两兄妹。

星期天，沙校长带着沙欢到县中来找子丰子和了。手上提着一大堆鸡蛋和水果，还给他们买了两件大红色的运动衣。

见到沙校长，两兄妹高兴得雀跃起来了。一边接过礼物，一边抱起了小妹妹沙欢。然后，两个高中生的眼泪情不自禁地簌簌流下……沙校长却说："子丰子和呀，你俩生活费不够，天天吃粥怎么读书呢？这20元钱你们权且作为生活补贴，好吗？我最近要到上海去一趟，你们有什么信要带给妈妈吗？"

子丰很懂事，连忙推辞这20元生活补贴费。他说："沙校长，你家经济不宽裕，您又要去上海，这钱就不用给我们了。我们这个月已经够了。"

沙校长执意要给，子和就抢着说话了："谢谢沙校长，我们生活费不缺，上半年方老师给了40元钱，还没有用完呢，请您带着去上海吧。沙校长，请您告诉妈妈，我们在县里读书很好，我们会自己照顾自己的，请她安心。"

沙校长会意地点点头，把钱塞给子丰说："子丰，你拿着，这是我的一点心意，也是你方妈妈的心意。现在她走了，你们更应该听话了。对吧？"

沙校长走了，抱着沙欢，踏上火车，飞也似的到上海会友议事去了。在上海沙校长会了几位宁波毕业的老同学，他们有的在教中学，有的已经进大学当教授了。有位林树庭同学已经晋升为物理系副教授了，还将到苏联去任教等。

见到了以前老友们进取心强，学有所用，雄心勃勃，事业辉煌，沙玉宝极受影响，决心减轻内心伤痛，以事业为重，回去办好学校。看来他的宏伟志向不变，立志忠诚于党的教育事业，争取培养造就出一批优秀学生，输送给国家。

按照夏荷提供的地址，沙玉宝终于找到了熊家，见到了熊先生、熊师母、阿伍头和夏荷等。

熊家像亲人一样接待了沙玉宝校长和沙欢。

熊师母见沙校长戴着黑袖章，小沙欢扎着白色蝴蝶结，就知道他们仍处在服丧期间。她是第一次见沙校长，印象非常深非常好，他的不幸令她扼腕叹息。"唉，好人为什么总是受折磨，唉，好人为什么命不长……。"在熊师母的眼里，沙校长简直太优秀了，为人正派，举止稳重，言谈儒雅，口才不俗，待人谦和、性格温和加上身材、相貌、学识等均属上乘。叫长者看后十分喜欢，幼者看后十分尊敬。熊师母请沙校长多住几天，在大上海多玩几天，她说会叫夏荷和阿伍头陪他们出去兜兜的。

沙校长微笑着回答："多谢熊先生、熊师母的接待与教诲。我能和熊府上下会晤，是我今生之荣幸。我与夏荷要谈一谈两个子女读书的问题，要和令郎熊伍谈谈关于学习深造的问题后，我将返乡上班了。"

夏荷笑眯眯地说："师母，沙先生不是外人，他是我的恩师，他是子丰子和的校长。他学识渊博，教书育人。他和方老师是我全家的大恩人。他想什么时候回去就由他自己决定吧。"

夏荷说话直来直去，又不懂得客套，又不懂得留客的艺术，全凭心里傻想。倒是阿伍头在动小脑筋：他想，沙校长是位正人君子，太好了，碰到他是我三生有幸，我要向这位大好人真君子学习。我想留他几天。让他教教我如何做人，如何求学，如何发展。于是他说："沙校长，您不能走，一定要多住几天！我有几个重要问题要向校长请教。我求母亲和夏荷大姐姐每天多做几个好菜请您，我求两个姐姐带沙欢妹妹到动物园、儿童乐园去玩，还可以去看电影、坐三轮车兜风。沙校长，您一定要教教我呀！"

一个是求知若渴，一个是爱生如子。经阿伍头一番恳求，沙玉宝终于答应了。沙先生说："好吧，阿伍是个好弟子！我会舍命陪君子，多住两天好不好？"

阿伍头高兴得跳了起来，夏荷也喜得满脸是笑，熊先生拍手称好，熊师母眉飞色舞，两个小姐姐欢声笑语，小沙欢高声欢叫。

好一幅熊家名师上任欢乐图。

下面就要看熊伍提出什么问题来商讨了。

大家坐在红木八仙桌的四方，每人面前泡一杯西湖龙井茶。阿伍头和沙校长面对面的坐着。

阿伍向前辈发问了："沙校长，您看我以后学什么专业好？"

"搞什么专业，这还用校长费心吗？阿伍，你要继承父业，开五金公司呀。"这是夏荷在插话。

"不，不一定继承父业。阿伍，你心里向往什么职业呢？自己可以大胆设想的。"沙校长随和地指导着。

"我想当个人民的医生。我想进医科大学。"

"好呀，这个职业好！可以治病救人呀。"沙校长对此想法加以赞赏。沙校长又说："医科大学不容易考，你得把各门功课都学好，例如语文、数学。化学和英语等。"沙校长不断开导着他。

阿伍突然非常认真地请求沙校长："要考上医科大学，高中阶段成绩一定要好，我想高三跟你到乡下县一中去读，那里的教学可能比较好，把成绩提上去。沙校长，您可答应？您可支持？"

沙校长说，熊伍的这个要求可以考虑，我支持有志向的熊伍。看熊先生熊师母意下如何。

两位家长频频点头。熊先生说，阿伍头今天碰上"文昌君"了，熊师母说，有志者，事竟成。

熊伍求学的佳话在叙写，沙玉宝在引导良善少年走向成功之道。哈哈哈！众人掌声不绝。

夜深了，众人都回房休息去了，只留下沙先生、夏荷和熊师母继续商讨着家事。

沙校长对夏荷说："我这次来上海，是想跟夏荷嫂商量一件事。现在子丰子和学习虽然不错，但是高中阶段学习成绩不稳定，子丰文科不出色，子和数理成绩较差，如数学、物理、化学等有不及格情况出现。另者，兄妹俩生活上还是很困难。我几次去看他们，都在学校厨房间煮萝卜稀饭吃，还对我笑笑说："萝卜稀饭好吃，萝卜白壮，芋艿黄胖嘛。"他们是苦中作乐，装出来的快乐。我看，夏荷嫂是不是回乡下去较为妥当？"

一番话，说得夏荷眼泪汪汪的。一句话，问得熊师母面有难色。夏荷抬眼看看熊师母，熊师母拉着夏荷的手不知说什么好。

夏荷十分为难地回答沙校长："沙先生，两个孩子学习成绩不够好，是我的责任，我的命苦呀。过去方老师给他们钱用，给他们补习功课，多亏了方老师呀。可怜呀，我还来不及报恩，她就走了呀。我在熊家，得师母很多补贴，否则他们根本就不能上高中的。现在，熊先生、熊师母都上了年纪，阿伍少爷还小，更何况熊先生有肝病，我也离不开这个家呀。沙先生，暂时我还不能走，以后再说。"

熊师母拍拍夏荷的肩说："沙校长，你看夏荷的说法如何？我们家目前离不开她呀。你能否找个青年教员辅导子丰子和两兄妹，我出辅导费？"

和蔼可亲，仁慈温和的熊师母说完已见，一直望着沙校长，希望他暂时留下夏荷。同时，她回房去拿了不少吃用的东西。装了满满一旅行袋，拜托带给两个读书郎子丰和子和。

沙玉宝校长对熊师母是千恩万谢！他知道熊家是夏荷的靠山，绝对是个好东家。最使他欣慰的是资本家家庭竟然培养了一个无产阶级型的好青年，那就是立下誓言今后要做他学生的熊伍同学。

沙校长泪光闪闪地说道："谢谢熊师母对夏荷嫂一家的照顾和关怀！夏荷的困难人尽皆知，让我们一起帮她克服吧。我相信，好人自有好报，熊伍同学一定是你熊家的好儿郎。我有决心把子丰、子和、熊伍培养出来。我妻子去世了，我将化悲痛为力量，把该做的事做好。谢谢你们的关怀！"

沙校长一段富有感情的话，让两个女人听得热泪盈眶，内心感激不尽。

这世界上，竟会有如此优秀的男人！

这个男人与那个男人相比，真有天壤之别，优劣自分，高低自现。

这世界上，好男人该有多少呀！为什么夏荷的心里总是想着那个男人？

这夏荷，吃尽了人间苦头，受够了生活磨难，尝尽了妻离子散的心酸滋味，为什么还是"芳心向春尽，所得是沾衣"呢？

（二十八）

几年后，熊伍想到乡间去读高三升大学。早先与沙校长的约定，快要付诸实践了。夏荷、熊伍整理行装准备先到宁波。

不知不觉，时间过得很快，很多的人和事都发生了变化。正所谓"浮生恰似冰底水，日夜东流人不知"。人生在世，就像冰底下的河水，日夜不停地向东流去，人们却一点儿也不知道。表面看来好像没有什么变化，但人间的事情却悄悄地发生了变化。也可能向着各自不同的方向变化了。

阿伍要读高三了，准备到乡间求学，以求顺利考取医科大学。

子丰子和也读完了高二，高三毕业后也要各自考入大学，就读理科与文科。

小姨夏莲和周平结婚后，一直在宁波开水产行。生养有两子：周亚英、周亚雄。

表姨夏小琴与周安结婚后，在宁波开水产行，生有一女周谐。

祝阿福祝阿苗结婚后为祝家守老营，与夏荷共同养育子丰子和，生养有少年英才祝小勇。

沈一万和余菊结婚后，生有一儿子沈甫仁。

沙玉田和祝文雅早年结婚，生有一子沙子英。祝文雅因病已经过世了。

沙玉宝与方向结婚后，生有一女沙欢。

……

世事繁杂，竞相争辉，各为其门，各出其才。

最可惜的是祝文彬的消息不得而知，他离家后到底有没有成家，有无生养子女，夏荷的亲戚朋友中都无从知晓。

现在，有两个好消息，在宁波、上海、文昌县流传着：一是沙玉宝校长经上海市林树庭教授推荐，已经调入宁波市第二师范学校任副校长；二是沈一万在宁波市工商局工作有成绩，名声不小。最近公子沈甫仁要结婚了，准备大操大办，大宴宾客。据说所到亲朋好友很多，还将出现神秘人物。是谁呢？大家猜想甚多，就是不得而知。

沈一万是个道貌岸然，脑子活络的人。生个儿子沈甫仁也是个了不起的人物。这回要结婚的一对新人就是沈甫仁和徐文丽。宴席摆在宁波市永乐门大酒店。结婚那日酒店大门口是来客流连不绝，新人大厅相迎，亲朋络绎不绝。好一派热闹喜庆场面。

来客人数众多，好在大家似曾相识，无拘束还算自然亲热。

来客中有：男女双方上人和亲戚，朋友中有沙玉宝，沙欢；周平、夏莲；周安，夏小琴；祝阿福、祝阿苗；熊先生，熊师母，熊伍；还有夏荷和祝子丰、祝子和等。

还有许多叫不出名字的男女宾客，大家喜庆一堂。门外鞭炮声声，厅内音乐阵阵。

待到婚宴即将开席的时候，突然沈一万先生登高一呼："有一位贵宾到了，请各位鼓掌！"

这是一位什么贵宾呢？主人要大家如此隆重地欢迎入席？在坐的鼓掌欢迎之后，却看不清楚他是谁。

只见那位贵客身穿一套银灰色中山装，身材瘦长，梳着三七开小西装头，举止雅观，面呈玉白色，戴一付金丝边白色眼镜，微笑着举了举手，择个空位坐下了……

他是谁呢？沈一万没有详细介绍，只是请他坐在主宾席，与沈一万、余菊等欢笑言谈起来了。

这一下，原本祥和喜庆的结婚场面震荡了！

反映最大的第一人就是夏荷。

她一眼就认出此人不是别人，此人是祝文彬！此时她情绪近于癫狂，双眼冒着火光，双手颤抖，酒杯跌落在地，呼吸急促难平。于是她拉着子丰的手说，"这个人就是祝文彬！就是你们的父亲！我要走过去骂他！"子丰、子和连忙拉住了母亲的手。原来夏荷想文彬已经想疯了，变态的情绪不可抑制。日夜思念得很，一见面就骂得狠。悲剧呀！

夏莲和小琴两姐妹走过来了，拉住夏荷的手，叫她不要激动，不能在大庭广众中失态。又说："他出现了，他来了也好。我们不会让他溜掉的。姐姐，你一定要冷静，我们审判他的日子到了。"夏荷这才气喘吁吁地坐下来。

一会儿，聪明机智的熊伍走到夏荷身边。他仿佛从夏荷的不安情绪中觉察到了那贵客便是白面书生祝文彬，就是他们千找万找的大姐夫。他对夏荷说："大姐姐，大鱼上钩了，大鱼现身了。我马上要撒张网，把他捕捉到，与他理论。你现在千万别喊叫，会把他惊跑的。"

夏荷这才意识到不能声张，免得他逃走。

可怜的夏荷终于看到了思念了二十来年的丈夫。今天他的突然出现，不知是福还是祸？

阿伍头连忙告知沙校长，然后拉着沙校长的手来到了沈一万和祝文彬的身旁。沙校长告诉沈一万，等酒席完毕后请祝先生到本店302号茶室坐会儿，有话要说。沈先生照应婚礼忙，可以自便。熊伍还加了一句，"请祝先生一定要到302茶室，我们陪同你过去。"

一时间，豪华婚礼谢幕。一场人间失散多年夫妻相见现场即将悄悄开场。

霎时间，一切都变得紧张起来，然而一切正在有条不紊地进行着。沈一万主持婚宴，曲终人散，近乎自然。带新婚儿郎、媳妇打道回府去了。

周平、周安、夏莲、夏小琴及阿福阿苗等迅速跑至酒楼大门口把守祝文彬；沙校长、熊伍紧紧拉住祝文彬往302茶室行进；熊先生、熊师母及夏荷紧随不舍，先后进入茶室；还有子丰、子和、小勇断后。

一场旷世奇观出现了，一场震撼心灵的茶室座谈开始了。这真是阵阵茶香，句句惊心呀！

沙校长镇定有余地先说道："今日有缘见到祝文彬先生。请问你离家多少年了，还记得夏荷和子女子丰、子和吗？"

文彬抬头环视了一下大家，用手托了托眼镜，然后不假思索地说："游子离乡大约二十年了吧，与以前的妻儿没有来往。"

熊伍同学说："祝先生，我应该叫你大姐夫吧，请你要认真回答问题，不要轻描淡写！"

这时，夏荷忍不住了，她突然哭喊起来了："祝文彬，你这个没有良心的东西！你抬起头来，看看我是哪一个？"

在震人心肺，令人伤痛的哭喊声中，祝文彬下意识地抬起了头，看到夏荷他心里一惊。在他的记忆中，夏荷是个千娇百媚的少妇，现在怎么成了一个头发花白的粗俗中年女人了呢？他扶了扶眼镜倒退了两步。然后缓慢地说："夏荷，是你吗？都快二十年了，你还来找我做什么？我还以为你已经死了呢。"

"呸！祝文彬，你太没良心了！你抛妻别子，气死双亲，你是陈世美，祝家的仇人呀！我想念你二十年，你却咒我死，我寻找你二十年，你却见面不认，你的心是怎么长的呀？！今天，你的儿女子丰、子和在这里，你有什么话要讲？！"夏荷又气又恼地叫喊着。

熊师母站了出来说道："夏荷，你不要喊，有话慢慢说。你今天是来认亲的，不是来吵架的。听听祝先生怎么说。"

沙玉宝也站了起来严肃地说："不吵，不吵！我们听熊师母的，老人家言之有理呀！我问你，祝文彬先生，你的家人都在这里，你表个态，你的家庭是想合还是想散呢？"

祝文彬若有所思地说："家庭？笑话！我与他们母子仨是什么家庭呢？它早就不存在了。家庭？说句实话，我的家庭过去在上海，现在在宁波。如果不信，可以去问沈一万。"

这下子，众人议论纷纷了，夏荷大哭嚎啕了。

　　原来他离家二十年，早已结婚了，还有了家庭。这下子，事情就难办了，该如何发落他呢？

　　姜还是老的辣，熊先生说话了："有家了吗，祝先生？那么问你一句，你和夏荷结过婚成过家，还生了一对儿女。这算不算是个家呢？你离家出走，不管妻儿死活，这算什么行为呢？你的丈夫责任在哪里呢？"

　　就这样七嘴八舌地说了一通，大家不清楚要达到什么目的。还是熊师母有经验，她说："我看大家不要争了，我们都先走一步了。让祝先生和夏荷两夫妻谈谈吧。"

　　子丰、子和也随众人出了茶室。子丰的拳头捏得咯咯响，子和气得眼泪簌簌滚下。

　　茶室里一片肃静，祝文彬随手把门关了起来。

　　祝文彬走到夏荷跟前拉了拉她的手，用手帕擦去了她脸上的泪水，然后轻轻地说："荷姑，对不起！是我不好，我让你受苦了。你可以骂我，可以打我。你打呀！你打呀！我站在你面前让你打，绝不还手。"

　　霎时间，祝文彬变得像一头小绵羊，像夏荷的一个老情人，像一个久别重逢的爱侣。这下子，夏荷心中的怒火荡然无存了，她好似重温了过去甜蜜的爱情。她把头埋在他的肩上轻轻地哭了起来。好像二十年来所受的艰难辛苦这下子全部弥补了。她问文彬，一家人还能在一起吗？你还记得过去我们的新房吗？二十年来，再困难我都不卖一样东西，全部保持原貌。文彬呀，我想你，我们一起回家吧。文彬还是捏着她那双粗糙的手，擦尽她苍老脸上的泪花，用脸贴着她的脸，许久，许久……

猛然间，夏荷中了魔了，不哭不闹了，笑嘻嘻地随文彬走出了302号茶室。文彬向大家挥挥手走了，如行云野鹤一般，自然潇洒地消失在众人的视野之中。夏荷真正是中了祝文彬的邪了！满腹的冤情说不出来，满腔的苦水到不出来，千仇万恨都置于脑后了。被那伪君子的几口迷魂汤灌醉了。悲剧呀！实在可悲呀！——她不经意中却让他溜走了。

众人还隐蔽在酒楼外面的各处。看到夏荷如此高兴自慰，也就不担心了，挥挥手各自回去了。大家的心灵极为震撼，但不知道祝文彬这个情场老手演的是哪一出？

原来，这次相会事件是处心积虑的沈一万精心安排的。祝文彬原来在上海市某区街道税务局工作，求沈一万帮助调来宁波市某区街道税务局工作，属于平调，居家迁甬。

在接触中，祝文彬帮沈一万介绍了一位上海女大学生徐文丽给其子沈甫仁做女朋友，就是今日婚宴上的新娘。这个徐文丽不是别人，她是祝文彬的情人陈露小姐和她的大丈夫徐杰仁所生之女。陈露随徐仁杰去了香港，徐大老板在香港开了家徐祥福大金店。陈露托文彬照顾女儿，文彬就介绍她嫁入了宁波富户沈家。所以，这次文彬来吃喜酒身份很高，可以说是沈一万的上宾——假冒的亲家公呢。沈一万这人哪怕是做了官，还是贼心不死，他一贯存心不良，略施小技，以闹得别人妻离子散为乐。所以特地请了夏荷等所谓的亲朋好友来参加婚礼，以期再看一场闹剧。这场闹剧中，可以说，只有沈一万一人是清醒的，然而，他本想制造闹剧使夏、祝矛盾更加激烈，继续加害于人。连他都没有想到302茶室会上演更为惨烈的悲剧呀。夏荷呀，你真正是个被爱冲昏头脑的愚人哪！其他所有人都是糊涂的，连还手的机会都没有。

（二十九）

往日夏荷是"芳心向春尽，所得是沾衣"，最近可是不同了。自从与祝文彬见过面之后，一脸的微笑，总是喜滋滋的。

回想起那日的见面，她从内心感到喜悦，她觉得往日的夫妻情意尚存。他的相貌，他的体态，他的风度，他的含情脉脉，他的亲近体贴，以至于他的身体气味令她再次情绪激荡，永生永世忘不掉。

冷静下来想想，也感到有些愤愤不平。毕竟20年的分离，20年的艰难辛苦，20年的死去活来，20年的单身母亲，20年的帮佣苦活，20年的颠沛流离，20年的独守空房，20年的四方飘零，20年的八方寻觅，20年的破衣烂衫，20年的远离爱情，风雨飘摇。这20年的苦难，难道就被他装出来的片刻温情折服了吗？20年的苦恼和气愤，难道就被他情不由衷的虚情假意消除了吗？20年的妻离子散，悲情生活，难道就被他几分钟的温情征服了吗？不！不！夏荷反悔了，她痛恨自己怎么就轻易原谅了他呢？他没有坦白，他没有认错。他连20年来成了什么家都没有讲，他连子丰子和是怎么长大的都没有问，他连联系地址都没有写下来……他，他，他，到底是个什么东西呢？凭他那点儿下三滥的流氓手段自己就原谅了他，放过了他吗？后悔呀！痛彻心肺的后悔！

夏荷终于醒了，对着天大喊了一声："天哪！我是个大傻瓜呀！我是个疯子呀！我是个情痴呀！我是个神经病呀！"她终于呼天抢地，捶胸顿足，歇斯底里地狂叫了。

大酒楼302茶室的见面，祝文彬使她感情震荡，春心泛起；这次见面，祝文彬又令他疑团不解，满腔愤怒，追悔不及。痛心呀，这贼子！后悔呀，这流氓！他真正是击中了夏荷的软肋了呀。苦命的女人，就这样多少年来做了他感情的俘虏了呀。

大酒楼302茶室会面后，大家相约来到夏荷的家——浙江文昌县祝家庄。亲友们与祝文彬见面之后意犹未尽，故而与夏荷继续相聚商谈。

这回来的客人真不少，基本上是酒宴上的原班人马：熊先生，熊师母，熊伍；沙玉宝，沙欢；周平，夏莲；周安，夏小琴；祝阿福，祝阿苗和祝小勇……

大家一致认为沈一万这个人太恶毒了，太虚假了，太会捉弄人了。事实证明他明明知道祝文彬的下落，却长期不说真情，不露痕迹。关键时刻他还会落井下石，谋害别人，企图酿成大祸。他想把夏荷害得大难临头，家破人亡。本来夏荷已经是一家人离散了，可沈一万这个凶残的缺德鬼还不肯罢手。

夏荷一直被蒙在鼓里，祝文彬为什么要离开这个家，沈一万到底干了什么缺德的事，祝文彬从来没有告诉过她，沈一万也将瞒其一生。她是个被骗局蒙在鼓里的人，她是个悲情最深的人。如今，沈一万又施上一计，祝文彬以一个无赖的角色又冒犯了她一回，她依然是大梦难醒，犹似被蒙在鼓里。其他众人也猜不透这究竟是怎么一回事。

独有熊伍心里有些明白，那就是过去说过的一句判断：

祝文彬大姐夫就是找到了也没有什么用的。果然，那日见面之后，那个人又悄然不见了，好似断了线的风筝，又飘到哪儿去了呢？他的音讯又断了，沈一万当然是满口胡言，不会管闲账的。

熊先生和熊师母来到了夏荷的家，就更了解夏荷其人了。目前祝家墙门虽然败落凋零，穷困潦倒，萧条失色，但往日的破旧门庭还在，夏荷的房间陈设还在，院落、房屋、树木、八角方井等旧墙门还在。大概还能看出过去的排场与光景——过去还是户好人家。夏荷是主子落难当佣人，真正可怜可叹呀！他们便越发同情起夏荷来了，帮助她渡过难关的心就越发强烈了。

周平、周安是老乡亲，夏莲、夏小琴是自家姐妹，一向以帮助夏荷一家为己任。如今见到没良心的姐夫，心里更是难受。他们直骂祝文彬这个畜生不是人。认为夏荷此次放走了他太便宜他了。是夏荷的菩萨心肠鬼迷心窍在作怪。又为再次受他欺骗而痛心难忍呀。夏莲说："姐呀，我们又被他欺骗了，如果再碰到他，一定要打死这个害人的东西！"

夏小琴也气愤地说："大家找了他20年，他就像泥鳅一样溜掉了，可见他不是好东西！荷姐，你要想开一点，这样的流氓小白脸要他有什么用呢？！"

阿福阿苗更是气得发抖，阿福说："这个遭天杀的祝文彬，逼死了父母，抛弃了妻儿，危害了我们一干人。我们为他都死了多少次了，夏荷为他多次要上吊，一对儿女是我们抱进山里才养大的。这个狼心狗肺的东西，他哪里是祝家的后人，简直是个害人精！不是看在夏荷和子丰子和的面上，我们早就走了。祝家出了个败子，我们心痛呀！"

两个祝家当年的下人，如今的主人——子丰子和的义父义母，小弟祝小勇的生身父母痛苦嗥啕，义愤填膺。两人想起20年的艰难生活，真正是痛心疾首，痛苦不堪呀。

沙玉宝校长心中也很难过，他问夏荷："夏荷嫂，那祝文彬最后跟你讲了些什么？你们俩和好了是吗？他说怎样培养子丰子和了吗？"

"我没有问他什么，他也没有说些什么。他只是对我态度很好，情感也是真的，温暖了我的心。其他，什么都没有谈，我心里一热，就放开了他的手……"夏荷略带幸福喃喃地说着。

"完了，夏荷，分明是你又被他骗了！祝文彬这个情场老手，他怎么如此心狠，用恶劣的手段来欺骗老实可怜的妻子呢？！夏荷呀，你又被他骗了！完了！狡猾的狐狸又逃脱了。不过，把他抓来已经没有什么用了，这个薄幸浪子已经遗弃了你。可恨可恼呀！"沙校长痛心地一句句说着。

最后，熊伍小兄弟说道："路见不平，我是要拔刀相助的。恨死祝文彬有什么用呢？夏荷大姐姐本来就不是他的对手。他心里还有没有大姐姐呢？如若有，我们还可以找他；如若没有，找他有什么用呢？现在子丰子和必须拿定主意靠自己，这种父亲就不必认了。他不认孩子，孩子为什么要去认他呢？他以为孩子能天生天长，他真正是缺德的无耻东西！子丰子和我们一起去考大学，走自己的路。这没有良心的东西一定会遭天打雷劈的！不要怕！子丰子和我们一定会战胜这恶魔，自成正果的。”

子丰子和擦干了眼泪，痛苦而坚定地说，他们听阿伍小舅舅的，听熊外公熊公婆的，听沙校长和各位前辈的。并表示他们会争气读好书的，将来孝敬母亲、干爹干娘和各位前辈的。

子丰说：“我已经长大成人了，我见到祝文彬那陈世美真生气，不是大家拦着，我想打他一顿。”

子和说：“在众位前辈的关怀下，我和哥哥长大成人了，我见到祝文彬那陈世美怒从心底生，不是大家拦着，我想骂死他。”

群情激愤，如山崩地裂，怒不可遏。

这时候，最气愤的人是子丰和子和。

小兄妹两人，立刻到楼上母亲房中取出两件东西，一件是祝文彬的一副金丝边眼镜，另一件是祝文彬一条浅灰色的长围巾。他们把这两件旧物放在厅堂门口石板地上，用斧头砸得粉碎稀巴烂。众人叫他们停下手，说发泄不等于解决问题，只有冷静下来，才能设法惩罚这个不讲夫妻、父子情义的坏东西。

看到文彬的旧物被子女砸得粉碎后，夏荷再度痛哭不止。这些，她以前视为宝贝一样的物件，今日竟然遭此惨痛下场。真的是面目全非了，废黜成灰了。她想，她与文彬的夫妻情义难道也废黜成灰了吗？她想，那日两人相见时，为什么还如此的富有温情呢？她想想哭哭，哭哭想想，心中五味杂陈，一时理不出思想头绪，她简直要哭呆了。

熊伍走近她身边，亲近地劝她：“夏荷大姐姐，你和大姐夫的缘分已尽了。现在我们多想想子丰子和考大学的事吧，相信他们以后会给你一个幸福的家的。过去的事就像书本一样，翻过一页算一页，就像流水一样，滚滚长江东流去。不要再去想它了。如果，下次大姐夫再来了，我们大家捉住他不放手就行了，像官兵捉强盗一样，好吗？"讲得大家又气又好笑。

随后，众人在祝阿苗安排之下，到厨房间忙着做中饭去了，熊先生熊师母在祝家院子里前后看看，小朋友们到楼上母亲房中继续商量考大学事宜。

沙玉宝先生是小辈们的良师益友。沙先生是宁波是第二师范学校副校长。他已经把熊伍转入沙田镇区中心中学和子丰子和一起读高中，这次来乡已经办好了相关手续。余下来就是要决定三人的高考的报考专业方向了。子丰决定考理科，子和决定考文科，熊伍决定考医科。报考什么学院，根据高考成绩再来定夺。具体过程均由沙先生负责指导。

熊先生熊师母感谢沙先生大义相助，夏荷感谢沙先生不仅教了她，还教她的子女，感激之心，毋庸言表！她说："沙先生是我的老师，又是子丰子和的老师，是祝家两代人的功德无量的先生！"她还拜托沙先生，以后要把祝小勇带一把，说他是祝家的一株好苗苗。沙先生和颜悦色，一一答应，以教助夏荷家几辈人为己任。

一位亲戚，一位朋友，一位师长，一位亲眼目睹夏荷一家由兴盛转向衰败的友人，一位能够倾心倾囊相助而且自己尚有丧妻之痛的友人，怎么不叫大家尊敬而称道呢？那群小青年更是感怀倍至，决心听从沙校长的安排，读完高中后，为前途为命运为家庭奋力一搏。天哪！坏事竟然可以变成好事，一个不负责任的父亲的出现，竟然会给小辈们激起如此巨大的冲击力。天哪！夏荷真是泪湿衣襟呀，从迷茫的道路上逐渐清醒过来。

熊先生对师母江莉说："好呀，江莉呀！接触农村接触穷人也是件好事呀。长期处在上海富巷之中，哪里知道人间还有这么多的痛楚呀，还有这么多苦难的人需要我们去帮助呀。我们离开农村太久太久了呀。"一番话，道出了一个自觉改造的要求进步的资本家良善之心呀。阿伍这个小伙子，他今天既看清了祝文彬的无耻，又看清了夏荷的软弱，他知道帮助夏荷的路可能会很长很长，他将尽力而为之。

周平周安两家自然是把开水产店辛苦赚来的钱塞给了夏荷，这是他们长期以来的习惯；阿福阿苗夫妻诚然是烧火备饭，热情款待至亲好友；小朋友们自然是高高兴兴的，像过节日一样的度过这一天；最后祝家小将祝小勇以主人的身份说了几句话："今天我们家像农会一样商量办事，真好！今后我要和哥哥子丰姐姐子和管好这个家，不让祝文彬来捣乱。我会养鸡，鸡会生蛋。下次来我们要大吃一顿！大家说好吗？"

"好！好！好！"众人赞和着呼喊，仔细一看，大人和小孩的脸上都挂着晶莹的泪水……

（三十）

夏荷痛苦的时候，恰恰是祝文彬逍遥的时刻。20年过去了，祝文彬也经历了人间许多沧桑。不管时间多么漫长，不管经历多么坎坷，不管人情多么淡薄，不管世态多么炎凉，祝文彬便随意地生活在这混沌的世界里。他对女人虽然有爱意，可以说是真爱吧。但是他的爱会随时间的流逝而流失，他会从有爱过渡到无爱。据说男人有这样一种人，一个个地爱过去，一个个地淡薄过去，其中有的就成了薄幸的人。祝文彬就是一个薄幸的人！必须提醒的是，祝文彬早已把夏荷彻底的忘记了。

可以说20年来，他从来没有思念过夏荷；19年来，他从来没有想念过子丰子和；20年来，他从来没有怀念过故乡的天和地。

不知道为什么，他如此绝情？他如此不义？

但是，这次会面中，他赢了，他战胜了多情木纳的夏荷。他给夏荷的温情，绝不是以前爱情的余温，绝不是夫妻恩爱的延续，而是假象，是手段……他揣摩了夏荷的心理，知道她最想吃的一帖药叫作恩爱。所以他故作姿态，令夏荷误认为恩爱还在，温情尚存。他用无耻的伎俩欺骗了弃之如草芥20年的妻子。可恶！令人发指的可恶！

祝文彬为自己的胜利而高兴。

不说一句话，不动一兵一卒，不付一分一厘金钱，不挨一棍一鞭的暴打，不看夏荷一丝一毫的白眼……他顷刻间就软化了那个女人，他顷刻间就甩甩长袖潇洒自在地脱离了尴尬境地。最后连一个地址都没有留下。

流氓呀，真正是个无耻的流氓！

最为可恨的是，他始终没有正眼看一眼两个孩子——子丰和子和。

返甬之后，祝文彬和江曲花及三个孩子一起依然过起了平淡的日子。祝文彬在税务局上班下班，江曲花为局里职工们当洗衣妇。这个女人始终是个洗衣妇，以劳动谋生，两个女孩初中毕业后，准备进甬光医学院护士专业学校学习，儿子祝子舟高中毕业后，准备考文科大学。江曲花比夏荷有本事，她虽然管不住祝文彬的心，但可以管得住祝文彬的人。

善良泼辣的曲花经常对阿彬讲，"你这些时转来转去管闲事我不管，你的工资百分之九十要上交给我养孩子，一日三餐要在家里吃，生活不能放荡得太离谱，其余时间可以给点小自由，做个干爹爷叔什么的我不管。"

"噢，噢，我知道了，亲爱的曲花。"文彬无奈地回答着。

文彬是沈甫仁的新婚妻子徐文丽的干爹，平时徐文丽（小名囡囡）称他为爷叔。徐文丽在上海协和医院幼儿护士专科毕业后分配在宁波市一家医院幼儿科当护士长。

一天，在宁波一家百货商场里，文彬凑巧碰到了徐文丽。

祝文彬惊喜地呼叫："囡囡，你在逛街吗？见到你，我真高兴。来到宁波市还过得惯吗？结婚后，一切都好吗？爷叔我好想囡囡呀。"

"爷叔，真的要谢谢侬！宁波地方不错，吃喝都跟上海差勿多，海味比上海还要多，而且新鲜，我喜欢吃的。工作单位离屋里也近，沈甫仁对我蛮好的。爷叔，请侬放心好了。"徐文丽满口上海腔，一一回答了干爹（爷叔）的问话。

文彬听了蛮高兴，客气地说道："只要侬过得好，爷叔就放心了。以后侬有啥事体，找爷叔我好了，我会像侬姆妈一样帮侬忙的，晓得伐？"

"晓得，晓得。爷叔，讲真的，侬比我爸爸还要好，我会写信到香港去告诉姆妈的。"徐文丽像亲女儿一样，与文彬说着家常话。

文彬心里非常高兴。他现在总算为陈露做了件好事，像爸爸那样地在关心已经成年的囡囡了。

……

天下事，有时顺畅，有时颠倒。祝文彬名正言顺地做了徐文丽的干爹，还亲密地自称爷叔；祝文彬竟然没有认下亲生儿女祝子丰祝子和，他们既不能称呼他为父亲，又不能称呼他为爷叔。他们是路人，从不相识的路人……

祝文彬全然不知道子丰子和是怎么长大的，也没有听过当年夏荷在高山村寨里为两个幼儿唱过的催眠曲。那一句句一声声阿爹阿爹的美妙曲调，他又何尝听见过呢？两个幼儿心灵深处的爹爹究竟在哪里呢？……

现在子丰子和长大了。他们准备在母亲夏荷微薄收入的供给之下考大学了。难以想象，母亲会弯腰曲背地做活，流尽心血地苦干，锱铢不遗地积累，毫无保留地全部奉献上，供两个孩子读大学的。

她是一个贫妇，一个帮佣，一个纤夫，一个垃圾瘪三。她是一个没日没夜苦干的好母亲，她会像燕子衔泥结草一样地为儿女做窝，甚至亲口衔来昆虫喂养没有父亲的孩子——子丰和子和。用她的血与泪成就两个读大学的书生的。

诚然，东家熊先生熊师母乃至熊伍少爷都是好人，他们会尽心竭力地帮衬夏荷的。她自己必须要全身心而为之。只有赚足了钱，才能供给这对双胞胎儿女顺利求学的。

夏荷在熊家与熊先生、熊师母以及熊伍和其他子女亲如一家人。熊师母叫夏荷少做些家务，她不听。除了白天做完所有家务外，晚间还为全家人做棉鞋。几乎每晚都可以看到她在纳棉鞋底。粗粗的针，长长的麻线，一针针一线线地做，从不懈怠。

熊师母说："夏荷呀，棉鞋底已经做了二十多双了，你的亭子间里早就放不下了。全家一人两双还不够吗？"

"师母，我趁现在没事多做些，大弟、二弟、三妹、四妹都忙，多给他们备上些，自己纳的底好暖和些，外面买来的不耐穿，不暖和。再说熊伍在宁波读医学院，更要多做几双的。"

"你把熊伍照顾得好好的，也要给子丰子和做两双呀。"

"子丰子和有旧棉鞋，先穿一阵子，以后我也会给他们做的。反正是老少无欺嘛。"

说得夏荷与熊师母相对而笑。

现在，熊伍的愿望已经达成了——考取了宁波第一医科大学（简称宁波医大），正在宁波市就读，住在大学宿舍里，半年回家一次；祝子丰已经考取了浙江大学物理系，祝子和已经考取了浙江师范大学中文系。他们也是半年放假回家一次，或回浙江文昌县老家，或跟着熊伍回上海熊家。

就读期间，不管发生什么事——国事、家事，夏荷总是要和儿女们苦在一起，供给他们一日三餐，还要预备衣着鞋袜，笔墨纸砚，生活用品以及日常医药等。用一双手做出来的工钱，有多么的艰难呀。

尤其是，当他们进入大学不久，国家遭遇了三年困难时期。天灾人祸，国难临头，全国人民粮食饥荒，清水大锅汤，一应农副产品定量供应。在大家共度困难的艰苦岁月里，子丰子和和熊伍正在求学期间，他们是怎么过来的呢？

熊伍家底比较殷实，在父母、兄长、姐姐们的帮助之下，总算平稳度过。

子丰子和靠母亲每月不足50元的收入，实在是度日如年，饥寒交迫呀。

子丰已经长成大小伙子了，中学时的蓝色学生装已经洗成了近乎白色，又破又旧，又短又小，连纽扣都掉光了，只得用一条围巾扎着腰，勉强遮体，长裤上补着大块补丁。白色球鞋已经变成灰色，破了的后跟索性剪掉，像拖鞋一样拖着。总是低着头慢慢地走向教学大楼。一天，他腹内饥饿头昏脑晕，双腿沉重提不起步子，脸色灰黄面浮肿，便到校医务室室去看病。经验血，医生观察诊断后，确定为肝炎。医生给他开了一个月的休息请假单和一些药品。因为身上没有钱，子丰背起书包拿着药单回到了熊家。

　　四层阁楼本来是熊伍的房间，熊妈妈让子丰暂时住下。然后替他买药买营养品，一如医生那样为他治病。

　　夏荷看到熊师母买来药品、鸡蛋、奶粉和营养白面条时，眼泪夺眶而出。夏荷问道："师母呀，你是哪来的钱，为子丰买药买营养品？"

　　师母先是不响，后来才慢慢地说："我把先生和自己的皮袍子都送进了当铺，取回了一些钱。不要紧的，夏荷呀，孩子治病要紧呀，不能耽误的。"

　　夏荷一边"嗯嗯"地答应着，一边想着哪里有钱去治病呀。半年来连两个孩子的吃食温饱都顾不过来，真正是雪上加霜呀。孩子的定粮不够吃，副食品根本就无钱买，子丰和同学们在大学宿舍旁挖了些十边地种卷心菜，一起煮着吃，才勉强维持生活。她曾经想，晚上去为公交卫生扫马路（零点到三点），争取增加些收入，可是熊师母没有答应。

　　现在机会来了，夏荷又向熊师母开口了："师母，我求求你，让我夜晚去扫马路吧。我总不能拿你家太多的钱，何况你家这么多人吃食也不够呀。我看熊先生的老毛病又要犯了，要给他吃点药呀，他老人家的身体重要呀。"

　　夏荷近乎哀求，师母处于两难。

　　答应她吧，怕她白天黑夜的做吃不消；不答应她吧，不但先生无钱治病，连子丰也无钱治病呀。罢了，狠狠心让她去试做两个月吧。

　　熊师母无奈地点点头说："夏荷，那就试上两个月吧。如果你身体吃不消，随时回家，不要硬上！"

在那个时期，人人都饿得慌，粮店无粮，布店无布，真的是缺衣少食。不少人白天一日三餐吃不饱，晚上就早早上床睡觉，以睡补吃，以睡养身，还是受不了饥饿的折磨。可是，夏荷本来就已经头昏眼花，歪歪倒倒，晚上还要去加班扫马路。身体难以支撑。为了救儿子子丰的性命，还是提起酸软的双腿，向冷风飕飕，灯光暗淡的马路走去……

她常常是跌跌撞撞的地走上马路，她常常是饥肠辘辘地拿起扫把，她常常是灰尘弥漫中迎面哭泣，她常常是寒风凛冽中自叹命苦。

当然，1959—1961年三年自然灾害困难期间，国家受帝、修、反的危害带来了祸害，全国人民束紧裤腰带节衣缩食，同舟共济；还有一层是祝文彬长期不养不顾子女造成饥寒交迫的。国难、家难一并压在柔弱妇人夏荷的肩上，她就更加痛苦不堪了。

扫呀扫，扫呀扫，她站在大马路的中央，忽然一阵头晕跌倒在地。路边行人稀少，无人看见。马路上稀稀落落有汽车、三轮车，脚踏车来往。突然一辆大卡车从她身边开过，挂破了她的衣服和裤子，一阵热气从她身边刮过，她只好趴在地面上一动不动……天哪！当她惊醒过来的时候，那辆黑色大卡车呼啸而过，扬长而去，她爬起身后，跪倒在马路的中央……

刹那间，她闪出了一个可怕的想法：如果我真的被大卡车撞死了，不是能拿到一大笔钱吗？那笔钱不是能救我的孩子吗？天哪，这次我没有被撞死，运气不好。下次试试看。

这是一个多么危险的想法呀！简直是太残忍、太凶险的想法了！天哪！夏荷想用死来解决问题，以度过这段难熬的岁月。

一日复一日，一月复一月，夏荷的心和肉体在这悠悠荡荡的渺茫中过着，连自己也猜不透哪天是她的末日。熊师母见她精神恍惚，神志不清。经常煮点赤豆稀饭给她吃，还加了少许白糖。

正在大家愁眉苦脸，心力憔悴的时候，一位快乐的年轻人到了，他就是大家喜欢的阿伍头回来了。

阿伍头在宁波医大求学，生活同样比较艰苦，人也瘦了一些，但是精神面貌不错，是背着书包哼着歌回家的。母亲见到这乐观开朗的小儿子，从心底高兴起来。他得知子丰睡在四层阁，很是高兴。

他一骨碌登上楼梯，见到了亲爱的兄弟。子丰拉着他热乎乎的手，那股兄弟亲情就不用提了。他告诉子丰："我给你买了一只老母鸡，二十只鲜鸡蛋。好好补身体吧。等你身体好了，我们一起赴甬去求学。"子丰说："好，我听阿伍弟的，噢，不是，是听阿伍娘舅的话。"两个年轻人便哈哈大笑了起来。阿伍说："什么娘舅？其实是阿弟。因为那时你母亲初来上海时，看起来美貌年轻，所以才叫大姐姐的。你还讲辈分，真是个书呆子。"

后来，熊师母问阿伍买鸡买蛋的钱是从哪里来的，熊伍才老实招认了，那是他用自己的西铁城手表换来的（西铁城手表价为285元）。熊伍还说，为了兄弟的病只有动手表的脑筋了，当时简直没有别的法子。妈妈表示理解。熊师母拍拍儿子的肩说：“阿伍头，你是个大好人！母亲懂你！”

夏荷听见后，走到熊伍身边说：“阿伍头，你是个大好人！大恩人！你自己在大学里有没有营养品吃呢，你瘦了，我心疼呀！”

熊伍笑眯眯的，亲亲热热地与夏荷母子坐在一起，久久地望着子丰笑。

熊伍的言行举止以及微笑敲击着夏荷的心，启发着夏荷的情。人在艰难与困苦的面前应该乐观，趟过这条河，前面就有康庄大道。正所谓：“沉舟侧畔千帆过，病树前头万木春”呀。

第四章　好婚拒

（三十一）

在熊家，大学生祝子丰终于养好了病。

母亲夏荷看着自己一手养大的儿子，如今已是个仪表堂堂的小伙子了，病愈后越显壮实和精神焕发，很是高兴。她深情有加地望着一表人才的儿子，儿子也感激地望着她。母子间的情感是多么的深沉厚重呀！

一会儿，阿伍从轮船码头接回了子和姑娘。现在的子和不比从前了——俨然是个青春靓丽的女大学生了。虽然时值困难时期，生活条件很差，她不可能有怎样的打扮，但她那青春的容颜和魅力却难以遮掩。她梳一头齐耳短发，额前一排留海，苹果脸型，大大眼睛，厚厚嘴唇，笑起来皓齿微露，略显几分腼腆。看起来面貌有点像她的生父祝文彬，但性格和行为可是一点儿不像那个人。

阿伍帮她提着东西，背着书包，高高兴兴地进了家门。熊先生熊师母和子丰笑着相迎。阿伍说："子和放寒假了，在这里住上几天，我们准备到文昌县祝家庄去过年。大家说好吗？"

"好，好。什么过年不过年的，荒年时节大家能在一块儿聚聚就可以了。"熊师母别有感慨地说。

祝子和附和了阿伍头的提议，并且跟大家声明了一桩事由："趁此机会，我要把辈分理一下，诸位长辈你们看如何？我和子丰一直称阿伍头为小舅舅，那是因为母亲初来上海时年轻漂亮，阿伍不知道如何称呼她，就叫成了夏荷大姐姐了。现在母亲老了，我和子丰22岁了，阿伍21岁了。我看要把辈分排顺一下：阿伍称母亲为小姨，我和子丰是阿伍的兄长和姐姐，阿伍是小阿弟。大家看如何？"

阿伍说，"你们占便宜了，我阿伍吃亏了。"

大家哈哈一笑，这辈分就算排定了。

阿伍顽皮且认真地说："好，好！熊老爷，熊太太，夏阿姨，子丰兄，子和姐，众位长者在上，阿伍这厢有礼了。"

话声落地，惹得众人哈哈大笑不已。

阿伍又说："我提议，熊先生和熊师母也去文昌县过年。原因一来我离不开他们，二来他们喜欢乡下，还想去看望周老太太。到祝家庄去住几日，烧点青菜呀、红薯呀、黄豆呀，还有年糕呀，各种杂粮粗饭吃吃，可好？香呀，味道好呀，我都快想死了……"

大家一边欢声笑语，内心却是酸楚难忍。好呀，好心的小少爷呀，就依你，你是大家心中的开心果，你是重情重义的好儿郎！

于是，阿伍牵着熊先生熊师母的手，子丰手牵着母亲和子和，一行六人浩浩荡荡的过年大军，乘轮船越过波浪汹涌的东海一角，坐长途汽车迅猛奔驰在浙东原野之上，两天一夜便到达了文昌县祝家庄。

祝阿福、祝阿苗和儿子祝小勇，已经顶着凛冽的寒风，等候在汽车站门前了。

一行九人走进祝家大墙门，其队伍可谓壮观，其阵容可谓强大。在艰荒年代，谁家能有这么多人一起吃年夜饭，谁家能有这么旺盛的人气和热气呀？！

一个大家庭，其实是三个家。因为什么聚在一起了呢？因为人间的风雨冷暖，饥寒交迫，贫病交困，而风雨同舟。还因为他们三家多年来的生死情义和荣辱与共。一损俱损，一荣俱荣，他们共同携手相援生活在饥荒岁月中。

走进院子，大家环视四周，寒风呼啸，旧墙门破败不堪，满地黄叶残雪，窗棂歪斜，窗纸不再，树损草折，井水枯竭。唯有祝小勇养的两只母鸡在墙脚边鸡窝里有几声鸣叫，才显现出一点点活气……整个祝家大院衰败不堪了。然而，惊人的一幕出现了：厅堂背后的厨房里，却高耸宽厚地堆积着一大堆五谷杂粮。黄橙橙亮闪闪的，那是些什么呢？

走近一看，这里有一大堆红薯、包谷、土豆、黄豆、赤豆、花生、高粱米和黄糙米，还有奉化芋芳头、萝卜菜干以及毛笋干，还有少量白年糕和糯米块……我的天哪，祝小勇是个好当家呀，在人人喊饿的大灾之年，竟然储存了这许多粮草，真正是个神人，是个大富翁呀！

祝阿福说，今年全家三人到处开十边地，包括院内四周，不浪费一点儿空地种杂粮瓜果、菜蔬，一年四季混搭混吃，填肚熬日，能省就省，能攒就攒。总算比别人家有剩余，心里等着的就是这帮亲人来过年。

祝小勇高声说道："我们知道城里定粮不够吃，哥哥姐姐都饿着呢，所以我们三人束紧裤腰带积聚粮食。就盼望着大家回乡过年呢。两只母鸡是我藏起来养着的，还有三十几枚蛋呢。不是藏着，早就被人偷走或买走了呢。"

不知道为什么，在富裕的年月里，人们绝不会把目光望着粮食。可是，在那个年月里，人们的眼目总是盯着那些粮食，好像大家会特别饿似的。

子和突然把小勇紧抱着说道："好弟弟，你是我家的大恩人呀！你为我们储备粮食，功德无量呀。古人打仗时常说兵马未到，粮草先行，你就是个粮草先行官呀！这次，我放假回来前，去了我系著名教授温立仁的家。一进门，你们看怎么着，温教授和五个孩子围坐在餐桌边正在喝稀粥汤，桌上没有一碗菜。温教授还和我打了招呼，他说："祝子和同学，你想找我辅导论文吗？吃粥以后，吃粥以后。"子和又说："当我看到他老先生的书柜上，只放了一只空酱油瓶，还站立着一只很瘦的老公鸡，我的眼泪潸然而下了。原来，他把书籍都卖光了，连瓶酱油都无钱买，大约把挂钟也卖了，只留着一只瘦瘦的老公鸡为他报晓。那些卖得的钱，都拿来补贴生活了吧。"

子和姑娘说着说着泣不成声了。

子和的一席话，让大家感到小兄弟祝小勇是一个多么了不起的抗灾小英雄呀！

这年过年，这一大家人的吃喝自然不愁了。

这里边，自然渗透着阿福、阿苗的血汗呀。

子丰、子和、阿伍都在宁波上大学，他们接触颇多，感情越来越增进，尤其是子和和阿伍。

子和是个正直、正义、感情丰富的姑娘。她与阿伍一起坐在院子的大槐树下晒太阳。阿伍时年21岁，子和时年22岁，均属青春年少。阿伍喊她姐，子和喊他阿伍头。边晒太阳边聊天，阿伍问她："子和姐，你为什么要选择读中文呢？你现在是浙江师范学院中文系学生，好久以来，我不知道你为什么要选择这个专业，一直不敢开口询问，今天请你告诉我吧。"

"好的，阿伍头。我是你小姐姐，对吧？你现在已经不是阿伍小娘舅了，对伐？为姐的现在就把实话说给你听吧。"

"小姐姐，讲就讲，不要摆噱头了。谢谢侬！"

"阿伍呀，我读师院中文系的原因有二：其一，我没有父亲，母亲养我们两个不容易，哥哥读了理科，我就必须在经济上退让一点；其二，我的父亲是个什么人你是知道的，母亲平生痛苦难熬，她有许多鲜为人知的故事，今后我有了文学功底后就想把她写出来。阿伍头，你明白了吗？"

阿伍头听后，对子和小姐姐肃然起敬了。他想夏荷这个女孩有思想，不简单，她比我成熟。她是个先人后己的人，她是个同情母亲不幸遭遇的孝女。她有优良的人品呀！阿伍对子和刮目相看了。阿伍又问道："子和小姐姐，谢谢你的坦诚！我再问你，你那天看到了那个父亲了吧，你对他有何看法？"

子和淡然一笑，率直地告诉了阿伍："对，那天我看到了祝文彬。他虽然有模有样，气度不俗。但是，我简直是没有眼睛看他，我觉得他仿佛不是一个男人，他很丑陋、他很恶心、他很残忍、他很无品性。我为有这样一个父亲感到羞耻，感到痛心疾首。"

"和姐，你不要太认真、太难过，阿伍是随便问问的。我知道，那天是你第一次见到父亲，那天给你的刺激太大太深了。我不应该多问的。"

"不要紧的，阿伍，我家和你家是什么关系呢？问问心事是应该的。从我外婆开始就与你家接触，已经有三代的渊源了。听说你还帮助母亲满街地找祝文彬呢。阿伍呀，你从小就有爱心呀，从小就懂事呀！姐不如你呀！"

两个人越谈越拢，越谈越感到祝文彬这个人不可理解。不解的是，不知为什么使他鬼迷心窍，抛妻别子，让全家陷落于悲惨尴尬的局面……越谈越拢，越说越气。懂事的阿伍就说今日不谈了，过好自己最重要。从今以后，姐弟俩一直视对方为知己了。

吃年夜饭了，三家人高高兴兴地聚在一起，喝足吃饱，开心极了。夏荷说，"过年嘛，富有富的过法，穷又穷的过法，城里有城里的过法，农村有农村的过法。今天我们的过法，靠的是阿福，阿苗和小勇，靠的是熊先生熊师母和阿伍。我夏荷真正是要千恩万谢呀！子丰子和有今天，靠的是众位亲人呀，他们没有父亲能双双上大学，靠的是共产党，靠的是各位亲人呀！过年了，我没有什么可送大家，只说一句话赠于亲人：多多注意身体健康，祝各位长寿快乐！"

大家也都互相祝贺新春快乐，中国人就是有这么一个好传统，好习惯。这一年祝、熊三家九员大将过了一个快乐的富裕年，令他们永生难忘。

……

中国人家家重视过年，即农历春节。祝文彬举家迁徙浙江宁波以来，也忙了一阵过年的事。他们家虽然不富裕，但比夏荷要过得好一些。夏荷是一人苦做苦熬养两个大学生，祝家是父母双全养育三个孩子。同样处于困难时期，祝文彬还得到香港陈露寄来的一笔汇款800元整。陈露感谢祝文彬长期照顾养在上海母亲家的女儿徐文丽，还给囡囡嫁了一个好人家。800元钱，是一笔大款子，使祝家过年比较富足，吃的用的要比一般度灾荒的人家要好得多。江曲花，心里半暗半明，不知道这寄钱人与祝文彬之间是什么关系。不过，在那个年代，只要有吃有喝，就不想打破沙锅问到底了，"肚皮饱饱，面皮老老"算了。

狠心的人，当然要算祝文彬了。

他刚刚与夏荷见过面，那是20年难遇的一见呀。他还见过19年未曾谋面的一对双胞胎儿女，现在已经是人长树大的两个大学生了。明明知道这两个苦命儿女生活全靠夏荷一人支撑，无钱读书是什么滋味，难道他全然不知吗？他会不会拿出一两元钱去管管孩子的死活呢？

祝文彬是铁石心肠的人。在他的心里面，这两个孩子根本不存在，他们的死活跟他完全没有关系。他是晓得浙江文昌县祝家庄的地址的，他也晓得老同学沈一万家的地址的。如果他想找夏荷找子丰子和是件极容易的事，想救济他母子三个也是件举手之劳的事，但是他根本就想不到，也不愿意去想，他是不会去顾他们死活的。

所以说，那天祝文彬在酒楼302茶室里与夏荷见面时的情感戏完全是装出来的一幕丑剧。祝文彬回去以后，想起那件事，连他自己也感到十分滑稽可笑，有点恶心。

文彬那日回到家，情感尚有一点不太平静，江曲花只知道他去赴酒宴，根本不知道他与夏荷会面的事。因为，直到现在，江曲花还不知道他的前妻叫夏荷。江曲花比较聪明，她从不细问，从不追根究底，她只管把日子对付过去就算了，只要祝文彬不离开她的家。

江曲花也是个可怜的女人，也爱文质彬彬的丈夫，她不想失去他。得过且过地苦心经营着这个并不富裕的家。尽管爱情年复一年地在降温，她也无力挽回，只有顺其自然地过下去。谁能知道这个渔家女儿心中的隐痛呀！

祝文彬是怎么想的呢？

自他回家以后，也曾几次回忆那日的情景：夏荷确实老了，过早地华发初生了，美丽的面容不再了，已经失去了白嫩与红润，萎黄萎黄的，眼睛无神，双眉尽是愁容。看上去比实际年龄要大得多。他看到想到的是她的老态，却没有去想20年来自己带给她的痛苦。他反而感到她自作多情，还厌烦她的纠缠，怪她死不放手。他庆幸自己有手段，略施小技就摆脱了不痴不呆的她。他深知她的深情，他明白甩掉一个情痴应该采取什么手段，他感到自己选择诱骗和快甩是最管用的，果然，夏荷成了他的手下败将，无尺寸还手之力。

他洋洋得意了，他狞笑了。

他想，我反正是个叛逆者了，我反正已经被你们骂够了，我反正不求上帝饶恕我的灵魂了，我反正回不了家乡浙江省文昌县祝家庄了，我反正是个当代陈世美了……罢，罢，罢，我也骂自己无情，在这个世界上，我反正是个行尸走肉的人了……

　　祝文彬庆幸自己的冷静，庆幸自己没有答复夏荷的任何提问，庆幸自己没有把家庭地址告诉她。

　　现在，他和夏荷是近在咫尺，却远在天涯。这次没有结果的会面之后，他们今生今世还能有机会见面吗？祝文彬能不能与亲生子女祝子丰祝子和相认呢？

　　这真正是天晓得呀！

（三十二）

"春风又绿江南岸"，春天的阳光温暖农人们的心，自然灾害带来的愁云在渐渐地淡去。祝小勇这个农家子弟在春风雨露的沐浴下，成长为一个刚强乐观的小伙子了。他是父亲祝阿福母亲祝阿苗的独生宝贝，又是支撑祝家门庭的可靠当家人。现在他高中快毕业了，他想考到姐姐祝子和的浙江师范学院中文系去。因为他向往已久，且酷爱文学。他曾把心事说给姐姐听过，姐姐很赞成他的选择。姐姐说，要与他一起同学共研，并驾齐驱，争取做个中文教师或做个从事创作的文学新兵。

今天，祝小勇又背着一包土豆和卷心菜，去学院看望姐姐。他想，姐姐读大学不易呀，既没穿的又没有吃的，自己要送点土菜过去，让姐姐和同学们到学校食堂去烧点吃。于是，小勇哼起山歌，坐了一段长途汽车后，他抬头挺胸地向学院方向走去。他还想，子和姐今天在学校里干些什么呢？她在学生宿舍读书，还是在校园的大草坪上写诗作文呢？因为他知道姐姐是个聪明文静的富有创作才能的女孩，她的散文极富诗情画意。想呀想的，师范学院高耸的大门就在眼前了。

万万没有想到，在宿舍楼前今天凑巧碰上了两个"熟人"。子和姐既不在读书，又不在草坪上写诗作文。她在干什么呢？

走近一看，她在宿舍楼后边空地上挖土种卷心菜。旁边有两个人在帮着她一起种：那就是夏荷妈妈和熊伍哥。

熊伍一抬头，就看见英姿勃勃的祝小勇向他们走来，他兴奋得跳了起来，高声欢呼："祝小勇来了，我们的小英雄来了，小文豪来了！"

子和也雀跃欢呼起来："小勇弟来了。这正是说曹操，曹操就到呀！小勇弟你来了，姐姐太高兴了！你怎么背着这么多东西呀！"

夏荷自然是喜不自禁。顺手取下小勇肩上沉重的包包，新鲜的土豆、碧绿的卷心菜便跃入三位亲人的眼帘。夏荷拍拍小勇身上的灰说："小勇呀，你又来看姐姐了，你经常在照顾姐姐呀。这长长的几十里路，你已经走了三年了呀。这世上弟弟种菜养鸡帮助姐姐读大学，你算是第一人了呀！"

说着说着，夏荷妈妈感激的泪水便潸然而下。夏荷在小勇的头上脸上摸来摸去的，亲切的情感难以形容，渐渐觉得他多么像他的爹娘阿福与阿苗呀！几十年过去了，阿福、阿苗给予夏荷的恩情不浅，连他们生养的儿子都是他祝家的小恩人，内心感激之情激荡不已。

由此，夏荷再一次记起了她的那个冤家祝文彬……

自那次酒楼302茶室见面之后，那冤家从此又杳无音讯了。回想见面时如此温柔情深，见面后又冷若冰霜，拂袖而去，永不回头。使夏荷最为痛苦的是他对一双儿女置若罔闻，不理不睬，视为路人。三年困难期间，祝文彬从来没有想起过夏荷和子丰子和，没有一分一厘的补贴和救援，谈不上有一分一厘的情意。想起这一切，夏荷的心是酸楚的。子丰子和犹如两株野草，风里长雨里大，天生的没有父亲，只是在母亲的羽翼之下一天天长大成人。这些，真叫夏荷心痛如绞呀……

一边挖土一边呆想的夏荷见到穿着土衣衫裤的祝小勇，内心掠过一阵安慰，见到纯朴敦厚的熊伍，心里顿觉惊喜和安慰，见到相貌秀丽才华出众的女儿祝子和，顿感信心倍增。是小一辈给予了她生存下来的力量和勇气。

20余年来，她把用体力挣来的每一分钱都积聚起来，把亲戚朋友的救济汇集起来，把家中少量土地耕种所得汇集起来，把家里一应可以卖掉的家什、摆设、用具乃至衣服、细软等都卖掉变为现金等，全部钱款都无私地供给两个孩子上大学求前程了。

她付出的是钱和物以及家当。

她付出的是她的体力、心力和血汗。

她付出的是一个母亲对子女的无私的爱。

她付出的是一个活寡对双胞胎的舐犊之情。

她在锄地种菜，她在思前想后。她还是一往情深地在思念那个没有情义的夫君，她要替他对子女付出双份的爱！

几十年来，她家也有非卖品。那就是她和祝文彬结婚时新房里的那套华丽上等的家具。

这是她与祝文彬婚姻的见证！

哪怕把那座祝家大院卖得四壁空空，像座破败荒凉的古庙，她也绝不会去卖那些她喜爱的婚房家具和一应器皿。

几十年来，她是这样血泪和着贫困把这对子女养大，让他们求学上进，同时考取名牌大学，还要将小爱侄祝小勇送进大学。

　　无疑，今天祝小勇是为了看姐姐而来的，也是为了今年能考取这所大学，求功名求发展而来的。"一个是养"，"三个也是养"，夏荷发发狠心也要把这个懂事的小后生培养成为大学生。

　　阿伍很好，一直在鼓励着祝小勇。他也希望小勇和子和姐姐一样，成为浙江师范学院中文系的一名才子。阿伍和祝子和会心地笑了。

　　阿伍为小勇买了不少高考复习资料和有关书籍，鼓励小勇弟争取今年高考一举成功。祝小勇很有志气和信心地说："在子和姐和阿伍哥的帮助下，我小勇会使出吃奶的劲儿，全面复习好，争取考到这所有名的师范院校中来。我会跟着子和姐一步一个脚印地走下去的。"

　　听了小勇弟的表态，子和和阿伍俩会心地笑了。那一对亲密无间的大学生姐弟，他们笑得那么自然，那么热情。两个年轻人都是明眉皓齿的，都是英姿勃勃的，都是善良和蔼的。最主要的他们是如此的和谐与融洽。

　　要问有什么秘密吗？

　　那就是他俩经过两年多的接触，小姐姐子和和大弟弟阿伍已经进入恋爱阶段了。

　　这秘密，夏荷知道吗？

　　不清楚。

　　这秘密，祝小勇知道吗？

　　也不清楚。

　　这秘密，只有熊伍和祝子和两个当事人最清楚，心知肚明。

下午，他们种了二畦卷心菜，正在学院厨房里请师父帮忙煮土豆的时候，一个奇观出现了。顿时，令他们欢呼雀跃，而且是热泪滚滚……

什么奇观呢？令他们如此欣喜若狂？

他们在食堂的大方桌边坐定以后，准备品尝刚刚煮熟的盐水土豆的时候，透过碗中冒出的热气，朝门外望去，仿佛见到了一个挑担子的农民，一步一颠地向食堂方向走来。只见那人体格壮实，破衣烂衫，面容模糊，一时认不出来。后来，他的影子渐渐地近了，面目也渐渐地明晰了……

他，他不是别人，他是大家十分熟悉的一个亲人。

祝小勇突然跳了起来，大声地喊道："他是爸爸！爸爸来了！爸爸来了！"

来者果然是夏荷的大哥，祝阿福——祝小勇的父亲。他走了70里路到浙江师院来做什么呢？只见他露出和善木讷的笑容，挑着煮熟了的芋头、长条咸笋和鸡蛋。明摆着他是来慰劳大学生祝子和和熊伍的。大家见后，高兴自然不用说了，把东西一看，把他的一双松树皮似的粗糙的大手一看，就知道担子里还藏着的是浓浓的亲情。

夏荷激动地呼喊道："阿福哥，重重的担子，70里长长的路，你是怎么来的？"

"我是走来的。人老了，不中用了，从清晨走到傍晚才到呀，我赶不上小勇搭乘的长途汽车呀。你们看，我是不是老迈了？"祝阿福自谦地不好意思地说着话。

子和说："谢谢阿福爷叔！你又把家里的吃食省下来给我们，你们自己不吃，我们心里不好受呀。你看小勇弟也带土豆来了，以后不要送了，学校里伙食供应有好转了。"

夏荷连忙说："阿福哥，以后要少带，要注意小勇的营养，他正在长身体不能马虎。带来的东西子和、阿伍一人一半，阿伍要带回学校去吃，阿伍的营养太差了。阿伍头总是把家里的一点营养品带来给子和吃，这样不合适。长期下去，阿伍头会因营养不良而得病的。我担心呀，熊先生、师母也会担心的。"

善良乐观的阿伍连忙辩解道："不会的，不会营养不良的。请大家不要忘记我是学医的，我是一个医生。医生怎么会营养不良呢？我会到医务室去请校医开点药片补补营养的。你们知道吗？要使身体强健，我们医生会变戏法的！"

阿伍的话，引起大家哄堂大笑。

本来，星期天大食堂里吃饭的学生就少，在非用餐时间，这里简直是空荡荡的，人迹更为稀少。所以食堂里边冷清清的，很多桌子上都是光溜溜的，余下的只是食堂里固有的一点油腻气味。这食堂里边本不好玩，本不热闹，本不精彩。但是，由于书生祝小勇的出现，农民祝阿福的出现，医生熊伍的出现，花白头发夏荷妈妈的出现，加上正经主子大学生祝子和的出场，这里就好玩了！热闹了！精彩了！

在困难时期，遍地饥荒的时刻，这里没有被饥饿包围的落寞与恐慌，这里也没有被家庭破碎抛妻别子悲凉气氛包围的凄苦与悲情。这里有的是人间的爱，母子的情，亲人的牵挂。

阿伍头若有所思地提议："天色不早了，星期天晚上我要返校了。阿福爷叔和小勇弟今晚不要回去了，就住到上海我家去，夏荷妈妈会带你们去乘车的。我父母很想念你们的。"

子和感激阿伍想得周到，也同意他们到上海去住，顺便可以看看上海是个什么样子，太好了。他问小勇怎么样。可是，小勇执意要与父亲一起同回乡下去。小勇说："伍哥，和姐，感谢你们盛情留客。我们决定现在就走，坐长途汽车回去，不然妈妈一人在家会担心的。"

好一个有主见的祝家掌门人！大家对祝小勇充满着希望与期待。

……

深夜时分，祝阿福与小勇回到了祝家庄。

祝阿苗一个半老妇人，在家挑灯望着丈夫和儿子归家。一进门，阿苗被当时情景吓了一跳：父子俩全身湿漉漉的，从头到脚都被雨水淋透了。好在两人身上还冒着缕缕细微的热气，说话声音尚响亮，脸上还带有微笑。

阿福轻声告诉阿苗，长途汽车坐到半路，天就下起雨来了，哗哗的下个不停，直到下车时还在使劲地下着。于是父子俩冒雨急行赶路回家。30多分钟的路程，就把他俩淋成落汤鸡。阿苗听后直怪老天不讲情义，父子俩也就不说什么了。

去看望子和、夏荷及阿伍，是阿苗心甘情愿的事。几十年来，阿苗与夏荷情同手足，比亲姐妹还亲；几十年来，她们已经不是主仆，而是嫡亲的姐妹。共同经历过的艰难辛苦是鲜为人知的，只有她们自己心里最明白。今日，他父子俩淋雨探亲受些寒冷与辛苦，阿苗也是心甘情愿的。

阿苗经常这样想：祝家败就败在祝文彬这贼子的手上，夏荷的苦难是他祝家少爷一手酿成的。她认为祝文彬是祝家的罪人！她认为两个孩子子丰、子和是争气的好后代！只要他们读书成材了，今后能孝敬孤苦的娘亲夏荷，他和阿福一生一世的辛苦都是值得的。她还时常想想夏荷的好：她放心地把祝家大院交给她阿苗，让她在家里成亲生子，管理一切日常事务，从不多说一句话。她觉得夏荷为人厚道、真诚、对于这样的贫困主母，她和阿福愿意为她付出一切。

人心都是肉长的，这种互敬互爱的主仆关系令人艳羡。现在夏荷要把祝小勇培养成大学生，这是她祝阿苗心中升腾起来的新希望！"无边落木萧萧下，不尽长江滚滚来。"人生不过百年，无边无际的落叶萧萧而下，无穷无尽的长江之水汹涌澎湃滚滚而来，千古流淌。长江后浪推前浪，永不停息，其气势豪迈博大无有穷尽呀。

想到这里，想到祝家三雄，后生可畏呀，祝阿苗的内心是热腾腾的。

（三十三）

俗话说，"三个女人一台戏"。实际上，三个男人也可演一
台戏。祝文彬、沈一万和沙玉宝三员男将不约而同地来到宁波
落脚并且长期工作在此，这是老天爷的安排还是人生的巧合？
这三人不管以往有多少恩怨和矛盾，不管已经造成了多少悲欢
离合，为什么竟然同在宁波市长期工作和居住，这是一种巧合
吗？也许是这样的，无巧不成书呀！

沈一万还是按老黄历一板一眼地做着他的工商部门基层行
政长官，祝文彬风平浪静地不阴不阳地做着税务局文职人员，
沙玉宝心平气和地兢兢业业地干着中等师范学校副校长工作。
乍看起来，各不相干，互不侵犯；实际上关系甚为复杂纠结，
既有历史瓜葛，又有新增添的麻烦，可以说是陈年老账加新
账，真是解不开，理还乱……

沈一万害苦了祝文彬和夏荷的婚姻，那个痴不痴，呆不
呆的祝文彬至今还一无所知，仍旧把他当作好人，还热心地帮
他介绍了儿媳徐文丽，竟然厚颜无耻地成了一个冒牌货亲家
公，沈一万将错就错，顺水推舟地成了交际花陈露的亲家公；
沈一万伙同其妻余菊迫害沙玉宝的妻子方向，促其早死，沙玉
宝虽然心中明白，可是对沈余夫妻俩招架不住，无还手之力，
苦水只得往肚里咽；沙玉宝曾是夏荷的启蒙老师，曾经与方向
一起帮助照顾过夏荷及子丰子和，并且十分同情夏荷的婚变遭
遇，帮助夏荷寻找过祝文彬，并对夏荷有一定好感。对于这

些，沈一万是心存狐疑，十分有气，准备有朝一日，再使阴谋诡计；沙玉宝对沈一万有所防备，会主动去保护夏荷，不让这个可怜的弱者再受欺侮，可是还是不知道夏、祝婚变的原因究竟在哪里。他是想帮难以使劲，一筹莫展。

这三人——沈、祝、沙，一个推一个，其中错综纵复杂的关系，有点理不清。沈一万可以说是老谋深算，心里最清楚；祝文彬糊涂一笔账，只图风流潇洒，不知矛盾纠葛之底细，再加上他的无情无义，有意无意地伤人害自；沙玉宝是个正人君子，对于沈、夏矛盾知之不多，对于祝、夏矛盾也不全然清楚，所以想帮人帮不了，在其中被挤来挤去。反受心怀叵测之人所害……

三个男人同在一个城市里工作，山不转路转，总有一天他们又会转到一处，发生碰撞，冒出剧烈的撞击火花。

阳春三月，宁波市迎来灾后第一个温暖明媚的春天。在宁波第二师范学校的校园里，古树古藤刚刚吐出青翠欲滴的嫩芽，齐整成排的小树也争先恐后地冒出绿叶，小河塘里绿水荡漾，小鸟儿在叽叽喳喳地鸣叫着。穿着整齐的沙校长牵着爱女沙欢，在校门口等待着几位客人的到来，那便是子丰、子和、熊伍、小勇和夏荷妈妈。

亲人们相见总是高兴的。今日沙校长接大家到家里吃饭，第一个任务就是为年轻人负责炒菜弄饭。

大家刚走进沙家，气氛还是有些肃穆沉寂的。客堂间正中墙上悬挂着方向老师的一张黑框大照片。照片中的方老师剪着齐耳短发，面目清秀靓丽，带着微笑。大家很自觉地双手合掌，拜了几拜，然后不敢喧哗，轻声说话，恭敬坐下。方向老师过去帮助过大家，这些当年的弟子都怀着感恩的心两眼直直地望着遗照，泪水在众人的眼眶里转动着……

沙校长命令小沙欢去端饮料来请大家喝。

沙校长不讲俗套，开口便提起一件重要的事。他说："祝小勇快要高中毕业了，想考什么大学？做好准备了没有？"

"谢谢沙校长关心我的事。我要考姐姐子和的浙江师范学院中文系。基本上准备好了。"小勇敬重有加地站着回答。

子和姐也帮着说："小弟的中文水平不错，唐诗、宋词倒背如流，文学赏析分析得体，评点方面有独到的见解。作文是强项，善于审题，紧抓中心，文通字顺，结构严谨，立意新颖独到，能够写出一手好文章，是学校作文大赛的冠军。"

"好，好，这样很好。但要注意谦虚谨慎，要知道骄兵必败的道理。"沙校长在继续提要求。

熊伍开玩笑似地说："小勇作文好，是子和帮了你吧？"

"是的，是子和姐帮了我，我是子和姐的徒弟。"

"我再问你，子和是谁帮了她？"熊伍又问。

"是我大妈帮了她，大妈曾经读过四书五经的。"

"那是谁帮了夏荷妈妈呢？"阿伍调皮地问。

"当然是沙校长帮助了大妈，沙校长是大妈的老师呀。"小勇应声便说了个清楚。

说得大家哈哈哈地笑了一阵。

后来，大家又七嘴八舌地说了起来。

子丰说："小勇学习上如有困难，也可以来问我呀，譬如政治也不好考呀。"

阿伍抢着说："英语如有困难，可以来问我呀。"

子和又说："历史地理如有困难，可以来问我呀。"

突然，夏荷妈妈也大声说道："要吃什么饭菜，可以来找我做呀。"

说得大家又是哈哈哈一阵笑。阿伍说："考试又不是请客吃饭，考试能吃什么饭呢？是考各门功课，又不是考吃饭。真正是笑死人了。"

于是大家又哈哈一阵笑。

刚才肃穆沉重的气氛一下子被打破了，冲散了。生活的热情一旦爆发，悲哀和凄凉的氛围就会被积极向上的热烈场面所替代。

这下子把夏荷妈妈弄得不好意思了。她想，自己说的没有错呀，考试时要吃什么饭好是个现实问题呀，怎么这一问就错了呢？她很不服气，还私下对沙先生说，"吃什么饭，难道不能问吗？"沙先生回答她可以问的，只不过他们此时正在讨论各门功课，你提吃饭问题，似乎有点突然，吃饭不能算一门功课。经沙先生一解释，夏荷妈妈就懂了。她想，还是沙先生有知识，她服沙先生的。

在沙家的讨论，正式决定了祝小勇的高考目标。

孩子们都去参加烧火弄饭去了。沙校长和夏荷仍然坐在客厅里继续谈事情。

沙校长略带严肃和紧张的神情对夏荷说："夏荷呀，我有些话想对你说，但不是在今天。有些话，我反复想了很久，总想对你说，可是又说不出口，我想这些话还是一定要说出来的，它对于你我都很重要。"

夏荷觉得沙先生今天很奇怪，想说不想说的。这是为什么呢？她索性问了起来："沙先生，你究竟要跟我说什么话呢？你就爽快地说吧。"

沙玉宝镇静地轻声地告诉她："夏荷嫂，今天不说了，下个礼拜天我到上海去找你，我们好好地说一说。好吗？"

夏荷还是丈二和尚摸不着头脑。她连声说道："好，好，下星期天我要熊师母多买几只小菜等侬。"

一会儿，沙欢小姑娘过来了。夏荷立刻把她抱在怀里，摸摸她软软的浅黄色头发，摸摸她一双玩过细沙的带着泥土的手，然后再摸一摸她身上穿的单薄的衣裳……她的眼泪便情不自禁地流了下来。毕竟是个没有娘的孩子呀，夏荷妈妈懂得这孩子心中的苦。这时，沙校长便轻轻地走开了，他不想在孩子面前说些什么。

夏荷问沙欢："欢欢，你妈妈走了以后，爸爸对你好吗？"

"好，爸爸他对我很好的。"

"你每天在哪里吃饭？"

"我每天在食堂里吃饭。使用的是饭菜票，有时也能跟爸爸一起吃。"

"为什么有时不能一起吃呢？"

"有时爸爸要开会，有时爸爸要听课，有时爸爸还要访问生病的干部和老师……"

"衣服脏了，谁替你洗呀？"

"爸爸替我洗，他每天晚上洗得很晚，他洗得挺干净的。是我不好，经常把衣服弄得脏脏的。"

"你爸爸有女朋友吗？"

"没有，爸爸没有女朋友。爸爸从来不把女同事、女学生带进家，爸爸是个老八股！"

"什么是老八股呢？你怎么这样说呢？"

"老八股就是老实头子，他什么都不懂，只知道工作、工作、再工作。他是个神经病老头子，妈妈过去工作太辛苦了，死得早，他还是工作得很苦，也想死得早。"

"不要这样说你爸爸，他怎么会想早死呢？你还这么小，他能死吗？"

"那也是的。他死了，我怎么办呢？怎么办呢？夏荷妈妈呀！呜——呜——我再也不想见到亲人死了！呜——"

孩子哭了，再不能与她对话下去了。此时此刻，夏荷妈妈的心也在呜呜地直哭啊。联想起自己的丈夫从不与孩子见面，二十余年来，就像个死去了的人，夏荷妈妈也就痛彻心肺地呜呜地哭出了声音。

她看见了沙欢的一双白跑鞋又小又破，就对孩子说：

"欢呀，夏荷妈妈去给买一双大一点的白跑鞋，再给你做一双冬天穿的棉鞋。好吗？"

"好，夏荷妈妈，我想要的就是棉鞋。自从我妈妈去世以后，我再也没有暖和的好棉鞋了。"

夏荷点点头，说夏荷妈妈知道了。今年冬天一定会给你做一双又暖和又好看的新棉鞋的。此刻，只见沙欢破涕为笑了。

与沙欢小姑娘的一席对话，引起了夏荷激情涌动和无限遐思……她举目望着墙上方向的遗照。她想，如果方老师能复活多么好呀。如果方老师复活了，一家三口就能团聚了，郎才女貌的，还有一个活泼可爱的孩子。三个人牵手走在师院树木成行，百花齐放，鸟雀欢腾，书声琅琅的林荫道上，真是无比的欢乐与幸福呀！

渐渐地，她又想到她自己，想到祝家。

如果她的丈夫祝文彬回心转意了，回到了祝家庄。那么她的一家不是也团聚了吗？那夫妻一对，儿女一双的全家合照不就能成影了吗？夫，是帅气的夫，妻，是美貌的妻，一对儿女如花如玉，堂皇亮丽……太好了，这才是人间的美满家庭呀！

夏荷的幻想在越放越大，越想越真切……

突然，她又想起一件事：最近她不是见到过祝文彬了吗？她怎么没有一把手把他拉住呢？他不是对我很温柔体贴的吗？她恨自己当时只管沉浸在幸福的气浪之中，她恨自己没有把多年的相思之苦与他言明，她恨自己没有说出结结实实的话留住他回家团聚，她恨自己尝到一点儿爱情的甜头就撒手放开了他……她还想，这都是自己的错，今日的分离是自己酿成的又一杯苦酒呀！

思前想后，她不怪文彬只恨自己。但是。又不能泄露天机，文彬不是告诫过她了吗？

人们常说，一夜夫妻百日恩。她与祝文彬的夫妻感情似乎超乎一切。他对文彬这个负情汉存有刻骨的相思。祝文彬到底有什么本事，使她如此动情，如此痴迷，如此癫狂呢？难道二十多年的苦难与煎熬她都遗忘了吗？

不是的，她没有遗忘。

她夏荷爱文彬是种刻骨的相思。

说得不好听一点，也就是说得粗俗一点的话，她爱文彬如同一条母狗一般，一次爱上，终生不忘。具体地说，她爱他的人形才貌，她爱他的身体气味，她爱他的柔情蜜意，她爱他的言谈举止，她爱他的风度翩翩，她爱他的个性平和，她爱他的作风随和，她爱他的愠而不怒，她爱他的谦逊不骄……甚至还爱他长相上的缺点，那就是不高的鼻梁和扁平如盘的嘴唇。太奇怪了，夏荷几十年心心念念的丈夫祝文彬，是她心里的一尊神。

她爱祝文彬爱得死去活来，有谁能够理解呢？她思念心切，她的思想在一如既往地神驰着……

在沙家高高兴兴吃了顿饭之后，大家各自乘车回去了。沙校长、沙欢在校门口送客，举起长长的手，目送了很久很久。

沙校长说下周礼拜天要到上海去找夏荷嫂，不知为了什么事情？真正的令人期待呀！

（三十四）

四月的一个星期天，春意盎然，和风吹拂。沙校长一手牵着女儿沙欢，一手提着行李包，走在去火车站的甬城大道上。正是"垂杨密密拂行装，芳草萋萋碍路行"。那紧密低垂的杨柳，牵拂着行人的衣服，那萋萋丛生的芳草，阻挡着行人的去路。使行人感到行不顺畅走不快，越发的心急了。

火车很快地进入了上海站。

沙玉宝和欢欢坐着一部三轮车，很快到达了熊家。夏荷和熊师母高高兴兴地迎着远客，进了客堂间自然坐下喝茶，像自家亲戚到来一样。

沙校长带了十几个浙江奉化芋艿头和春笋，来孝敬熊先生和师母。芋艿头很重，提得他满头大汗，气喘吁吁。欢欢同大姐的孩子一起去玩了，就剩他们大人说话。

沙校长客气地问道："熊先生可好？怎么没有看见呢？"

"熊先生最近身体欠好，经常胃气痛。现在由二姐陪到医院看医生去了。"师母慢悠悠地答道。

下面是沙校长与师母江莉的一段对话：

"师母，今天我是专程来沪向您汇报思想的。请您不要见怪，我想应该让师母老人家知道，否则就会显得唐突。"

"什么事呀？沙先生，你说话如此慎重其事？"

"关于我和夏荷的事。首先声明，我是单相思。"

夏荷坐在一旁，突然笑出了声。说道："什么，你和我的事？有什么事呀？我怎么不知道呢？真正的笑死人了。沙先生你是不是糊涂了？"

沙玉宝正儿八经地说："什么糊涂？我是认真的！我说我和你的事，就是我正式地向师母提出：我想娶你，只要你同意就办。"

天哪！夏荷做梦也没有想过会有这样的事。他觉得沙先生今天真正是糊涂了，荒唐了，口不择言了。然而沙玉宝叫她先不要做声，让他与师母讲明白后再说。夏荷看他不是开玩笑，便坐在一旁仔细地听了起来。

沙玉宝略带激动深情告白师母："师母呀，我沙玉宝今天到府上非为别事，是来拜托熊师母您做大媒的。请师母不要惊讶，不要见笑，因为我是一个真心的人。刚才说过了，我是一个单相思。我和夏荷嫂认识已有二十余年了。因为祝文彬的离家，我也非常伤脑筋，曾经不遗余力地为她四处寻找，终无结果。二十余年来，我做过夏荷的教师，在她年轻美貌的时候，我从未有过半点非分之想。我妻方向去世之后，见到夏荷孤苦，我也没有半点奢望。直到几个月前，我们大家在酒席上见到了祝文彬，我还抱着极大的希望，愿老天保佑他祝家全家团圆，我还向无情无义的祝文彬发了难。可惜事与愿违，他再一次欺骗了夏荷，直至夫妻、父子骨肉分离。从此，我更加同情夏荷，怜悯夏荷。我想用自己的后半生辅佐夏荷，帮助其一对儿女成材，让她摆脱悲剧命运，让她拥有一个温暖幸福的家。我愿终生与她为伴，结为夫妻，过着其乐融融的生活。尊敬的师母，这就是我所讲的我和夏荷的事。非常抱歉，这仅是我的单相思，从未向夏荷表白过，更没有同她商量过。夏荷，我在这里向你说声对不起！今日听了我的话，不知你意下如何？"

熊师母完全明白了。沙玉宝是个坦坦荡荡的君子。他的话句句是真！他的情缕缕是实！他用人道主义的精神来看待夏荷的婚姻悲剧。他想用丘比特的爱情之箭来射中可怜女子夏荷的心。而且，他还用中国最传统的说媒求婚的方式向长辈师母说清情由，并拜托师母做媒来成就这桩婚事。师母连声夸赞道："沙先生，你是个君子，真正的君子！"

看来师母江莉是同意为他俩做媒当月老了。现在就看夏荷的表态了。这时，沙玉宝和熊师母都望着夏荷。

夏荷一边喝着茶，一边呆呆地听着，她好像在听天书一般。脸无表情，冷静而清醒，问她赞不赞成沙先生的说法，她出人所料委婉地表了个态度。她说："沙先生是我的老师，哪有先生找弟子的呢？在我心中'一日为师，终生为父'嘛。"于是微微一笑，表示歉意。

此般表态，沙玉宝先生很吃惊，是他所万万没有想到的。熊师母感到震惊。她很为沙先生感到难过，同时也为夏荷感到十分遗憾。

于是，熊师母再问夏荷："荷姑，师母替你做大媒好不好呢？沙先生是个大好人呀，你千万不要错失良机呀！"

夏荷笑笑点点头。她沉思半响没有答话。最后，终于在她口里挤出了一句话："熊师母，沙先生，容我夏荷再想一想，好吗？"

做媒的僵局已经形成了。真诚善良，怀有大爱的沙先生流下了热泪，他知道自己失策了，为什么事先没能用心启发夏荷对他的爱意呢？为什么没有让熊师母做她的思想工作呢？他觉得自己太唐突了。不过，他仍然寄托着希望，他深信，夏荷与他是具备情感基础的——几十年来，夏荷在哪里跌倒了，他沙玉宝总会站在她的身旁帮她扶起身。

熊师母终于沉默无言了。

熊师母请沙先生和欢欢吃了饭，小菜上等，点心独具上海特色，全鸡烤得喷香的，黄鱼豆腐汤煮得黄橙橙的，色香味俱全。还有上海鸡毛菜，豆腐干炒毛豆子青翠碧绿，还有喷喷香的大米饭。这在3年困难时期刚刚过去的上海普通人家餐桌上，是极其少有的一桌美味佳肴呀。

看来，熊师母买菜很客气；看来，夏荷烧菜很卖力。她们的准备工作极为认真。然而，沙玉宝校长却无心品尝，坐在餐桌前发呆，只吃了半碗饭。倒是欢欢小宝贝大口大口地吃，可谓狼吞虎咽。她说这些菜太好吃了，今天来得很值得，表示以后还要到熊外婆家来玩来吃饭。

好心的熊师母还在做努力，叫二姐到电影院去买了两张票，请沙先生和夏荷下午到上海电影院去看下午场。她想竭力挽回残局。

下午，夏荷、沙玉宝和欢欢去电影院看了朝鲜影片《卖花姑娘》。夏荷和欢欢觉得很好看，有些情节很感人，她们都掉眼泪了。唯有沙校长心不在焉，看不进去，也不说话，只是半闭着双眼打瞌睡。

好容易电影院散场了。观众们顺着次序缓缓地向大门口退场。突然，夏荷喊了起来："沙先生，你看大门边走的那个人是谁？快挤出去追上他！旁边还有两个女人在跟他说话。你看，你看见了没有？"

沙校长举目看过去，是有一个熟悉的男人身影，好像有点像祝文彬。沙玉宝说，"看见了，那个男人好像是祝文彬，与他说话的两个漂亮女人我不认得。"

夏荷像触电一样，摆动着身体，拼命地在人群中挤，想快点挤到门口，引起了周围不少人的白眼。有的上海人便开口骂人了："啥地方来的神经病，瞎轧点啥？好像从来没有看过电影似的！"骂得沙校长很不好意思，只有拉着欢欢一步步地走。等他们三人轧到门口，往四下里一望，那个男人和两个漂亮的女人就不见了，也就是说瞬间消失了。

这时，在电影院大门口，夏荷不顾一切地大声开骂了："婊子养的，他还在上海嫖婊子！他还在上海与臭女人搭讪看电影。不要脸的东西呀！父母没有教育好的贼子呀！"

如此反反复复高声大骂，引来了一群上海人的围观和议论。沙校长想控制事态发展，就拉拉夏荷的手说："不要骂了，你安静下来好不好？那三个人准是坐专车走了，跟你没有关系的，我们走吧。"

同时，沙玉宝跟周围的人们说："对不起，请大家让开。没有什么事，只是见到一个熟人没有追上而已。"轻描淡写几句话，围观的人们就散去了。然后，沙玉宝叫了一部三轮车，三人坐在一起，转过几条马路就回熊家了。一路上夏荷还在滴泪，懂事的小欢欢拍拍夏荷妈妈的手说："不要哭了，夏荷妈妈，那个人去了，以后还是可以找到的，没有关系的。"小姑娘根本不知道那个男人是谁，不明白夏荷妈妈怎么会大叫大骂的。

明白了，彻底明白了，沙玉宝校长这回才真正明白了：夏荷心里还住着一个影子，那就是祝文彬。她与这个男人断了骨头还连着筋，一旦他出现了，她就会如痴如狂发疯发癫。连他的一个影子，都会对她有如此大的触动。

沙校长把夏荷送到熊家之后，把电影院里发生的这一幕简略地告诉了熊师母。然后，带着女儿连夜坐火车赶回了宁波市。

那个男人是不是祝文彬呢？

千真万确，是祝文彬。天下事，真是无巧不成书，被夏荷瞧见的人，正是祝文彬。那两个漂亮的女人又是谁呢？她们不是别人，正是陈露和女儿徐文丽。

原来事情是这样的：远在香港的阔太太陈露知道大陆三年困难时期已经过去了，现在国内尚无别的大事，再则女儿徐文丽由祝文彬介绍已经结婚了，所以特地回来看望还安居在上海的老母亲和女儿文丽。她通知女儿到上海来会面，同时，也通知了老情人祝文彬来会面。

他们在上海住的地方还是以前的老房子，祝文彬是十分熟悉那个地方的——解放前的法租界交际花居住区。

祝文彬见到了陈露十分高兴。他来上海已经两天了，一直没有出门，终日与陈露相守，不离不弃。毕竟分别了十几年，要说的话很多，当然多数是关于感情方面的话。今天三人突发雅兴，才坐了一部私家小包车到上海电影院来看场电影。

陈露小姐——当年上海滩交际花红星，在情人祝文彬的记忆中是位天仙般的美女。她给予车夫祝文彬的爱恋是他终生难忘的。在祝文彬的记忆中，她虽然是个风月场中的另类女性，可她有侠义心肠，对贫穷的人有爱心。祝文彬留恋她的美丽姿色、侠骨柔肠、深谙情爱，重情重义。所以祝文彬巧言骗过了江曲花，说是到上海来出差。实际上是明修栈道，暗度陈仓，来私会陈露小姐了。现在的陈露更加高贵美丽了，虽然已是徐娘半老，却优雅风度尚存，打扮入时，风韵绰约呀。祝文彬见了，更是看在眼里，爱在心里呀。况且，三年困难时期，她还时常汇款过来资助文彬，所以他常常感激于心。

问题在于祝文彬做人没有骨气和尊严，他从来就不记得他的发妻在哪里，一双儿女在哪里。至于陈露她却并不知道祝文彬的前尘往事，家庭底细。不知者，不为过，坏的还是这个没有良心没有头脑的祝文彬。

十几年过去了，陈露小姐依然美丽，华光熠熠。祝文彬呢，过去是个三轮车夫，虽然长得端正体面，但形象还是猥琐些。现在在宁波税务局当了国家干部，着装派头与过去大相径庭了。他那白面书生文绉绉的劲头更加上来了，穿些干部正装，他就显得格外的儒雅和神气，也使陈露更加喜欢他了。三分人才，七分打扮嘛，现在的祝文彬更显潇洒和成熟了。

两人相见，自然是亲亲热热，犹如一对久别重逢的夫妻。

陈露对这个小丈夫说："阿彬，你过来亲亲我，抱抱我。我现在长胖了，看你还抱得起来吗？"

文彬说："怎么抱不起来呢？就是长成了两个陈露，我也抱得起来。"话声未落，他就把陈露小姐抱了起来，而且举得高高的直打转，逗得陈露哈哈大笑不止。

陈露和阿彬在房间里亲热无比。文丽和外婆在书房里叙谈着新婚后的幸福生活。文丽说："阿彬爷叔对她很好，沈家有财有势，老公沈甫仁人品不错，事业心很强，两人是伉俪情深，举案齐眉。丈夫现在是商业科长，好像是个有前途的人。唯有婆婆余菊性格不太好，爱大呼小叫的，反正我不会怕她的，以后要治治她。"哈、哈、哈——祖孙俩传来一串长长的笑声。

陈露继续拜托阿彬照顾好女儿徐文丽。

祝文彬自然是唯命是从。在他的生命中，早就没有了发妻夏荷和一对祝家的正宗后人，他活在这个世界上，已经不知道自己的根在哪里，祝家庄是不是他的家乡，祝家大院的门是不是还向世人敞开着……

（三十五）

1963年的夏天，像小鸡出壳一样，祝家熊家的一群儿女都要大学毕业了。其形势之可喜，真正是令人高兴非常，百感交集。家长们终于等到了这一天，好比进士盈门，人才辈出。特别是从赤贫中走来的单亲家长——夏荷，更是热泪盈眶，喜不自禁。

祝子丰，毕业于浙江大学物理系。因学业成绩优异，为人正派有能力，留原校原系当老师。

祝子和毕业于浙江师范学院中文系，分配到浙江东江市第一中学当语文教师。

熊伍毕业于宁波医科大学内科，分配到浙江东江市人民医院当内科医生。

后来，还从沈一万那里得知，祝文彬的两个女儿已经从宁波市商业中心学校毕业，都已走上了工作岗位。这个消息夏荷是不知道的，瞒过她是怕节外生枝。据说大女儿叫江云燕，在宁波市大通路中心粮店当会计，二女儿叫江云飞，在宁波市北京路百货公司当服装部营业员，小儿子祝子舟还在商业学校读书，尚未毕业，日后准备到上海去考复旦大学。

三年困难时期的惨淡云烟渐渐消散了，如长江后浪推前浪一般，中华民族的子子孙孙人才层出不穷。这是多么豪迈的气势与壮观的时世呀。祝家、熊家尤其是这样，新人辈出，气吞山河，豪情满怀，壮志凌云。

一个娘姨，一个上海滩上摸爬打滚过来的女佣，竟然用一双勤劳的手，培养出两名中国名牌大学的毕业生。这种事真是神奇呀，令人扼腕称赞不已呀！

祝子丰留在浙大教书，属于上等分配，取决于他的才华与为人。看来，他比她父亲祝文彬优秀是不成问题的了。今后哪个姑娘能成为他的妻子，那真是前世修来的福气了，就要看谁有这个运气了。特别是他年纪轻轻就看透了他父亲带给母亲的苦难，他的心从很小的时候就在流血了，他的五脏六腑一直遭受着重创，所以他以后一定是个爱妻的人，他对于家庭的完整和温暖有多么热切的追求与渴望呀！

夏荷笑笑对儿子说："丰儿呀！你现在大学毕业了，你中了个头名状元，妈妈高兴呀，你是妈的儿子，一点都没有错。你能吃苦，你能坚持，你能屈能伸，终成大器。今后，妈到杭州来，跟着我儿享福呀！你一定要找个好老婆，慢慢地、仔细地找，不要像妈那样随便找一只无底灯盏呀……"夏荷语塞了，哽咽起来了。

子丰轻轻地拍着妈的背。叫她不要再说下去了，他说，儿子晓得儿子懂。面对这个一手培养他成长的母亲，子丰一个人长树大的大小伙子泪流满面，泣不成声……

夏荷转过身又对女儿子和说："和儿呀，你现在大学毕业了，你也中了头名状元。你是妈妈最心疼的宝贝呀！二十三年前，我十月怀胎，一朝分娩。生下了你哥哥后，哪知肚子还在剧烈地疼痛，没有一点儿轻松感。接生婆按着肚皮说，'还有一个，荷姑，还有一个！'我又跪在地板上，连头带尾地又生了一个，这个女婴就是你呀！我的小乖乖，你比哥哥小一个多小时，比他轻四两。我的儿呀，在没有丈夫的情况下，我大哭大喊鲜血淋漓地生下了两个宝宝……"

"妈——妈——我们知道了，我们爱你，妈——"

子丰子和兄妹俩立刻跪在母亲夏荷的脚下，也大声嚎啕大哭了起来……

这时，站在一旁的熊伍连忙搀扶起子丰子和。其实，他早就忍不住了，他也掉眼泪了。向来，他是个只笑不哭的人，今日比谁都哭得狠，哭得大声。熊伍说："荷姨，现在一切都好了，不但子丰子和会孝敬你，我也会孝敬你的。我妈妈说，不久我就要做你的女婿了。你看，做个上门女婿可好呀？"

熊伍的话句句真切，声声催人泪下。于是，大家都用手擦干眼泪，破涕为笑了。

夏荷转过身又对"准女婿"熊伍说："阿伍头呀，你现在大学毕业了，你也中了头名状元。你要到大医院里去当医生，荷姨祝贺你！以前你是我的小跟班，多么听话的孩子呀！你是你父母的心头肉，也是我荷姨的心头肉。本来你叫我夏荷大姐姐，自从子和帮我升了辈分，你叫我荷姨了。从荷姐到荷姨，我们老小一对同甘苦共患难，吃过多少苦，受过多少罪。阿伍呀！你是我生命中的一盏明灯，有你的指引，我才能做人到如今呀。我跟你们走呀，我认你这个准女婿，你比普通的男人好十倍百倍呀。你一定要把病人的毛病看好呀，首先要把你爸爸熊先生的胃病治好呀！你一定是爸爸的好儿子！人民的好医生呀！"

说得在场的熊先生、熊师母老泪纵横，不能自已。熊伍拉着子和的手跪倒在夏荷面前说："妈妈，我们听你的话，永远爱你！"

一边是兄弟姐妹，一边是儿女亲家。这亲情比山高，比水深。

熊先生和熊师母并排站立，老夫妻双双向亲家夏荷深深地鞠了一躬。熊先生说："夏荷呀，你是天底下最好的女人，我把小儿子阿伍头交给你，我放心。"

熊师母抹着眼泪说："夏荷呀，先生说了把阿伍头交给你了，我早就是这个意思了。希望我们的儿女顺利走上工作岗位，再择个良辰吉日，把亲事办了。我们就放心了。"

夏荷应声说道："好，好，一切听先生、师母的安排。"

子丰很聪明，连忙代表祝家表了个态："熊先生，熊师母，祝贺你们生了个好儿子熊伍。如今，你们同意熊伍娶我妹子祝子和，这是我祝家的荣幸，我们祝家高攀了。相信熊祝两家联姻美满和谐，感谢恩人熊先生熊师母，到时我们再一起操办婚事，你二老说好吗？"

熊先生有感而发："祝子丰像个兄长，祝家后继有人了，我高兴。"

……

原来，这次三个人的毕业分配是有内情的。

因为，中国在那个讲阶级成分家庭出身的年代里，大凡无产阶级劳动人民家庭出身的毕业生分配要好些，多半分配到全国各大城市及东南沿海地区的重要企、事业单位，政府机关以及高等院校研究单位等；资产阶级以及地、富、反、坏、右出身的毕业生多半分配到西北地区或边疆较为落后困难的地区去，或者分配到农村大小县城有关单位中去。

祝子丰，按家庭成分来说，一贯填的是小土地出租（按祝文彬的家庭而填），实际上，1945年以后，祝文彬离家出走，夏荷一直在上海当娘姨，是个劳动大姐无产阶级。种种原因，子丰的家庭出身一直没有改过来，仍然填成小土地出租，不上不下，带有一定剥削性质。

由于子丰成绩优异，人品端方出众，深得系领导的信任和重视，祝子丰被破格留校，予以重用。

祝子和呢，家庭成分也是小土地出租，不上不下的中间成分。她也是成绩优异，业务水平出众拔萃，可谓中文系拔尖的女秀才。本应分到更好的单位去当大学教师或专业作家的。但是该系领导成员中，有几员"老爷"极左思想严重，他们认为子和的家庭出身不够好，业务太好了，怕不稳当，就把她分到浙江省东江市第一中学里去当老师，说是可以有利于她改造思想，锻炼提高，更好地为人民服务。

熊伍的毕业分配就不用说了。他的家庭成分是资产阶级，能够与子和分在一个地方已经属于照顾了，很幸运的了。可怜熊伍满腹的治病救人造福苍生的崇高理想，被某些领导强行压制随意发落。好在祝子和陪同熊伍向领导上说明他俩是恋爱关系，才勉强分配在浙江省东江市人民医院当内科医生。

大学生毕业分配原委多多，有些内幕不堪入目，无公平合理可言，人为因素很多。子丰、子和、阿伍三名毕业生的分配方案，还算可以。他们三人是心悦诚服了。夏荷、熊先生、熊师母也无话可说，只得服从，择日起程。

不久，祝子丰就到杭州浙江大学物理系报到，正式进入高等院校任助教。祝子丰是文昌县祝家庄第一个大学教师，第一个高级知识分子，祝家大院第一个状元郎。

祝子和随熊伍一起进入浙江省东江市工作，两人分别到各自单位正式报到。熊伍到浙江省东江市人民医院报到，分到门诊内科当医生。祝子和到浙江省东江市第一中学报到，分到语文教研室当教师。

各自工作分配尘埃落定。

第一年中，各自居住于单位的职工宿舍里，吃在食堂，生活简单稳定，每周末见见面谈谈心，熊、祝的爱情之花在日渐绽放。

其实，子和只比阿伍大半岁，两人相处甚为亲密和谐。子丰爱阿伍的人品正直、性格幽默风趣。阿伍良心好，善解人意，正义无私，对她体贴入微的做派，这是她最喜欢的地方。因为母亲大半生所受的苦，她是牢记在心的，警钟长鸣的。她心里再明白不过，父亲祝文彬是个什么东西，那有人样无人心的特点，她小小年纪早已看得清清楚楚的了。所以，她找对象，不是过多的看外貌，而是看内心，看有无博大、慈爱、真诚、善良之内涵。熊伍，几乎与她一起长大，他品性高尚，品质优秀，爱家庭爱家人，他是她的意中人。

本来，按熊伍的学习成绩和才华、品性，他是可以分到上海一流的大医院里当内科大夫的，因为阶级出身之故，只能分到外地的普通医院当内科大夫。在那命运跟着政治走的年代里，熊伍只能无条件服从分配，离开老迈的父母，暂时放下手头上的课题项目研究，到外地去上班。即便这样，祝子和还是深爱熊伍的。

有时，熊伍会嬉皮笑脸的问她："子和小姐，跟着我到外地上班可高兴？"

"有什么可不高兴的，上海人小肚鸡肠！"

"啥人小肚鸡肠了？我看侬有点愁眉苦脸。"

"啥人愁眉苦脸了？我看侬有点勿欢喜东江。"

"啥人勿欢喜东江了？我看侬勿会看病。"

"啥人勿会看病了？我看侬勿会教书只会写文章。"

"啥人勿会教书只会写文章？我看侬想上海了。"

"啥人想上海了？啥人想上海了？噢，噢，我真的想上海了，真的想爹爹姆妈了……"

子和一语问倒了熊伍，这个七尺男儿竟然"哇"的一声哭了出来。

子和连忙迎上前去，抱着他的身体，自己也"哇"的一声哭了出来。子和亲热地说："好阿伍头，我们不哭了，我们不多想了，下个星期天我们回上海去看看爹爹姆妈，还有我的那个娘亲。"阿伍头也把子和抱得紧紧的，阿伍说："好子和，到外地了，我会照顾你的。我的工资发下来都交给你。相信我们会成家立业的，我们会一天天好起来的。想当初，我们那么多苦都吃过来了，还怕什么呢？说到底，身在异乡不习惯，就是想亲人呀。现在，我就是你的亲人哪！你看，你看，亲人就在你眼前，怎么看不见呢？"

说得子和破涕为笑，心里头暖融融的。

……

后来，熊伍就有滋有味地当起内科大夫来了，得到医院上下和广大病人的好评。都说熊医生热爱病人，问诊仔细，诊断准确，药到病除，真不愧为医学院的高材生呀！

后来，祝子和就认认真真地当起中学教师来了，教书育人，谨记于心，也取得了不少好评。都说祝老师年纪轻轻，教书有功底。一口话，流利准确；一笔字，刚劲有力；分析课文，深入浅出；教起作文，有章有法。男生女生都十分喜欢她的教学，深得广大师生的赞誉。校长先生说："像祝子和这样的青年教师不可多得，学校必须设法留住她，她不是有个未婚夫熊伍吗，干脆分一间婚房给她，今后她就跑不掉了。"

学校事务部门尊重了校长先生的提议，一年后破格破例为祝子和老师分配了一间住房。

祝子和老师的住房分配在学校东南区教工宿舍2楼208室。一间正房一间小客厅，谓之一室一厅，厨房、厕所都是公共的。这已经是上等的待遇了。因为校长陈浩先生喜欢培养教界新秀，所以给子和备以较好的居住条件。而且东南区周围绿化地带宽敞，还有一条小溪在这里百户人家间流过。

所以说，毕业分配呀，是祸是福都是不知道的。常言道，祸之福所依，福之祸所伏呀，普通人又不是诸葛孔明，谁能预卜先知呢。

不久，男朋友熊伍医生来了，后面还跟了一个老妈妈，提蛋捉鸡的，嘻嘻哈哈地走进了祝老师家的门。

熊伍高高兴兴地说："祝子和老师，我们来入户了，你欢迎吗？"

祝子和应声答道："欢迎，欢迎，你这个不正经的阿伍头。"

"后面还有一位赤脚大仙呢，你欢迎吗？"熊伍笑嘻嘻问道。

"哪里赤脚大仙呢？只不过是在溪边打湿了鞋吧。"

子和边说话边看到来者不是别人，正是母亲夏荷。她急忙接过母亲手中的东西。母女相见，更是欢声笑语不绝于耳。夏荷指着熊伍说道："阿伍头，你的福气不小呀！"

熊伍笑了，子和笑了，母亲夏荷也笑了。

（三十六）

1966年以后，席卷全国的文化大革命开始了，当时中国正值政治风云突变的年代，是继三年自然灾害之后的"十年动乱"。当时上海出现了"一月风暴"，一时间涌出许多造反派组织，他们把成千上万的老干部、专家、学者等戴上高帽子，揪斗游街，声声呼喊打倒"走资派"。后来，"四人帮"严格控制下的上海，斗争扩大化，制造了许多冤假错案，所谓清理阶级队伍，大搞人人过关。以整合反"右"倾的名义，采取各种方法，从机关干部和群众中揪出所谓地、富、反、坏、右、走资派、叛徒、特务，以及"漏网右派"、"假党员"、"国民党残渣余孽"等。

霎时间风声鹤唳，乌云压顶，残酷斗争，所谓横扫一切"牛鬼蛇神"。

在红卫兵组织"造反有理"的口号下，大字报铺天盖地而来，老干部、知识分子以及资本家、演员、文化名人等，都有被揪斗游街的可能，形势十分恐惧可怕。

夏荷仍然在上海熊家做事。虽说已经是个准亲家母了，但熊先生熊师母年老体弱了，离不开她了。自家人帮自家人，她还是与熊家人生活在一起。

当她看到满街满城的大字报，红卫兵小分队，几乎人人都穿起了橄榄绿的自制军装，还手执红旗和红宝书。"革命气氛"异常激烈。熊师母还对夏荷说，进门出门要当心，不要去冲撞红卫兵，若见到他们大辩论或武斗，一定要让开一些，不要去占火星。夏荷连声回答说我与他们不搭界的。

一天晚上，天空黑沉沉的，马路上弄堂里的灯光昏黄无光。外面的两家看家狗汪汪直吠，一阵阵地叫得厉害。突然，一队人冲进熊家，为首的几个大声吼道："姓熊的不法资本家，老奸巨猾的反革命分子在家吗？资本家熊百松在家里吗？出来，出来！揪出来到行业革委会去坦白罪行！"

另一个更凶狠更粗暴的声音喊道："不法资本家反革命分子滚出来，快点！再不出来，我们就要抄家了！"接着五六个红卫兵喊了口号："打到不法资本家熊百松！打到反革命分子熊百松！"

熊先生跌跌撞撞地从楼上下来，还来不及穿件外衣就被他们拉走了。后门口围着很多人看热闹。只见因患严重胃病在病床上躺着的熊先生，就这样被他们带走了，走路直不起腰一颠一瘸的……

夏荷想冲上前去阻挡，根本就不可能。熊师母江莉被吓得两眼发黑，快要昏倒在地，幸亏夏荷扶住了。熊师母大喊大叫，"他到底犯了什么罪呀？！我不知道呀！文化大革命抓的是'走资派'，怎么抓起老百姓来了呀？"

大呼小叫有什么用呢？！

夏荷猜测：今晚上熊先生一定是回不了家了，他被无缘无故地绑去审问了，可能还要挨打。明日可能还是回不了家，看明天马路上里弄里戴高帽子游街的人里面有没有熊先生。

这就是史无前例的文化大革命吗？正是横扫千军如卷席，

一夜之间很多人变成了牛鬼蛇神呀！天道变了，哪里还有人道呢？

熊先生被逮走之后，家里几个儿女都束手无策，准备明日天一亮就去行业革委会看看。熊师母哭得手脚冰凉眼发花，不住气地问夏荷："荷姑呀，你看怎么办呢？"

夏荷说："师母，我的好江莉，我们俩穿件衣服到单位去看看怎样？我们是妇道人家，估计不会把我们怎样的。"

夜渐渐深了，大街上也是东打西围的不平静，只见一队队红卫兵手里拿着棍子和绳索在大街小巷里吆喝着游走……

夏荷与师母手牵着手，肩并着肩，一边探路一边走，绕过人声鼎沸的人群，走过大字报成片的长街，小心翼翼地拐过几条马路，来到了区五金行业革委会办公地。

夏荷叫师母躲在身后，自己鼓起勇气用颤抖的手去敲门，还大声问道："有人吗？里面有革命小将吗？开开门，我们有事体问一声。"

只听得门里边的人说："什么事，你找谁？"

夏荷不怕事了，勇敢地说："我们找主任同志，问一下熊百松的事！"

"你们想寻死呀！熊百松刚刚抓来，三天后再来问！快滚！快滚！"

天哪！夏荷根本就叫不开门。里面好像住着一群凶神恶煞的魔鬼。

两个女人探监不明，只有绝望地走在夜色深沉的上海比较冷落的十字街头……

那一夜，两个女人还能睡觉吗？

夏荷从亭子间搬到二楼师母的房里来睡了。说是做伴睡，哪里还睡得着呢？那一夜，她们都未曾合眼，她们被气得急得吓得失了眠。

夏荷一边劝慰着心急火燎的师母，一边问问师母关于熊先生的事。几十年来，夏荷知道先生是位大好人，是循规蹈矩的守法资本家。她相信，先生一定不会有事的。

情绪冷静下来后的熊师母，对夏荷慢慢地讲起了关于熊先生的故事。她说：“夏荷呀，你母亲周老太跟着我几十年，是了解熊百松的。熊先生确确实实是位好人，解放前他父亲到上海来经商做五金生意，后来发了起来，就开了两家五金厂，还有几间五金店。当时，他是个思想进步的大学生。后来继承了他父亲的生意。因为有文化，又肯吃苦，认真经商，越做越发。后来，连锁五金店更多了，又开了家金笔厂，一直到全国解放。过去，他是个进步的民族资产阶级，解放后积极投入公私合营，把工厂、商店交给国家，自己多次减薪只拿一份工资，是个遵纪守法的资本家，积极投入社会主义建设与革命。从来没有违法行为，多次被选为区人民代表大会代表。连做梦也没有想到他竟会是个反革命分子。一定是别人冤枉了他，因为他一贯为人忠厚老实，不说假话的。”

夏荷连忙接着说：“老实人，在这个社会可能会吃亏的。不过，师母你放宽心，先生不会有大事的……”

三天以后，熊先生出来了，惨不忍睹。

熊先生的头上、手上、腿上到处被打得伤痕累累，血迹斑斑。看上去很可怜，鼻青脸肿的，根本就像变了一个人似的。

江莉问他们为什么打你，到底是什么问题，为什么是现行反革命。熊先生摇着头摆摆手，说什么都没有，只是说我当过几届区人大代表，一定是行贿讨好了区政府的"走资派"，所以才逮捕我拷问我的。这叫作私设刑堂违法拷打，搞逼供刑讯。他说："这叫作有理说不清，斗争扩大化，不游街挨斗已经算便宜了……唉，这场文化大革命，我如何熬得过去呢？唉！"

熊先生一席诉苦，就知道造反派所干的勾当了。熊师母眼泪汪汪地对先生说："百松呀，你没有罪怕什么？只有坚强一点，熬过这一关。你没有反革命罪行，就不用屈打成招。违心地认罪没有好结果的，他们会无限上纲，再踏上一只脚，让你永世不得翻身的。"

坚强的熊师母句句言之有理，企图不让熊先生绝望，让他在无中生有无情打击中坚强一些。夏荷听了直点头，也劝说先生要忍得住。

第二天，第三天，第四天马路上出现了"牛鬼蛇神"戴着报纸做的高帽子，挂着各种反动衔头和姓名牌子被游街斗争的场面。内中有"走资派"、特务、反革命、反动电影明星、里通外国女间谍、反动资本家等，一个个低着头弯着腰跪在大马路的人行道上，红卫兵边打边骂边喊着"打倒……"的口号，还要将他们的手臂向后上举"开飞机"。围观的群众不少，敢怒而不敢言。

庆幸熊先生逃过了游街挨斗这一劫。他也没有闲着，闭门思过，在家中抱病写自我揭发材料。命令他三天以后要上交。
如果没有把反革命罪行写出来，便要参加戴高帽子游街了。熊
先生一边摁着疼痛难忍的胃部，一边手握钢笔瑟瑟发抖地写着
自我揭发材料。

心疼他的熊师母坐在一旁垂泪。

好心的夏荷不时地为他煎药烧开水，一杯水一碗药地递到
他的桌上。

第五天早晨，也就是要交材料的那一天早晨，突然熊先生
不见了，失踪了。

熊先生到哪里去了呢？熊家上上下下一片恐慌。

熊先生不见了，熊家好似塌了天。

熊师母慌里慌忙地问夏荷："荷姐，你看他会到哪里去
呢？昨天晚上写材料很晚才睡的。我实在太倦了，就困熟了。
早上眼睛一睁开，就不见人了。呀——我的预感不好呀。"

夏荷说，师母别着急，我马上要家里人四处去寻，会寻着
的，会寻着的，你不要太心急了。也许他是到工作组交材料去
了。夏荷边说，心里怦怦直跳。

找了一天，全家人精疲力竭了。熊先生还是没有找到，杳
无音讯。

于是，熊师母更加着急了，就打电话给远在浙江东江市的
熊伍和子和，还有杭州市的子丰，还有宁波市的沙玉宝先生。
她心想：多一个男人家里有靠防些。

当天晚上，熊伍、子丰、子和和沙玉宝先生都赶到上海。
熊伍一进门见母亲躺在床上。赶快扶起母亲说："妈，家里出

了什么事？父亲什么时候出门的？我们都回来了，一切由我承当，你不要着急，急坏了身体可不好。我们马上分头去找，你看怎么样？"

熊师母看了看儿子熊伍焦急的模样，又看了看大家，示意大家先坐下再说。祝子和对母亲大人说："妈，你先不要着急，可能父亲自己会回来的，我相信，父亲一定没事的。"

母亲摸了摸子和，便说："聪明的孩子，父亲一辈子是好人，从来不是什么反革命分子，文化大革命要算账也不会算到他的头上去的。"

熊师母见孩子们到了，沙先生也到了，似乎全身长了不少力气，理直气壮起来了，立即坐了起来，招呼大家坐下喝茶。

在文化大革命中，人人都怕招惹灾难的火星，而人人都心惊胆颤恐怕莫名的灾难降临。特别是个人成分不好的，家庭出身不好的，各行各业已经成名成家的，有海外关系的。当然各系统各单位当领导的更为心惊肉跳。有书统计，"四人帮"严密控制下的上海，因"炮打中央文革"等罪名而制造的冤假错案，竟达24.9万多起，受到株连的无辜群众在100万以上。伴着"清查5·16"，北京、上海等许多单位进行"清理阶级队伍"，在更广泛的范围内打击迫害革命干部和群众。

熊百松先生就是受连累迫害的一个商界人士。

天上乌云密布，地上戈戟四起。熊伍和夏荷一步一探地行走在大、小桥木路一带，白天黑夜里探寻着被害人熊先生的踪影。那时期不少含冤不白之人采取了一个简便残忍的自杀手段——把颈圈挂在巨大的广告牌背后，上吊自尽。伍、夏二人怕厄运落在熊先生头上，故而在大马路边沿着广告牌寻寻觅觅。就像当年在马路边寻找白面书生祝文彬一般……

他们口里如含着黄连那么苦，心里如放着称砣那么沉重，心惊肉跳，两眼直冒魂飞魄散的暗光。他们一路上用手扒着一具具挂在广告牌背面的尸体，翻过来覆过去，定睛搜寻着。与当年找祝文彬的差别只有一点，那就是他们寻找时没有开口动问，因为那些尸体已经拒绝与活人对话了。不用口问，只用眼看，心惊胆战，一一翻尸寻找。

在万分恐惧中，在灵魂震颤中，在悲风呼号中，在夜色苍茫中，熊伍和夏荷终于在小木桥路的尽头，找到了一具与熊百松先生及其相像的男尸挂在巨大的广告牌背面。他们用手电筒仔细照看着，用手触摸着布衫和鞋子。不错，就是这一具了。他们俩顿时低眉垂泪，高声惊呼："找到了，找到了，这位高挂者就是了，就是我们可怜的……可悲的……可敬的……父亲大人了！到底是为了什么呀？！你要走上这条不归之路呀？！"

夜色深沉，寒气袭人，痛彻心肺。熊伍和夏荷，立刻雇来民工及板车，放下吊在广告牌上的清白先生。在那个年代里，两人不敢嚎啕大哭，不敢呼天抢地，不敢作任何声势，只是跪在马路边阴沟洞旁边，深深地拜倒在地，泪流满面地扑到在地大声痛哭……

文化大革命伤了熊伍、夏荷、熊师母的心。熊先生无缘无故地自杀身亡了，给熊家人的心里投下了极其可怕的阴影。然而夏荷却给熊师母留下了一句不可思议的话："熊师母呀，我的苦痛比你的更深重。熊先生不辞而别了，他毕竟和你恩恩爱爱地生活了一辈子，可是我那个死鬼呀，他早就不辞而别了，他只跟我恩恩爱爱地生活了两个月呀……”

这句话，在熊师母江莉的心里砸下来一个深深的坑。

熊师母想不开的是人生，夏荷想不开的是她那刻骨铭心的相思和爱情……人啊人，为什么总有那么多的想不开，那么多的噩梦与颤栗！

（三十七）

熊百松先生去世后，熊伍的心片片破碎，伤心的泪水汩汩而下。子和亲切地安慰他，成天与他在一起轻言细语地说说话，烧菜炒蛋喝喝粥，揪把热水毛巾洗洗脸……格外殷勤地服侍着这位孝敬的儿郎，子和亲爱的开朗的亲人。

熊师母自然十分伤心。

熊师母对从来只笑不哭，现在是泪流满面的儿子说："阿伍呀，你爸爸走了。人去不能复生，我们娘儿俩今后怎样过日子呢？"

阿伍低着头，手微微发抖，好像端不住茶杯似的，他半晌无语。

聪明能干的子和说话了："妈妈，我和阿伍情意深重，已经订下了百年之约。这些，你都是深知的。本来我俩早想结婚的，只因这文化大革命来得迅猛异常，打破了家里的计划。我想，现在不要讲任何排场任何形式了，我和阿伍拿张证结婚就算了。在这个非常时期，一家人在一起是最好的事了，自家人挤在一起，至少可以壮壮胆子。两位母亲，你们看我说得对不对？"

夏荷马上冒出一句话："我看子和说得很有道理，不知师母的意见如何？"

"好是好，这时候我家正倒霉，就怕对不起我亲爱的子和，怕你受到连累，怕造反派斗你呀。"熊师母面带悲情地说着。

阿伍头连忙拉着子和的手说："是死是活我们不分离，我们永远在一起！"

只见一对年轻人流泪眼对流泪眼，面对面，泪水和着泪水，"扑通"一声跪倒在地下了。

子和聪明又果断，用坚定的语气对两位长辈说道："等我们把父亲的后事料理完毕之后，别过上海的四位姐姐、兄长的家庭之后，阿伍随我到浙江东江简单成亲，江莉母亲与我们一起住，夏荷母亲回祝家庄跟阿福一家住。我们要开始过全新的生活了。暂时避开乌云密布，残酷斗争的上海，避开文革这场莫名其妙的灾难。特别是婆母更应去农村呼吸新鲜空气，抖落上海文革的灰尘和秽气。"

阿伍接着又开腔了："子和的打算是很好的。一来看出你祝家人的大义当头，敢字领先，不畏连累；二来看出你深深理解两位母亲，欲从精神上安慰长者，换个环境也是个摆脱痛苦的办法。好呀，子和，看来我找你是没有错的了。"

一时间，子丰表示赞成，沙先生举双手称妥当，其他子女个个说听弟媳的没有错。于是伍和成婚，母亲下乡便当场定了下来。

这正是，"十年浩劫，天下大乱"之时，只能上什么山唱什么歌了，一切从简就便，避开殃及，求得生存，便是一条出路。

于是，母亲夏荷收拾一应生活用品，带上她几十年来在熊家做事的铺盖行李，还有那只四十年来没有回过故乡的旧藤

箱，它记载着夏家两代人和熊家之间的血肉情义。夏荷把自己
几十年穿过的各朝各代的大小衣服积集在箱内，今日把它提往
祝家庄祝家大院。夏荷将由一个上海女佣完全变成一个乡村农
妇，回归到她的农村本原生活中去了。

熊师母江莉离开了与熊先生共同生活过四十余年的家。
随儿子媳妇同住浙江东江市第一中学。江莉从青年学生到结婚
生子，成为熊家的师母内当家。几十年来为人正派达观相夫教
子，无一日空闲，现在带着大包小包行李铺盖出门，觉得很不
习惯但也甚感新鲜。出门，是件无可奈何的事，但是能跟着心
爱的儿子阿伍头走，想想还是有趣的。一生中怎么也没有想到
有一天会跟着可爱的小儿子阿伍头离开家门。她有些彷徨，有
些憧憬，这次远离家门不知是悲还是喜，不知是祸还是福？实
在没有办法，两只脚不由自主地向前挪动，心里不踏实，没有
一个定准。

再想想，夏荷是个靠得住的人，祝子和有文化、有本事、
有良心、有见识。跟她们走靠得住，不用担惊受怕的，更何况
还有忠诚于自己的好儿子熊伍呢？怕什么呢？所以两只脚就快
步走出熊家大门，走出她走惯了的熟悉弄堂，疾步走上通往北
火车站的大马路……

农村各处房舍院落革委会等大墙上，虽然还张贴着文化大
革命的标语口号，但气氛与上海市不同，火药味稍为减弱些。
东江市第一中学大院中却是一片葱茏，学生已解散了，如一池
静水，倒也安静。种种迹象说明，这里的人们还可以按常态
生活。

　　熊师母和夏荷两个老姐妹，简单收拾安排了两室一厅的小家，让熊伍与子和穿两套新衣。点起两只红灯，拜过双亲，就算结婚了。

　　熊伍医生和子和老师在春天里结了婚，在患难中成了婚，在文革中投了逍遥的机，在人祸横行的年代里救出了两位娘亲。无疑，这对幸福的小夫妻他们用爱心慰藉了对方，用爱心表明不怕挨斗受连累的崇高品格。特别是子和姑娘，明明知道婆家遭难，公爹屈死，婆母也挣扎在死亡线上。在这决定熊家生死存亡的关键时刻，她毅然与"罪臣"之子阿伍结婚了，显示了她非同一般的人格和智慧。她知道，越是在逆境中，越要有明辨是非的能力与睿智，越要做安家定帮的女主人。熊伍，这个善良的人，自然会更加爱她心疼她。这熊伍，自出娘胎以来，只知道帮助、关爱他人，如今受到妻子子和的帮助与关爱，内心更是激动不已。他对子和说："亲爱的和，我们会孝敬她们的，全力保护两位母亲！"

　　子和对和蔼可亲略显低沉的丈夫阿伍头说："亲爱的伍，母亲是我们来到这世间的根本，我们要不忘所自，孝敬我们两位伟大的母亲。在乡间，她们的心情可能会好一点的。"

　　于是，夏荷回到阔别多年的乡间，和阿福、阿苗、小勇生活在一起，熊师母与熊伍、祝子和生活在一起。一种别样的生活就在他们的生活中延伸……

　　星期天，熊伍和子和陪着母亲逛大街游小巷，游历浙江省东江县级市的四面八方。这地方紧挨着宁波市，海洋性气候，春暖花开时节更显温暖而凉爽。海味比上海市还多还新鲜，两块带鱼就可以盛一盘子，瓜果蔬菜丰富且便宜。熊师母感觉很舒服，她对阿伍说："若早知道这里环境这么宜人，我早应该陪着你父亲到这里来生活了，可能还可以避开那场灾祸。"

熊伍遗憾地说："事情就是这么的不凑巧，这是命呀！妈你不用难过了。现在，只要你生活得好，我和子和就心满意足了。"

熊师母破涕为笑了。乡间的春风吹拂着她的身体和心灵，她将以儿子和媳妇的爱治疗着丧夫之痛，用怀念代替绝望。上海的家，安乐的窝，她不再多想它了，由她的几个儿女去管吧。

清明时节，春意盎然的一天，熊伍和子和小夫妻俩要去宁波市走走，特意准备去买些水产和补品，买些日用品供母亲生活之需。不知不觉地走到了他们熟悉的宁波市第五百货公司服装部。

突然一个年轻而熟悉的女营业员出现在熊伍的眼前。当熊伍和子和走近她时，那女人异常热情地与熊伍说话："请问同志，你姓熊吗？是从上海来的吗？"

熊伍愣了一会儿就想起来了，她不是别人，她是自己小学里的同学江云飞。十几年前熊伍和夏荷还救过她姐妹俩的命，后来还为她姐妹俩受伤住过医院。熊伍立刻回答道："是的，我姓熊，叫熊伍。这位是我的爱人祝子和。你是不是有个姐姐叫江云燕，你怎么会在宁波市工作呢？"

那个容貌中等，个头偏矮，身体壮实，热情大方的年轻营业员面堆笑容热情地接腔了："噢，你果然是熊伍同学，太好了！是的，我和姐姐江云燕都是你的同学，你还是我姐妹的救命恩人呢。见到你真高兴！见到嫂子真高兴！你们怎么也到宁波来了呢？"

看来，儿时的同窗好友，能在外地突然相遇，双方都有说不出的高兴。江云飞还邀熊伍夫妻俩去了她的家——中百五店职工宿舍，她与丈夫李小斌的家。一处单间房舍，门口走廊上摆有煤球炉子做饭，家景比较贫寒。

江云飞把熊伍夫妇请到家中坐定，泡上了西湖龙井好茶水，然后叙谈家常。她说，她和姐姐江云燕都已中专毕业，文革前分配到宁波市工作，她是百货公司营业员，姐姐是大通路中心粮店会计，父亲在街道税务局工作，母亲家务。一家人过着普普通通的贫民百姓生活。姐妹俩手下还有一个弟弟，名叫祝子舟。现正在上海复旦大学读中文专业，父亲希望他将来成为一名作家。江云飞因为感激熊伍曾经是她的救命恩人，所以谈起家境，絮絮叨叨，事无巨细，和盘托出。可见她对老同学的一片真诚和热情。

熊伍听后，自然十分感动，想不到在宁波还有故交。正当她要想一五一十地谈谈自己的家境时，机灵聪慧的祝子和马上向她提出了一个问题："云飞同学，感谢你的真诚与热情，在遍地动乱的社会里，你能坦诚谈及家事，我们甚感荣幸与亲切。谢谢你对老同学的一片赤诚之心。有个问题想问你，你和姐姐都姓江，为什么弟弟姓祝呢？"

江云飞坦然答道："我和姐姐云燕都姓"江"，那是随母亲姓"江"。我母亲江曲花，她原是江西九江一带的渔家之女。我弟弟姓"祝",那是随我父亲姓"祝"。我父亲叫祝文彬,他原是浙江文昌县祝家庄的富裕农户之子。"

霎时间,只听祝子和"啊哟"一声,手上的茶杯跌落地下打了个粉碎……

那熊伍医生也顿时惊讶莫名,一手扶住妻子子和,说不出话来。

江云飞见状十分不解。

只见祝子和年轻轻的突然身体不适,头上直冒冷汗,双手颤抖不停,双腿站立不稳。不是丈夫熊伍紧紧扶住的话,早已瘫软到地下了。唯有熊伍是知道她的心思的,但又不敢冒昧乱说,只觉得子和轻轻地拉着他的袖子,示意他不要随便发问。

江云飞也感到非常突然。

为什么她的几句家常话,会使老同学熊伍夫妇有如此强烈的反应?为什么几句随和而简单的话语好像要了子和嫂子的命?她是百思不得其解。她苦苦地想,难道自己说错了什么吗?不,自己绝对没有说错,那几句极其简单而真实的家史,难道还会说错吗?于是她就不解地问熊伍:"熊伍老同学,我说错了什么没有?为什么几句话刚出口,就使你们像受了刺激一样?"

熊伍忐忑不安地答道:"没有,没有。我们没有什么,没有什么。"

当江云飞收拾好地下被打碎的茶杯残片后,对小夫妻俩歉意地笑了笑,还说:"寒舍简陋,招待不周,不周呀。请熊医生和嫂子原谅。"说话非常勉强,似笑非笑,似礼非礼。仍然显露出莫名其妙的不解之意。

受惊后的祝子和，一切都明白了。

原来，站在她面前的友人，就是她同父异母的妹妹，还有一个妹妹叫江云燕，还有一个弟弟叫祝子舟；原来，父亲祝文彬早年抛妻别子到江西九江娶了一个小老婆名曰江曲花，她是个渔家女；原来，母亲夏荷早年在上海熊家做女佣时，父亲和江曲花一家也在上海谋生；原来，江云燕、江云飞和熊伍在上海读小学时，曾经是同班同学，熊伍和母亲夏荷曾经救助过江家小姐妹，母亲夏荷与阿伍头曾经是祝家姐妹的救命恩人……太曲折了，太复杂了，太人道了，这故事简直要令人扼腕叹息呀！在父母分离将近30年后，子和和云飞这对同父异母的祝家姐妹终于在宁波邂逅相遇了……天哪，老天爷呀！你为什么要如此无情地捉弄人呢！

祝子和在沉思中糊里糊涂地离开了江云飞的家。只记得在分别时祝子和与那小女人说了一句话："再见了，江云飞，我们有话以后再叙——"

天色渐渐地黑了下来，小夫妻俩乘上长途汽车无趣地低着头紧挨着坐着，不说一句话。聪明的熊伍心里很是明白：想不到江云飞同学竟然是妻子子和的同父异母的妹妹，想不到当初他和夏荷千找万觅的祝文彬正是江家姐妹的父亲，想不到当年他和夏荷找到的那个居委会，正是管辖祝家的那个居委会，想不到当年到医院住院部来送礼道歉的那个江妈妈就是祝文彬的小老婆江曲花，想不到祝文彬多年住在上海市大木桥路贫民区，与他所读的桥光小学是那么的近……天哪，老天爷太会捉弄人了！老天爷无情地捉弄了夏荷妈妈，又捉弄了当年天真无邪的自己。

他问妻子子和，这件事要不要告诉夏荷妈妈呢？要不要向母亲江莉言明呢？

聪明、镇静、细心的妻子子和说："好熊伍，目前一个都不能告诉。只能让它石沉大海，泥牛入海。待以后，时机成熟，总会水落石出的。"

熊伍想起，当年他陪夏荷找文彬时，夏荷的心很苦。那正是"天涯地角有穷时，只有相思无尽处"。当时他多想找到祝文彬，就想去告知夏荷；如今祝文彬找到了，他却不能告知夏荷了。这正是彼时彼地和此时此地不一样，真正的不尽相同呀……

（三十八）

20世纪70年代初期，"文革"风潮尚未过去，子和首先听闻的是不义父亲祝文彬的消息，当然是熊伍从老同学江云飞处听说的。据说祝文彬在"文革"初期也被宁波市某税务局斗得死去活来。他的罪名是里通外国特务加流氓。

20世纪40年代祝文彬为上海著名交际花陈露当三轮车包车夫并厚颜无耻地成为他的併夫，已是不争的事实。解放后祝文彬再度与逃亡香港的陈露一度勾结，被一些"革命群众"揭发为里通外国老特务。据说他在文革初期紧跟"走资派"上蹿下跳，很快就被单位一些造反派拿下，对他实行严刑拷打，吃了不少苦头。

据说在批斗他的时候，有如下一段口供：

造反派问："祝文彬，看上去你文质彬彬，实际上在20世纪30年代就是个玩弄女性的老流氓，是不是？！"

祝文彬答道："不是的，我是个同情女性、挽救女性的人。"

"呸！老流氓，臭流氓，老实交代你玩弄的女性是谁？！"

"我没有玩弄女性，我的情人是陈露。"

"打到老流氓祝文彬！打到交际花大妓女陈露！"

"陈露不是大妓女，她是公关名流小姐，她是明星。"

"交际花就是妓女。祝文彬不老实，为交际花翻案，打到祝文彬！"

"陈露是逃往香港的女特务，祝文彬里通外国当特务有罪，打到祝文彬！"

"祝文彬的女儿徐文丽是你什么人？祝文彬包庇女特务之女有罪，打到祝文彬！"

……

句句揭发，声声打倒。

造反派把祝文彬这个老白脸斗得晕头转向，打得皮开肉绽。祝文彬被斗得满街爬，满地滚，他被捉到造反司令部办公室私刑逼供，还不准回家。关在造反司令部席地而睡，被子上贴着大白纸条，上面写着：里通外国老特务祝文彬。命令他不准撕破，否则就是反对文化大革命的现行反革命分子。那么，祝文彬成了一个典型的牛鬼蛇神，要永远被钉在耻辱柱上了。

祝文彬被揪斗的消息不胫而走。

在那个年代，一些人历史上曾经有过的蛛丝马迹，都有可能被搜集到，成为残酷斗争无情打击的对象。像祝文彬那样有故事的人，实在难逃造反派们搜寻批斗的视线。

祝文彬没有反党反人民的罪行，就因生活作风问题和海外关系被斗得人不像人鬼不像鬼，亲人和亲戚朋友们得知后自然心里难过。第一个为他难过的是与他生活多年的妻子江曲花，其次是他的三个儿女江云燕、江云飞和祝子舟，再次是他的过房女儿徐文丽。这里补白一句，徐文丽虽然是陈露的女儿，有无可否认的境外关系，由于她平日里与人关系随和融洽，从不得罪人，是个积极、热情、善良的护士长，深得人们喜欢和称赞。所以她奇迹般地躲过了"文革"风暴中的批斗和打击，自由自在地过着她的小日子。倒是她非常心疼无辜挨批斗的干爹祝文彬。

祝文彬被揪斗的消息被一些亲戚朋友知道了。大家都认为他很是冤枉，既不是"走资派"，又不是地、富、反、坏、"右"分子。胡乱地扣上一个里通外国流氓的屎盆子。真有点有理说不清，有冤无处诉。由于他平时为人还比较随和老实，文质彬彬，以礼相待，所以后来斗他的力度便渐渐有所减弱了。得知文彬被斗消息的人有沈一万、余菊、沙玉宝、祝子丰、祝子和、熊伍、夏莲、夏小琴和周安，等等。

这里插一句，夏莲的丈夫周平由于长年劳累，开水产店营生，生了一场重病，已经去世，家境尚可。所以夏莲小姨几十年来一直在帮助夏荷，支助子丰子和的生活和求学的费用，只是家中事多，夏莲无法抽身多去看望姐姐罢了。

不知道什么妖风吹到了文昌县祝家庄。让那边的一些人知道了祝家大少爷祝文彬在宁波市某税务局工作，而且受到"文革"风暴的冲击，已经被戴高帽子游街挨批斗了。而且这顶帽子还非常离奇且不光彩——里通外国老流氓。

不知道是什么原因，这条坏消息竟然惊动了与世隔绝独善其身的夏荷。

祝阿福、祝阿苗、祝小勇自然也闻听此讯了。他们不为祝文彬特别震惊，却为大妈夏荷捏了一把汗。他们知道，她是祝文彬的虔诚信徒，这消息对于她无疑是一个惊天响雷。他们小心翼翼地瞒着她。不露半句隐情，甚至不让隔壁邻居乡亲们来串门，防备着意外的发生。

祝家院子里从来没有过的安静，只听到鸟雀叽喳声和风声低吟声，很少听到人们的言语声。祝阿福，一个半老的农民像株老树，满脸松树皮般的皱纹和粗糙的手，不大开言谈事；祝阿苗花白头发脑后打个结，穿着破旧的围身布蓝和布鞋，忙进忙出只顾烧火弄饭；小主人祝小勇大专文科毕业生无事可做，在家看书写作和搓麻绳，静静地思索着这动荡的时世的风风雨雨……自从大妈夏荷回家以后，他们全家曾经为团圆而庆幸，虽然农村生产受到"文革"影响，家中生活较为艰难，但多年分开后的团聚却是无比的欢乐和幸福。多年来阿福一家为夏荷主母看守了这个败落的家，还生养了一个德才兼备的儿子祝小勇。在这个古老而荒凉的大院里，一家人享受着团聚的欢乐。他们相信祝家大院的前景一定会好起来的！

特别是祝小勇，在家静静地看书写作，蓄势待发。他心中最尊敬的人是大妈——三个大学生的母亲，用一生的血汗培养出三位出众的人才，祖国明天的栋梁之才！

这几天，大妈有些寡言少语，坐在自己的房内不下楼。于是，祝小勇轻轻地上楼，细心地观察夏荷的动静。在祝小勇的窥视中，见到大妈有些反常的举动：大妈夏荷在房内摸来摸去的，还用洗脸手巾和新做好的棉鞋擦地板，最喜欢擦的是那两把镫亮的黄色小铜锁，最用心细细刷的是以前祝文彬做新郎时的那套礼服——黑色的长衫和马褂。还把那双黑色尖头皮鞋擦得亮亮的……她把这30年前的结婚新房里如今已经陈旧花白惨象环生的家具抹得油光水滑的，企图使这些老家当重现昔日的光彩。祝小勇边看边落泪，他知道大妈的心里有多么痛苦和酸楚呀！

祝小勇一脚踩进楼板，"嘎吱"一声响惊醒了如在梦中的大妈。夏荷惊恐地问道："是小勇吗？你进来，大妈有话跟你说。"

"是的，大妈，我进屋来陪陪你。"小勇答道。

以下是大妈和小勇的一段撕心裂肺的对话：

"文化大革命是要打倒一切人吗？"

"不是的，据说打击矛头是'走资派'和地、富、反、坏、右。"

"你大伯祝文彬是'走资派'，地、富、反、坏、右吗？"

"不是的，大伯应该不是打击对象。"

"那造反派为什么要打击他呢？为什么要他戴高帽子游街，跪地斗争呢？"

"那是斗争扩大化，大伯是不该被批斗的。"

"他被打伤了吗？他流血了吗？他被隔离住牛棚了吗？他有饭吃吗？他有水喝吗？他还能活命吗？"

"他还能活命的，他没有罪，只是有点作风问题。"

"他现在在哪里？你陪我去看看他好吗？"

"我不知道他在哪里，我帮你找找好吗？好大妈，你不要太难过，事情总会过去的，大伯不会有事的，你放心好了。"

"那么，小勇呀，他现在的家在哪里呢？他成家了吗？他有老婆儿女吗？老天爷呀，为什么我一点儿也不知道呢？老天爷呀——"

大妈在呼叫，大妈在悲伤地哭泣。

大妈呼天抢地大放悲声："苍天呀，大地呀，千万要保佑我的文彬夫君呀！几十年来他纵使离我远走他乡，但是他的心里是有我的呀！上次饭店茶室相遇中，他用温存的目光告诉了我，他内心永远爱我，他深情地告诉我，总有一日我们老夫妻俩要再续前缘的。他的心永远也不会离开我的，只待时日罢了。小勇呀，你是我的好孩子，你听到了吗？你懂我的心吗？他完完全全是我的人呀！老天爷呀，千万不要为难他、折磨他！祈求上苍，要将文彬还给我呀！我向天向地呼吁：他是我的人——他是我的心——他是我的魂——他是我的命呀——"

大妈在祈求上苍保佑祝文彬，闯过"文革"浩劫难关，让他们夫妻还能有重逢的一天。

祝小勇有神力，几句话便震慑住了大娘的嚎啕痛哭，使她暂时归于平静："大妈你不要呼喊不要哭，文彬大爷不是这场运动的打击对象。只等风潮一过，他会平安无事的！大爷他一辈子对不起你，现在你哭喊，神灵听见了，不会帮他的忙；将来他回心转意了，你再哭喊，神灵就会帮他的忙了。大妈呀，你听见小勇的话没有？如果听见了，你就平静下来。好吗？"

小勇几句铿锵有力的话，令夏荷的心极为震惊。是呀，小勇的话对呀！小勇的话句句似解剖刀一样，将大妈与大爷之间的旧情解剖得鲜血淋淋，回复原形。让大妈的头脑顿时清醒过来了。听祝小勇的，没有错。夏荷大妈在极度悲哀之余，归于平静，露出了一丝惨笑。

　　这时，阿苗和阿福相继上楼来了。阿苗端来了一大碗米酒煮鸡蛋，阿福端上来一壶西湖龙井茶。夫妻俩尊敬有加地招呼着当年的主母，多年亲如手足的姐妹。他们知道夏荷的心还在记挂着那个走了多年的人，被人们称为陈世美的人。几十年来，他们已经是患难与共的亲人，多少苦难的岁月，多少风霜雨雪告诉他们，照顾夏荷是他们今生今世的责任。

　　夏荷拉着阿苗阿福的手，紧紧不放松。

　　几天来，夏荷茶饭不思，夜不能寐。在聪明真诚的孩子祝小勇的劝导之下，夏荷的心渐渐地放宽了。她接过阿苗煮的蛋酒，一口一口地往下咽，吃完后还把碗底的糖霜舔光了，她端起阿福递上的西湖龙井茶，像久旱的庄稼吮吸着春风雨露的灌溉和滋润。夏荷呀夏荷，如今你是真正回到了祝家亲人的身边了呀。

　　祝小勇微笑着，对亲爱的大妈直点头，并且向大妈翘起了大拇指，意思是说大妈你真行，真正的了不起！

　　祝文彬被揪斗的事，是谁把消息透露给苦命的夏荷的呢？

　　说起来，那个人真正是该千刀万剐的，这个人，不是别人，就是沈一万的老婆余菊。这个地主的女儿有一副毒辣的心肠，夏荷在上海做女佣20余年，离开故土的时间算是很长的了，逃避恶人的时间是很漫长的了。但是，一旦她在乡间出现，她又会像毒虫一样的叮咬上来，从不肯放过。

　　余菊是徐文丽的婆婆，对祝文彬的事早有耳闻。她通过同住在宁波的夏莲和夏小琴姐妹俩，转告了夏荷。在夏莲和夏小琴回乡看望夏荷时，不慎说出了此事。两个妹妹失言后，后悔莫及，但余菊却是拍手称快。事后沈一万也了解到了，这个歹毒的人还说了句话："想当年，只怪我手下留情，还没有把夏荷整死，后悔呀。谁叫夏荷这个臭丫头拒绝了我沈大少爷的求婚呢？……"

这世界真小，山不转水转，水不转路转。夏荷和沈一万的恩恩怨怨，想不到又转到一起来了。

恶人的歹毒，善人的糊涂，爱恨情仇什么时候是个了结？

徐文丽和她的婆婆余菊，提着东西要去看望亲家公祝文彬。徐文丽这个正直善良的姑娘经常想到义父祝文彬，余菊知道他们之间确实有亲情，便说定时日到宁波某税务局去看望。当时斗争已经缓和了一些，祝文彬已经被机关造反派放回家中，养病写自我批判材料，祝文彬正好在他那个贫寒潦倒的家中。

徐文丽和余菊走过几条大街，又穿过三条小巷子，在长年失修的街道税务局破旧的职工宿舍2栋106号内找到了祝文彬的家。

中午两点多钟，中年妇女江曲花花白头发，衣衫破旧，脸色焦黄正在门口自来水管子旁洗着一大脚盆衣服。看来她的工作仍然是洗衣服。问起祝文彬，她目光冷淡，懒于说话，只是用手指指说他在里边，然后将两位女客让进家门说："祝文彬正在写检查材料，请问你们有什么事？"

还是徐文丽灵活亲切，她说："祝家姆妈，你不认识我了吗？我是文丽呀，我和婆婆是来看望干爹祝文彬的。"同时，她把带来的五斤鸡蛋和两条又肥又大的新鲜带鱼放在桌上。

　　婆婆余菊恭敬而亲切地说："我们是来看看亲家公祝文彬先生的，听说他无辜挨斗，我们闻听后很痛心，来看看他伤得怎么样。"

　　江曲花连声称谢，于是唤出内房中正在写检查的祝文彬。

　　那个里通外国老流氓祝文彬现在究竟什么模样了，干女儿徐文丽和亲家母余菊心急火燎地想马上看到他。

（三十九）

那祝文彬听见妻子江曲花一声喊叫，便知道有人来看他了，旋即从里屋走出。只见他形容憔悴，面色灰白，头发蓬乱，旧衣遮身。但眉宇间还是透出一股清秀的俊气。虽然腰酸背痛，手臂上和腿上伤痕累累，但腰板好像还硬朗，胸还能挺起来，腿脚走路还显利索。一个受尽毒打皮鞭抽的壮年汉子竟然还像一个中青年人。这就是解放后在政府的税务局里只顾埋头工作的无甚思想的文职人员祝文彬。

他抬眼一看是干女儿徐文丽，便惨然一笑，弯着腰客气地说："是文丽囡囡呀，请坐，坐。这位是亲家母吧，请坐，坐。你们真是太客气了，为什么还要给一个犯错误的人送东西呢？真是敌我不分呀。"

说得在场的人都笑了起来。

特别是余菊，竟然用手帕蒙住了嘴，还"咯咯"地笑出了声。

于是，江曲花就解下腰中的围裙，洗净了手，烧水泡茶，接待两位前来慰问的客人。江曲花知道徐文丽是文彬的干女儿，她母亲陈小姐是文彬在上海踏三轮车时的老板。至于祝陈的其它关系，她是一无所知的。余菊大妈是徐文丽的婆婆，只是不熟悉而已。见到她们带来这么多礼物，就热情接待，礼数周全了。

徐文丽见到干爹被批斗得遍体鳞伤，很是伤心。走近文彬身边亲切地说："爷叔，侬吃小苦了。是囡囡家不好，连累了侬，侬和我香港的妈妈只是普通朋友关系，解放后没有见过面，你们绝对不是特务分子，他们为什么要冤枉侬呢？侬要向他们说清楚呀，不要随便承认，胡乱认错，无限上纲，作自我批判。运动初期，我大胆地向他们说清楚问题，没有人敢批判我呀。爷叔呀，侬要讲清楚呀，没有事就是没有事，怎么能瞎斗侬呢？"

文彬拍拍文丽的肩说："囡囡聪明，囡囡乖。爷叔我笨呀，我太没有斗争意识了，我太软弱了。他们道听途说，恶意中伤我，看我是个讲礼貌、文质彬彬的人就七斗八斗，横斗竖斗。爷叔没有本事呀，要怪就怪我软弱无能呀。囡囡你听明白了，爷叔从来没有当过里通外国的特务，爷叔更不是什么老流氓。"

徐文丽点点头说："我晓得，我晓得，爷叔是个好人。"

亲家母余菊望着祝文彬可怜巴巴的样子，她富有感情地说："亲家公，你不用说了。一看就知道你是一个好人，是他们乱斗无辜，胡乱找个帽子给你扣上，他们太恶毒了，明摆着是欺侮你老实，你千万要挺住呀。"

不知道为什么，平日里同样是横行霸道的余菊突然发了善心，为受害者鸣冤叫屈起来了。而且她的一双三角眼一直盯着祝文彬看，好像心疼得要命似的。

后来，女主人江曲花说了两句："谢谢你们来看望文彬。谢谢干女儿徐文丽，谢谢亲家母余菊老师。相信文彬会躲过这场灾难的。文彬真的是无罪的，是单位里一群无聊的人在捉弄他。谢谢你们关心他，我一定会把他照顾好的。"

这次看望，文彬受到了极大的安慰。

徐文丽放心多了，就因为她从小尊敬的爷叔状况还可以，看来不会有事。

余菊看望祝文彬后，心情很激动，她目测祝文彬不仅是个好人，而且是个奇男子。祝文彬的长相气质和言谈举止令她终生难忘。

江曲花冷眼旁观，觉着真诚于祝文彬的女人实在有点多了。祝文彬虽处在末路，但女人们看他的目光却都是亮晶晶的，这究竟是为什么呢？

……

比祝文彬还要优秀的人是有一个，那就是沙玉宝。自从他调来宁波第二师范学院当副校长之后，政绩累累，学校建设、专业设置、教学质量各方面工作上升了几个台阶；人缘又好，故"文革"中没有受到冲击，平安度过。他家中倒有喜事两桩：一是女儿沙欢已经长大，在浙大音乐艺术系毕业后，留于该系当艺术理论教师。她钟情于祝子丰大哥，两人正处在恋爱阶段，准备谈婚论嫁。只是"文革"风潮来得猛烈，还没有办理婚事；二是沙玉宝校长已经和夏荷之妹夏莲结婚有两年了。他们的结合，是老天爷促成的：夏莲嫁到周家与周平过了十几年婚姻生活，夫唱妇随，并且生有一子已有18岁了。现在家中水产店生意有儿子周亚雄继承，儿子聪明能干，生意仍然做得不错。因为沙校长曾经患肺炎住院，请夏莲去照料，期间两人产生了感情，于是两个孤寡之人就由老天爷做主，结成合法夫妻。沙玉宝经常由夏莲陪同去看望夏荷，夏莲与姐姐的接触就比以前增多了。姐姐觉着他俩组成一家很好，这夫妻俩也经常劝姐姐不要过多怀念祝文彬，要翻过去这一页旧黄历，跟着两个成材成器的儿女过日子。

可见，经过时间风浪的打磨，沙玉宝对夏荷已经由爱情转为亲情，夏莲更加同情姐姐。夏莲觉得姐姐心中只有一个祝文彬，深知沙玉宝根本不是她之选择，所以她才与沙校长在一起的。

人生本来就是一部戏。太不可捉摸了，太令人费解了。

夏荷心中根本没有产生过对沙玉宝的爱情，一度令沙校长很失落，也很狼狈。所以如此这般的结局，也是可以想见的。夏莲倒是慧眼识君子，加之她的大胆与明智，才与沙玉宝结成了美满姻缘。

唯独夏荷，永远钻在牛角尖中拔不出来。她对祝文彬的刻骨铭心的相思，何年何月是个尽头？这叫沙玉宝和夏莲非常难过和遗憾。

唯独夏荷，住在祝家老窝里感到无比的幸福，旧日古老的祝家墙门，枯草衰败毫无生气的院落给了她诸多的安慰。院内院外，楼上楼下，井前井后，房前屋后……都能引起她深深的怀念。她常常还会阵阵心痛，那就是这么好端端的一个家，祝文彬为什么就回不来了呢？这里是生他养他的老家呀，为什么他就没有资格回来了呢？为什么他就不能踏进这故园的旧墙门呢？为什么他就不能到老窝里来养病疗伤养老呢？

这故园对夏荷来说，她既有亲切、温暖、安稳、享乐之感，又有苍凉、落寞、荒芜、悲切之感呀。

她跟着阿福阿苗在田野里栽种蔬菜稻谷，面朝黄土背朝天，泥浆里爬进爬出，山野间攀上攀下，小溪中跋涉徜徉，河道中摇橹激浪，土屋中点起炊烟做饭，热热呼呼地吃，安安静静地睡，糊里糊涂地想……夏荷与阿福哥阿苗姐手足情深，劳动度日，无比自在。

这个多年在上海做女佣的人，她曾远离了农村和田野生活，如今回来又当上了农民。感觉还是蛮好的，蛮习惯的，有回归自然、回归故土的乐趣；只是心中仍然有一块缺失，那就是他的祝文彬还没有回来，她的家庭还不曾团圆呀。

骄阳当空，夏日炎炎。一日中午夏荷正和阿福阿苗在田里割稻，这是农村里最受热最吃重的活了。夏荷不怕炎热和辛苦，与他们一起收割稻谷，做粗重农活。阿福阿苗手握镰刀弯着腰在割稻，夏荷在稻桶边扎巴子打谷子。只见她用尽蛮力在摔打着稻巴子，那谷子撒啦啦地往稻桶里滚落，使浅浅的稻桶渐渐地满起来。只见串串汗珠从夏荷的脸上、颈脖上滚落下来，只见夏荷的笑容不时地绽放。

正值阿福、阿苗、夏荷在稻田里欢乐而艰辛地收割的时候，路边上出现了两个戴凉帽的人，那就是沙玉宝和夏莲。在蓝天白云之下，在暑热逼人的稻田边，土地是热乎乎的，田间的残水吱吱冒着热气，稻谷和稻桶都是发烫的，到处是一片热浪滚滚。那两个人的心里更热，他们是来看望姐姐的。他们手里提着一个大西瓜和一壶茶水，还有三斤白糖米糕。

夏荷见到蓝天白云下的两个亲人，非常高兴。连忙停下手中的活，与他们说起话来："夏莲、妹夫，这么热的天，你们两人从宁波到这里来干什么呀？天气热，应该在家里休息的呀。沙欢和亚英好吗？多时没有见到他们了。"

阿福在一旁提醒道："夏莲，沙先生，天气热，我们到树荫下说话如何？"顺手抓了两捆稻草当凳子坐。

夏荷忙说："好好，那我们不客气了，打开大西瓜吃，还可以喝茶，吃米糕。妹呀，你们想得太周到了。"

说话中，大家相对而坐，犹如在乡村树影之下野餐。本来，各家各户割稻人也都在田贩里吃饭。这样做是非常自然惬意的，正好如了割稻人的心愿。阿福、阿苗、夏荷都用手一把把地擦着汗水，笑吟吟的说着，吃着。

夏荷真的像个农民，看上去心情还不错。夏莲非常同情姐姐，毕竟是同胞手足，见她做了大半辈子女佣，回乡以后又当起了农民，心里有说不出的难过。她知道，因为夏荷心里一直装着一个白面书生祝文彬，所以她才有生活下去的决心和热情。这种精神上的专注和依赖，怎么也去不掉，这种情丝铸就了她的为人宗旨和精神内力。她和沙玉宝结婚时，也曾想到过此生是否会对不起姐姐，她似乎有夺姐之爱之嫌，内心非常的矛盾和歉疚。后来，沙玉宝再三告诉她，夏荷对她没有丝毫男女之情的，他们之间不存在任何爱情，当初只是沙玉宝单方追求而已，认为夏荷心里根本没有他，要她放心。夏莲觉得沙玉宝其话亦真，其意亦切，其爱犹深，所以才与沙先生结为夫妇，再来关照姐姐夏荷。特别是夏荷的后半生，她离开了仁义的熊家，再去依靠谁呢？夏莲想那就应该是沙玉宝和她了。以前，她忙于家中生意，不能抽空多看望姐姐，只是在金钱上不断援助，照顾子丰子和读书成长，仅此而已。今后要多关心姐姐的生活起居。祝文彬注定是一生不会回来的了，今后她和沙玉宝就是姐姐养老送终的人了。更为难过的是，母亲周春雨已年迈去世，这个勤劳善良的老妇人，用自己的血汗养育了夏荷夏莲姐妹俩，用生命中的全部力量帮助活寡妇夏荷过着坎坷的人生。据说她老人家是在自然灾害时期吃草根树皮胀死的。现在夏荷娘家的亲人，就只有她夏莲一人了。

夏莲妹妹如此想，玉宝妹夫也如此想。

沙玉宝坐在稻草上，望着痴痴傻笑的夏荷说："夏荷嫂，你过去是我的学生，现在还是不是呢？"

夏荷用毛巾擦着汗，撩起花白的头发，额前露出密密细布的鱼尾纹，黝黑的脸上和着汗珠露出孩子般的笑容，她笑嘻嘻地说："沙先生，你过去是我的老师，我是你的弟子；你如今仍是我的老师，还是我的妹夫，我永远是你的弟子。怎么，你想开除我吗？真正是笑话一桩呀。"

沙校长又关切地问她："夏荷嫂，我怎么会开除你呢？况且现在是你的妹夫，我尊敬你还来不及呢。以后有什么难事，随时告诉我们一声就可以了。现在沙欢和子丰处得很好，我们可能亲上加亲呢，你听了高兴吗？"

"高兴，高兴。我那个傻儿子书呆子能够被欢欢看中，真是太高兴了。希望以后能够成婚，也了了我的一桩心事呀。"

阿苗连忙插上一句："以后子丰和沙欢结婚就在家里办，

我和阿福会收拾好婚房的。两位亲家你们说好吗？"

"好，好，一切只等夏荷嫂发布命令了，我们大家照办就是了。以后夏荷嫂可以文昌县、宁波府、杭州城几处住住，生活得自由自在，快快乐乐的。"沙玉宝尽量找些开心的话来安慰夏荷。

这时，夏荷的脸色绯红，情绪突然变了，言语也放低了声音，手脚有些瑟瑟发抖。她说："文昌县可以住，有阿福和阿苗，还有可爱的小勇子，杭州城也可以住，有我的子丰儿和欢欢，我喜欢的；但宁波府不能去住，我怕碰到那个死鬼！那死鬼算准了要我的命，如若见到了他的影子，我的魂就跟着他走了……"

打住！沙玉宝知道，这个话题必须打住了。一旦提到那个人呢，她的情绪就异常激动，行为可能出现不理智。她情感的火苗就会燃起烟云。沙校长是十分了解她的，她的神经长期受到刺激的。沙玉宝知道了，要想个法子扼制它，让她平静下来。沙校长便说："夏荷嫂，我们不去宁波府，我们要和阿福哥在一起。今后，子丰一家，小勇一家都住在你身边好吗？子和和阿伍也回来，家中也给他们留间房好吗？我们想听你主母大人的意见呢。"

这时，夏荷似梦中醒来，渐渐地又恢复了平静。只听她说："好，好，沙先生安排得好，我们听沙先生的。现在我要改口了。我叫了大半辈子'沙先生'，今后要称呼'沙亲家'了。"

夏荷一句一句的，言语清楚，心态归于平静。

　　骄阳当头，酷暑难忍。一群兄弟姐妹亲亲热热地在稻田上
收割着稻谷，讨论着家中几房儿女的婚姻嫁娶事宜。他们个个
挥汗如雨，把心紧紧地连接在一起……让我们记住他们之间真
诚的情义和崇高善良的人格吧。

（四十）

渐渐的随着"文革"运动的逐渐平和，斗争矛头日显明确，老白面书生祝文彬暂且得到解放。单位的不少群众组织放过了他，不再把这个文职人员握在手心里把玩了。

又是一年的夏天，税务局里组织了一次小范围夏游"天一阁"。因为不少所谓"逍遥派"无事可做，在七八年的斗争里内心疲乏，生活枯燥无味，几十个合得来的就想去藏书楼天一阁参观游玩一番。祝文彬自然是欣然前往，江曲花没有兴趣去赶热闹。

祝文彬日常是以随和自然的形象出现于世的。

他还约好了干女儿徐文丽和她的婆婆余菊。

相约与集体一起出游，是件省钱而快乐的事。一来，出游不用付车费，单位上开运输卡车便行了。二来，大队伍中有小队伍，三个一队，五人一组的，集体活动中还有个人自由，说说笑笑，兜兜看看，买买吃吃，好不自在。可谓心情愉快，游兴酣畅淋漓。徐文丽和婆婆准时赶到祝文彬单位停车处，欢欣鼓舞地应邀出游了。

徐文丽与祝文彬之间的干父女感情一向很好，那自然、亲切与默契是不用说的了，对于干爹在"文革"中被揪斗，徐文丽的内心总是很歉疚，她似乎明白他被揪斗是与母亲陈露有关系的，母亲与文彬干爹确实存在友情，无可非议。其他，她什么都不知道了。她从小就是个单纯可爱的孩子，因为外婆把她教得很优秀。

余菊大妈与儿媳徐文丽不同。她这次能陪着祝文彬一起游，可谓心花怒放，满心欢喜。自从看望了挨斗的祝文彬后，她内心被激起了思念的涟漪，她一眼便相中了这个老白面书生。她想，这世上竟有这般可人养眼的奇男子，令她永生永世难忘；她想，这个人算得上真正的男人——令所有女人喜欢的男人；她想，她与独眼龙沈一万做夫妻，简直是瞎了眼，沈一万是她的丈夫，又是她的耻辱；她想，与沈一万在一个屋里生活，可以说是今生今世没有见过男人，连男人的气味都没有闻过。命呀，命运为什么要捉弄我余菊呢？就因为我是地主的女儿吗？地主的女儿就注定嫁不出去吗？只能嫁个沈一万吗？

见到祝文彬后的余菊，再也不想回忆与沈一万一起走过的20多年了。她想，如果与祝文彬之间，哪怕只有短暂的恋情，也能令她终生满足。所以，她决定只要能与祝文彬擦出一点点爱情火花，她便是死了，也是情愿的。她一个48岁的半老徐娘，她还能被文彬所宠幸吗？

大汽车在宁波市的大街小道上飞驰，约有大半车的男男女女出游天一阁名楼。祝文彬自然和徐文丽、余菊紧挨在汽车的一角。他们手扶着卡车的拦板，眼望着路边街景，随车望着前方无限伸展的道路。车急风高，把他们的头发高高吹起，使他们脸上的愁绪渐渐消散。余菊与祝文彬挨得很紧，汗水被风吹干了，余下的是身上散发出来的微热的体温。若是车子一晃动，人们前俯后仰时，余菊就会把祝文彬的手或衣服紧紧地抓住。这时，她的心就会抖得很厉害……说来奇怪，余菊这个臭婆娘，她本来是对人世间的美好事物嫉恶似仇的，譬如她不择手段害死了善良的方向，譬如她在学校里不顾教师身份会粗口骂人等，为什么她对祝文彬这样一个穷公务员会产生此等爱意呢？真正是令人费解，叫人百思不得其解呀。

祝文彬的气质和模样；令余菊为之心动，祝文彬的谈吐举止，令余菊灵魂震惊；祝文彬的热情温存，令余菊顾盼再三。于是，余菊想天赐良机让她面对面接触心中的偶像，她便下定决心，在此次游玩中乘机试探祝文彬，摸上一摸他的底，然后相机行事。

那天一阁，楼台耸起，回廊迂回，深潭浅池，波光粼粼，书房正厅，庄严淡雅，子集经诗，中华国学，厚重典雅，高山流水，博大精深。藏书之宝库，爱国之精神，令参观游览者，扼腕赞叹，教育至深……

跟着单位的大队伍，祝文彬三人紧随其后，游遍了藏书楼全部展厅。徐文丽仔细参观求知心很切，游兴很浓，目不转睛地仔细观看。祝文彬和余菊稍后一点，不紧不慢地佯似参观，实为逛楼。两人一会儿指指点点，一会儿谈谈笑笑，跟不上徐文丽的脚步。祝文彬虽然招女人的喜爱，且不会去主动挑逗，一边顺着余菊的话随和地笑笑，一边谦和礼貌地指点路径。

对于余菊的热情，祝文彬不是没有一点儿反应的。他平时虽受众多女性喜爱，却不会主动去找女人搭讪，也不会去卖弄男人的飞扬神采。也可以说，他总是被动接受女人的青睐的。在余菊面前，表面上他的情感纹丝不动，其实内心里已经是蠢蠢欲动了。趁两人眉来眼去相对微笑之际，余菊一把手拉住了文彬，她急促地说："文彬兄，听媳妇文丽说，你是个很好的长辈，她的好爷叔，曾长期照顾过她。她敬重你，故而我相信你，与你结为亲家是我的福气。故而我很尊敬你很喜欢你，你是一个真正的男人，相信我们的友情会渐渐发展的。我今天带来1500元钱，是我的私蓄，我交给你，请你帮我藏起来，保管好。今后我们要派用场的。好吗？"边说，边将用中式牛皮纸信封封好的一叠钱塞到祝文彬的衣服口袋里。幸好徐文丽在另一间屋子里参观，丝毫没有发觉。

祝文彬被余菊突如其来的行动吓了一跳，由于当时周围人多眼杂，也不好推三阻四，他就被迫接住了这笔钱。在20世纪70年代里，这是一笔不小的钱，是笔巨款呀。祝文彬被余菊的真心所感动。有什么能比一个女人把大半生积攒起来的大笔的钱交给自己更为感动呢？显然，余菊的这一行动让祝文彬的灵魂为之震撼！尤其是在那种岁月，老百姓普遍贫困，一贯贫寒的祝文彬更是穷酸无奈，见了钱犹似久旱逢甘霖，见了钱犹似见到余菊的一颗心。此刻，祝文彬热血沸腾，他的一双微红的大手紧紧地握住了余菊的手。

这是什么情节呢？这是男盗女娼吗？这是逢场作戏吗？不是。不是的！这是女人余菊长期以来对爱情的饥渴，这是又凶又恶又霸道的坏女人追求情爱的人性折射。不能说此时此刻的她是个可耻的婊子，而是有一点点像情窦初开的少女……

这时外貌腼腆、内心潇洒，对女人见一个爱一个而无责任心的祝文彬向余菊点点头，用手死死紧捏着余菊干瘦无力的小手，久久不放松。令余菊感到一股强烈的电流穿过自己整个身心。

　　宁波天一阁藏书楼参观游览之后，祝文彬回家后依然装个没事人一样，江曲花也没有发现他有什么变化。依然是一日三餐好菜好饭，他照样去上班做事，苦命的妻还是一堆堆地洗着衣服，帮助丈夫勤俭治家。祝文彬很冷静地把钱用自己的姓名如数存入银行，把存折藏好，好对余菊有个交代。问题在于余菊，回家后茶不思饭不想，见到独眼夫君沈一万好似吃了一只苍蝇，从心底泛起阵阵恶心……她想，自己几十年来的日子是怎么过来的，那种哑巴吃黄连的滋味，只有自己心里最明白，现在总算可以找个小孔喘口气了，上帝呀，我余菊上辈子到底作了什么孽呀？害得自己这辈子人不像人鬼不像鬼，倍受煎熬呢？余菊深情迷茫，魂不守舍。她好像中了邪。

　　霸气而敏感的沈一万，已经觉察到了妻子的变化了。这个老奸巨猾的丑类，他知道老妻外出中了邪，好像受刺激，还不轻似的。他压根儿不知道余菊出了什么事。他表面上不动声色，也不询问。只是不断地暗中观察，想弄清楚家中到底出了什么事，然后再施展手段。

　　沈一万是个行尸走肉的人。

　　他在工作上四平八稳，待人处事像个冷血动物。几十年来，在官场不显山露水，对同事冷漠无情，多一事不如少一事。经营家庭比较用心，生个儿子沈甫仁还算听话，家庭生活平淡无奇，做一天和尚撞一天钟，自私、平庸且霸道。没有多少人理他，也没有多少人反他。现在他心里有一件事，就是要查清楚余菊对他改变态度的真正原因。

　　媳妇徐文丽跟母亲陈露不能经常通信联系，但母女俩还是有电话联系。徐文丽知道母亲年纪越大对她的爱就越深，总在电话里关心她的婚姻生活，还常常问起祝文彬的情况，关心他是否还在挨斗，常常露出不安的情绪。当徐文丽说"爷叔还好"时，她才算放了一点心，并嘱咐女儿要经常去看望爷叔，不要让祝文彬受委屈。

　　现在看来，祝文彬真的是有女人缘，命好。不知道为什么，与她有关系的几个女人是个个爱他，思念他。结发之妻夏荷终生只爱他一个，几十年相思之苦勿庸详述；第二房妻子渔家女儿江曲花与他结成贫贱夫妻，为他劳累为他苦度生涯；红颜知己上海顶顶有名的交际花陈露小姐与他柔情蜜意，假夫妻真情人，不嫌他贫穷，明里暗里结为密友，长年累月情愫不减；泼辣霸道的以恶妇出名的地主的女儿余菊，看到他竟然春心荡漾，不能自已，想把真情托付与他，还想摆脱独眼龙霸主沈一万的婚姻掌控，争取一点自由的真爱……天哪！这个祝文彬，到底凭什么本事，会使这些女人们拜倒在他的足下，扑向他的怀抱的呢？

　　这时期，沈一万游走四方，踏破铁鞋，私行察访，想要快快解开这个谜团——徐娘半老的余菊失魂落魄，形容憔悴，到底是什么原因所致？难道中了邪想找个心上人不成？

　　沈一万寻访了祝文彬的两个女儿。她们说很久没有见到余菊大妈了，不知道她可好，请伯父代为问候。

　　沈一万找到了贤妻良母式的女人江曲花。她说，也很久没有见到余菊大嫂了，不知道她可好，请师兄代为问候。

沈一万找到了夏莲和夏小琴。这姐妹俩说，很久没有见到余菊大嫂了，不知道她可好，请大兄弟代为问候。

沈一万甚至找到了祝家庄的夏荷。她说长久不见余菊大嫂，不知她可好，请大师兄代为问候。

沈一万由江云燕陪同找到了熊伍和祝子和。他们说很久没有见到余菊大娘了，不知道她经常与谁人共处共叙，请大伯代为问候。

最后，沈一万直截了当地把儿子媳妇叫到跟前。问他们母亲余菊究竟发生了什么事，她最近与谁有过接触？他甚至很严厉地说，凶神恶煞地逼问，一定要他们说出真话。

儿子沈甫仁，直说他不知道。媳妇徐文丽是个心胸坦荡的人，从来不说假话。她略为想了想，然后直言告诉公公沈一万："妈妈最近出去游玩了一次，我陪她一起去的，我们是和爷叔祝文彬共同参观游览了天一阁藏书楼。很好呀，这次游历令我们一饱眼福，增进了知识，心情非常愉快。"

只听到沈一万"唔"了一声，摆摆手，令他们立刻离开，别的什么话都没有说。

媳妇的直言相告，令沈一万顿时非常吃惊，他似乎神色大变，内心升起疑团与恐慌。

……

大约过了十天半个月之后，沈一万终于鼓起了勇气，整装出发，去到宁波市某税务局找老同学祝文彬。

那祝文彬正在按部就班地上着班，在单位做些文书工作。穿着一套褪色的整洁的黄军装，戴着一副金丝边的眼镜，黑皮鞋白袜子，"文革"中的整整齐齐的时髦装扮，胸前还别了一颗深红色的毛泽东像章。斯文、入时，够时兴又文雅。当他见到老沈的时候，只是谦恭地浅浅一笑，马上把沈大爷迎进了办公室。

祝文彬和蔼地问道："老同学，沈大师兄，你来找我什么事吗？"

沈一万老奸巨猾，笑里藏刀的模样，令祝文彬顿时吓出一身冷汗来。沈一万说："老弟，我是无事不登三宝殿呀！今日特地到此，是有要事与你相商呀！"

说话间，两条浓眉竖了起来。一副黑眼镜上下抖动着。令文绉绉的祝文彬倒退了两步。

沈祝之间半个世纪以来的爱恨情仇，难道要在这刹那间要抖开局面，奋力一搏了吗？沈一万究竟要将情敌祝文彬如何处置发落呢？

第五章　错婚悔

——下嫁孤老父子双亡终成悔恨人
邂逅重逢文彬拒归永为相思草

（四十一）

十冬腊月，寒风四起。大清早，沈一万就发现妻子余菊已经出门了，会到哪里去呢？老谋深算，阴险毒辣的家伙心中却没有底。出去找找吧，头脑里一个号令发下，他骑上自行车就出门了。

于是，大街小巷，车站码头，影院饭店，海滨沙滩，商场茶肆……凡是人多密集的地方都一一找遍，心急霸道的沈一万在宁波市内疯狂寻找，很想"捉奸捉双"，想一把手将余菊文彬逮住，出一口心中的恶气。他那嫉妒、傲慢、自私、刻毒、复仇等丑陋人性便恶性膨胀，好像热水瓶的盖子一晃即将暴起。他腰间紧揣着一把匕首，两腿奋力踏着自行车，急驰在弯曲迂回的海滨大道上……

沈一万人生中总是害别人，如今才有被人害的感觉，特别难受。真正是"千万恨，恨极在天涯。山中不知心里事，水风吹落眼前花，摇曳碧云斜"。沈一万一口气吞下肚里，总有迸发出来的时刻……

熊伍和祝子和的日子过得比较难，熊伍作为内科主治大夫，总是带着实习生到四乡八县去指导实习，有时还要给当地的赤脚医生们上课或作专题报告。然而，饭食吃得很差，身体状况也不佳，再加上出身不好的紧箍咒戴在头上，收入不高，无法养家。就把小家交给妻子子和料理。

子和学校里还不曾复课，校内仅是些红卫兵闹进闹出的。

她生了一个女儿叫晓丹，自己带着小婴儿，奶水不够，连最廉价的奶粉都买不起。奶奶江莉因为生活困难，已经回上海去了。家境较差，难以为计。

熊伍那么善良乐观的人，偏偏遭受太多的生活磨难。孩子生下才三个月便与子和一起得了黄胆性肝炎病。熊伍经常下乡参加巡回医疗，既忙碌又无钱。眼看子和母女俩无钱治疗养病，虽为医生家属，母女俩毛病日重一日。熊伍被生活的担子压得透不过气来……

熊伍家处在灾难的边缘。无独有偶，阿福家也处在灾难的边缘。长年辛劳务农的祝阿福不幸得了重病，据县医院医生说是一种治不好的胃病——胃癌。可以说已经是病入膏肓了。阿苗终日以泪洗脸，懂事的儿子祝小勇大学毕业后在家还未找到工作。是那场文化大革命让许多人无缘无故地失了业。

祝小勇是个文学青年。他以极其忍耐的态度，在家待业，帮助父母务农干活。

祝小勇从田野耕种回家。小伙子二话不说就一头冲进父亲所住的小柴房，喊醒了父亲，把手伸进被窝洞里摸着他的胸口，说："阿爹，胸口痛好些了吗？"

阿福两眼涌出泪水，轻声地说："痛是好些了，那药能镇痛，只是小瘤子又增多了些，而且大了些。不好受呀，我的儿。"

小勇摸着父亲胸口上逐渐增多且长大的瘤子，是那么的硬，那么的顽强地生长着，他的心痛得厉害，不忍伸出手，用旧被子将它盖上。小勇心痛、眼酸、手发抖。他趴在父亲的身上，双脚跪倒在地，许久，许久……

楼上的大妈夏荷与阿苗俩正哭成一团。阿福的病和子和母女俩的病，使两个老姐妹百般无奈，痛彻心肺。怎么办？难道让悲剧真的发生在这个世界上吗？

夜晚，那是一个伸手不见五指的夜晚。

夏荷睡在那张破旧褪色的雕花大凉床上转辗反侧了一整夜，怎么办，到哪里去赚点钱来给他们治病，到哪里去借点粮食来为他们养病？两家丧身死人的事能不能不发生？忠厚如兄长的阿福和单纯上进热爱夫婿的子和以及她的女儿能不能成为不死之鸟？这是件天大的事，她不能视而不顾。她要拼着一条命相救于他们！救他们脱离疾患，逃离死难。

可是，"文革"晚期的社会里，人民是那么的贫穷，一切都在听天由命。谁有能力去帮贫救难，解救生命呢？

她点亮了一盏煤油灯，围着房内四下里打量，到处都是空洞洞的，破旧不堪的。除了那套陈旧斑驳的结婚家具以外，一切能卖能当的东西，都早已处理完了。唯有当年祝文彬和她的两套结婚礼服还空荡荡地挂在旧衣橱里，像僵尸一般。只是她不想卖掉，何况不值几个钱，可能与破铜烂铁的价钱一个样。看着只是心灰意冷！……

她用力打开四大箱笼，也未曾看到有值钱的东西，几堆破衣烂衫、旧鞋袜和两把发黑的小铜锁。如此而已，她简直要急疯了。怎么办？她从床上睡到了地板上，她用手紧紧揪住自己长长的花白的 头发，一下一下用头在地板上撞击，不时地发出"砰""砰"的响声。

　　直到天快亮的时候，她疲倦了，趴在地板上做了一个噩梦。梦中发觉自己再次结婚了，又做了一回新娘，夫家有一些钱还有几百斤粮食。她高兴了，她可以用钱用粮去解救生命，去救活阿福和子和母女了。呀！她太兴奋了，她被惊醒了……正是"世事茫茫难自料，春愁黯黯独成眠"。夏荷在独自昏睡中，终于想入非非，想出了一个挽回残局的办法。

　　夏荷高声呼叫阿苗姐上楼，急切地向她表示一个奇怪而荒唐的想法——嫁人救危。那就是，她想把自己嫁出去，赚得钱和粮来救助病危的阿福和重病的子和母女。她想定当了，只要能相救阿福、子和和外孙女晓丹，唯一的办法就是快快地把自己嫁出去，做一次自我牺牲。

　　阿苗听了她奇异的想法后，吃惊地倒退了几步，不敢作声，只是低眉流泪。

　　由于她跟沈一万比较熟悉又相信他，主母夏荷下命令叫阿苗到宁波去找沈一万先生，准备与他商量改嫁之事。可怜夏荷对他是如此的信任，对他是如此的尊重，想把自己后半生交付于他来安排。

　　那个如今极度恼怒祝文彬的沈一万应邀到文昌县祝家庄早已败落的祝家大院，虚情假意看过文彬嫂——夏荷。他装出很同情她的样子。表面上斟酌再三，实际上已经物色了一个对象——贫苦农民出身的商业局退休老工人冯玉柱，准备把他介绍给心急乱投医的夏荷。

　　夏荷求助于可信任的沈一万，以为他是祝文彬的师兄，是个故交，而且在宁波地方当干部有见识，肯定会帮助她，肯定不会拒绝她的要求。她还认为，一个落难的妇道人家，文彬的老朋友是不会欺侮她的。她对沈一万说："一万师兄，请你看在老同学祝文彬的份上帮帮我吧！帮我找份人家，那人要好，有一定的经济条件，帮帮我家度过困难日子。对于离别已久的祝文彬，我只能对不起他了。你说可以吗？一万师兄。"

沈一万猫哭老鼠假慈悲，他对夏荷说："夏荷呀，过去的一切都不谈了。祝文彬弃你几十年，害你吃了那么多的苦，你没有对不起他的地方，你不用顾忌这么多了。祝家的门风是他败坏的，不是你这个可怜的人败坏的。这次，师兄我替你做主了，介绍你一个好人嫁出去，一来救济你的亲人，二来狠狠地报复祝文彬这个抛妻别子的狗东西。夏荷呀，师兄我是为你打抱不平呀！现今哪有这样的'陈世美'呢？娘希匹！人面兽心的东西，比陈世美还要坏的东西！祝文彬真正是文昌县的耻辱！是祝家大院的败子败孙！"

沈一万因为余菊的事，心里窝着火，于是就恶狠狠地骂了一通，权且消消自己的一口恶气，同时也想趁机落井下石，把夏荷害到底。过去害了夏荷的婚姻，祝文彬虽然离她而去了，可是阴差阳错地还生下了一双儿女，而且子丰子和又那么争气，双双大学毕业后还当上了国家干部，使祝家门庭再现风光。他沈一万的心里总觉得不是味道，如今趁机能再害一把夏荷，心中顿生快感。

可怜的、老实的、木讷的夏荷从过去到如今都不知道那是恶人在施计。她根本就看不到人生中的险恶之处，还误认为那是旧友故交在帮忙。听到沈一万的表态后，她深深地悔恨自己为什么不早点找他，非要到了万般无奈之时才找他，她后悔自己的脑筋转得太慢了。

沈一万早已打好了腹稿。告诉她：我已经为你物识好了一个对象，此人叫冯玉柱，是商业局退休老工人。今年49岁，没有讨过老婆，家里就他一个人，家境虽贫寒，但没有负担，还有一些积蓄，大约有300斤谷子，800元钱，算是个富裕的单身汉。为人一贯忠厚老实，一定会疼爱妻子的，说不定两人结婚后，还能生上一男半女。"

缓缓道来，句句动听。

关于结婚生子之事，夏荷并不关心，好像没有听见似的；她神经敏锐的部分倒是300斤谷子和800元钱。这才是她日思夜想梦寐以求的事。在那混乱的年代，百姓普遍贫困的时期，吃不饱穿不暖是常有的事情。有余钱剩米的是少数。既然这个男人尚有几分经济力量，夏荷就心甘情愿地同意了。她便立马答应了沈一万师兄。她表态："沈一万师兄，我答应嫁给这个人——冯玉柱。谢谢你替我做了媒，帮助我渡过难关。"夏荷在万般无奈之下，才出此下策，答应下嫁冯玉柱。

沈一万打躬作揖，喜笑颜开地说："夏荷，不要客气。只要你好，我就放心了，对大师兄我，你就不用客气了。"

三下五除二，结婚很简单，两人说合后，就是洞房花烛夜。两间平房，两身粗布衣，一张棉床，两只热水瓶。男女双方一说即合，拜堂结婚上床睡觉。简单得不能再简单，迅速得不能再迅速。两人从见面到上床。只求结果，不讲过程，省掉一切三媒六聘，更不讲究门楣喜气，就连对方是什么面容长相，都没有看清楚。

当然，夏荷心下在暗暗思索着，像这样，也算是结婚嘛？

当然，冯玉柱心下也在暗暗思索着：像这样就算是结婚了。——原来，结婚竟是这么的简单呀！

夜间，新婚夫妇睡在床上很老实的，各不相干，很快就一夜到天亮了。直到起了床，穿着停当，夏荷才看清楚冯玉柱原来是个跛子。他个头中等偏矮，貌不出众，五官无特点，一头花白头发，脸色黄中带黑，不时露出微笑。冯玉柱见夏荷这样一个面目俏丽的妇人，自然喜出望外……

婚后第三天，夏荷就邀了女儿子和和阿苗姐来了，随手给她们每人200元钱，100斤谷子。并嘱咐回家赶紧去医院，治病要紧。子和和阿苗央人挑了谷子拿着钱回家去了，他们似久旱逢甘霖，千恩万谢夏荷的救命之恩。

事后，子和母女的病经治疗日好。况且熊伍本来就是内科医生，有了钱，英雄便有了用武之地；阿福哥的病还是日见沉重，那200元钱对胃癌病人而言，只不过是杯水车薪而已。只是阿福、阿苗和小勇心里明白大妈是真心救人呀！她付出了几十年的贞洁，为的是想救治亲人的性命呀。

直到阿福临终前，还拼着命起床跪倒在地，拜念着恩人主母夏荷，说她简直是个观世音下凡，说她是个大善人。还嘱咐小勇儿要看管好祝家大院，等着子丰子和回家来住。祝小勇垂泪点头，告慰着慈爱的父亲。

祝小勇和母亲阿苗告别了长工祝阿福。两人一个杠头一个杠脚，把阿福抬上了棉床，在阿福那张久病的床边，他们一边抚摸着他疼痛的胸腹部，大哭嚎啕，一边用手轻轻地按下那大大小小的十几颗像橘子一样的癌瘤。他们知道，这些癌瘤就是杀死阿福的凶手，他们简直想把它挖出来……

可怜的重情重义的祝家长工阿福抛开亲人，辞别了他久居的长工屋仙逝了。临终时，他双眼圆睁，满脸泪痕。他为什么闭不上眼呢？一来他的爱子祝小勇尚未工作，他心中不安；二来他的主母夏荷为他再嫁，他心中不忍；三来妻子阿苗今后如何独自支撑这个大院，他心中发慌发抖……可怜的阿福中年夭折，为祝家大院流尽了最后一滴血。

夏荷得知以后，非常痛心。她跪在祝阿福遗体前悲恸的哭声响彻了祝家大院。院中的一草一木都低下了头，寒风四起，呜呜的鸣叫声一片，院中央八角方井中的清水喷出了水花，撒在方井边沿，嗖嗖的水滴声好像在流泪。夏荷、阿苗、小勇抬着忠厚正义，劳苦一生的祝阿福的遗体，抬出了旧日辉煌今日败落的祝家大墙门。可怜子丰子和还没有得到阿福的死讯，这位把守祝家大院的坚强汉子已经永远告别了沉寂了许久的祝家。

夏荷在悲风中送走了一位可敬可亲的兄长。让夏荷终生为之难过的是：她的出嫁，她的赐援，最后未能挽回残局，阿福哥还是仙逝了。

夏荷木然了。夏荷深深地陷落于永生永世的悲哀之中……

没有什么事比舍去贞操，换得些许钞票，最后还是人财两空，救援无果最为难过的。当夏荷望着村里人戴着白帽送别阿福哥的长长远去的队伍时，她傻了，伫立风中，泪流满襟……

（四十二）

子丰、沙欢带着活泼可爱的儿子祝晓明来看望子和一家。子和母女俩受了母亲的救助，在熊伍悉心治疗调养之后，身体基本上恢复了健康。兄妹俩谈起母亲改嫁之事，真正是痛心难忍。

子和说："哥哥，我有罪呀，我欠母亲的太多了。我不忍心呀。"

子丰安慰妹妹说："妹妹，这件事是谁也怪不了的。母亲守节大半生，她为的是那没有良心的祝文彬。现在她为了你和晓丹，还有亲叔阿福，她才出此下策呀。看来她对父亲的感情在淡化，这也是件好事呀，或许可以解救她的灵魂呢。妹妹，以后有什么困难对哥说，我会长期接济你的。"

沙欢也急切地说："丰妹，我们是一家人，有什么难处就给我发个信，到杭州来。据说，大学里将复课了，估计'文革'风暴快过去了，我和子丰的工资即将落实。"看来，沙欢是继承了母亲方向的遗风，对亲人如此的热心有爱心。熊伍夫妻俩感动得热泪盈眶。

熊伍一边冲泡热茶一边激动地说："是十年浩劫把我们家害苦了。我完成学业后，虽说是医生却不能治病救人，要到农村去种庄稼改造思想。子和是才子，不能走上讲台教书育人，要到农村去种棉花、挖防空洞、教扫盲班。两人长期学非所用，还生重病。加上家庭成分不好，我还经常挨斗写检查。还有人说我滑头成性，资产阶级少爷思想没有改造好。天哪，冤枉呀！子丰哥，你是了解我的。我阿伍从小就是个乐天派，我生来爱说爱笑，哪里是什么滑头人呢？"

子丰哥拍拍阿伍的肩说："好阿伍，天快要亮了，你不会永远受冤枉的。你还是要像从前一样，要乐观，要笑，不要愁眉苦脸的，你是一个真正的大好人！"

大人们是亲亲热热地说话叙旧，小孩们坐在门口长廊的小板凳上玩游戏。晓丹和晓明拍着手喊着："你拍一，我拍一"，玩得兴致很浓很大。

……

余菊在与祝文彬的接触中，兴趣日渐浓厚。瞒着沈一万两人经常外出游荡，还到普陀山求仙拜佛，想求得个圆满的结局。余菊在野外爬山越岭上台阶时，总是把祝文彬挽得紧紧的。她对他会心地媚笑时说道："文彬呀，我此生能与你为伴足矣！我总算是见过真正的男人了。那沈一万独眼龙真叫人恶心。他不但相貌丑陋，而且性格暴躁，心胸险恶非常。我伴在他身边犹似与妖怪相伴，长年以来总是心惊胆颤的，灵魂忐忑不安，不知道在什么情况下，我还与这恶魔生下了一个儿子，作孽呀。今生今世，我已经对得住他了。现在，我跟你在一起，不知是祸还是福，我内心仍然不安呀！"

文彬回头对她浅浅一笑说："余菊妹子呀，做人嘛，过一天算两个半天，不要多想，不要自寻烦恼。只要有真情，就痛痛快快地享受一把吧，偷情会更加欢愉。我们年纪都不轻了，日过一日地老起来，如若再不为自己想想，恐怕对不起的是自己呀。"

祝文彬讲得津津有味，对人生有所深悟似的。余菊呢，闻听此言，大为赞赏，后悔自己前半生太愚笨了。

二人经常游山玩水，拜佛求神，潇洒度时，双宿双飞。他们简直是忘情相处，忘记了家人，忘记了责任，忘记了人伦，甚至忘记了廉耻。

沈一万呢，一直在找他们的把柄。所谓"捉奸捉双"，总有一天要与他们算账的。

……

夏荷与冯玉柱结婚以来，无声无息地过着日子。起初家里虽然有百余斤谷子和百余元人民币，日子还算过得去。后来，粮米渐渐少下去，剩余的钱也不多，又发现老冯不但左腿有些跛，而且身体状况并不好，经常咳血咳痰，买些药片来吃，也不见好转，日子长了才知道冯玉柱患的是慢性肺炎，久治不愈。两人之间也说不上有什么夫妻感情，只是同吃同住同劳动而已。

一天，冯玉柱在田头种茭白，腿踩在水稻田边缘，慢慢地栽茭白秧。突然手一颤抖，身子一歪，跌倒在水田边上。夏荷立刻过去把他扶起，只见他气喘吁吁，又是咳痰又是咳血。夏荷这才吃了一惊，只见他"啊"的一声扑倒在水田里。

回家后，夏荷又给她服了药片，等咳嗽缓和下来之后，才扶他上床休息。

天哪，夏荷的心在呐喊。她知道自己的命运总是在生命的低谷里徘徊；她的命运是如此的不吉不祥；她和别的有福气的女人，为何总有天壤之别？她不求享福，但为什么总是受苦，永远摆脱不了困境？

天哪，现在夏荷是活也活不成、死也死不了了。为什么呢？不知道从什么时候开始，夏荷发现自己竟然怀孕了。一个48岁的老女人怀孕了。天哪，这是怎样的一个冰冷的事实呢？这是怎样的一个愚蠢的错误呢？那个像痨病鬼一样的陌生男人，竟然还有生育能力？自己一个几十年不近男人的半老女人，竟然还有受孕怀胎的能力？两个没有丝毫感情基础的野人，竟然还能像年轻人一样出现创造生命的奇迹？老天爷呀，是你在戏弄人呀！这是个悲剧还是喜剧呢？简直叫人啼笑皆非。

在这两间破旧的屋子里，夏荷与老冯是"贫贱夫妻百事哀"呀，只能一日日地无趣地相守，望着头发斑白的夏荷的肚子一天天地挺起来。老冯是个种田人，盼望着老来得子，以了平生之心愿，心中暗喜这次没有白结婚。夏荷呢，随着身体的日渐沉重，她脸上露出的是白一块，红一块，羞愧之心难以掩藏。对着自己的大儿大女和亲戚朋友，她的脸上实在挂不住呀。更何况她内心深处不喜，她来结婚并非来求子，而是为了救人。现在非但人——阿福没有救活，自己还要生个孽种，实在是太说不过去了呀！

她对肚子里的孩子不抱任何希望，只觉得她的脸上被打了一记重重的耳光。

生活还是这样有气无力地过着，只见可怜的夏荷大娘的肚子在一天天隆起……

在这些无奈的日子里，夏荷苟且地活着，等待着这个无意抚养的婴儿的出生。

不知过了多少时日，阿苗姐来了。阿苗叫来了一个接生婆，准备着夏荷生产的一应事情。在那急风暴雨的黑黢黢的深夜里，阿苗姐忙进忙出，接生婆满头淌着汗水，拔下头上一支假发塞进产妇口中，夏荷一阵恶心，"呕"的一声，那个又瘦又黑的婴儿出生了。夏荷的下身流淌着殷红的鲜血……

阿苗姐对玉柱说："姐夫，你赶快去买二斤红糖，三斤面条，杀只母鸡。你知不知道产妇要补补身子呀，噢，再买两条河鲫鱼好烧汤，可能荷姐还发不出奶呀。"

玉柱听了笑嘻嘻地说"知道了"。于是一跛一颠地出了门，提着一只破旧的竹篮去购物了。可怜夏荷似口吃黄连一般，有苦说不出。只见那个又黑又小的男婴包在破旧的襁褓之中，放在她的床上，一个劲地"哇哇"啼哭着。

在阿苗姐的悉心照料之下，夏荷终于发出了一点点奶水，包着额头坐起在床上，行动困难地喂着那婴儿。阿苗姐看着直摇头，泪水从面颊上滑下。唯有那个半老头一边咳嗽着一边坐在房门边嗤嗤地笑。

阿苗姐拉着夏荷的手说："夏荷呀，你是我的恩人，老天爷会保佑你的，阿福在天之灵也会保佑你的。日子一天天过吧。你不用太操心，既然已经生下了小树苗，就让他天生天养吧。"

夏荷好像没有听见似的。她更加木讷，更加沉默寡言了。这段时间，阿苗不知道她在想些什么，那玉柱就更不知道她在想些什么了。夏荷好像是变傻了，望着那个又黑又小的婴儿……

这样的日子过得并不长。结婚第三年头上，薄命人冯玉柱因病而亡，终止他生命的是肺痨病。夏荷倒不是非常难过和伤悲，她只是自叹命苦罢了。一生贫困期盼结婚生子的苦命人，终于实现了他的愿望。死时，他的身体已瘦成皮包骨，但是脸上还留着些许的微笑，死后，没有别的，只有他两岁的男孩爬倒在他的床前，还有一只打了钉的破碗和地下一只吐了鲜血的瓷痰盂陪伴着他，似在送他上路。

冯玉柱的丧事不声不响地从简办理了。

冯玉柱留给夏荷的是两间破屋，几件陈旧的农村家具，一堆破烂的旧衣服，还有一个两岁的孩子。

阿苗姐和夏莲妹帮助夏荷埋葬了冯玉柱。三个女人在小屋里哭泣着。她们劝说夏荷要回到祝家大院去住，阿苗姐还说她将终身服侍夏荷——救助阿福的大恩人。

夏荷说："苗姐，我是个命苦的女子，厄运跟着我一生。我欠你的太多了，我会与你相依为命的。不管小树苗长不长得大，相信我会用心养他的。他的命好不好，我却不知道呀。"

阿苗姐点点头说："是的，夏荷主母。这都怪阿福的病逼得你改了嫁呀！我们自己造的孽，我们自己慢慢还债吧，小树苗是没有罪的呀。

夏莲在一旁已经泣不成声了，她说："姐呀，你是心情太刚又太柔，刚的是守活寡几十年不嫁人，柔的是心里总是捧不掉那个无情无义的狗东西。你当初如果能丢开祝文彬，毅然嫁给沙玉宝，也不至于如今受这么大的苦呀。"

　　莲妹句句血泪言语，剖心置腹的表白，使夏荷麻木多年的心渐渐柔软起来，也想起了一些使她伤感的事。她对莲妹说："妹呀，你心里不必难过，不要自责有顾虑。其实我一直没有忘记祝文彬，嫁给老冯是为了救人，不是甩掉祝文彬。即使现在，老冯死了，家破人亡了，我还是没有忘记前夫祝文彬，我还是不会嫁给沙玉宝的，因为他是我的老师，我的教书先生嘛。你们夫妻好好过，我很高兴的。"夏荷眉飞色舞地讲着这番话。

　　讲得夏莲泪流满面，讲得阿苗泣不成声……

　　初冬来临，西北风呼啸着，树木衰草倒向一边，呼啦啦吹拂着，咆哮着。夏荷还在农田里收割蔬菜，准备晚间与小儿子树苗做夜饭吃。狂风过后，阵雨又来了，稀里哗啦的，把夏荷淋成个落汤鸡。她三脚两步地飞奔着，朝着她那两间破旧的农家小屋狂奔着……

　　不好，突然间她有一个不详的预兆。

　　她心急慌忙的拔下门闩打开了门，朝屋角边的小房里走去。不好，猛然发现屋角已经倒塌了，露出一缕光线，雨水哗哗地直往里浇。天哪，夏荷这才恍然大悟！屋塌了，睡在床上的小树苗可能被压死了。"呀！"她大叫一声，扑过去一看，果然小树苗被压在几根栓子下面，还有瓦片和沙石，小树苗已经死了，头被压碎，白白的脑浆流在枕头上……"呀！"她又叫了一声，跪倒昏死在地上，再也起不来了。

　　西北风还在狂吹，大雨入注冲击着坍塌的小屋。大约半个小时后，四邻八舍的农人们发现这里出了事，有人才把夏荷轻轻地扶起。

老天爷呀，夏荷久久地跪在小树苗的床前，欲哭无泪。老天爷呀，是无情的风雨压垮了冯家的小屋，压死了冯家唯一的老来子。冯玉柱在泉下可知晓呀，他定然是死不瞑目的呀！

可怜夏荷以一个母亲的名义，用双手挖开了泥土，亲手把幼儿埋葬于屋后小土山上。用手捧起泥土，把坟尖子堆得高高的。到明年春天小坟上长满青草的时候，她就会认出这最高的一座小坟中埋葬着她的儿子小树苗……

阿苗姐拖着板车来接她回祝家大院了。

熊伍、子和和外孙女晓丹来接外婆回祝家庄了。

亲人们相见，自然是哭成一团。

熊伍当场跪倒在岳母夏荷脚下。他知道岳母为了他的妻儿吃尽了人间的苦楚，看够了世人的白眼。那些鄙视她的目光像一把把尖刀，插进了她的胸膛。冯家父子之死，又增添了她在人世间的悲情。现在的不祥之物夏荷的脸上没有一丝儿表情，她简直像一座泥塑木雕一般。她现在还能有过去在上海做女佣时的美丽容颜吗？那时候，熊伍小少爷心目中的夏荷大姐姐呢，一切都远去了，永远地消逝在那个年代里。熊伍搀起夏荷喊了声"妈"，并且把她扶上阿苗的板车上躺下，连同那些破衣烂衫和小树苗的一顶小帽子和一双小破鞋。于是，几位亲人就把夏荷接回了她曾住过几十年的祝家大院。

夏荷嫁冯玉柱就像做了一场梦。

这场梦随着小树苗的死，终于做完了，醒了。

（四十三）

徐文丽小姐向来厚道老实，不说假话。她与沈甫仁结婚以来，夫妻和睦，相敬如宾。婚后两年生下女儿沈菲菲，全家人视她为掌上明珠一般。然而，文丽发现公公沈一万与婆婆余菊，两人总是不大讲话，很少有开心的样子。他们只有与菲菲接触时，才露出一点笑容。

徐文丽向来不多事，不多言多语。她只向丈夫甫仁问了公婆有什么矛盾。甫仁说不知道，还说他们以前挺好的，还会嬉笑打骂呢。问过之后，文丽没有把此事放在心上。

一天，沈一万见家中没有什么人，只有文丽在洗晒衣物。他便叫住媳妇问道："阿丽呀，你妈妈到哪里去了？她近来与什么人在来往，总是不落屋？"

文丽不假思索地答道："爸爸，你是在问我吗？今天妈妈到哪里去了我不知道。不过，她最近好像在与我的干爹祝文彬接触呢。他们两人有时会到普陀山去拜佛，大约是属于宗教信仰相同，有些共同语言吧。其他我就不知道了，怎么？爸你有意见吗？"

沈一万听后怒火中烧，但是在媳妇面前却装得大度，平静地对文丽说："阿丽呀，我只是问问罢了，没有什么意见。你忙，你忙。小菲菲还在睡觉吧，这孩子真乖，乖……"

沈一万不知所云地搭讪了几句。他的心里却在想：好个祝文彬，等我抓住你以后，非把你的腿打断不可！沈一万咬牙切齿，义愤填膺。

余菊心中想着的是文彬，文彬也被她的痴情所感动。两人经常相约去普陀山寺院，与几个管庙僧人集聚厢房，煮茗夜谈，非常称心惬意。余菊与文彬在一起谈天说地，论佛论道，开释人情世道，无边愉悦舒心。渐渐地，两人几乎无所不谈，贴心合意。与文彬接触以来，生活各方面就没有其他要求了，连与人为善都有了些，再不像以前那样任性与凶恶了。好像找个合适的情人，人都会变得善良起来，性格也会变得温顺，柔情如水起来。那余菊有空喜欢出来走走游游，何况还有祝文彬陪着。

那沈一万只是道听途说，没有拿到两人的真凭实据，心中自然不甘心。然而他转念一想，有点不想去触及这伤害自己的血淋淋的事实，几次想去普陀山捉奸捉双，却又停下脚步放下手不敢去揭开这个盖子，以免自己受伤太深。所以，一拖再拖，不敢去揭这层烂疮疤，任凭其腐蚀下去，暂且做个睁眼瞎活乌龟。

然而，这口怨气是咽不下的。

于是，沈一万就向祝文彬的工作单位——税务局寄了一封匿名信。信件内容如下：

税务局领导同志：

请你们在百忙之中了解一下我这封信件的内容，针对其中所揭发的丑恶事实，不法行为，男女私通，道德败坏的事件，要求对该肇事者进行严格审查，批判斗争，严肃处理。

　　该肇事人祝文彬是你所职工，是个长期盘踞在你所的道德败坏乱搞男女关系的家伙。他与一个余姓女子关系暧昧，经常同进同出，双宿双飞，不法通奸。甚至在佛教胜地普陀山作下流勾当。破坏了别人家的夫妻关系，弄得该家庭成员失和，惨象环生。祝文彬长期不务正业，游手好闲，以小白脸自居，思想腐朽，作风恶劣，好勾引良家妇女，拒绝养育一对亲生子女，在外边私娶两房，交结上海交际花明星，……是个十恶不赦的浪荡子，旧社会的残渣余孽！

　　对于这种坏分子，阶级敌人，人面兽心的家伙请单位领导予以彻查！严命责令他交代事实，彻底批判，严厉处分！祈盼税务局单位领导严肃处理资产阶级花花公子祝文彬！

　　此致

敬礼

一个受害者

1976年5月4日

一封匿名信写就了，沈一万当天就贴好邮票，投进了信箱，心中的气算是消了一半。

沈一万回到家里，见余菊不痴不呆地坐在客堂间看佛经，她好似进入无人之境，也不理丈夫，好像周围没发生什么事，平静得吓人。沈一万见了她当然十分生气，于是他喊"醒"了余菊，并且命令她说："从明天起，你就离开这个家。到乡下老家去住几年，每月寄你30元生活费，自己去过吧。宁波这个家就不用你操心了。"

余菊听后，十分惊讶。

余菊知道，凡是沈一万决定了的事，她是无法改变和无权争辩的。她知道一定是与祝文彬的事漏了馅，她没有办法了。只得听天由命了。她知道，谁得罪了这个恶魔头，谁就去受苦吧，如今轮到自己了……

从此，倒霉的祝文彬又钉在了作风不正的耻辱柱上了。

从此，余菊那一条老来逢春的鲜活的生命变成了痴呆的罪人……

后来，那封匿名信被税务局领导渐渐地淡忘了，没有下文。

祝文彬的两个女儿云燕和云飞经常去看望她们的父亲。只见祝文彬长期愁闷不悦的样子，工作上不求上进和名利，生活上随便应付，连一向爱着装打扮的习惯也渐渐地不再了。他知道，有人向单位领导告了状，他的罪孽不轻，名声不好，他的余生中再不会有乐趣了。虽则文化大革命的余波即将退去，虽则不会有人大张旗鼓地批斗他，但他今后的日子必然萧杀多桀，只要大小政治运动一来，他必然会在风口浪尖上挨斗……祝文彬明白，他的余生将不会好过了。

大女儿云燕说："爸爸，你要注意身体，有什么好悲观的呢？"

小女儿云飞说："爸爸，为了劳碌一生的妈妈，你要保重身体，让她晚年能过一段好日子。"

干女儿徐文丽也来看他，并且嘱咐他："爷叔，你为什么要闷闷不乐呢？你见没到我婆婆余菊，有那么难受吗？婆婆与公爹沈一万关系不错的，几十年来他们也属于同命鸳鸯呀！你喜欢与婆婆聊聊天的话，就告诉公爹沈一万吧，他是个通情达理的人，何况你与他关系还不错，他一定会同意你去看看她的，这有什么关系呢？"

看来，正直、善良、天真无邪的徐文丽，全然不知道祝文彬和余菊俩是什么关系，也不知道公爹沈一万是怎样一个人。

一天，江云飞去了熊伍和祝子和的家。

熊伍和子和像接待上宾一样招待了他们的姐妹江云飞。

云飞脸有愧色地对子和说："子和姐，我总觉得内心对不住你。从熊伍同学那里，我了解了父亲与夏荷大妈的婚姻真相。现在，我已经知道了父亲祝文彬和你们母子三人的关系了。这个历史事实，令我感到无比的难受和自责。真是太沉重了！是爸爸对不起夏荷大妈，对不起你和子丰哥。我母亲虽然到现在都不知道爸爸结过婚并且有妻子和儿女。因为爸爸限定母亲一生都不能问他过去的婚姻诸事，老实的渔家女母亲从来不敢动问，一生被蒙在鼓里。不是我们认识熊伍兄认识你子和姐，这个谜是终生都揭不开的。现在我全然知道前情了，感到自己和云燕都是不可饶恕的罪人。如果，没有父亲祝文彬和母亲江曲花的婚姻，没有我们江云燕、江云飞和祝子舟姐弟三个，父亲怎么会抛弃你们母子三人呢？子和姐，你看我们的罪孽有多么的深重。现在父亲不知为了什么精神不振，身体不好，我们姐弟仨和母亲江曲花，也为他担心呢。熊伍哥，子和姐，我们都是祝家的后人，爷爷奶奶是我们的祖辈。如果看在已故多年的祝太公和祝太婆的面上，你们包括子丰兄能不能去见一面已经年老体弱的父亲呢？如果现在再不作决定，以后怕是会后悔的。熊伍兄，子和姐，你们说呢？"看来江云飞突然来找祝子和讲这番话是为了父亲祝文彬，来劝子和去见父亲的。并且表示了深深的歉意。

江云飞的话如同惊雷，敲击着这对善良正直的熊伍夫妻的心。

祝子和想：是呀，父亲一辈子抛妻别子，从来没有认过我们母子仨，这是他的错误，难道我们做子女的就不能去认他吗？如果不认他，可能就会铸成我们的错误了。

人生呀，有时候，为什么如此的矛盾、纠结、残酷呀？！上辈人的错误所孕育的恶果，难道还要下辈人去吞食吗？祝子和不仅是个出色的教师，还是个优秀的青年作家。她已经出版发行了不少中长篇小说，在宁波一带颇享盛名。出于一个人民作家的良心，她认为某些人在历史上犯下的若干错误，随着社会形态的发展变化，是可以渐渐淡化和谅解的。经过长期的心灵上的痛苦挣扎，作为一个人民作家的她准备放弃家庭前嫌，忘记痛苦的"孤儿"情节，去接近生父祝文彬，还想去设法拯救这个可恨、可怜和可悲的灵魂。难怪一些热爱她的一些读者说过，作家祝子和她的文学作品生活的根很深呢。

熊伍本来是个快乐的人，正因为经历了这些事使他也陷落于不愉快。现在，"文革"风暴过去了，他的一切家事也弄清楚了。父亲熊百松是个爱国、开明、守法的资本家，无任何政治历史问题；母亲江莉是个知识妇女，一生相夫教子，同情劳动人民，是贫苦人忠诚的朋友；子女们都在红旗下长大，读书成人。"文革"中父亲被迫致死，现在冤情大白，单位领导已为他昭雪平反了。所以，熊伍工作后受到家庭出身的连累，曾经下乡行医多年，现在已经成为浙江省东江市人民医院内科主任。他医学水平高，医德高尚，是人民的好医生，受到广大病人的爱戴和赞扬。随着妻子祝子和的名声日益雀起，家庭生活融融乐乐，女儿熊晓丹聪明好学，在严妻智母祝子和的指导下，已经考取了宁波外语学校初中部，是个品学兼优的学生。准备创造条件，今后到国外去留学，走向世界。

为什么祝子和一个中学语文教师会名声鹊起呢？主要因为她近年来出版了几部大众喜爱的中长篇小说，那就是长篇小说《夏荷爱情之谜》和中篇小说《双胞胎流浪记》以及中篇小说《阿福阿苗的独生儿子》等。她的作品贴近人民生活实际，她的作品释放出的人性正义高尚的光芒，她的作品充分显示了对人类的大爱……

祝子和有一批痴迷于她的读者，祝子和用大量的时间与她的读者交往，用掺和着血泪的文字与她的读者对话。多年来，她一个中年女作家已经成为广大读者的知心朋友了。她的《夏荷爱情之谜》在浙江省内外广为流传，同时被搬上了银幕，成为大众喜爱的畅销电视剧。同一时期浙江师范学院中文专业毕业生祝小勇这个文学青年也成长了，写出了脍炙人口的小说《阿福与小龙的故事》，成为宁波市众所周知的出色才俊……

这些子弟大多是文人学士，都很想见见他们的一个熟悉又陌生的不争气的大爷——祝文彬。

见面的日子终于到了，在祝子和和熊伍的家中，江云燕和江云飞约来了一位半老头，他们的生身父亲——祝文彬。

两鬓斑白的文质彬彬的老者祝文彬，坐在众位子女的簇拥之中。那些子女是江云燕、江云飞、祝子舟；祝子丰、祝子和、沙欢、祝小勇和熊伍；还有徐文丽和沈甫仁。

熊伍和祝子和在市里的餐馆里喊了一桌酒菜，摆设在家中客厅里，接待"父亲"和众位兄弟姐妹。

祝文彬活像一只老山羊，被一群小山羊包围着。他强打精神，放大声音地叙谈着不寻常的家常。引起众儿女的啧啧埋怨和阵阵发笑。大家是眼泪横流，泣声唏嘘，语不投机，无可奉告……

江云燕问父亲："爸，你知道这天底下，除了我们三姐弟之外，你还有两个亲生吗？"

"有的，有的，只是爸爸过去昧着良心抛弃了他们。他们名叫子丰、子和，还是我给取的名字呢。"

子丰问道："祝先生，你现在怎么想起来了呢？过去几十年中，为什么从来没有认过我们呢？"

子和连忙说："兄长不要多问了，人性有被泯灭的时候，也有被唤醒的时候。只要人的良心还在，总有一天会承认事实的。现在祝先生醒了，是件好事呀。"

熊伍接上来说："祝先生呀，过去为了找你，我熊伍是差点跑断了腿呀。可怜的夏荷妈妈，总是在'十'字路口守候着你呀。她那时真像失了心一样着急呀！"

徐文丽小姐说道："原来爷叔你有这么多儿女，为什么不早告诉我呢？如果我以前就知道的话，一定可以帮助你四处寻访呀。有这么多兄弟姐妹，该有多么热闹多么高兴呀。好在现在找到了，我们该有多么幸运呀。"

祝小勇激动而多情地说："祝先生，我是祝阿福的儿子，我是和子丰子和一起长大的，我盼望着你重返祝家庄祝家大院呀。"

年龄最小的祝子舟最后说道："父亲的故事虽然带给我们许多遗憾，但是也给我们带来许多启发。做人嘛，不能昧着良心，完美的外表一定要裹着一颗善良正直的心呀。"

小阿弟讲得好，众兄弟姐妹都翘起了大拇指。

山呼海啸，日月增辉。

子丰子和终于大义当先，尽释前嫌，认了祝文彬为父亲。

几十年风雨漂泊，几十年血泪涌动，几十年望断秋水，几十年阴晴圆缺。人们的心中，常常装着五味瓶，不断地掺和着，变化着……

父子、兄弟、姐妹相认，是个什么味道？谁也说不清楚。唯有祝文彬的泪眼能略表一二。

（四十四）

由于沈一万榔头般的一封匿名信，暗击得祝文彬一蹶不振。在单位里总要被领导们经常点击一番，抬不起头，挺不起腰。日见颓废消沉。再加上余菊的不翼而飞，长时间不能相见，精神更为萎靡不振了。他不知道余菊突然到哪里去了，心里时时忐忑不安，失魂落魄的。

前些时与众儿女见面之后，心中时感震惊。但是，他本是个见花爱花的薄情人，对于夏荷的子女，倒也不甚想念。他总是自己对自己说，为什么诸事都要我来承担责任，难道她夏荷当初就没有错吗？他对当初沈一万的阴谋诡计还是一无所知，迷惑至今。

一个星期天的早上，同是青年作家的祝小勇和祝子舟来到了祝文彬的跟前。

祝子舟对父亲说："爸爸，我想跟你商量一件事：首先是我要认祖归宗。我知道我的祖籍在浙江省文昌县祝家庄。现在祝家大院里还住着我的大妈夏荷与大姨祝阿苗和其儿子祝小勇。我想回老家去看一下，要与孤独善良的大妈一见，并且要去祭拜祖父祖母的祖坟。让祝家庄的乡亲们知道这世间还有我的母亲江曲花和我们姐弟三人。爸，你离开家乡几十年，难道不想这件事吗？"

祝子舟的话句句像针，刺痛了祝文彬的心。但是，他不像小儿子祝子舟是个热血涌流的人，他的心已经被岁月的风雨吹凉了，变得像铁一般冰冷。他从牙齿缝里挤出几个字："这件事以后再说吧！"

也是青年作家的祝小勇在一旁着了急，他也想趁热打铁，劝祝文彬大爷几句。他动情地说："祝文彬大爷，你应该是祝家大院的真正主人，这几十年的离乱生活，你也是个受害者，人生给了你不少的痛苦和迷茫。现在终于是个机会了，儿女们都认了你，更何况大妈夏荷还在家里死死等着你，盼望着合家团圆呢。大爷呀，想必你会有思乡的念想。人嘛，总是会有落叶归根的愿望的。大爷，你能不能在有生之年与大妈夏荷一见呢？"

一边劝说着，一边好男儿滴下了眼泪。因为他是祝家大院管家人祝阿福和祝阿苗的独生子呀，他是这栋旧墙门的真正守护者呀！更因为他是祝家大院风雨变幻的见证人呀！

……

在两个青年作家人性化的启发下，祝文彬终于想了一想会面之事。但是，从他的内心来说，他还是不想与夏荷见面的，也不想重返祝家大院的。几十年来，他已经把出生之地——祝家大院遗忘得干干净净了。前妻夏荷和一对双胞胎——子丰和子和，早已成了很遥远很虚幻的影子了。

祝文彬这个年轻时的白面书生，大半生浪迹天涯，相貌堂堂，谈吐不俗的男人，到处用情，有始无终。到头来，度日艰难，浑浑噩噩，对人对事无所用心，情场失意，事业无成，内心痛苦，无处诉说。现在即将退休了，等待着他的是无尽的悲哀与失落……见不见夏荷，不是件重要的事。他想，这件事只得听天由命了。所以，他久久不给两位小作家回音，不准备约个时间地点和早已淡忘了的人相见。

两个月来，江曲花去江西老家看望亲戚去了。她嫁给祝文彬几十年，生下两女一男，过着贫苦的"洗衣妇"生活。她是个老实人，只要能和丈夫在一起过，什么苦都能吃，什么活都能干。对于外面的那些传言，她早已久闻不怪了。丈夫在外面虽然有些艳情，她不计较这些，她觉得她能拴着丈夫的身不离家，别的一切都不管了。关于夏荷那些往事，她有所闻，但不想去问丈夫。因为在他们结婚的时候，祝文彬就告诉过她，永远不要问及此事，她便应允了丈夫，佯装不知，也不为此事而烦心。只是两个女儿和儿子很明白事理，总觉得父亲这一生很对不起前妻及其子女，这个家很对不起夏荷母子三人。

一天，祝文彬闲来无事，漫步在天一阁广场的水潭长廊上，观看五颜六色的灯光和喷泉。走着走着，心中突然想起了徐娘半老多情的余菊，不禁心中有几分酸楚。

恰巧，迎面走来三个人——一个乡下大妈和一对衣冠入时风度翩翩的青年人士。这真是无巧不成书呀！说时迟，那时快，祝文彬只见那个乡下大妈走上前来，一把手抓住了祝文彬的衣袖，并且大声喊道："这不是我几十年来要寻找的祝文彬吗？你，你，你是不是祝家庄的祝文彬呀？！"

祝文彬被这股强大的气流震慑住了，祝文彬被这响亮的喊声震慑住了，他完全木然了。他顿时认出来了，那个面容苍老而憔悴的农妇就是他的结发妻子夏荷。他顿时不知所措，他搓搓手，用手托了托那副金丝边眼镜，在华光四射的喷水池边转了两个圈……神情稍定之后，他支支吾吾地开腔了："噢，原来是夏荷你呀，今天碰面纯属偶然，纯属偶然……你近来还好吗？这二位是……"

他显得很尴尬，言谈举止尽显不自然。

他想认又不想认，他似乎是一个矛盾的人，他不知所措了，他好像走到了绝处，没有回头的可能了，他为难极了。

夏荷呢，见到了想念几十年的祝文彬，眼睛几乎冒出金花，心里豁然亮堂起来，心血澎湃，双手颤抖。心想，这回我可把你逮住了。

子丰子和在一旁看得发呆了。他们虽然已经与祝文彬见过面了，并准备择日相认这个不义的父亲，但是对他确实没有留下多少印象，留下的多半是恨意。他们定睛看了几眼这个不熟悉的父亲，心情复杂，爱恨情仇一时不知从何说起，心里打翻了甜、酸、苦、辣、涩五味瓶。然后他们却大大方方地异口同声地说："祝先生，我们是夏荷的孩子，我们是子丰和子和。"

听到这两位青年人掷地有声的回答，看到他们成熟洒脱的形象，祝文彬像个罪人一样，渐渐地低下了头。

不知等了多少时候，五分钟、十分钟还是半个小时，祝文彬才指点他们母子三人进了一间茶室坐了下来，开口拉起了家常，谈起那些陈芝麻烂谷子的陈年旧账。

祝文彬请他们母子三人吃茶用点心，然后无可奈何地说道："谈起当年我的出走，也是事出有因的，我也是一个受屈辱的人。"

夏荷忽然接腔："什么屈辱不屈辱，你的出走毁了我的一生。"

子和姑娘愤愤不平了，她说："既然祝先生有受屈辱的感觉，为什么不同我母亲说清楚呢？几十年来还是一笔糊涂账呢？既然祝先生有受屈辱的感觉，为什么过了一年多回到老家，还要生下我们兄妹二人？为什么你把子丰和我丢弃一生，是我们让你受尽屈辱了吧？"

子和所言，句句逼人。说得祝文彬差点把脑袋钻进大衣领子里了。他像个悲苦的老者，依然是默默无言。

子丰作为祝家的长孙，现在是浙江大学物理系的副教授，他当面问了祝文彬几个问题："祝先生，在没有认亲之前，我只能这样称呼你。我们母子三人是你生命中的什么人，你是否清楚？我母亲一生对你的情义，你是否了解？请祝先生回答。"

祝文彬被问得满脸通红，这会儿，他很想找个地洞钻进去，一概不回答这些要命的问题。

唯有农妇夏荷兴奋起来了。

她简直是眉开眼笑，心情特别的好。她觉得找到了祝文彬，就找到了一切。她认为从此一家人可以团圆了，她认为从此枯木逢春了，她爱文彬的心活了。她兴高采烈地对文彬说："文彬呀，我们娘仨终于找到你了，你再不会走了吗？"

问得祝文彬低下了头。

祝文彬寻思，夏荷真正成了一个老怪物呀。自从那年酒楼相见之后，他一直认为夏荷是个怪物。在他的眼里，夏荷像只野兽，她面目狰狞，她情绪失控，她情感滑稽，她活像一头母狮要扑过来抓他。他对此产生了厌烦和恐惧。他与她完完全全地丧失了当年新婚燕尔时的夫妻情分。他不假思索地回答道："不会的，我们今天只是邂逅相遇，我们不会在一起的。我对你们表示深深的歉意。"

夏荷并没有听懂他所讲的话，她进一步问道："文彬呀，没见到你时，我们天天骂你；见到你了，一切都烟消云散了。我们原谅你了。我现在问你，什么时候你回祝家庄去呢？你给一句明话。"

子丰和子和望着祝文彬，像似逼着他说句安慰母亲的明白话。

霎时间，祝文彬无言以对了。

祝文彬想，要我回到你的身边是难上加难。我离开家乡已经40多年了，如今有何颜面去见江东父老呢？况且，祝家大院已全然与我无关了呀。

看他迟疑良久，不说一句回家乡的话。这下子夏荷着急了。她捶胸顿足地大声问了他一句："祝文彬，你到底回不回祝家大院？！我等了你一生，难道连一句回家的话都没有吗？你是个畜生，你不是人，你太没有良心了！"

这撕心裂肺的吼斥，激起了子丰子和的阵阵心跳，患难岁月里的一幕幕黑色的回忆如放电影一般，在脑际闪过……他们眼前的祝文彬活像一个现代陈世美。

不等母子仨吼斥祝文彬，他也像负气似地掷出一句话来问夏荷："那么，夏荷你为什么在48岁的时候嫁人呢？你还有什么资格来责备我呢？！"

问得夏荷目瞪口呆，问得子丰子和面如死灰。祝文彬这浪子确实没心没肺，他怎么会问出如此带有刺激性的问题呢？

顿时，夏荷泪流满面。她痛苦地直言道："我是为了子和和她的孩子，我是为了忠于祝家的阿福哥。我用婚姻换取粮食和钱，我是为了救命呀。你这个狼心狗肺的东西，我是为了救你的孩子和可怜的长工兄弟呀！结婚，给了我什么？给了我的是永远的伤痛和耻辱呀。祝文彬，你是个没有良心的东西！"

祝子和望着衣冠楚楚，文质彬彬的祝文彬，怒火中烧。她咬牙切齿地叫了一声："祝文彬，你果然没有良心！我们不会认你的！"

祝子丰看着祝文彬如此摧残母亲夏荷，恕不可遏。便想起母亲几十年来当女佣养活他们兄妹俩，是何等的艰辛！兄妹俩是苦水中泡大的，祝文彬有什么资格来质问母亲呢？此时，在他的眼中祝文彬简直不是个人。他愤愤地说："祝文彬时至今日你还不能醒悟，你太过分了！今生今世你将用什么来向我母亲赎罪呢？话不投机半句多，你不配做我们的父亲！"

夏荷听了祝文彬的话，受刺激太深了，几乎哭晕在地。子丰子和立即拍拍桌子，与祝文彬怒目相向，挽起可怜的母亲离开了天一阁藏书楼水景长廊边的小茶室。

祝文彬的无情与残忍，令夏荷柔肠寸断，伤心欲绝。几十年的风霜雨雪，使夏荷变成了一个木头人。

但是，夏荷心中对祝文彬的爱情是永远不变的，她的中国传统的夫妻情永生难忘。时至年老色衰时期，她还渴求着祝文彬的爱情。这正是：

> 相见时难别亦难，东风无力百花残。
>
> ……
>
> 蓬山此去无多路，青鸟殷勤为探看。

夏荷好似燃烧殆尽的蜡烛滴淌泪流，简直要到灭成灰烬才休。蓬莱仙山离这里也没有多远的距离，希望神灵青鸟殷勤地为我探看心上的人……

夏荷是一寸相思一寸灰，祝文彬是"君问归期未有期"。夏荷几十年的单相思，祝文彬完全不在意，冷若冰霜，断情绝义，一生一世不识路，"何以慰相思"？

活了一生一世，可以说夏荷和祝文彬都没有活明白。

祝子和一路流泪回了家。熊伍和女儿熊晓丹在家里等着。深夜12点多了，别人家的灯都熄灭了，医院职工大楼一片黑黢黢的，唯有内科主任熊伍家还是灯火通明的。

进了家门子和还在流泪。

熊伍痛心地问道："和，你心里很难过，是吗？一切都是意料之中的，不要对你那个父亲抱什么希望了。早在20年前，我就知道夏荷大妈再也找不回那个男人了。即使找到了人，也找不回他的心呀。心肝全无，还要那个躯壳有什么用呢？"

"妈，妈你别哭了，为这样的人流泪不值得。你要向我爸爸学习，成天笑口常开，心里百事明白。我就要像爸那样，与世无争，直奔专业，不计名利，不计恩怨，与人为善，治病救人。现在我学的是医学，将来像我爸一样做个好医生。当然了，你更了不起，你搞写作，你还要救人的灵魂呢。妈，你真是我的好妈妈。"晓丹说。

在熊伍父女的劝说下，祝子和的气便慢慢地消了。她对女儿说："什么时候有空了，去文昌县祝家大院看看你的外婆吧。"

晓丹懂事明理，应声便说："我去，我去，我与爸爸一起去。听说当年爸爸还是个少年儿童就关心我外婆的家事，那个童话中最闪亮的人就是我爸爸呢，那个同情弱小主张正义的小大人就是我爸爸呢。妈妈你好福气呀，你怎么就找到了我爸爸这个'快乐少年'了呢。哈哈，哈哈！"

熊伍一把抱住了她们母女俩，也哈哈哈地大笑起来了。

祝子和说："原来是有种出种，女儿像爸爸福气好呀，熊伍你是个有福之人呀！"

祝子和与乐天派熊伍少爷在一起，便破涕为笑了……多少年来他们都是这样的。

（四十五）

　　"南岭见秋雪，千门生早寒。"秋风秋雨秋瑟瑟，回家途中一路上寒风扑面，祝小勇快步行走进了家门祝家大院。推开大门，举目望去见两个老妪坐在厅堂门口石磨边，在絮絮叨叨地说着话。他看清楚了，一个是祝家大娘夏荷，另一个是母亲祝阿苗。

　　见小勇回来了，母亲赶忙起身打招呼，大妈见到更是喜出望外。长年累月生活在一起，大妈和小勇真是情同母子。

　　夏荷应声问道："勇儿，你回家了。有没有带回那个浪子坏蛋的消息呢？"

　　勇儿知道浪子坏蛋指的是祝文彬。勇儿连忙说："有，有一点点消息。那个浪子坏蛋生病了，据说病情还不轻呢。"

　　夏荷轻声地说道："好，生病。应该生病的，没心没肺的东西，生生病也好，可以让他的头脑清醒一点。好呀，人嘛，苦头要轮流吃，让他吃点苦头也是好的。"

　　哈哈哈！夏荷，阿苗和小勇三人竟然同时发出了笑声。这绝对不是幸灾乐祸，他们是在发泄多年来心中的一股怨气。

　　阿苗说："夏荷呀，我们一家人好好过吧，把他彻底忘掉吧。我与小勇要收拾好三间房间，子丰、子和、小勇各一间。子丰、子和在楼上，小勇和我在楼下，以备他们经常可以回乡来看你。现在我还有几把劲，还能为这个家操劳做活。荷姐，请放心吧。"

同是老年妇女，都是60岁相近的人了，夏荷头发斑白，阿苗也是两鬓飞霜了。自然阿苗要壮实些，一双手伸出来要结实些，活像秋后经霜的老松树枝。

阿苗、小勇上上下下地搬空房间，彻底清扫，扫去了几十年积下的尘垢。在井边洗干净三间房的家具，摆放停当，再配上一些用具，如洗脸盆、毛巾架、茶壶和茶杯等，还安置了书桌。衣架和椅子等。以备三室主人起居写作之用。

这长年没有男主人的农家院落里，竟然培养出三位先生——一位教授，两位作家。祝小勇大学毕业后，既成为一名业余青年作家，还当上了祝家庄的村主任，成为祝家能文能武的当家人。

祝小勇总是把祝文彬的消息极少量地避重就轻地说些给夏荷大妈听，其实近期祝文彬身体情况日趋恶化，其家人都在为他担忧呢。

其实，祝文彬与夏荷母子分别之后，心灵不能不说有极大的震撼。人嘛，抛家别舍几十年，眼看着已经年迈的妻子和成熟有为的子女，内心难道没有剧烈的撞击吗？就是铁石心肠的人，也会五脏六腑碰撞一下的。他虽然对夏荷母子没有感情，但是那种刺激叫他终生不得安宁……

几个月来，祝文彬寝食难安，衣带渐宽。他好似得了重病，江曲花和儿女们为他担心。到后来，他经常水米不进，神志恍惚。医药无效，骨瘦如柴。也曾到大医院去看过，医生先说他是精神抑郁，后来经检查，才知道他得了重病——肺癌。经半年多的专科治疗，病情仍不见好转，最终是吐了半脸盆血而致命。

在他病重弥留之际，他双眼望着天花板，双手紧紧拽住胸口的内衣，全身发抖，虚汗满脸，双脚冰冷。他犹似一具僵尸，他翻着白眼，再也看不见这五彩缤纷的世界了。

他去了——走上他自己铺就的一条不归路去了。

江曲花、江云燕、江云飞和祝子舟为他流下了伤心的眼泪。

祝文彬的一生，没有向别人讲过心灵深处的话，只是在弥留期间，曾经叫过小儿子祝子舟，与他说了一些深藏于内心的话。

他对子舟说："你妈本是九江渔家女，随我到了上海，建了这个家。我与你妈'家归九江水，来去九江侧。夜闻归雁生乡思，病入新年感物华'。1942年回浙江老家，才生下了一对儿女子丰和子和。几十年来，我浪迹天涯，让孩子天生天长。我一生道貌岸然，像个谦谦君子。至死不明白来到这个世界上是做什么的。现在大限将至，我非常茫然。"

你是个青年作家，会懂得我的意思的。"如何做人——如何做人呀——"

祝文彬人生朦胧，浑浑噩噩地竟然过了70年……

祝文彬像一盏昏暗的灯，在人间的秋风秋雨中渐渐地熄灭了。

祝子舟天性聪明，秉性正义。作为一个有才华的青年作家，他十分体谅父亲的人生处境，他也十分同情母亲江曲花的境遇，同时更同情夏荷大妈的悲剧命运。他深深地懂得他不仅是祝文彬和江曲花的儿子，也是夏荷的儿子。为夏荷，今后要多作努力并发誓要悉心侍奉她，以弥补父亲对她一生的亏欠。

望着父亲那张倦于生活的毫无血色的脸，望着父亲那干瘦的四肢无力的身躯，望着父亲病床前那盏昏暗的，即将熄灭的灯，他流下了苦涩的眼泪。天哪！父亲这一生欠了大妈和两兄姐多少孽债呀？父亲和大妈之间的夫妻情爱到底在哪里？为什么大妈对用情不专的父亲长年来付出了那么多的相思呢？难道大妈是人间的相思草吗？

祝子舟望着命悬一线的垂死的父亲——祝家大少爷祝文彬，心里想着的却是一位真正的女人夏荷大妈。祝子舟这位当代青年是个真正的有胸襟的作家，善解人意呀！

……

就在那三天后，子舟去了子和姐的家，与子和、熊伍和子丰见了面，并告知父亲祝文彬已经去世了。子和、熊伍和子丰大吃一惊。家中是寂静一片，默无声息。黄昏时光，房内的阳光已渐渐退去。在那黯淡的冷清的屋子里，只见兄弟姐妹三人肃立片刻，低着头咬住嘴唇说不出一句话来……

祝子舟忍不住了，还是对哥姐说了几句话："哥哥，姐姐，他总算是个父亲，一生有负于你们，现在寿终正寝了。我们大家不要记恨于他吧。他怎样来到这世上，就让他怎样离开这人间吧。反正他这个人是赤条条来去无牵挂的，但愿大家都能原谅他。有一句话你们要记住：千万不要把他去世的事告诉夏荷大妈，她会伤心死的。"

子丰子和和熊伍会意地点点头。

　　他们从心里感觉到祝子舟的正义和善良，他是凭着一个作家的良心来关心相思草夏荷妈妈的。

　　……

　　说来也巧，这几日夏荷在家总是心神不宁，仿佛在她身边要发生什么大事一样，又仿佛满天的乌云正要向她压下来似的。她最近心里不安的事，就是祝文彬曾经责问过她"你还不是又嫁过人，你有什么资格责备我"？这句话，使夏荷的心受到震动，而且是一针见血，被刺得很深很痛。

　　是的，自己在万般无奈的情况下，在亲人病重面临死亡的时候与退休工人冯玉柱结过婚，还与他生下了一个儿子小树苗。这确乎是人生中的事实呀。但是，夏荷觉得与冯玉柱结婚一事似乎非常朦胧，像做梦一般，留不下多少记忆，又好像没有发生过一样……在她的人生中，她只有一个老公叫祝文彬。除他以外一切都不像是事实，在她的头脑里留不下什么印象，有的只是支离破碎的生活的残片……

　　要说有记忆，那就是又黑又瘦小的小树苗曾经是她的儿子——是她身上掉下来的一块肉，仅此而已，仅此而已呀！

　　所以，最近正直清明时节，她忽然想起了那个被小屋砖瓦压得鲜血满床的可怜的小树苗，想起了那座草板面堆得高高的小坟。她要去看看，为小树苗再加上一块草板面，在他的高而尖的小坟前点起香烛，烧几张黄纸币，洒几把伤心的眼泪。

　　春风春雨淅淅沥沥，无助的老妇走在荒草地上，用衣袖抹着眼泪，离开了她曾经的又黑又小的小儿小树苗的小坟……

　　她到底有没有再次结过婚，她实在是记不清楚了。她对那场婚姻全然没有感觉，她很木然，她至今不知道自己究竟干了些什么。这，说明他的第二次婚姻中根本就没有什么爱情，这段卖身换钱换粮的婚姻她看得很淡，几乎在她的人生中没有留下记忆。

那么，她很有些不平。为什么祝文彬要说她又结过婚了呢？她想，难道没有爱情的婚姻也叫作婚姻吗？难道为了救活他的女儿、外孙和兄弟，去跟毫无感情的人结合也叫作婚姻吗？她为此经常愤愤不平！

她一个人独处的时候，就会絮絮叨叨地说："我哪里是又结过婚了呢？这个祝文彬好不讲理呀！你为什么要血口喷人呢？我找冯玉柱是为了救你的孩子呀，你为什么要怪我呢？"后来仔细一想，被他怪罪几句也没有什么关系，这说明他心里一直是有我的，看来，他也会吃醋，真好笑！然后，她傻乎乎地笑了起来，自我宽慰道："没有什么，没有什么，他说我几句有什么关系呢？下次见到文彬时，与他说清楚就是了。"

这件事，对于夏荷来说，触动很大。

夏荷天天在农田里劳动，把自己交给了苍天大地。她和阿苗两个老女人，耕种着十来亩土地。不管水田还是旱地的作物，她俩照种不误。春天沐浴在乍暖还寒的春风里，夏天汗流浃背地收割在稻浪中，秋天跋涉在银海翻腾的棉花地里，冬天忙碌于霜雪遍地的耕种挖土中……一年四季，忙碌不停。

两个银发如霜的老妪为生活，在向大地索取粮食和蔬菜；两个银发飘飘的老妪，耕作在家乡的田野上……

阿苗始终是夏荷最好的陪伴。

　　阿苗除了与她一起劳动生产之外，还处处关心着她的身心，照顾着她心中的主母。

　　阿苗摘棉花时，对夏荷说笑道："荷姑呀，收这么多棉花，除了卖给大队之外，家里还可以打上八条棉絮，再做几套棉袄棉裤。你说是吗？开心吗？你心里暖和吗？"

　　夏荷笑眯眯地答道："暖——暖和呀。应该说今年三亩地的棉花丰收了，我心里应该是暖洋洋的呀。苗呀，不知道为什么，其实，我的心总是暖不起来呀，有时如坚冰一样暖不起来，还时时打寒颤呢。"

　　阿苗会意地说："荷姑，你为什么会心冷，心慌，心如顽铁呢？我想你是心神不宁，暗自伤神的缘故。把心放宽就好了。"

　　"阿苗呀，我的心如何放得宽呢？那死鬼一天不回，我一天挂怀；那死鬼一生不回，我一生难安。他为什么要指责我嫁过人呢？他吃醋了吗？最近为什么一直没有见到过他呢？连子丰子和他都见过了，为什么还不回祝家大院呢？为什么他在外面拖拖拉拉的，还不想回到自己的家呢？难道他真的不知道我在等着他吗？狗娘养的东西，他连自己出生的狗窝都找不着了吗？这十恶不赦的狗东西，我真正的恨死他了！"

　　夏荷还在口口声声地骂个不停。

　　阿苗还在苦口婆心地劝说着她。

　　两个白发飘飘的老妪，手拖着盛满雪白棉花的大竹筐，使劲地拖拉着上地埂，满脸的汗水和泪水相融在一起了。天哪，心中的那些往事，使她们不能释怀，一直惦念着，痛苦着……

现在，连消息灵通的阿苗姐都不知道祝文彬已经死了。

现在，只有祝小勇得知了祝文彬的死讯。

现在，祝小勇心知肚明："祝文彬已经死亡的消息，绝不能告诉母亲祝阿苗这个善良的女人，绝对不能告诉一生为之痛苦万分的视爱为命的大妈——夏荷。

因为，小勇深深地知道，祝文彬的活着是苦命夏荷生命的原动力。此事万万不能泄密，万万不能漏出半个字。

（四十六）

　　"海上生明月，天涯共此时。"中秋之夜，一轮明月海面升起，天涯人同望遥寄相思。祝子丰和沙欢在杭州浙江大学教书，儿子祝晓明漂洋过海赴美国留学学成回国，现已成为一名物理学博士；熊伍和祝子和在宁波当医生、作家，女儿熊晓丹医学院毕业，现已成为一名儿科大夫；祝小勇和夏小琴之女周谐在浙江文昌县务农和经商，儿子祝晓禾农业大学毕业，现已成为一名高级农业技师。

　　这些夏荷名下的第三代人，个个出众拔萃，健康成长，他们在天之涯地之角同望家乡的明月，遥寄相思……

　　他们最最挂怀的是老祖母夏荷婆婆。

　　沙欢是个聪明而活跃的女人。

　　她长期守候在丈夫祝子丰的身边，同时又从事着自己的音乐艺术教育工作。他俩一理一文，相处和谐，生活美满。丈夫常常思念老母亲夏荷，心中不免忧虑重重。聪明多智的沙欢教子识谱唱歌，使子丰情绪渐渐乐观，家庭其乐融融。儿子出洋留学成材，家庭更加稳固。沙欢就是这样能拴住男人心的聪明女人。

　　祝子和与熊伍结婚多年，两人相敬如宾。子和是通情达理富有涵养的作家，她极大地彰显了人的仁爱之本性，对待熊伍十分体贴温存，教育女儿做人就要学父亲——施仁于人，治病救人。祝子和用人性的美感紧紧拴住了原本快活善良的丈夫，同时教女成材。

祝小勇是个农民作家兼村主任。娶妻是周安和夏小琴之女周谐。祝小勇文人出身，干部之料，深得祝家庄民众的尊敬和爱戴，他要求女商人周谐要孝敬夏荷婆婆和阿苗婆婆。他说："中国人'百事孝为先'，这是中华民族之美德。"周谐经营水产生意，钱多手头宽余，经常买东买西孝敬两位高堂。祝小勇用"爱"与"孝"两个字拴住了妻子周谐姑娘。儿子祝晓禾被培养为农业技师。

三家人和和美美地过着小康幸福的日子，夫妻和谐，子女均有出息。

新时代的到来，夫妻生活中增加了不少新内容。智妻严母和智夫严父的概念不断加强了。殊不知，这些儿女的成长成材与新型的父母类型是分不开的，从而更加稳固了甜蜜的夫妻关系。

……

一个风和日丽的星期天早晨，熊晓丹小姐牵着两个幼儿回到父母的家。熊伍和子和欢欢喜喜地将他们迎进了家门。

熊伍笑脸相迎问道："丹儿，这两个小朋友是——？"

晓丹将两个两岁多的小幼女牵向爷爷奶奶，教她们鞠了一躬。然后介绍说："这两个幼儿是孤儿院的病孩子，经她治疗后现在康复了。今天特意领来让她们在家庭中过个礼拜天，体会家庭生活的温暖与快乐，又可以来看望爷爷奶奶。"

父亲这才明白，女儿是讲人道做好事，救助孤儿。

妈妈子和好奇地问晓丹："丹儿呀，孤儿院的孩子怎么打扮得这样漂亮呢？一个一身蓝色小跳舞裙，一个一身粉红色小跳舞裙，外加两双小小黑皮鞋并配以白色袜子。他们是孤儿吗？"

晓丹笑着解释道："妈呀，你这位作家有所不知，她们确实是被人遗弃的小孤儿。一个叫庆樱，一个叫庆桃。她们属'庆'字辈。依'庆祝五一国际劳动节'的口号而排辈分的。标语口号有很多句用来排辈分。她们的衣裙确实很美丽，那是联合国国际救助部门赠送给孤儿院的。"

子和这才明白了孤儿被救助的国际人道主义精神。这位外婆面带笑容地说："来来，小朋友。这就是你们的家，我是外婆，那位胖爷爷就是你们的外公。"引得两个小幼女露出了喜悦的神色，引得熊伍大爷的脸乐开了一朵花。熊伍大爷就端出新鲜水果和巧克力糖果等给小客人享用。子和阿婆就将两个幼儿抱了起来，并说道："好，好，就在我家体验家庭生活吧。两个小宝贝真可怜见的，让外婆抱抱你们，亲亲你们。"

一时间，这家里热气腾腾，亲情满溢。

母亲赞许女儿晓丹说："丹呀，你真有爱心！两个孤儿在孤儿院里长大的，她哪里知道这世界上还有'家庭'存在呢，她们哪里知道这人间还有外公、外婆和父母呢？你是个好医生，还是个好妈妈！我赞赏你——人民的儿科大夫。"

这时，祝子和从心里泛起了一片爱意，这爱意是那么的深沉，又带有一丝丝苍凉之感。记得小时候，从婴儿时期起，自己与哥哥子丰就没有见过父亲，身边只有母亲。几十年来，似乎感到自己像个孤儿……这种特殊的生活境遇和煎熬，一直压迫着子和幼小的心，直至成年。所以，她经常对女儿晓丹说：
"你选择做医生，就应该学你父亲那样爱人，热爱生命，热爱
有苦难的人。"晓丹就是在父母悉心教导之下健康成长的。

那天，这一家人接待孤儿很忙碌。给他们炒菜做饭，烧水
煮牛奶，洗澡换衣服，还给吹头做发型，洒花露水扑爽身粉等
等。晚上父母带一个，晓丹带一个搂抱着睡觉。只听到两个小
幼女笑出了声，还唱起了孤儿院里所教的儿歌。

夜深人静时，这屋里突然听到了子和妈妈唱的幼小时在山
乡里所学的一首儿歌：

> 小小阿囡乖又乖，
> 粥汤菜汤乐开怀，
> 阿伯出门没回来，
> 阿囡心里急煞哉。
>
> 小小阿囡乖又乖，
> 外婆来了乐开怀，
> 阿伯明年要回来，
> 阿囡心里喜煞哉。
>
> 小小阿囡乖又乖，
> 阿妈唱歌你们玩，
> 阿苗回来乐煞哉，
> 阿福回来笑煞哉。
>
> 两个阿囡乖又乖，

阿妈唱歌你们玩，

等着阿爸回家来，

把两个阿因抱在怀。

歌声亲切悠扬，婉转动听，感情丰富凄美。在这套不大的两室一厅房舍内响彻着，弥漫着，久久不息，令两个孤儿轻轻地睡着了，让熊伍和女儿晓丹泪流满面……

由于两个孤儿的体验家庭生活，又使这一家人想起了往事，想起了可怜的外婆夏荷老人。

同样，祝子丰、沙欢夫妻俩和博士儿子祝晓明也常常想起家乡的夏荷老人。

同样，祝小勇、周谐夫妻俩和农业技师祝晓禾也时时想着夏荷老人。他们准备找子丰子和去商量一件要紧的事——祝文彬已故之事，要不要与夏荷说明白。因为近两年以来，夏荷思念祝文彬的心更为急切了，有时近乎陷于痴迷。长此以往，怕对夏荷健康不利。为此，祝小勇和周谐内心非常纠结。

祝晓禾这位农业技师在文昌县农科站工作，是祝小勇村主任的上级机关领导，又是祝小勇的高级助手，对于发展祝家庄的农科事业起到了很大的作用。正可谓父子一条心，黄土变成金，领导科学种地更上一层楼。

祝晓禾最近经常回家。为的是夏荷奶奶最近发生了一些异常的举动。有一次夏荷奶奶从楼上房中慢慢走下，笑嘻嘻的拉着晓禾的手说："好晓禾，你告诉奶奶哪一个女人最好？我要去谢谢她。"

晓禾被奶奶问得莫名其妙，他说："奶奶呀，你问的是什么女人，我不明白。"

夏荷似笑非笑地说："傻小子，你还不知道什么女人吗？就是那些关心你祝家大爷爷的女人呀，听说有几个，都在给老爷子送医送药呀。"

晓禾听后，大吃了一惊。他想，夏荷奶奶有些神志不清，话说得奇奇怪怪的。他认真地对奶奶说："奶奶呀，你不要管那些闲事。什么关心大爷爷的事，是没有的，都是骗人的谎言。"

夏荷听后，反而来了精神，便振振有词地说："有的，有的。确实有几个女人在关心你大爷爷祝文彬。清明那天我去给小树苗上坟烧纸钱，烧几样纸做的小玩具。随后在路上就碰到了三个女人，其中两个打扮得漂漂亮亮的，一个还比较朴素。她们手里都提着香烛冥币和食物，超前落后地走着，还用手抹着眼泪、这几个女人会是谁呢？我瞧了一眼，她们肯定是帮助文彬大爷的女人们。听路上的人说，两个漂亮的一个姓陈，一个姓余，那个朴素的姓江。她们来文昌县干什么，我想总是为了你大爷爷，特地来探望他老人家的。她们还会有别的事吗？我不知道你大爷爷现在住在何处，有空我也想去看看。"

大奶奶夏荷讲得颠三倒四的，津津有味的。脸上还不时地露出笑嘻嘻的神色。

祝晓禾把此对话告诉了父亲祝小勇。

祝小勇听说后想：坏了，此事非要告诉子丰子和不可，并嘱咐晓禾要与晓明、晓丹去商量，是不是应该把祝文彬已经死亡之事明言告诉夏荷大妈。

周谐认为此事不应该再瞒下去，现在是该告诉她真相的时候了。周谐随父亲周安经营水产多年，是个女老板，家中经济较为富裕，祝晓禾又是农业技师，所以，如今的祝小勇已经为夏荷支撑起了祝家大院，他们一家已经摆脱了多年以来的贫困。周谐在征得祝小勇的同意下，想与儿子晓禾一起告诉大妈关于祝文彬的死讯，同时有足够的经济底气来帮助大妈解决此事所带来的困扰。

只是祝小勇说，此事一定要得到子丰子和的同意。

于是，小勇约定子丰与子和到宁波东江子和家会面，商议此事。

那正是1988年的春季，子丰子和均已年过46岁，正值事业开花结果的盛年。家中什么事都很安稳，只是母亲到了年老阶段还一直处在抑郁过度神志不正常的状态。看来，祝文彬一直是她的一块心病，是她的心中永久之痛。子丰子和决定答应小勇弟的要求，把此事告诉母亲夏荷，以了结她终生的相思之苦。

在祝子和的家中，熊伍烧火弄饭斟茶递烟，忙得团团转。熊伍懂得兄弟子丰和小勇的心，他们都十分关注母亲的精神安定身体健康。今天，他们都是为夏荷的安康而来的，所以熊伍特别认真与客气，内心太感激这两位兄弟了。

熊伍说："子丰兄，小勇弟，为了夏荷母亲，我能为她做些什么呢？你们有什么心里话和要求都在这里讲，我和子和都能理解的，支持的。"

　　子丰和小勇都了解熊伍是个感情丰富的人，一向对祝家人忠心耿耿，体贴入微的，特别是对夏荷妈妈十分理解、关怀备至，他与夏荷妈妈是一起从患难之中走过来的，对夏荷妈妈的爱情悲剧给予了无比的同情。所以，兄弟们都很听熊伍哥的意见，他是个从小就追随夏荷满街找祝文彬的人。

　　子丰、子和、熊伍和小勇四兄妹享用了熊伍家时新丰盛的午饭，边喝着清茶边商量着通知夏荷的事。

　　熊伍兄弟说："我虽然姓熊，但我始终是祝家的一员。夏荷妈妈的事就是我的事。我想，祝老先生故去的事，必须要告知夏荷妈妈了，是时候了。"

　　祝子丰作为兄长，他拍板直言道："祝文彬的故去，并未使我们伤心。但母亲几十年来切心思念他这个负心汉，使我们痛彻心肺。现在把他的死讯告诉母亲是解救母亲的最好的举措。不能迟疑呀！迟疑无疑就是把刀架在善良母亲的脖子上呀。这，不是我们的不义，是那个现代陈世美的无情呀！"

　　祝子和流着眼泪，拍着桌子说："妈妈忠于爱情，素有中华民族妇女的美德，无疑是个情种。而祝文彬负心无情，抛妻别子，反叛家庭，是爱情和家庭的罪人。如今他死了倒也清爽，赤条条来去无牵挂，只是害苦了母亲这条微弱的生命。我们要速速告诉母亲，那个败家子已经死了，不要再想他了！一定要快剑斩乱麻，让母亲彻底把他忘了！对于他这种人还有什么情可讲？！"

　　最后祝小勇附和兄姐之言，用干脆利落的话说："我听兄姐的话，将此死讯速速告诉夏荷大妈。如不告知，只会是阴魂不散，让大妈长年累月的陷落于痛苦不堪的深渊之中。时至今日大妈还在思念着她，百般无奈地痛苦地呻吟着……长年累月茶不思饭不想，身体一日日地瘦弱下去……唉，真不忍心看到她脸黄肌瘦的呆痴样子……"

四人一拍即合，决定了此事。不觉天色已黑，茶已尽，心已疲，神已倦。在黑黝黝的深夜里，人声犬吠均无声无息，只有医院宿舍的三层楼一角还亮着灯光……

（四十七）

祝小勇匆匆忙忙回了家，马上对儿子晓禾说："阿禾呀，今天我们要向夏荷大妈摊牌了。已经征得了子丰、子和、熊伍的同意了。他们都说此事早说为好。"

晓禾问父亲："此事是否要告知祖母阿苗一声？是否要等子丰、子和、熊伍到场再进行？"

祝小勇认为儿子想得很周到，赞扬儿子做事稳当，胆大心细，正直侠义。父子俩先进到母亲房中，简略地告诉了阿苗婆婆。她听后吃惊不小，当时就发呆无语了。她点点头，表示应该说给夏荷婆婆听，同时流下了两行热泪。

那是一个星期天的上午，子丰、子和、熊伍先后回到了祝家大院。小勇已经把院子的前前后后打扫干净了，还做了一桌上好的农家饭菜。阿苗婆婆帮着一起干，大清早就杀了一头羊、两只母鸡。厨房里煮得热气腾腾的。果然，夏荷婆婆也下楼来了，见大家忙碌地做着家务事，她也卷起袖子来帮忙，一起收拾庭院，烧火弄饭。

但是，她不知道今天家里有什么事，也不知道哪个客人要来。她想大概有些事吧，她想：祝小勇父子为什么要杀鸡办饭呢？好像还在用大铁锅煮着小肥羊呢？

将近中午时分，突然大门口响起了一阵急促的脚步声。最先惊觉张望的人是夏荷婆婆。她踮起脚往外看，目不转睛地搜视着来者是谁。因为，她一直在等候着一个人，她希望这个奇迹会在今生今世发生。她那望眼欲穿的神情，她那火急火燎一般的炯炯眼神，她那火辣辣的情绪，在散发着，散发着……犹如一阵熏人的热风在院子里回荡着……

然而，她锐利的目光见到的人却是子丰、子和和熊伍。本来，她应该感到高兴的，甚至是惊喜的，祈盼的。但是她似乎觉得有点失望，有点失落，有点无可奈何……

当三个儿女高声招呼她的时候，她吃了一惊，好像在梦中被惊醒一样，她缓缓地把头转过来，目光黯淡，声音有气无力地答理着远道而来的儿女们。她心里埋怨着，怎么会是你们仨呢？我等的人明明是他呀！

她觉得事情如此的阴差阳错，何日是个尽头呢？不过，她想不能息气呀，总有一天他会回来的。她轻声地自语道："我不是说过你可以大胆地回家吗？我不会为难你的。祝家的大门永远为你敞开着的，这里是你祝文彬的祖基呀！"

她没有过多的理会这些儿女们，她只是转过头来向他们微微一笑，摆摆手要他们坐下。

中饭吃得很热闹且丰盛。桌上放着大碗羊肉烧红白萝卜，蜡黄的大盘白斩鸡，碧绿的野芹菜炒蛋，油光水滑的油焖笋……还有好些农家自制的小点心，什么青团呀、白米糕呀、米鸭蛋呀、野山笋烤小土豆呀等，花式繁多，乡味十足，心情格外地愉悦。夏荷跟儿女们一起大口大口地吃着，觉得和下辈人在一起很快活，别的也就不多想了。

大家正吃着喝着的时候，突然闯进了两个女人。大家定睛一看，那不是别人，正是余菊大娘和她的媳妇徐文丽，且徐文丽的头发上还戴着一朵白色绒花。众人马上邀她们坐定入席，一起喝汤吃饭品农家新做的小糕团点心。那两位也一点儿不客气，坐定后就吃将起来。

就在此时，夏荷意外地发现徐文丽头上戴着孝，就小心翼翼地问道："阿丽头上的白花是为谁戴的？"

徐文丽是个心直口快的人，不待她婆婆的阻拦便抢先说道："这是为我的干爹戴的孝。干爹，我们上海人叫爷叔，他已经去世半年多了。呜——"徐文丽轻声地哭了起来。余菊大娘也掏出手绢抹眼泪……

夏荷马上一个警觉，双眼睁得大大的，站起来举头望着大门口，直愣愣地发呆的眼光中闪着泪花……

然后夏荷立刻抓住阿丽的手问道："你说谁死了？他姓什么？叫什么名字？"

徐文丽松开她的手说道："他姓祝，名字叫祝文彬。是我的干父亲，小时候我一直叫伊爷叔的。"

余菊赶紧补充一句："是的，夏荷大妈，他的名字叫做祝文彬，是我媳妇的干爸爸，是我亲家公。"

天哪！这使夏荷震惊莫名！夏荷问在坐的子女们，阿丽所言是真的吗？并问那是什么时候的事。

全场肃静，限于沉默。

祝子和放下碗筷，向着她敬爱有加的可怜的老母亲说："是的，妈。是我们家的祝文彬大爷死了。他是1980年2月死的，终年62岁。妈呀，你要明白，他一生与我们祝家没有多大关系，他仅仅是从祝家大墙门走出去的一个无情无义的人。"

祝子丰也义正严词地说："妈，她们说的是实情，祝家大院走出去的祝文彬先生真的已经去世了。这个人早已无情地离开了我们祝家大院了。"

祝小勇走过来扶着大妈的身子说："大妈，听我说，这不是谣言，是事实，祝文彬大爷已经寿终正寝了。他已经离开了这个世界，永享他的安乐去了。"

夏荷听了众人的话后，她闭上眼睛想了一想。突然，转悲为喜。她说："不，他没有死，他还活着。"

他还活着！这是她心中的最强音；他没有死！这是她心中最强烈的愿望；他一定会回来的！只要我还活着，就一定要把他等回来。

众人被她的几句不痴不呆，似痴似呆的话吓呆了。

这时，祝晓禾真的像一家之主，大步走到夏荷奶奶跟前，扶着她拍拍她的肩膀，亲切耐心地劝说道："夏荷奶奶，您不要心急上火，事情一定会弄清楚的。祝文彬大爷生老病死已经成为历史了。不管如何，我们总会记得他曾经来过人世的。您不要焦急，他的后事都办得很妥当的。您上楼去休息一会儿吧。我奶奶和姑姑子和陪您上楼去休息会儿吧。"

在众人的注视下，由祝阿苗和祝子和陪夏荷上楼到她的房间去了。

祝子和扶妈妈上了楼进了房坐在已经发旧褪色的雕花凉床上。只见夏荷双眼目光发直，毫无表情，说不出一句话来。阿苗婆婆一边抹着泪一边照顾着她，半响没有作声。大约十余分钟后，夏荷用力"哇"了一声，只见她口吐鲜血，滴在地板上有菜碗大一滩。乌红透亮的鲜血是从她的胸膛里喷射出来的……

女儿祝子和宽慰母亲道："妈呀，你心里不要难过，让他走吧，他与我们本来就没有什么关系。老天爷公平讲良心，祝文彬该死！"

夏荷连忙用颤抖的手捂住子和的嘴巴说："不，不，不要说了！他没有死！"

然后倒在床上，两眼翻白，口吐白沫，手脚冰凉，四肢僵直……

后来，余菊和徐文丽也上楼来了。

在这乱哄哄的所在里，余菊大娘不是来安慰夏荷的，她是见识一下祝文彬与夏荷结婚时的新房摆设来的。徐文丽是来看看干爹祝文彬的结发妻子究竟是怎样一个女人而来的。

说到余菊大娘，她是个神秘人物。

为什么她今天要赶到这个现场呢？

原来，三年前余菊和祝文彬的一段暧昧关系被沈一万发现后，沈气愤地责骂了余菊，并把她赶出家门，发送到家乡和阳县城去，与老家的几个近亲一起种地务农，不准她再回城。气得余菊几度想落发为尼，在乡人的劝解下才忍气吞声种了两年田。直到祝文彬死后，沈一万这魔王才命徐文丽把她接回家。听说祝文彬已病死，余菊心如刀绞，几乎是三魂六魄出鞘，暗暗地哭得死去活来。余菊过去是个凶恶的泼辣货，为什么变得如此多情了呢？这可能是她遇到了真爱才会变深情的，其实她是个渴望爱情的人，与沈一万在一起她是痛苦不堪的。由于她喜欢祝文彬，这才随媳妇赶来文昌县祝家大院看个究竟。她想看到些祝文彬年轻时期蛛丝马迹的生活旧迹，她实在有些如饥似渴。

当时，徐文丽从祝子和那里得到祝文彬的死讯，自然赶去悼念。回来暗暗告知婆婆余菊的。她天真地感觉到余菊好像与祝大爷挺有情义的。其他一概不知，因为这女子从来单纯天真，尤其不想知道别人隐私，即便听到一点风声，也觉得不足为奇的。

这次她来祝家大院的目的是为了看望一下夏荷大妈，看看她对祝大爷思念到何种程度，看看中国农村妇女对丈夫的真情真义是个啥样子。

这两个女人不是来看热闹的，她们都出自于各自的某种目的，哪怕在夏荷那里拾起一点点几十年前祝夏之间的生活残片也好，甚至于想了解到些许陈年的相思的浮光掠影，也就像搜集古董一样的感兴趣。

……

夏荷的房中闹哄哄的。

突然，夏荷一声尖叫，惊醒了余菊婆媳的沉思，使她俩的情绪顷刻回到现实中。

夏荷吩咐阿苗打开衣橱门。指指里面的一套男人衣服说，这是祝文彬结婚时所穿的长袍马褂，一顶黑色礼帽，上面系着红绸带，是40多年前的结婚行头，当年白面书生22岁，体面英俊……

众人为之大吃一惊。40余年过去了，时世发生了翻天覆地的变化，祝文彬出走后抛子别妻，浪迹天涯。他心中哪有这个家呀，可是夏荷一直没有忘记他。当年的新郎装还簇新挺刮，荡悠悠地挂在红漆大橱内，黑色礼帽圆溜溜的，红绸飘带还是红色的……

这一幕让在场的人们都触目惊心。尤其是那多情的余菊，眼泪簌簌往下流，抽泣声再也止不住了；还有那义女徐文丽，深深地懂得了什么是女人，什么是爱情，什么是相思呀！……

还有那祝阿苗婆婆，简直是泣不成声，想起往事点点滴滴，想起人情如此淡薄，想起夏荷跌跌撞撞地走过了大半生。想起祝家大院当年的兴盛以及长期的萧条与败落，想起小晚辈们的苦难与成长，想起了这长长的受苦受难的日子……她想了很久，很久……她扶夏荷躺下，拍着她的胸膛，拉着她颤抖不已的手在撕心裂肺地哭泣。

这时，祝小勇对大家说："我看大家不要挤在房里了，下楼用茶去吧！夏荷大妈由我母亲招呼着呢，她一会儿就会好的。"

众人鱼贯而下，到厅堂里喝茶说话去了。唯有女婿熊伍一人上得楼来，看看夏荷妈妈身体状况如何，以尽一个医生和女婿的职责。

熊伍见夏荷躺在床上，情绪已经转激烈为平静。他走到床前，对她微微一笑，然后弯下腰拉着她的手说："夏荷妈妈，身体好些了吗？不要心急烦恼，一切都会好起来的。想当年我还是个孩子，就陪你在上海大木桥路一带寻找祝文彬大爷了呢，你还记得吗？我们边找边叹气边说笑，找不到人影，还把摆摊的皮鞋匠误认为是他了呢，你看好笑不好笑？后来找累了，许多年中我们都不找了，后来他又冒出来了，是吗？人啊人，真正是非常奇怪的。让他去吧，不要为他伤神了。你说对吗？来，让我摸一摸，你心跳得怎么样，头上冒汗没有，太阳穴痛不痛，胸口闷不闷，想喝口开水吗？……

经过熊伍的一番谈话，夏荷感到轻松多了，她的神志当即恢复如常了。

阿苗婆婆招呼她喝了一杯白开水，还吃下了半碗油黄色的羊肉汤。

众人在厅堂里七嘴八舌地谈夏荷，论文彬，草堂之宴终于要曲终人散了。大家扼腕叹息一番，准备各自回家了。

傍晚时分，阿苗扶着夏荷下楼与众人道别了。这时众人望着夏荷惊鸿一瞥：夏荷由阿苗扶着，手里举着祝文彬系有红绸飘带的黑色大礼帽，高声地说："谢谢大家来看我！祝文彬没有死，他是不会死的。他如果要死，一定会回家来告诉我一声的。"

众人当即鸦雀无声，大家顿时露出惊疑的目光。

在夏荷心中，祝文彬永远是只不死之鸟！

正如唐诗所云："岐王宅里寻常见，雀九堂前几度闻。正是江南好风景，落花时节又逢君。"

（四十八）

徐文丽眼圈红红的，搀扶着婆婆余菊回了家。进得屋里便看到了公公沈一万在客厅里坐着，独眼睁得圆溜溜的冒着凶光。沈一万对她们说："见到那个讨人嫌的夏荷老太婆了吧，你们都为可恶的祝文彬落了泪吧。余菊你不要太嚣张，竟敢明目张胆地在人前擦眼泪，败坏我沈家的门风！"

徐文丽马上顶撞过去："公公你不能说我干爹的坏话。他是我的长辈，我从小就受他的照顾，尤其是我妈妈去了香港，他和外婆照料我的生活与学习，我有今天的成功，有他的功劳。我不愿听人诽谤他！"

沈一万看了媳妇文丽几眼，转过头没有说什么。他对妻子余菊说："你到房里来，我有话对你说。"语气狠狠的。

到得房中，沈一万恶狠狠地说："余菊，你这个不讲脸面的东西！祝文彬死后，你是不是去给他上过坟？你是不是见着了文丽的母亲陈露从香港赶来给祝文彬上坟？你跟她说过话没有？从实说来！"

余菊本来是个急性子，有习惯于吵闹不怕人的性格。但，多年来已经被豺狼般的沈一万逼疯了，逼傻了，再也忍不下去了，冲他说："是给他去上过坟了，还有那个陈露。你有什么意见吗？见过文昌县的夏荷了，这个痴情的老妇人实在可怜见的。"

"呸！你讲了些什么狗屁话！句句为那文质彬彬的流氓

唱赞歌。你昏了头了！你这不要脸的臭女人！下流东西！”沈一万虽然老了，骂起人来还挺凶的，一只眼睛鼓得大大的，另一只眼睛闭得紧紧的，露出一副吃人相。

余菊垂泪叹息着，她是个不吃硬的人。她已经把沈一万当作狠毒的豺狼，挨他打骂已经习以为常了。余菊想，任凭你怎么骂都不顶用，你不是人，你这丑鬼难道还想享受爱情不成？想想自己这一生过得还算值，能大胆地与祝文彬相爱过一场，还有什么后悔的呢？

女人啊女人，到底在追求什么样的爱情呢？！

恶人沈一万啊，你一生破坏别人的情感，得到了的又是什么呢？你的良心难道没有一点点自责吗？人们怎能容忍你的丑恶毒辣的一颗坏心呢？连同你自己的女人。

时止今日，唯有木讷愚笨至死忠于爱情的夏荷，不认识你，不了解你，还一直把你当作大好人呢。

……

说到夏荷，她近来精神焕发，与阿苗一起起早睡晚，总喜欢到田贩里去做些农活。吃得下睡得着，身体渐渐强健起来了。她越来越清醒地明白了祝文彬没有死，她感觉到他还活在世上，所以精神状态日见好转。

孙子祝晓明和外孙女熊晓丹邀祖母夏荷去杭州庆祝她65岁寿诞。又有子丰、子和和熊伍、沙欢陪同在侧，夏荷更是喜不自禁。

游西湖，逛街市，看大戏，进酒楼。夏荷被子孙们簇拥着，喜笑颜开，觉得生活非常幸福。就是在游西湖时发生了一些状态，叫众人惊讶不已。

杭州西湖垂柳拂面，堤岸花团锦簇，山青水秀，鱼跃光闪，加上满塘蛙声一片，岸边《杨柳青》悠扬乐曲声响起，"三潭映月"在水波中荡漾，"六和塔"八角翘起屹立于青山之腰，游湖人欢声笑语不绝于耳。好一派，人在画中游，一派好风景。

在两代儿孙们的陪同之下，夏荷今日畅游西湖优美佳景处。

突然，夏荷对儿子子丰说："我想到断桥边坐会儿，我要寻找一位故友。"

子丰的眼睛朝子和一看，子和示意就依着她去吧。于是一队人马就往断桥方向逛过去。

熊伍是位医生，很惊觉，连忙扶住岳母前行。行到断桥上，夏荷神情更加激动欢悦。

她望着湖中的游船说："看，你们看呀！他来了，他来了！"

熊伍问她："妈，谁来了？他是谁呀？在哪条船上？"

夏荷拍着手欢呼道："他来了，他伫立在船头。你们看，他多么神气、帅气呀！还是那样文质彬彬，款款有礼。就在中间那条扎彩的大游艇上，你们看见没有？"

子和大声地对母亲说："他是谁呀，妈你不要看花了眼睛。中间那条彩船船头上根本没有站人呀。"

夏荷打趣地笑着说："你们眼神不好看不见，我可是看得一清二楚。那位相公就是许仙，中医郎中许仙，他是来找白素贞白娘子的。你们看，他驾着西湖之舟在风雨中飘荡着前行，多好的多潇洒的一位许郎呀！"

夏荷的眼睛冒着火光发直了，她好像也在等待着心中的许郎。

晓明和晓丹马上挽着奶奶的双臂说："奶奶，外婆，那不是许仙，现实生活中没有许仙，那是文学作品中的人物，是神话。我们走吧，我们在断桥边逗留得太久了。走吧！走啰！"

夏荷很不情愿走开，她说："你们说没有许仙就没有许仙，我心中有自己的许仙。你们哪里会知道，他就是你们的姥爷，你们的姥爷！"

晓丹头脑活跃，思维敏捷，她对外婆说："外婆呀，我们去看三潭映月吧。那里水波粼粼，霞光闪闪，波涛阵阵，清风徐徐。那是一派优雅秀美的湖光胜景呀。外婆呀，我们走过去看看吧，一饱杭城美景之眼福。你看好吗？"

夏荷被这两代人簇拥着，搀扶着……

夏荷面对着浩渺湖水中的三潭映月，心驰神往。众人问他美景可好看，她却喋喋不休地说，断桥呀，风雨呀，借伞呀，清波门呀，白娘子与小青呀……她一句接一句地不断地说，记性很好，情绪很高，游兴很浓。

她在想些什么呢？众人心里都很明白。

子和终于对子丰说道："哥哥，看来母亲是忘不了我们那不争气的父亲，她真的不会相信祝文彬已经死了。"

子丰听后，心中不快。他手扶着金丝边的眼镜，摸了两下已经花白了的西装头说："妹妹，咱妈的脑筋受刺激太深了，一下子难以平静下来，需要一段时间呀。等到她清醒过来的时候，她才会明白的。现在不能着急呀。"

还是媳妇沙欢说得好："在母亲没有明白过来的时候，大家要耐心等待，绝对不允许谁用语言去刺激她。让她安心为好，她说怎样就怎样吧，错觉一时也不会有多大害处的。等到若干年之后，找个机会再告诉她吧。"

好心的沙欢从小就聪慧过人，她想利用夏荷的错觉，使她安心生活，以利延年益寿。

沙欢对丈夫祝子丰说："算了，就让她误会祝大爷没有归天吧，也许她内心深处不愿意他死，随了她的意思吧。"

丈夫觉得妻子很贤惠，说话有道理，有分寸，非常赞同，就满意地点点头。

夏荷大声地呼叫："我把他等回祝家大院，我们一家才算真正的团圆了。好呀，团圆好呀！只有团圆，才能使我称心满意，才不辜负我此生的苦苦思念。正如当年沙先生教我的宋词有云：'我住长江头，君住长江尾。日日思君不见君，共饮长江水。此水几时休，此恨何时已？只愿君心似我心，定不负相思意。'"（《卜算子》）

夏荷虽是个出苦力做粗活的女人，然而年轻时期沙先生所教的唐宋诗词至今不忘，特别是这首《卜算子》。

夏荷心中之意是：这长江水何时才不流，我的思念何时才停息？只愿你的心像我的心，绝不辜负相思意。

痴心等待，永志不变。

西湖一游，期待更切。

　　沙欢终于想出了一个办法，找父亲沙玉宝和继母夏莲去，估计两位老人会给女儿做主的——如何对待婆婆的心病。

　　……

　　几十年来，沙玉宝夏莲夫妻俩总是常常牵挂着姐姐夏荷。沙玉宝对她有思念之情，夏莲对她有歉疚之意。沙家的生活总算是芝麻开花节节高，日见安定富裕起来了。加上女儿沙欢对家里百般照顾，可算是吃喝不愁，小康安乐。但是，沙莲这对夫妻总有着难以排解的不安与苦恼。

　　沙校长退休后，属宁波市教育界名流之一。加上他为人忠厚、低调、中庸，引来各方人士的好评，在知识界享誉很高，可谓德高望重，声名远扬。夏莲呢，自从与沙夫子结婚以来，夫唱妇随，同舟共济，治家有一套，对丈夫更是关怀体贴，对女儿沙欢也好，对女婿子丰更好，跟随外孙祝晓明出美国留学，照料四年，使其留学成功。为沙家也为祝家受尽辛苦，作出贡献，可谓是个好外婆，帮助夏荷照顾了子丰一家人。

　　但是，沙玉宝和夏莲心里还是有些难过的。心里负担很重——总觉得平生对不起夏荷，永远的难以释怀。

　　沙玉宝认为自己放弃夏荷，是对她的不负责任，使他终究未能消除祝文彬长期对她的精神迫害。他觉得自己没能起到保护夏荷的作用，自己有愧于她呀。后来自己成了夏莲的丈夫，未能保护妻子的姐姐，是他的无能呀。退休后越闲就感到越无聊；越安逸就感到越内疚。

　　夏莲也是这样。看到玉宝为同胞姐姐而伤感，就感到越痛苦；看到玉宝为同胞姐姐而无奈，就感到越悲哀。这世上为什么总存在着丝丝情感纠缠与交织，好似一团乱麻，扯不清理还乱。

几十年来，虽然在金钱和物质上不断帮助夏荷，但是，在心灵上好像总是欠着夏荷的债。只不过姐姐这愚人想不清楚而已。

夏莲想，自己家好不算好，姐姐家不好才是真正的不好呀！这是今生今世难以解决的难题呀！夏莲和沙玉宝夫妻俩经常是相对苦笑，欲言又止，欲哭无泪呀。

夏荷的不痴不呆，是他们夫妻俩终生的不安呀。

宝贝女儿沙欢来了，招呼了父亲和继母，就直奔主题，问父母如何对待婆婆夏荷的不清楚问题。她把游杭州的过程叙述了一遍，把夏荷上断桥，思许仙，观游舟，望大爷，背宋词，表痴心……说了一遍。说得沙玉宝和夏莲双眼呆滞，手脚发颤。沙欢连说了几句"怎么办？"请求父亲和继母明示。

继母夏莲急急忙忙地说，必须趁早告诉她祝文彬已经死亡的事实，不能再隐瞒着麻痹她的神经了。瞒着她就是害她，就是残害她的生命！父亲沙玉宝也是这样想，不能再残害夏荷了，不能再让她在迷惑中生活下去了。

听到父母俩善意的表态，沙欢疑惑了。

她想，父母俩是出于对婆母夏荷的爱心，才持这种态度的，自己也是对婆母的爱心才持另一种态度的。从目前情况看来，哪种态度更有利于她的健康长寿呢？聪明的沙欢觉得还是不说穿谜底为好，我们要的不是动机，而是后果。

所以，沙欢一本正经地对父母说："父亲，母亲，我求求你们了。首先感谢你俩的一片好心，你们是婆母真正的亲人，我求你们还是不说穿为好，让她多活几年吧。"

父母俩含着满腔泪水，点点头答应了沙欢的请求。

沙先生想起当年年轻美貌勤学好读的弟子夏荷，百感交集；想起如今年老色衰糊涂痴呆的寡妇夏荷，不觉老泪纵横……人生是多么的无奈呀！那死鬼祝文彬究竟用什么魔法让夏荷疯疯傻傻混混噩噩？

以后的十余年中，大家再也不提及关于祝文彬已经死亡一事。夏荷的内心更安定平静了。夏荷相信祝文彬活在世上，在过着他自己的日子。所以，她没有更多操心的事，颇为逍遥自在。

每年清明时分，她只想着一个亡灵——小树苗。她总要一个人到他的小坟头中去加一块草板面。这是她大半生中十分难过的一块心病。其他事，没有让她更担忧放不下的。

年年月月，她和祝阿苗两个老妪劳动在田野上。两人穿着褪了色的破旧衣衫，雪白的头发随风飘动，粗壮的老手在农田中耕耘着。海阔天空，欢声笑语，日出而出，日落而归。风霜雨雪不在乎，扁担弯弯心欢畅。两个老姐妹还赶上了中国经济改革开放年代，思想日趋活跃，心情无比欢畅。夏荷心中感到人生无比幸福。后辈们事事顺畅，和和美美，合家欢乐无比，祝家大院是一代更比一代强。她最为感激的人有两个：一个是祝晓禾——祝家的新一代当家人，治家有方，年年有余；另一个是祝文彬——祝家的老一代独生儿子，求学有成，长命吉祥。

祝阿苗随夏荷生活劳动几十年，渐渐地成了她的影子。想事方法与她类同了，渐渐觉得祝文彬好像真的没有死，还觉得是促成夏荷长寿健康的一个吉祥之人。

（四十九）

公元1995年以后，夏荷老太太已经75岁有余，祝阿苗老太太已经78岁有余。家中第三代祝晓禾早已娶妻生子了，孙媳妇是本村姑娘，名唤祝禾葆，生女祝冬冬。

又是四月间清明时分，夏荷老婆婆又想起已故多年的小树苗，两眼微红湿润了。刚好孙媳祝禾葆怀抱着半岁的女儿祝冬冬走到大奶奶跟前。夏荷见欢笑着的小冬冬过来了，一扫愁容，并为之高兴了起来。

祝禾葆抱着欢悦的孩子问奶奶："大奶奶，小冬冬来看您了，她好玩吗？"

夏荷眯缝着眼睛说："太好玩了，脸白白的，像他爹祝晓禾，还有点像他爷爷祝小勇呢，真正叫做祖孙三代，一脉相承呀。"

哈哈，哈哈，禾葆笑了起来，小毛毛也笑了起来。最后，夏荷大奶奶也笑了起来。真可谓转悲为喜，快要忘却小树苗那些前尘往事了。

祝禾葆能够逗得大奶奶一笑，很是高兴。然后随便问她："大奶奶，你刚才在想谁呀？好像有点不高兴的样子。大奶奶，过去的事别老记在心里，最好把它忘记好了。"

夏荷将眯缝着的眼睛睁得大大的，半碗正在吃的饭菜突然掉到地上，粗瓷饭碗打碎了。接着，她大叫一声："禾葆，你奶奶祝阿苗哪里去了？我要和她一起去找一个人，现在就要动身出门。"

禾葆见她状态不好，事发很突然，就说："好，好，我去找奶奶，还去找母亲周谐，全都找来，陪你去找人，我马上就回来。"

禾葆找来了奶奶祝阿苗和婆母周谐。她们问大奶奶想去找谁。夏荷一反常态暴躁地吼斥道，要去找祝家大爷爷祝文彬。把众人弄得哭笑不得，不知所措。阿苗奶奶说道，这件事要问过祝小勇，才能作出决定。这时，夏荷对着阿苗喊道，"现在不找，还等何时？"

阿苗奶奶说："夏荷呀，你不要再叫喊了，等祝小勇办完村里的事，中午就回家来吃饭了。他总不能不管村里的大事，不尽村主任的职责。还说大妈你要知道他是村里乡亲们爱戴的村主任呀。"

中午祝小勇果然回来了。见大妈夏荷不悦，便问为了什么事。媳妇禾葆说，大奶奶想去寻找一个人，迫不及待要出门，还要求和奶奶一起出行呢。

祝小勇知道夏荷大妈脑筋又糊涂了，又要犯事了。他想，她今年已75岁有余，老迈的年龄还想着那个已经故去多年的人。状态着实严重，还要求母亲阿苗陪同前行，到哪里去呢？上天无路，入地无门，真正是荒诞之极！这事如何是好呢？几十年来，自父亲祝阿福故去之后，祝小勇一直就是祝家的真正的当家人，夏荷大妈最忠实的保护人。现在她竟然提出如此荒唐的要求，叫他如何是好呢？当初母亲阿苗头脑比较清醒，现在也渐渐糊涂了，叫她老人家作陪，会有什么样的后果呢？他考虑再三此事不好马上答复。他想拖延几日才回答，可能她就忘记了。于是，他说："大妈，我听见了，关于此事，过几天我再回答你好吗？这两天你和妈先把身体休息好，不着急，慢慢来，好吗？"

夏荷一听，怒从胆边生，气愤地说道："什么不着急，慢慢来？他现在已经到文昌县隔壁村了，再不去就迟了，就找不到了。你现在是村主任了，怎么说话不负责任呢？你快让我们出门，这次一定能够找到他！"

祝小勇猛然问道："找到谁呢？你说他叫什么名字？"

夏荷以迅雷不及掩耳之势，马上迅速地答道："谁？他是你大爷呀！名字？他的名字叫祝文彬呀！"

祝小勇、祝阿苗、周谐和祝禾葆全都被惊呆了。他们全部发出了惊叫之声："呀——呀哟——天哪——"

祝小勇虽然是一村之长，有地位、有权势、有威严、有能力。可是，无论如何犟不赢夏荷，毕竟是大妈呀，几十年来祝家之主呀。无法可想的祝小勇只有像他父亲祝阿福那样唯命是从，答应她去找已经故去的大爷祝文彬。因为她心中的那个人没有死，可能在天之涯地之角呢。

祝小勇顺从夏荷大妈的意思说道："好吧，你们去找找也好，我答应母亲陪你去。一路上千万要注意，先到宁波东江子和姐那儿去看看吧。"

顿时，夏荷婆婆笑逐颜开，还连声称谢，说祝主任不愧为一村之长，了解民心，通情达理，是新时期农村的好当家人。祝小勇叫她们收拾好随身所带之物和钱，准备离家出行。

之前，阿苗婆婆是知道祝文彬早已死去了的，觉得夏荷属于精神恍惚，思绪混乱而造成"祝文彬未亡"的错觉。但是，十余年来陪伴夏荷在侧，渐渐地受她情绪的影响，似乎也感到祝文彬真的没有死，好像还活在哪里一样。阿苗又年长夏荷3岁，今年78岁，脑筋也较前糊涂了，觉得去找大爷祝文彬不是件荒唐事。她推算了一下，祝文彬今年大约有77岁了，因为早年祝文彬小她一岁，夏荷又小祝文彬两岁，这是不争的事实。如今78岁、76岁和75岁三个老人似乎应该会面了。想来想去，算来算去，心里倒有点乐滋滋的。

如此这般。两个白发苍苍的老妇人，穿着两套半新不旧的衣衫，脚蹬两双黑色布鞋，外套两双新草鞋，背挎两个和尚庙烧香得来的黄色布口袋，手持两根青竹竿拐杖，外带些食物和水，轻装上阵外出云游寻人去了。

显然，这次寻访四方比起夏荷年轻时外出更为有信心，更为精神饱满，更为情绪热切，更为有找到的把握。因为她们俩长期种田身体好，走路快；祝文彬长年坐办公室身体不好，走不快，所以，找到他的可能性是很大的。所以，此事，势在必行呀！

于是，两个老妪，一前一后，一颠一跛地走在漫漫的绿色田间小道上，还不时飘出一阵阵优美的歌声——那是耶稣堂里学来的赞美诗，那是充满爱心的祥和的乐曲：

主呀，主呀，主耶稣呀。

拯救世人爱我们呀，

神的主意，是我们永远的力量。

神的主意，是我们快乐的源泉。

这一节赞美诗她们反复地唱，哼得抑扬顿挫，音节悠扬，飘荡四方。

这信主的事，发生在三年之前。

三年前，夏荷得了严重肠胃病，上吐下泻。到医院看了病，服了药，依然不见减轻。无奈之下，来了县城礼拜堂的一群教友，上门为她作了祷告，后来病情便减轻了。所以夏荷和阿苗就相信主了，当了基督教徒。另者，她心里总是想着祝文彬，总想在今生今世与他见面团聚，所以经常祷告，祈求主耶稣为她做主，救她于刻骨相思之苦海。从此，夏荷与阿苗两个教友姐妹，就经常出入于文昌县城耶稣教堂。每次来回30里路，姐妹俩手握圣经，唱着赞美诗，心中有寄托十分爽快……

如今她俩踏上寻踪祝文彬之路，自然也是唱着赞美诗，把一切交托于上帝，相信主耶稣基督会给他们指引道路，会如愿以偿，找到祝文彬大爷……她俩边走边想，心中甚为欣慰。信教很有意义，常常使他们心中有寄托，行为有动力，意志更顽强了。三年来她们一直是这样过来的。

祝子和在家门口等着。

早晨八点钟子和就接到小勇发来的短信，说那两位老太太要来。说她们出行是为了找大爷祝文彬。子和知道母亲的老毛病又犯了，感到奇怪的是阿苗大姨怎么也糊涂了呢？

中午时分，子和、熊伍招呼两位老人进了家门。女婿熊伍说，马上吃中饭。夏荷说，中饭不吃了，有重要的事情在身，马上赶路要紧。子和说："你们要到哪里去？怎么急急匆匆的，连中饭都没有时间吃呢？"

夏荷再也忍不住了，她便笑着大声地说："我们要去找一个人，再不抓紧时间去找，他可能又要走了，必须马上出发！"

熊伍笑嘻嘻地问夏荷和阿苗："两位婆婆，究竟要找谁呀，那么心急？"

阿苗看着熊伍与子和，很自然地说："找谁？你们真会装腔，当然是找祝家大爷祝文彬呀！算来他今年已有77岁高龄了，我记得他小我一岁，比你们夏荷妈大两岁呢。我们年轻时一起走过来的，哪有不想之理呢？你们真会说笑话。好了，饭不吃了，我们走了。"

这时，祝子和才急了起来。原来连祝阿苗大姨也糊涂至此，好不令人心寒呀！她想阻止她们又阻止不了，怎么办？祝子和心急如焚，满头大汗。心想，她们的心病真不轻呀。

祝子和两眼傻傻的，望着患难与共的亲爱的丈夫"熊伍少爷"，似乎在求助他的指点。眼前的丈夫年幼时还随同母亲找过那离家出走的祝文彬，现在他将会说出什么话来呢。

熊伍含着眼泪望着亲爱的妻子，然后点了点头，果断地对母亲说："母亲，我想你们在我家多住几天，我和子和帮你们四处去打听，有了消息就告诉你，不必匆匆离去。你们年纪都大了，不比当年了。子和你看如何？"

子和马上响应，她说："寻找祝大爷的事让我们来担当，你们俩好好在家休息吧。有了消息，我们立即告知。好吗？"

听了熊伍和子和的劝阻，夏荷气得浑身发抖，当即提起行李，拔腿出门，口里骂道："没良心的东西！连生身之父都不要了，还当什么人民的作家？还当什么人民的医生？全是假的！骗人的！连一个暮年老人都不想救，你们的道义何在？！良心何在？！"

夏荷气愤至极，心急火燎。她愤怒地说："你们太没有人性了！一个年老人失踪了，你们都不想去找！"

然后，夏荷与阿苗两个老婆婆就出门了。无奈之下，子和和熊伍只得派人跟踪其后，以防万一。

夏荷的寻踪路线已定，即分三步走：第一步在宁波市寻找，第二步到上海市寻找，第三步到九江市寻找。关于这个计划，子和和熊伍全然不知。

夏荷和阿苗兴冲冲地走在宁波市的大街小巷上，东张张西望望，希望路边出现一个年老的祝文彬。她们看见70余岁的老头儿就探头探脑地问过去："您老是不是姓祝？您老是不是浙江文昌县人？您老认识祝文彬大爷吗？"

一路走来，已经问了七八个老汉了。人家都感到莫名其妙，全都摇摇头说不知道。她们还是不灰心、不泄气，继续往前找过去、问过去……问呀，找呀，虽然肚里饥饿难忍，精神还是超常的好，脚步仍然轻快。当她们走到一条小巷子深处，突然遇到一个高瘦有些驼背的戴着副墨眼镜的老头儿。夏荷大娘便走上前去拉了一把那老大爷的衣袖说："这位大爷，您老是不是姓祝？您老是不是浙江文昌县人？您老认识文彬大爷吗？"

那老头儿斜背看着夏荷说道："我姓祝，我是浙江文昌县人，我认识祝文彬大爷。"其实，那老头儿已经认出夏荷和祝阿苗两个人了。

当时，夏荷欣喜若狂，祝阿苗也十分高兴。她们想，苍天不负苦心人，祝文彬终于快找到了，今日有希望了。

说时迟，那时快。那个瘦高驼背老头突然转过身来，对她俩说："要想知道祝文彬大爷在哪里，请你们跟我走。"

这真是天上掉下来的喜讯！两个老妪转身就跟着这个瘦老头走。但是，不知道他是何人。她们跟着他走了一条小巷，又走过一条小巷，一直走到临大街一条阔巷子里才停了下来。那老头用钥匙开了门锁，引她们进到客堂间，才慢慢地转过身来看着她们……

天哪，那瘦老头不是别人，正是祝文彬的师兄沈一万。夏荷喜出望外，心想终于碰到了一位大好人了，还是个知情人士。从心里高呼，感谢上帝保佑！主耶稣基督是活的！感谢主耶稣保佑我们，这次找到祝文彬是不成问题了。因为，夏荷向来视沈一万为关心祝家的大善人，是指引她度过生活困境的保佑神！在她的心里，沈一万是那么的高大、正义与乐于助人。此时此刻，她心中的最强音就是：我们有救了，祝文彬可以找到了！

沈一万这才请她们坐下喝茶。一边热情地与她们打着招呼，一边笑嘻嘻地与她们说话："你们要找祝文彬大爷吗？为什么早一点不来找我呢？我府上在宁波市你们是知道的，为什么不派人来访我呢？况且我内人余菊和媳妇徐文丽你们也是相熟的，为什么不随她们一起来见我呢？真正是太生分了。就这么一点事，还需要你们长途跋涉，云游寻踪吗？真正是太笑话了。摆着我不问，还大街小巷的乱窜，真正是笑话至极了。找祝文彬一事，对于别人来说是千难万难，对于我沈大爷来说是举手之劳，轻而易举的事。你们看，你们是怎么想事的？"

沈一万唠唠叨叨地说个不完，是他年纪大了呢还是他完全有大本事马上可以找到祝文彬呢？两个老妪有点摸不着头脑。

那么，沈一万究竟说出了什么话，祝文彬究竟在哪里呢。夏荷和阿苗等待着沈一万大师兄会说出怎样惊世骇俗的话来呢？

（五十）

"行行重行行，与君生离别。相去万余里，各在天一涯。道路阻且长，会面安可知？"

长长的人生中，夏荷总是牵挂着那个早已离开她的人，有时感到相隔千里万里，分离天涯各一方。相别离的日子已经很久了，衣带渐渐变宽松了，不知道还有没有见面的日子？带着这样一块心病，夏荷总算找到了知情人沈一万。她急切地问大师兄沈一万："大师兄，你快说呀，祝文彬究竟在哪里？"

沈一万摇头晃脑地抽着烟，一脸的正经对夏荷和阿苗说："你们是在问我吗？我会告诉你们一个惊人的消息。你们千万不要害怕。要有足够的思想准备！"

夏荷急不可耐了，她大声说道："说就说呀！大师兄装腔作势做什么？快说出来吧，我们不会害怕的。"

老练的沈一万环顾了她们一眼，说道："好，我爽气地告诉你们，早在十几年前，祝文彬已经暴死了！他是上吊死的！吊在一棵百来年的老槐树上，舌头垂伸出来有六寸长！呸！好一个文质彬彬的吊死鬼，临到最后不积一点德！"

他的话声"砰"然一声落地，夏荷便两眼上翻，"扑通"一声跌倒在地。站在边上的阿苗也摇晃不定，扑倒在夏荷身上了。"啊，啊"几声呼叫，两人便神魂颠倒，不省人事了。

此时，沈一万露出了狰狞的笑容……

此时，余菊大娘出来，唤醒两个垂死的老妪，拖拉到后间去说话……

此时，当家媳妇徐文丽劝醒两位大娘，说公公沈一万是口无遮拦瞎说造谣，祝文彬大爷绝非上吊而死！……

此时，儿子沈甫仁义正词严地说："父亲沈一万瞎说造谣有罪，千万不要听信他的恐吓！"

吵吵闹闹乱轰轰，沈家上下各说各词，大家是在指责沈一万的不仁不义！

后来，余菊大娘拍案大叫："祝文彬先生他人虽死，但是他的精神永远不会死的！夏荷大娘呀，你千万不要上这一万老鬼的当，文彬不是吊死的！他不是个厉鬼，他是个文质彬彬的善鬼！永生永世的好人哪！"

男人给了女人一点点情爱，使女人永生不忘，余菊的叫喊，令夏荷猛然一惊，令阿苗为之一振。难道沈一万说的是假言唬人吗？

对，祝文彬不是长舌吊死鬼，绝对不会的呀！沈一万想用厉鬼形象来吓倒夏荷，终于没有奏效。沈一万想略施小技来破坏祝文彬在夏荷心中的形象终于失败了。自己反倒成为一个惨败的攻城鬼从城楼之上摔将下来，折戟沉沙，死无葬身之地呀！

在夏荷的心中反而响起了一个最强音：祝文彬不是厉鬼，祝文彬没有死！他心中的丈夫依然活着！

于是，她和阿苗踉踉跄跄地退出了沈一万家，在余菊和徐文丽婆媳的帮助之下，背上包袱和钱财，拄着青竹拐棍，又一步接一步地走上了寻踪之路。在一个月内，她们走遍了宁波市的大街和小巷，港湾与码头，山中古庙和现代化的楼居……她们振足精神向从不相识的行人问道：您老是不是姓祝？您老是不是浙江文昌县人？您老认不认识祝文彬大爷？"一路上从不错过一个可疑的老汉，在前一个人否定之后，就把希望寄托在后一个人身上，永远没有止境……

寻踪祝文彬的生活，她和阿苗坚持了10余年，坚持到80多岁，将近90岁。

这不是奇迹是什么？跨过了20世纪，迎来了21世纪的新曙光。人们普遍运用汽车、摩托车、自行车的时代已经到了，即使老妇人不会驾车，也可以出钱打的，日行千里的。夏荷和阿苗，身体强健体力好，除了坐些长途汽车以外，还是运用自己的11路自行车，过大街，穿小巷，爬山涉水，东逛西游，走遍天下，总把希望的目标放在下一站。日出而行，日落而息。

奇怪的是，她们的身体吃得消，没退缩不前之意。这是长年不息锻炼的结果，她们需要不少的盘缠资金，哪里来的呢？那是子丰、沙欢、子和、熊伍；小勇、周谐；甫仁、文丽以及孙辈祝晓明、祝晓丹、祝晓禾、沈菲菲等长期不断支持而来的，所以她们有足够的用费。

天哪！这群儿孙们，明明知道祝文彬大爷不存在了，为什么要长年累月地出资相帮呢？不用细说，他们是为了他们的心，为了能让夏荷老人愉快地去走完她奇特的人生之路呀。其中有两个慷慨相助的人，那就是沙欢和徐文丽。沙欢继承了她已故母亲方向的遗愿，要尽力帮助夏荷，而且她本人个性乐观，聪明有独特思维，认为救人要救心；徐文丽也是继承她母亲陈露的特点，要救人摆脱患难，主张不用常规约束人，要帮助夏荷走在个性解放追求精神满足的道路上。还由于她对于干爹祝文彬的爱戴，就希望干爹的原配永远活在过去曾经获得过的爱情之中，哪怕只是一种精神陶醉也可以。沙欢是夏荷的儿媳妇，徐文丽后来是夏荷的干女儿。两个新潮的女人是夏荷老太太不可或缺的精神支柱和物质支持者。

十余年中，夏荷和阿苗两位老太太走遍了大江南北，顺着长江逆流而上。不管风霜雨雪，也不管烈日炎炎，她们疯走在江南一带的城镇或农村蜿蜒无尽的大道或小路上……她们到过上海、无锡、苏州、杭州、镇江、南京、扬州、九江、武汉和宜昌等地。

一条条路，一个个镇，一座座山，一道道湾，一个个码头，小村重镇或大城市……她们取道而至，她们私行察访，她们调查寻踪，她们寻亲访友，她们追寻着已经硕落多年的星宿；一个薄情寡义的人，一个抛妻别子的主。

人生的意义何在？夫妻的情义何在？

夏荷在漫长岁月的无尽相思中，阿苗在助人为乐的相依为命的助人中。

正是：

> 行行重行行，与君生离别。
> 相去万余里，各在天一涯。
> 道路阻且长，会面安可知。
> ……

相去日已远，衣带日已缓。

浮云蔽白日，游子不顾返。

千山万水，万水千山。路漫漫兮向天边，夏荷思念夫婿之情永难尽。

夏荷曾经听说祝文彬到过九江码头，就乘上大轮船逆水而上，一路上江风扑面风急浪高，晚间一轮明月照耀江面，叶叶小舟漂流而下，正是月明星稀，涛声拍岸，远山近水……令人神清气爽，犹如进入胜境。她想，当年祝文彬年轻儒雅，身着一袭灰色长褂，站立舟头，扶栏观江，定有一番情趣雅志。自己如能与他同游长江，必然是良辰美景共沐浴，可以尽情挥洒青春的潇洒和乐趣……现在老了还能重踏当年夫君出游的旅途，心中美意横溢，非常尽兴。但是，这个老实本分的农妇，哪里知道，当初祝文彬弃她游走四方，结识一叶扁舟上的渔家女江曲花，舟上红灯之下共剪大红的双喜花呀，在大江母腹之中筑起爱巢并且生养了四个渔家儿女……这是她所不知道的事情呀。

七走八走，寻踪四方。夏荷和阿苗已经将近90高龄了，再也不能畅游大江上下，再也不能云游四方了。

夏荷今后的日子，只能留守在祝家大院了。

90岁高龄以后，夏荷、阿苗均还康健，看来是得益于长期游走四方，身子骨越练越硬朗了。如果继续游走，体力恐怕不支了。

在众多后辈的孝敬中，在祝小勇和祝晓禾父子的悉心照料之下，两位老太太心宽体健，不仅能生活自理，有时还能下地去劳动，做些轻便活，粮足菜丰，吃喝不愁。村里人都说这两位老太太是南极星下凡，是方圆百里的老寿星。在中国农村，真正是风好水好人情暖，年高百岁平常事，是非曲直由它去，我行我素度春秋呀。

夏荷已经九十有二，平静生活中没有烦恼。

最近发生的两件事，令夏荷平静的思绪中泛起了波澜。

第一件是徐文丽传来的消息：说沈一万死于非命，死相很难看。沈一万后来得了一种病，成天神情紧张，夜里常常做噩梦，惊魂的喊叫声不绝于耳。再后来发展到不思茶饭，光捡些腐臭食物来吃，见人就说，要吃臭豆腐，实际上是捡些猪、狗、羊、牛的大便来吃，而且是津津有味。家人都说他疯了，外人都说他得了严重抑郁症——神经病。后来，他满身破衣烂衫，手舞足蹈，见人就装疯子样，伸长手指企图抓人，弄得街坊邻居亡命奔走，闻风而逃。

他成了十恶不赦的恶魔！一个丑恶的魔头！

据说他如此这般发疯发癫之后，第一个举动就是用匕首刺死了老婆余菊，让她死于房中床上的血泊之中；第二个举动就是一个人爬上高高的后门毛竹山，找到了一棵老杉树择枝而吊，将自己臭气冲天的身体吊在半空中，并且伸出了长长的舌头……他是个应该遭天诛地灭的人！

第二件是祝文彬和江曲花的儿子祝子舟带着做商人的妻子李君来到祝家大院认祖归宗。

春分拂面，柳丝摇曳，祝家大院修茸一新。门庭虽已斑驳陈旧，光华不如往日，黑漆大门不黑，环形拉手不亮，八角方井失雄，院内树木不齐，院内青石砖墙缺损，花木不多，野草丛生……祝家大院已历150余年历史，院落不如往年峥嵘，气象不如往年繁荣壮观，但经家主祝小勇、祝晓禾父子几十年的经营修缮，还是保持了原形，像模像样的，还是房舍整齐，树木葱茏，青砖瓦房原形照旧，八角方井雄踞院子中央，水粼粼的，永不枯竭，黑漆大门屹立院门，仍然高耸挺拔。

祝家大院尚在，祝家大娘夏荷尚在，祝家现任当家人祝小勇健在。

百年来，祝家大院经历了时代的风雨，祝家人始终和广大乡亲们在一起，参与了革命斗争历史的考验与历练，祝家人在人民政府的领导之下，走过了坎坷光荣的大浪淘沙的岁月，保持了与贫苦大众的血肉联系，艰难且顺利地走到了新时期经济发展的大好年代。在村主任祝小勇的领导下，祝家庄走上了康藏大道，祝家大院进入了全面兴盛人才辈出的大好时期。

顽强不屈，善良重情的祝家大娘始终以一个社会最底层的受苦受难的贫穷妇女的身份，走过了将近一个世纪的岁月。这个苦难且高尚的女性，使祝家大院撑到了如今。祝家大院这扇门依然开着，面向社会，面向四面八方的来客。

只要夏荷这个女人不死，祝家大院的门将永远敞开着。如果她死了，这扇门将由祝子丰、祝子和、祝小勇和祝晓禾等继续开下去……这个家庭的历史就是这样的不容更改。

现在，有一个男人他的名字叫作祝子舟，他要到祝家大院来认祖归宗。他是什么人呢？他是从祝家大院逃出去的一个男人祝文彬和渔家女江曲花的小儿子。他舟车劳顿，迫不及待地来寻找年迈的夏荷大娘。他要亲口告诉她他的来历，他要亲口叫夏荷大娘一声"母亲"，一声"大娘"。

在一个明媚如画的春天里，夏荷大娘在祝晓禾的搀扶之下，接见了他——祝文彬在外生养的小儿子祝子舟。夏荷大娘见了小儿子喜出望外，目不转睛。后来说他长得很像他的父亲祝文彬，很有些儒雅之气。祝子舟拜认了大娘之后，还介绍两个姐姐江云燕和江云飞，都求大娘认下。还提及了母亲江曲花是个渔家女，跟随父亲一生做了个洗衣妇，她深感自己的婚姻干扰了大妈和父亲的姻缘，深感对不起大娘，父亲死后，她不听劝解，循入空门，到寺庙里当了一名尼姑，决心积德修行度过余生。夏荷听说后，泣不成声，还连连赞扬江曲花有德行是个好女人。

江云燕、江云飞姐妹俩择日也来见过夏荷大娘，也都认祖归宗了。夏荷大娘把她们都视为己出，亲近非常。

在夏荷人生的最后三年中，那就是夏荷大娘93岁、94岁、95岁三年中，祝家亲戚中又出现了几件事，令夏荷烦恼和痛苦。最为不幸的是阿苗大娘95岁因病去世，给夏荷和全家带来灾难一场。在夏荷来说，多年来最亲近的患难与共的姐妹去了，如同断了她的肱股，她忍不住失声痛哭。阿苗是她的手足，是她生命的一半呀！她对着阿苗姐大大的遗像说："姐姐，你是我的大恩人，我能活到今天，就是因为有了你，你是上帝赐予我的天使呀！阿苗姐，如今你到天国去了，我会跟着你的脚步走过来的！阿苗姐呀，求主保佑你，愿你的灵魂安歇吧！"

祝小勇、祝晓禾父子自然悲痛万分，是母亲和奶奶养育了他们，母亲在祝家大院一辈子是个有功之臣，她见证了祝家的兴衰和再度崛起，她是祝家的恩人，她恩重如山；她是祝家大娘夏荷的亲姐妹，情深如海！她是子弟的榜样，帮助凄苦无比的祝家大娘夏荷度过这长长的人生。明月如镜，照亮这祝家大院的一草一木，那明月不是挂在天上，而是始终陪伴这祝家的每一个人，形影不离地陪伴着夏荷大娘。

　　风萧萧兮衰草败，八角古井无言兮映明月。
　　路漫漫兮日月长，祝家大院沉寂兮悼苗姑。
　　……

等到熊伍、子和报丧时，夏荷大娘正从噩梦中惊醒。熊伍少爷滴着泪痛泣着告知岳母，他母亲熊师母江莉已于九月初六病逝于上海。这位好心帮穷疾恶如仇的资本家太太无疾而终，已经寿终正寝了，终年106岁。夏荷老眼昏花，头晕目眩，听熊伍说的时候，正在用农家早餐。当熊伍少爷的话声一落，盛有稀粥的粗瓷碗从发抖的手中落地打得粉碎了。

当时，只听到老人带着哭声说了一句话："上帝呀，熊师母是个大好人，为什么要催她归天呀？师母呀，我夏荷永远是你的奴仆！我以基督教姐妹的名义悼念你！纪念你！"

当熊伍和子和把她扶到床上休息时，她还口口声声地叫着师母呀，我的师母。

夏荷活在这个世界上，就是为了盼团圆，一家人包括祝

文彬在内的全家团圆。好多亲人友人过世了，令她如此地痛彻
心肺。

她觉得这个人世间是：

> 相见时难别亦难，东风无力百花残。
> 春蚕到死丝方尽，蜡炬成灰泪始干。

这早已成为千古流传的名句，在她的心里上上下下地翻
腾着。

尾声 | 梦婚苦
——百年相思苦寻觅相思芳草遭严霜
夏荷一生念文彬梦圆之日命休时

（五十一）

相思之梦日日夜夜做不尽。

还是李商隐的诗句说得好：

> 晓镜但愁云鬓改，夜吟应觉月光寒。
>
> 蓬山此去无多路，青鸟殷勤为探看。
>
> 人生百年有尽日，相思之情无止境。
>
> ……

　　祝阿苗走了，日子照样还要过下去。为什么百十来岁的夏荷大娘还有生活的信心和希望呢？这个答案是众所周知的，因为她心中还有一个祝文彬。尽管众人或直接或间接地告诉他祝文彬大爷已经故去了，但是她不相信那是真的。她固执地认为他没有死，她用一生一世的情等待着他的回来。她依然日日夜夜做着相思梦。她期盼着，有朝一日他返回祝家大院，全家团圆。

　　为了照顾夏荷的日常起居，亲妹妹夏莲经常来看望她。由于夏莲也年迈不能多来，心里只想赎罪，所以常邀子女陪同来看望她。长期住在祝家大院的是媳妇沙欢和女儿子和。沙欢总劝婆婆吃好睡好，才能有精力等着公公回来。子和呢，表面上附和着嫂子的说法，内心却一直犯着嘀咕：那个祝大爷把娘亲的心偷去了，害她一生患相思病，真是十恶不赦的东西。等着一个没有良心的东西有什么用呢？她要母亲不要苦等了，过自己的日子吧。

沙欢和子和长期陪同母亲住在祝家大院。烧火弄饭样样干，山珍海味煮不断。加上农家适口的饭菜，夏荷生活得挺惬意的。夏荷早上起来洗梳以后吃早饭，吃完早饭读圣经，戴着老花眼镜圈圈点点的。口里"耶稣宝血得胜，哈里路耶，哈里路耶"！呼声不断，很是兴奋和欢愉。她说她已经把自己的一切都交给主耶稣基督了。每日里，除了生活自理外，还能做些轻便的农活和家事：如种些葱和蒜、剥洛麻、养蚕、打井水以及择菜、剥笋、搓麻绳、做草鞋、纳鞋底、补衣服、养鸡捡蛋……她的生活节奏虽慢，可是喜滋滋乐悠悠的。

媳妇沙欢与她很合得来。沙欢说："夏莲姨婆快要过90岁寿诞了，我们送什么礼去呢？"

夏荷说："送100个油包桂花甜馒头，还送5斤长寿面，100个鸡蛋。那100个土鸡蛋，是我养的鸡生的呢。"

女儿子和说："你的宝贝女婿熊伍少爷要过65大寿了，你这个丈母娘送什么礼过去呢？"

夏荷高兴地说："熊伍少爷爱吃大饼油条，豆腐脑。到镇上去买100付大饼油条，一面盆豆腐脑，外加200个土鸡蛋送去，让他乐一乐。"

媳妇沙欢又说："我老爹沙玉宝先生也快近95岁寿诞了，你说送些什么礼去呢？"

夏荷无比兴奋地说："沙先生也快95岁了，太好了！想当年他来祝家大院为我当私塾先生的时候，还是个小后生呢，日子过得真快呀！给他送500元钱去，让他买些书看，外加200个土鸡蛋和5斤长寿面。"

女儿子和又说："小弟祝子舟生了一个孙子，取名祝运来，马上满周岁，送什么礼呀？"

夏荷想了一想，和颜悦色地说："把祝文彬大爷的一只手表送给他，外加500元贺礼。"……

晚年，夏荷生活过得有滋有味，头脑精明，其乐无穷。是媳妇沙欢给了她做人的信心和勇气。——祝文彬大爷没有死，她一直在等着他。她虽将近百岁，然而相思之梦终无止境。

2013年的春天里，夏荷照常享受着春天的明媚阳光。冰冻的八角方井现露清凉的甘泉。院子里农家百花百草开始一片翠绿，老槐树在风中摇曳，似乎有了精神和柔情。自家养的三只老母鸡带着三群鸡仔咯咯咯地打转，布满园子里的各个角落。夏荷沐浴在春日暖和的阳光里。

她坐在一张老旧的大藤椅上，看着圣经，打着瞌睡。瞬间她便进入了晨间春梦。她见到大门口好像走进一个男人，修长的身材，文质彬彬的脸，不说一句话，招手和她打招呼，笑嘻嘻的，和颜悦色的。她知道他是祝文彬，连忙招呼人再设一椅坐在她的身旁。两人便亲密地絮絮叨叨谈起了往事，谈着谈着，两人享用热茶，喝茶时她一不小心将茶杯掉在地上，茶杯粉碎了，便醒了，她未能尽兴很难过……她张眼往大门口望去，那人便杳无影踪了。

夏荷愕然了，心想，他怎么又不见人影了呢？

于是，她便吃了早点心：绿色的米鸭蛋和米酒，上楼休息去了，中午饭不想吃，子和也没有勉强她，只命她好好休息，晚上给她吃雪里红烤土豆，因为这是她的最爱之美食。夏荷上了床睡不着，干脆起身到红漆大橱边清理起东西来了。四口大橱被她一一打开，内中是空荡荡的，没有很多物件。据说，从青年、中年到老年，为了养儿育女，为了支撑祝家这个门庭，橱内的衣物早已一批批一件件典卖殆尽，活像被强盗洗劫过一样，空荡得可怜。唯有这四口斑驳褪色的大橱和橱柜顶上的八只褪了银光的锡瓶饭盂还端放着，还有那四条长而宽的褪色的红漆的长板凳排放在橱前，还有那一张褪了红漆的四方八仙桌和一张同样是褪了红漆的写字桌和一把椅子放在房间的正中。天哪，那格局不正是夏荷和文彬结婚时的新房陈设吗？一点不错，正是那70多年前祝家娶新娘时的新房的摆设。

为什么夏荷要把自己结婚时的新房家具摆设原封不动地保留下来呢？夏荷千百次地想过，这房家具是她结婚的见证，永远的喜庆之物，她的鸾凤交配的结亲圣地。她不能对它有丝毫的损坏和改变。即使她母子处在要饿死的边缘，她一不会变卖婚房，二不会变卖家当，让房中家具完整无缺地保留下来。万般无奈时，她情愿去做娘姨，做校工、做乞丐、做苦力，乃至于做别人的老婆去生孩子……正是为了这一房破橱柜，破铜烂铁，她献出了自己的青春年华，献出了自己的热血与灵魂……这套旧家具是她的命根子，千难万难她是不会卖掉的，完整保留至今……现在总算熬到了头，将近百岁的她还睡在已经腿了色的大红雕花凉床上，她辗转反侧，她热泪盈眶……

当子和把雪里红烤土豆和白米稀饭端到她床前时，她平静了一下情绪后，享用着美餐。

子和看她有点儿激动，然后说："妈，你最近身体还好，就是想多了一点，要平静，千万不要多思多想。明天我和沙欢给你买点野山笋来烧肉，这是你的最爱呀。妈今晚你早点睡吧，我到房里睡觉去了。"

夏荷不耐烦地责怪道："女儿，你是不是也老了，说话啰嗦不中听。你放心去睡吧，我自己会睡的。单身都几十年了，还有什么不放心的。"

夏荷驱走了女儿子和，又继续做她的"美梦"了。

她又一次打开她的大衣橱柜。

她饱含深情地拿出一套祝文彬结婚时穿过的玄色长袍马褂，放在雕花凉床上，用手从头至尾地摸了又摸，嗅了又嗅，舔了又舔，似乎又闻到了祝文彬的独特的人气味——余香中又酸又臭的人气味。她低着头俯下身一遍遍地抚摸着那套已经尽显旧色的玄色礼服——当年祝家大少爷新婚时的服装。想当年这簇新的黑色服装上系着鲜艳的大红绸带，是多么的耀眼，多么的迷人呀。她想着想着，不觉笑出声来。然后，她把它整理好，重新挂到大衣橱里去了。那衣服仍然是飘飘荡荡的，犹如他的人那样的潇洒而多情……她想着想着，不觉神志恍惚，心醉如泥。不一会儿，她又从橱中拿出大红花袄裤——当年她的结婚礼服，她照样把它平放在雕花凉床上，用手小心翼翼地从上到下摸了一遍，然后急切地把它穿在身上，犹如当年初嫁时一样，穿得整整齐齐，扣好纽扣，摸平四角，系好裤带，还穿上多年存放的大红绣花鞋子。穿戴妥当后，照了照镜子，对着苍老的脸笑了一笑，然后满意地上床睡了——她以为自己是位新娘了，还等着她的新郎回来。

带着满心的热望，她等呀等，等呀等……终于她等累了，等得睡着了。

她实在等得太辛苦了，她睡着了，她做梦了。

那是一个非常美妙的春梦。

梦中，她见到早上回来过的那个老头儿又回来了。走进祝家大院，又和她见面了，言谈了，喝茶了，吃饭了，和她的众多子孙们团聚在一起，欢声笑语了，大团圆了。

梦中，她见到这喜从天降的大好事，她热泪滚滚，精神百倍地牵着祝文彬大爷的手，说了一句话："文彬呀，我思念你一生，总算回来了，我太高兴了，太高兴了……"

在她喜上眉梢，血涌心头的那一刻，她的心像野兔一样跳得厉害，怦怦乱跳，她就断了气。可怜的夏荷，在极度幸福之中终结了自己的生命。

近百年来的艰难困苦，近百年来的痴心等待，终于让她做了一场好梦，尝到了所谓相思的甜头，尝到了所谓人生的滋味。

夏荷死于2013年5月28日，正是她92岁的生辰。可以说她是百年相思百年梦，百年受苦为一人。值吗？

第二天清早，当子和和沙欢进房来时，只见母亲穿着一身红艳艳的结婚礼服，面带笑容直挺挺地躺在雕花大床上，一动也不动。

子和手中端着的一碗野山笋红烧肉掉到楼板上，撒了一地。夏荷再也品尝不了子和烧的美味佳肴了。沙欢连爬带跪地爬到母亲床前高声哭叫："婆母呀，是我沙欢错了，我不应该长期欺骗着你呀，你死得好惨呀！"

哭的哭，叫的叫，喊的喊……

夏荷再也听不到了，她的苦难已经到了尽头。

春风依然暖融融地吹着，祝家大院里的草木依然在阳光下渐渐地苏醒伸展，院中央的八角方井水光粼粼依然能清晰地照出人影，屹立150多年的黑漆大门虽已斑驳依然雄壮神气地站立在大门口，依然像守卫祝家子子孙孙的一位门将……时钟还是滴滴答答地走着。

在夏荷古老而久远的新房里，一房70年前结婚的家具虽已褪色老旧，依然整整齐齐地排列着，几十条腿站得笔直毫无倦意，特别是那张雕花大凉床，虽然红漆脱落露出白木纹理，然而还是那么的豪华气派，给人以婚庆幸福的盎然生机；还有那张红色八仙桌上还摆放着琉璃花瓶，虽然五颜六色已褪去，依然有晶莹之光亮，让房中留存一点点喜气；最惹人注目的是方桌正中摆着的两把长方形的黄色旧铜锁，虽然色泽不如从前，可依然有黄色金属的铜质感，叫人不得不相信结婚是男女主人公同心相锁的过程。这两把铜锁始终是女主人公心中的最爱——寄托相思的信物！然而，她连做梦都没有想到：问题就出在这两把不祥之物上。

一切物件虽然老去，但依然活着。

唯有女主人公夏荷已经长眠于大红雕花凉床之上了。干瘦的身躯穿着一身婚装——大红的绣花的新娘礼服，外加一双大红绣花鞋。蜡黄的干瘦多皱的美丽脸庞上，披洒着一头长长的白发，双眼已经安详地闭合，好像还在享受着祝家大院的生活，享受着她永生追求的甜蜜爱情……

儿孙们成群结队，成排跪拜于祝家大院厅堂前，祭拜这位世纪老人——一位为爱情慷慨献出自己一生的相思精灵。

这正是：

> 海上生明月，天涯共此时。
> 情人怨遥夜，竟夕起相思。
> 灭烛怜光满，披衣觉露滋。
> 不堪盈手赠，还寝梦佳期。

> 女儿爱，女儿恨，女儿情，女儿仇。
> 女儿相思百年梦，女儿情丝剪不断。
> 女儿爱婿思团圆，女儿泪飞红栏杆。

一个中国普通女人夏荷，是株美丽多情的相思草。婚姻的暴风雨摧残了她的情丝，百年的无情割断了那株相思草：枯枝、败叶、落花、残根……夏荷的爱和着血泪抛向一片汪洋；夏荷的情似杜鹃啼血撒向无边无际的荒原。啊！夏荷，一颗美丽无比的相思草！

这正是：

> 红豆生南国，春来发几枝。
> 愿君多采撷，此物最相思。

啊！夏荷，你是美丽的倩魂！相思的精灵！

　　夏荷呀夏荷，你的一生是场相思之梦，你为婚姻爱情付出了一切，柔肠寸断，五脏俱裂，你为家庭奉献出了热血和生命。美丽多情的灵魂呀，你的子子孙孙应该用什么来纪念你呀？——用什么来告慰你这颗相思精灵的心呀？